HEYNE <

HOLLY SEDDON

CLOSE YOUR EYES

THRILLER

Aus dem Englischen von
Jens Plassmann

WILHELM HEYNE VERLAG
MÜNCHEN

Die Originalausgabe erschien 2017 unter dem Titel
Don't Close Your Eyes bei Corvus, London.

FSC
www.fsc.org
MIX
Papier aus verantwortungsvollen Quellen
FSC® C014496

Verlagsgruppe Random House FSC® N001967

Vollständige Taschenbuchausgabe 01/2019

Printed in Germany
Redaktion: Evelyn Ziegler
Umschlaggestaltung: Eisele Grafik Design, München,
unter Verwendung eines Motivs von
© Igor Ustynskyy/Moment/GettyImages
Satz: KompetenzCenter, Mönchengladbach
Druck und Bindung: GGP Media GmbH, Pößneck

ISBN 978-3-453-43910-8
www.heyne.de

Für meine Freunde

Kapitel 1

Gegenwart

Robin

In flachen Zügen atmet Robin die stickige Luft ein und stößt sie rasch wieder aus. Staubkörner tanzen am Ende eines Sonnenstrahls. Robin versucht, nicht daran zu denken, wie diese winzigen Teilchen ihre Lungen füllen und ihren Körper zu Boden drücken.

Draußen glänzt Manchester asphaltgrau und feucht, aber in der Luft liegt eine gewisse Frische, ein erstes Liebäugeln mit dem Frühling. Unmittelbar spüren wird Robin das nicht. Sie wird diesen kribbelnden Dunst nicht an ihre Haut heranlassen. Und er wird auch nicht gemächlich den Stoff ihres ausgeblichenen schwarzen T-Shirts durchdringen.

Ein Bus rauscht am Fenster vorbei. Seine Reifen wühlen die Pfützen kurzzeitig zu Gischt auf und bespritzen die Fassade ihres Hauses und die der unmittelbaren Nachbarn mit einem Schwall Wasser. Sehen kann Robin das nicht. Sie hört nur den Guss und den verärgerten Ausruf der Frau, deren »Scheiß-Jeans jetzt klatschnass« ist.

Robin hat gestern das Haus nicht verlassen, und sie wird heute nicht nach draußen gehen. Auch morgen wird sie drinbleiben, sofern es bei ihr nicht gerade brennt oder alles unter Wasser steht. Genauso, wie sie die letzten Jahre dringeblieben ist. Und bis vor ein paar Wochen war Robins Leben auf diese Weise auch rundum gut und sicher gewesen. Eine behagliche Muschel. Ihre Tage verbringt sie damit, auf ihrem Schrittzähler die empfohlenen zehntausend zu erreichen, fernzusehen, genügend Tonnen Eisen für einen Brückenbau zu stemmen und ziellos im Netz zu surfen.

Robin tut alles vorsichtig und mit Bedacht. Auf Klingeln an der Haustür reagiert sie nur, wenn der Besuch angekündigt ist. Treffen die online bestellten Lebensmittel außerhalb des vereinbarten Zeitfensters ein, dürfen die genervten Fahrer sie wieder ins Lager zurückkarren. Unerwartete Pakete werden nicht angenommen. Demnächst findet ein Referendum statt, aber Robin hat keine Lust, mit irgendeinem Klinkenputzer in schlecht sitzendem Anzug an ihrer Haustür über Politik zu diskutieren.

Gerade klopft wieder jemand an ihrer Tür. Zuerst noch ganz dezent, dann aber steigert sich das Ganze in ein frustriertes Crescendo. Robin reckt trotzig das Kinn und starrt finster entschlossen auf den Fernseher, der ihr bunte Farben und sanfte Stimmen anbietet. Das Programm für Kleinkinder. Minutenlang entfalten sich Geschichten, in denen simple Aufgaben gemeistert, Freunde hilfsbereit unterstützt oder lustige neue Fähigkeiten erlernt werden. In dieser Welt ist niemand schlecht, existieren weder Schuld noch Angst. Alle sind glücklich.

Das Hämmern an der Tür wird verzweifelter, und Robin ermahnt sich, tief durchzuatmen. Sie konzentriert sich darauf, wie die Luft ihren Brustkorb füllt und ausdehnt und wie sie anschließend ganz langsam durch die

Zähne wieder zischend entweicht. Ihr Blick bleibt fixiert auf die Mattscheibe.

Sarah

Mein Kind ist mir entrissen worden, und ich kann nichts dagegen tun. Vor vier Tagen spazierte sie fröhlich an der Hand ihres Onkels aus dem Raum, und das war das letzte Mal, dass ich ihr goldblondes Haar, ihre Rehaugen und ihr rosiges Näschen gesehen habe. Lächelnd und ahnungslos winkte Violet mir zu, während ich an meinem eigenen Esstisch saß und mir Vorwurf um Vorwurf anhören musste, ohne etwas erwidern zu dürfen.

Jim saß da, eingerahmt von seinen Eltern. Wir hatten gerade »im Kreis der Familie« zu Mittag gegessen, wofür ich den ganzen Morgen in der Küche gestanden und gekocht hatte. Statt mich nun – wie üblich – die Teller abräumen zu lassen, hatte Jim sich geräuspert, seinen Bruder mit einer kurzen Handbewegung aufgefordert, Violet hinauszubringen, und dann begonnen, seine Liste vorzulesen. Punkt für Punkt, knapp wie Pistolenschüsse.

Danach saßen wir alle einen Moment lang wie gelähmt da, bis Jim zu seiner Mutter sah und auf ihr ermutigendes Nicken hin sagte: »Ersparen wir uns, das Ganze endlos in die Länge zu ziehen. Du packst deine Sachen und gehst. Wir haben dir etwas besorgt, wo du unterkommen kannst, bis du wieder auf eigenen Füßen stehst.«

Sie legten mir die Hände auf die Schultern, brachten mich nach oben und überwachten, wie ich meine Taschen packte. Anschließend führten Jim und sein Vater mich aus meinem Haus zu einem Taxi. Der Schock saß so tief, dass ich nicht einmal weinte, sondern nur eine Viertelstunde lang stumm aus dem Seitenfenster sah.

Alles Blut wich mir aus den Wangen. Wieder und wieder ging ich die Liste der Dinge durch, die Jim mir vorgehalten hatte, und versuchte zu verstehen.

1. Eifersucht

Ich hatte erwartet, dass er etwas anfügen würde. Aber er hatte nur ruhig und bestimmt das Wort »Eifersucht« gesagt, ohne dabei den Blick von dem Blatt Papier in seiner Hand zu heben.

Zu diesem Zeitpunkt dachte ich noch, das Ganze wäre womöglich nur eine Art Scherz, den er sich in Gegenwart von Mutter und Vater gönnte, während sein sonst betont herzlicher kleiner Bruder mit Violet in einem anderen Raum war.

Doch das erlösende Lachen blieb aus. Er hakte nur immer weiter die Punkte auf seiner Liste ab. Seine Eltern hielten selbstversunken die Hände im Schoß verschränkt und hörten, wie ihr Sohn die schrecklichsten Behauptungen über mich aufstellte. Über mich und unser fast vierjähriges Mädchen.

Jim glaubt, ich wäre eifersüchtig auf die Zuneigung, die er Violet entgegenbringt. Eifersüchtig auf das innige Verhältnis, das die beiden seit frühesten Tagen so unübersehbar verbindet. Eifersüchtig darauf, dass sie gemeint ist, wenn er von der Arbeit nach Haus kommt und ruft: »Na, wo ist denn mein Liebling?«

Unsere Kleine. Zwar bin ich diejenige gewesen, die sie als Baby den ganzen Tag füttern durfte, die bis zur völligen Erschöpfung sämtliche Hausarbeiten nur mit einer Hand erledigen konnte, weil mein Koalababy sich permanent an mich klammerte, und die sich bei ihren ständigen Schreianfällen die Ohren zuhalten und auf die Zähne beißen musste, aber sobald Jim um Viertel nach sechs durch die Tür trat, schossen ihre Ärmchen in die Höhe und sie strampelte, begleitet von affenähnlichen Kreischlauten, in seine Richtung.

Auf sie bin ich dabei jedoch nie eifersüchtig gewesen. Wenn überhaupt, dann auf ihn. Ich hätte ihre Liebe gerne ganz für mich allein gehabt. Dennoch habe ich ihnen ihre besondere Verbindung nie missgönnt, sondern sie vielmehr mit Wohlgefallen betrachtet. Ein Bild gelebter Innigkeit. Der liebevolle, hart arbeitende Mann, unser behagliches Heim und unser bezauberndes Baby.

Alles schön ordentlich an seinem Platz, aufgereiht wie Dominosteine.

Kapitel 2

1989

Robin

Robin schrammt mit den Spitzen ihrer Lackschuhe an der Mauer entlang. Bloß weil sie klein ist, heißt das noch lange nicht, dass sie herausgeputzt wie ein dämliches Püppchen herumlaufen muss. Sarah ist die, der adrettes Aussehen so wichtig ist. Sarah tanzt ständig vor dem Spiegel hin und her und bewundert wie Rapunzel ihr goldenes Haar. Ihren Eltern würde es natürlich gefallen, wenn Robin mehr wie Sarah wäre. Ein Gedanke, bei dem Robin ein säuerlicher Geschmack in den Mund steigt.

»Robin!«

»Ja?«

»Was soll denn das? Man spuckt doch nicht einfach so aus!«

Robin sieht mürrisch zu ihrer Mutter auf.

»Ich hatte so einen ekligen Geschmack im Mund«, sagt sie und fährt gedankenlos fort, mit ihren Schuhen die Mauer entlangzukratzen.

»Robin! Herrgott, was machst du da?«

Ups!

»Nichts.«

»Du ungezogenes Ding! Die Schuhe sind nagelneu.«

Die Mutter steht breitbeinig vor ihr, Hände in den

Hüften. Im Gegenlicht der Sonne wirkt ihre Silhouette schärfer konturiert, als sie in Wahrheit ist. Eigentlich ist ihre Mutter eher weich.

»Sie glänzen so hässlich«, erklärt Robin, obwohl ihr schon klar ist, dass sie diese Diskussion nicht gewinnen kann.

Sarah hält sich dicht neben ihrer Mutter und trägt denselben Ausdruck besorgter Missbilligung zur Schau. Auch nach einem langen Tag in der Schule sitzen Sarahs Zöpfe noch perfekt. Das Sommerkleid mit den Vichy-Karos ist sauber, und unter keinem ihrer Fingernägel zeichnet sich diese unheilvolle schwarze Drecklinie ab.

Die dunklen Haare von Robin sind dagegen schon vor der ersten Pause aus dem Gummi geflutscht. Kein Haarband der Welt könnte diesen dichten Wust an Locken bändigen, der permanent seine Form zu ändern scheint. Ein paar Jahre später wird Robin ihn sich mit der Küchenschere in groben Büscheln abschneiden lassen, aber so weit ist es noch nicht.

Einstweilen werden Robin und Sarah noch in einen Topf geworfen, schließlich sind sie Zwillinge. Doch die Unterschiede könnten kaum größer sein: blond und brünett; groß und klein; immer korrekt und nie zu bändigen.

In der Anfangszeit hatte ihre Mutter Angela – genannt Angie – noch dieses ganze Zwillingszeug gemacht, also identische Mützen, Kleidchen und Schuhe gekauft. Doch fast vom ersten Tag an war Sarah so viel größer gewesen und hatte sich so viel älter benommen, dass die aufeinander abgestimmte Kleidung ihre Verschiedenheit bloß noch unterstrich. Bis heute zählen die Geschichten, wie wildfremde Leute unerschütterlich darauf beharrten, dass die Mädchen unmöglich Zwillinge sein können, zum festen Anekdotenschatz der Familie Marshall.

»Ich sollte es wissen«, versicherte Angie solchen Zweiflern stets mit gespieltem Seufzer. »Immerhin musste ich sie beide rauspressen.«

»Mein süßer Krümel«, so nennt sie ihr Vater Jack, wenn Robin neben ihm auf dem Sofa sitzt und die Füße baumeln lässt, die längst noch nicht den Boden erreichen. Oder wenn sie ihm sonntags in der Garage den ganzen Nachmittag lang unermüdlich Holzteile, Nägel oder Leim reicht, weil er wieder etwas repariert, das Angie viel lieber einfach ersetzen würde. »Ich bin doch keine wandelnde Bank, Ang«, erklärt er in diesen Fällen immer, worauf sie mit einem ihrer gekünstelten Seufzer bloß erwidert: »Wie wahr, wie wahr.«

Nach dem ersten Tag des neuen Schuljahres machen sich Robin und ihre Schwester auf den Heimweg. Die Köpfe baumeln kraftlos zur Seite, und in den Brotboxen klappern die Sandwichreste. Ihr Gespräch versiegt in Gähnen und Stöhnen. Nach sechs Wochen Spielen und Fernsehen ist der erste Tag zurück in der Schule immer schrecklich ermüdend. Für gewöhnlich holt ihre Mutter sie nicht mehr ab – schließlich sind sie inzwischen groß, werden nächsten Monat schon neun –, aber heute ist eine Erster-Schultag-Ausnahme. Robin ist bereits zweimal ermahnt worden und kann es kaum erwarten, morgen auf dem Heimweg endlich wieder nach Lust und Laune zu bummeln, auch wenn ihre Schwester dabei bestimmt wieder die Möchtegernerwachsene gibt. Schon erstaunlich, was sechzehn Minuten für einen Unterschied machen können. »Ich bin die Ältere«, betont Sarah ständig, woraufhin Robin die Augen verdreht und missmutig denkt: *Wenn ich doch nur größer wäre, dann wäre alles anders.*

Robin runzelt die Stirn. Vor ihnen steht halb auf dem Bürgersteig ein schwarz funkelnder BMW mit eingeschalteter Warnblinkanlage. Die Mütter mit kleineren Kindern murren unüberhörbar und tun sich betont schwer, ihre Buggys an dem Hindernis vorbeizumanövrieren. Die Fahrertür schwingt auf, und eine Frau in einem teuer aussehenden Mantel gleitet heraus. Das glänzende Haar wippt elastisch. »Es tut mir ja so leid«, flötet sie in Richtung der anderen Mütter. »Ich habe einfach keinen Parkplatz gefunden.«

Die anderen Frauen würdigen sie keines Blickes, doch die strahlend schwungvolle BMW-Mutter beginnt, ganz aufgeregt zu winken, weil sie jemanden entdeckt hat. Es ist der neue Junge in der Klasse von Sarah und Robin. Mit hüpfendem Rucksack rennt er auf sie zu. Seine Haare müssen gegelt sein, denn sie bewegen sich kein bisschen. Er klettert auf den Beifahrersitz, und der Wagen rollt vorsichtig vom Bürgersteig, bevor er fast lautlos davonrauscht. Robin ist unbeeindruckt.

Sarah

Wir haben einen neuen Jungen in unserer Klasse. Er sieht so gut aus wie Jordan Knight von *New Kids on the Block* und ist so still wie eine Maus. Er hat blonde Haare, dunkle Augen und Wangenknochen wie die Fotomodelle im Athena-Postershop. Unsere neue Lehrerin, eine elegante alte Lady mit langem Silberhaar, die Mrs. Howard heißt und die laut Robin bestimmt eine Hexe ist, ließ ihn nach vorne kommen und sich vorstellen. Prompt liefen seine Ohren rot an, und als er den Mund öffnete, kam kein einziger Ton heraus. Schließlich verzog Mrs. Howard kurz den Mund und sagte: »Das ist Callum Granger. Er ist neu auf unserer Schule. Ich hoffe, ihr nehmt ihn freundlich in eurer Mitte auf.«

Ich schrieb »Callum« in mein Übungsheft und malte ein Herz drumherum, damit ich seinen Namen besser behielt. Als ob ich den je vergessen würde.

In der Mittagspause sah ich ihn allein auf der Freundschaftsbank sitzen. Er hielt die Knie eng zusammengepresst, aß einen Apfel und las *The Ghost of Thomas Kempe*. Die anderen Jungs spielten mit einem Tennisball, den sie wild herumkickten, und sobald sie in die Nähe von Callum kamen, zog der einfach nur seine Beine aus dem Weg und las weiter.

»Hi«, sagte ich und lächelte ihn auf meine allerfreundlichste Art an. »Ich bin Sarah.«

»Hi«, sagte er. »Ich bin Callum.« Einen Moment lang rechnete ich schon damit, dass er mir zur Begrüßung die Hand reichen würde.

»Weißt du, dass das die Freundschaftsbank ist?«, fragte ich.

Seine Ohren liefen wieder rot an, und er sagte, das hätte er nicht gewusst.

»Darauf setzt man sich, wenn man sich allein fühlt und mit jemandem spielen möchte«, erklärte ich. Ich liebe es, anderen die Vorschriften und Gewohnheiten an unserer Schule zu erklären. Ich bin schon hier, seit ich vier bin, und kenne sie alle.

Ich bot Callum an, ihm die Schule zu zeigen. Er sah auf sein Buch, klemmte ein Lesezeichen zwischen die Seiten und klappte es zusammen. Dann kam er mit, und ich zeigte ihm den Sportplatz, wo unsere Spiele ausgetragen werden, das undichte Schwimmbad, das nicht mehr benutzt wird, den Hausmeisterschuppen, in dem es spukt, und – um ihn zum Lachen zu bringen – die Außentoiletten der Mädchen. Da wurde er wieder ganz rot.

Er erzählte, dass er hier in unseren Ort, Birch End, gezogen ist, weil sein Dad eine neue Stelle angenommen hat. Sein Dad muss in der Colafabrik in Reading irgendwas Wichtiges sein. Aber Freigetränke kann Callum nicht besorgen, weil sein Dad es nämlich nicht mag, wenn man ihn um Sachen bittet. Er scheint überhaupt alles sehr genau zu nehmen.

Jetzt ist die Schule aus, und schon hat Mum mit Robin schimpfen müssen. Erst schrappte sie mit ihren neuen Schuhen an der Mauer entlang, und ich hab sie extra nicht verraten, aber dann fing sie plötzlich völlig grundlos an herumzuspucken, und da hat Mum mit ihr geschimpft. Keine Ahnung, warum sie immer solche Sachen macht, denn erwischt wird sie jedes Mal. Manchmal habe ich fast das Gefühl, sie will Ärger bekommen. Ich weiß allerdings nicht, wie jemand sich wünschen kann, Ärger zu bekommen. Alles ist doch so viel angenehmer, wenn man sich anständig benimmt. Ich bemühe mich jedenfalls *immer* darum, alles richtig zu machen.

Dad nennt mich seine süße Streberin. Mum sagt, ich bin ihr Goldschatz.

Mum tut gern so, als hätte sie endgültig die Nase voll von Dad. Und er albert gerne herum und gibt Mum Namen wie »Mein Hausdrachen« oder macht Witze über keifende Frauen. Aber ich glaube trotzdem, dass sie einander noch immer sehr lieb haben. Wenn wir gemeinsam *Stars in their Eyes* oder *Roseanne* gucken, kuscheln sie sich auf dem Sofa aneinander, und die blonden Haare von Mum fallen über seine Brust, während seine Hand locker auf ihrem Bein liegt. Wenn wir im Auto sitzen, reden sie ununterbrochen miteinander, als hätten sie sich seit Wochen nicht gesehen, und Robin und ich versuchen schon gar nicht mehr, sie zu unterbrechen, um Nachschub an Opal Fruits oder anderen Süßigkeiten zu erbetteln. Wir spielen »Ich sehe was, was du nicht siehst« oder »Gelbes Auto«, wo diejenige, die zuerst ein gelbes Auto sieht, laut »Gelbes Auto!« ruft und der anderen auf den Arm boxen darf. Das Spiel endet zwar immer in Tränen, doch davor bereitet es irren Spaß, und meine Schwester und ich pressen uns die Nasen an der Scheibe platt und kommen aus dem Lachen kaum noch raus. Meine Schwester treibt mich oft in den Wahnsinn, aber wenn sie eins weiß, dann, wie man Spaß haben kann, das muss ich ihr lassen.

Kapitel 3

Gegenwart

Robin

Von ihrem Schlafzimmerfenster im zweiten Stock kann Robin nach hinten heraus in neun verschiedene Wohnungen sehen. Steigt sie ein Stockwerk tiefer und klettert in ihrem Gästezimmer-Schrägstrich-Fitnessraum auf die Fensterbank, kommen drei weitere auf jeder Seite dazu. Jede Wohnung, die zum Hof liegt, hat an dieser Front drei Fenster. Die Leben, die sich hinter diesen rechteckigen Sichtfeldern abspielen, kennt Robin nicht. Als wären es Bildertrommeln aus der Frühzeit des Kinos, treten in den Fensterschlitzen Menschen auf und schweben scheinbar mühelos durch den Bildausschnitt, bevor sie wieder entschwinden.

Inzwischen ist später Vormittag, daher sind die meisten Fenster leer und bleiben es auch bis zum Abend. In einer der oberen Wohnungen hantiert eine Putzfrau ruppig mit dem Wischmob herum. Ein weites, knallbuntes Oberteil schlenkert um ihren massigen Körper wie ein Zirkuszelt. Ihre Schultern bewegen sich rhythmisch. Entweder hört sie gerade Musik oder ihr geht welche durch den Kopf. In der Wohnung unten rechts kommt die alte Dame wie jeden Tag ihren häuslichen Pflichten nach. Ihre Handschuhe leuchten gelb wie Ringelblumen, und ein blauer ärmelloser Kittel schützt die schlichten Kunstfasersachen, die sie trägt.

Im Wohnzimmer genau in der Mitte des Gebäudes sind sowohl der Mann als auch die Frau zu Hause. Mr. Elster. Robins ganz spezieller Freund.

Elster ist natürlich nicht sein richtiger Name. Eigentlich heißt er Henry Watkins und seine Frau Karen Watkins. Aber schon bevor Robin dies erfuhr, war Mr. Elster – wie sie ihn wegen des auffälligen grauen Streifens im ansonsten schwarzen Haar taufte – zu einem wichtigen Bestandteil ihres festen Tagesablaufs geworden.

Denn jeden Morgen verfolgt Robin mit angehaltenem Atem, wie Mr. Elster und ein kleiner Junge (den sie Little Chick nennt, da sein Name im Internet nicht herauszufinden ist) aus dem gemeinschaftlichen Garten des Hauses treten, die nächtlichen Regentropfen vom Roller des Jungen schütteln und sich über das bucklige Kopfsteinpflaster des schmalen Gässchens kämpfen, das zwischen den Hinterhöfen und Gärten verläuft.

»Guten Morgen, Mr. Elster« zu sagen bildet eine grundlegende Basis für jeden Tag. Sobald das draußen ist, kann der Tag beginnen. Bis dahin jedoch gibt es keinen Tee, keinen Toast, kein Schrittezählen, kein Hanteltraining, kein beschauliches Kinderprogramm, rein gar nichts.

Selbstverständlich existieren daneben noch andere Bausteine, aus denen sich Robins Tag zusammensetzt. Die Schritte. Die Gewichte. Die Post, die durchgesehen und gewissenhaft missachtet werden muss. Das Verstecken. Und das Beobachten. Besonders das Beobachten. *Wenn ich in meiner Aufmerksamkeit nachlasse, sterben*

Menschen, glaubt Robin. Und anders als die meisten ihrer »Was wäre wenn«-Gedanken birgt dieser eine gewisse Wahrheit.

Robin hatte gar nicht beabsichtigt, etwas Besorgniserregendes im Haus der Elsters zu bemerken. Sie beobachtete nur, damit keinem etwas geschah. Sich einzumischen hatte Robin nie gewollt. Für sie stand die Elsterfamilie für alles, was gut war in der Welt. Sie war liebevoll, fürsorglich, normal. Und Little Chick und Mr. Elster hatten das auch verdient. Schließlich blieben Elstern sich ein Leben lang treu. Zumindest sollten sie das.

Als dann Mrs. Elster mit ihrem Freund das Gässchen hochkam und Robin mitansehen musste, wie sie sich angeregt unterhielten, umarmten, küssten und noch weit mehr, da konnte sie den Blick nicht abwenden. Hilfloser Zorn hielt sie an ihrem Platz hinter den Vorhängen gefesselt.

Gerade beobachtet sie die Familie erneut. Der nichts ahnende Ehemann und seine Frau, diese tickende Zeitbombe, die in diesem Moment streitsüchtig den Zeigefinger reckt.

Im Erdgeschoss klatscht die Post auf die Fußmatte und der Briefschlitz fällt klappernd wieder zu. Robin will schon nach unten gehen, um sie aufzusammeln und ungeöffnet den hübschen Stapeln zuzuordnen, die sie bereits gebildet hat, aber kaum betritt sie den dicken Teppichboden auf dem Treppenabsatz, da beginnt das Klopfen. Robin wartet. Vielleicht ein Spendensammler für eine Wohltätigkeitsorganisation mit seinem Clipboard. Oder ein Politiker. Oder der ungebetene Besuch eines Vertreters für billige Kunststofffenster. Oder sonst jemand. Mal abgesehen von der Option, die Tür aufzureißen und die ganze Außenwelt einfach hereinplatzen zu lassen, blieb nur die Möglichkeit abzuwarten, um es in Erfahrung zu bringen.

Tock, tock. Noch ist der Klopfer höflich, aber seine Knöchel geben keine Ruhe.

Tock, tock, tock. Schon dringlicher.

Tock, tock, tock, tock, tock. Schnelles, energisches Stakkato. Jetzt ist Robin klar, dass es sich bei diesem namenlosen und gesichtslosen Menschen an ihrer Tür, bei diesem ungeduldigen, wütenden Besucher um »sonst jemand« handeln muss. Sie verharrt auf dem Treppenabsatz und zählt die Sekunden, bis er endlich aufgibt. Siebenunddreißig. Seine Entschlossenheit versetzt ihre Nerven in höchste Alarmbereitschaft.

Sarah

2. Lügen

Warum das auf der Liste stand, verstehe ich. Ich habe Jim eine Menge Lügen erzählt. Zu Beginn waren es Auslassungen. Dann ging ich vom Auslassen über zum Verdrehen und daraus wurde glasklares Erfinden.

Ich war eben erst nach Godalming in Surrey umgezogen, da haben Jim und ich uns über die Arbeit kennengelernt. Nach langer Zeit mein erster Job. Ich platzte geradezu vor Motivation.

Als Jim mich nach Geschwistern fragte, behauptete ich, keine zu haben. Und meine Eltern wären tot. Viele Jahre lang fühlte sich diese erste Lüge wie eine richtige Entscheidung an: *Ich habe keine Familie.*

Er erzählte von seiner Familie und seinen stillen Träumen, und ich wusste sofort, dass er der Richtige ist. Ich zog bei ihm ein. Ach Gott, endlich konnte ich atmen. Ich konnte lächeln. Alles war normal und komplett und gut. Ich hatte es geschafft.

Eine Lüge folgte der anderen, und sie verfestigten sich. Zahllose Nachfragen, mit denen ich gar nicht gerechnet hatte. Löcher entstanden, die irgendwie gefüllt werden mussten und das in der Regel aus dem Stegreif. Mit der ersten Lüge entscheidet man sich für einen Weg, und dann gibt es kein Zurück mehr.

Ich entschied mich für Jim und dafür, eine nette, normale Sarah zu sein, die in Godalming lebt. Vor allem aber entschied ich mich für Violet.

Jim und ich mussten erst lernen zusammenzuleben und einen Haushalt zu teilen. Einige peinliche Situationen mussten in dieser Anpassungszeit überstanden werden, aber unsere Kleine machte sie alle rasch vergessen. Sie war ein Frühchen und bedurfte besonders großer Aufmerksamkeit. Ich liebte sie von der ersten Sekunde an.

Nachts, wenn alle schliefen, betrachtete ich das winzige Babypüppchen, aus dessen Strampler die dünnsten Beinchen ragten, die ich je gesehen hatte. Mein Baby. Ich flüsterte es mantragleich wieder und wieder: »Mein Baby, mein Baby, mein Baby.«

In meiner ersten Nacht allein mit ihr wurde ich das

Gefühl nicht los, mir wollte jemand einen gigantischen Streich spielen. Dieses unvorstellbar kleine, erschreckend zerbrechlich wirkende Wesen wurde einfach meiner Obhut überlassen? Keinerlei Instruktionen, niemand vom Krankenhaus, der das Haus inspizierte, keiner, der jeden meiner Schritte überwachte?

Ich beobachtete den Puls, der in Violets winzigen Adern schlug. Ein klitzekleines Licht, das an- und ausging. Mein Atem, den ich zuerst zwischen jedem Pulsschlag besorgt anhielt, beruhigte sich, die Angst wich, und nach und nach löste sich die Anspannung. Ich begann daran zu glauben, dass wir alle in Sicherheit waren.

Zu Anfang gelang es mir nicht immer, ihrem nächtlichen Schreien ein Ende zu bereiten, und oft weinte ich vor Verzweiflung in den frühen Morgenstunden still vor mich hin. Jim aufzuwecken hätte nichts gebracht, denn was hätte er schon tun können, außer zu bemerken, wie übermüdet ich war?

Aber wir schafften auch das. Ich schaffte das.

Und so ungeheuer schlimm war es nicht. Zu den nächtlichen Strapazen aus Tränen und warmer Milch kamen zwar noch die immensen Anforderungen ans eigene Durchhaltevermögen, doch eine Woge der Liebe milderte das alles ab.

Als Jim den zweiten Punkt auf der Liste aussprach, »Die Lügen«, habe ich allerdings nicht gewusst, was genau er damit meinte. Er sagte das Wort ganz leise, wie ein verbotenes Schimpfwort.

Ich sah ihm in die Augen und sagte: »Lügen? Was für Lügen?«

Ich hätte lieber »Welche der Lügen?« fragen sollen, schließlich gab es so viele davon. Sie waren aus mir herausgesickert wie Blut aus einer Wunde.

Kapitel 4

1990

Robin

Robin und ihre Schwester übernachten heute zum ersten Mal bei Callum. Vor ein paar Monaten trafen sich ihre Mütter zufällig beim örtlichen Friseur und waren einander auf Anhieb so sympathisch, dass sich daraus eine Freundschaft zwischen ihren Eltern und den Grangers entwickelt hat. Seitdem sehen ihre Wochenenden komplett anders aus. Bei der Familie Marshall ist Schluss damit, dass samstags auf dem Schoß der Eltern vor dem Fernseher zu Abend gegessen wird. Jetzt steht nachmittags baden und Haare waschen auf dem Programm. Abends sitzen dann alle um einen großen Esstisch herum, und die Erwachsenen unterhalten sich über langweiliges Zeug und machen nervende Witze, die sie anscheinend bewusst so formulieren, dass Robin, Sarah und Callum ausgeschlossen sind.

Hilary, die Mutter von Callum, kocht Dinge, die sie auf *Masterchef* mit Lloyd Grossman oder *Food and Drink* mit Michael Barry gesehen hat. Meist ist ein »coulis« oder ein »jus« dabei. Robin vermisst die Samstage auf dem Sofa mit Hühnchensticks oder Pizza. Callums Dad redet den ganzen Abend bloß über Geld. Wie viel er davon hat, mit wie viel »Bonus« er in diesem Jahr rechnet und was er alles dafür kaufen wird. Robins Mum lacht dazu unangenehm schrill, und am nächsten Morgen streitet sie sich stundenlang mit Robins Dad darüber, warum er nicht auch all die Sachen kaufen will oder kann, die Drew Granger sich anschafft.

In der Regel enden die Abende mit einer unsicheren Autofahrt nach Hause. Von den Vordersitzen dringt warme, stark nach Alkohol riechende Atemluft nach hinten, und die Mädchen schnallen sich nervös die Gurte um. Da die Polizei aber strenger durchzugreifen beginnt und zunehmend mit mobilen Atemtestgeräten kontrolliert, hat ihr Dad gesagt, das wäre es nicht wert, denn mit dem Führerschein würde er auch seine Arbeit verlieren. Robins wiederholtem Vorschlag, dann doch lieber einfach zu Hause zu bleiben und nicht zu den Grangers zu fahren, hat niemand Beachtung geschenkt, stattdessen übernachten sie jetzt alle dort.

Obwohl Robin grundsätzlich lieber bei sich zu Hause ist, ihr eigenes Essen isst und Jeans trägt statt der Kleidchen, in die man sie zu diesen Gelegenheiten zwingt, geht von dem heute bevorstehenden Abend ein gewisses Prickeln aus. Sie und Sarah werden Kopf an Fuß in Callums Bett schlafen, das sogar noch größer ist als das von ihren Eltern. Und man hat ihnen versprochen, dass sie sich vor dem Schlafen einen Film ansehen dürfen. Robin hofft auf *Die Reise ins Labyrinth*, aber vermutlich wird Sarah wieder trotzig auf so etwas wie *Grease 2* oder *Dirty Dancing* bestehen. Auf jeden Fall dürfen sie zu dritt mit schriftlicher Erlaubnis der Eltern in die Videoabteilung der nächsten Tankstelle gehen und sich dort für ein Pfund etwas ausleihen. Und vielleicht gibt man ihnen noch einen weiteren Erlaubnisschein mit, um für Robins Dad Zigaretten zu kaufen.

Callum teilt bereitwillig sein Zimmer mit den Mädchen, mit denen er inzwischen einen Großteil seiner Freizeit verbringt. Er wird neben ihnen auf einer Klappmatratze auf dem Boden schlafen und fasziniert dieser so unangestrengt dahinfließenden Unterhaltung voll kryptischer Anspielungen und vertrautem Gezänk lauschen, deren selbstverständliche Nähe ein Einzelkind nur schwer nachempfinden kann.

Sarah

Ich bin schon die ganze Woche schrecklich aufgeregt. Ich liebe es, die Grangers zu besuchen. Alles ist so neu, fühlt sich so wohlig warm und weich an. Sie haben drei Toiletten. Die eine im Erdgeschoss nennt Hillary nur »das Kämmerchen«, worüber wir immer ein wenig grinsen müssen, weil man in einem Kämmerchen doch eher Mäntel und Gummistiefel verwahrt. Zu Hause tun Robin und ich dann manchmal so, als würden wir zum Pinkeln in den Garderobenschrank gehen.

Eine andere Toilette ist bei den Grangers im großen Badezimmer, wo es auch noch eine Dusche und eine Badewanne gibt. Ich bin schon irre gespannt darauf, die Dusche auszuprobieren. Bislang habe ich nur einmal im Schwimmbad in der Stadt geduscht, und da tröpfelt die Brause bloß wie eine Rotznase. Die dritte Toilette schließt sich direkt ans Schlafzimmer von Drew und Hilary an. Man nennt das »en suite«, und Mum liegt Dad derzeit ständig in den Ohren, auch so was zu bekommen. »Und wo soll ich die einbauen?«, fragt Dad dann lachend. »Im Kleiderschrank vielleicht?«

Ich freu mich schon darauf, bei Callum zu sein. Mit Robin ist es zwar immer ganz lustig – auch wenn ich das ihr gegenüber nie zugeben würde –, aber bei Callum benimmt sie sich ein bisschen weniger überdreht und durchgeknallt. Und in seiner Gegenwart versucht sie auch nicht permanent, Aufmerksamkeit zu erregen, indem sie mich tritt oder irgendwelche ekligen Dinge tut.

In der Schule geht Callum Robin und mir genauso aus dem Weg wie wir einander. Jeder Jahrgang besteht aus einer einzigen Klasse, daher sind wir alle gezwungenermaßen zusammen in einem Raum, und jedem von uns ist klar, dass die anderen mächtig über uns herziehen würden, würden wir miteinander spielen. Jungs spielen nicht mit Mädchen, und Schwestern spielen nicht mit Schwestern.

Fast vom ersten Schultag an haben Robin und ich so getan, als würden uns unsichtbare Kraftfelder umgeben, die jede Annäherung unmöglich machen. Ein reiner Schutzmechanismus vermutlich. Manche Menschen finden Zwillinge schräg, und manche Zwillinge sind das auch. Sie halten fest zusammen, schotten sich ab gegenüber anderen und entwickeln ihre eigene Sprache. Wir machen nichts dergleichen. Unsere Mum sagt, wir hätten im selben Gitterbettchen geschlafen, als wir klein waren. Abends wurden wir an verschiedene Enden gelegt, und nachts strampelten wir so lange herum, bis wir nebeneinanderlagen. Und zu Beginn unserer Schulzeit brauchten wir eine Weile, um die ungeschriebenen Gesetze zu begreifen. So gingen wir am ersten Tag noch Hand in Hand zur Schule und setzten uns in der Klasse nebeneinander. Irgendwie macht es mich traurig, dass wir nicht mehr so sind. Ich hab das Gefühl, Robin will eigentlich lieber nichts mit mir zu tun haben, und ich weiß nicht recht, wie ich ihr sagen kann, dass ich gerne ihre Schwester bin und es mir gefällt, wenn wir gut miteinander auskommen.

Vielleicht liegt es daran, dass wir keine eineiigen Zwillinge sind. Wir sind mehr das Gegenteil. Wenn jemand uns drei zusammen spielen sieht, wird er eher denken, Callum und ich wären verwandt. Wir sind beide blond und groß gewachsen. Er hält den Oberkörper aufrecht wie ein Tänzer, und darum bemühe ich mich auch. Robin ist klein, dunkelhaarig und spindeldürr. Ihre Kleidung scheint nie richtig zu sitzen, weshalb sie ständig daran zupft und zerrt.

Callum benimmt sich anders, wenn er zu Hause ist. Wenn wir auf dem Spielplatz in unserer jeweiligen Gruppe sind, zählt er, gemessen an anderen Jungs, zur ruhigeren Sorte, wirkt dabei aber durchaus zufrieden und nicht so, als würde es ihn belasten. Wenn wir im Wald sind oder draußen in einem großen Park oder am Strand und unsere Trinkflaschen und Picknickrationen teilen, während die Mütter jeden, der gerade in ihrer Nähe sitzt, mit Sonnencreme einschmieren, dann ist er lustig und ausgelassen. Dann lacht er völlig unbeschwert sein komisch lautloses Lachen, bei dem die Schultern so wackeln.

Aber wenn wir bei ihm zu Hause sind, verwandelt er sich in eine pingelige Oma, wie Robin das nennt. Ständig meckert er und regt sich auf. Sobald meine Schwester auch nur irgendwas in die Hand nimmt, wird er puterrot und weicht nicht mehr von ihrer Seite, als müsste er eine Katastrophe verhindern. Sie ist zwar ungeschickt, aber so schlimm ist es nun auch wieder nicht. »Du verstehst das nicht«, sagt er dann. »Selbst wenn es ihr runterfällt, wird mir dafür die Schuld gegeben.«

Wir fahren in unserem alten Rover zu den Grangers. Inzwischen begrüßen sich die beiden Mütter mit diesen überschwänglichen Luftküsschen. Zuerst war es nur amüsiertes Theater, aber mittlerweile ist es ein festes Ritual. Mir ist aufgefallen, dass mein Dad sich für den Abend richtig wappnen muss. Er holt tief Luft und bläht seine Brust, bevor wir an der Tür klingeln. Von seinen anderen Freunden ist keiner wie Drew Granger. Das sind Gärtnerkollegen oder Maurer, oder sie decken Strohdächer. Wirklich unterhalten tun sie sich nicht, sie klopfen bloß alberne Sprüche oder schmeißen Runden in ihrem Stammpub. Da stehen sie in ihren dreckstarren Arbeitshosen und tippen die Asche ihrer Zigaretten in klobige Aschenbecher. Drew dagegen redet die ganze Zeit und macht zwar auch Witze, aber andere, ohne so grobschlächtige Pointen. Wir sind dort vor allem wegen Mum, denke ich. Sie und Hilary sind diejenigen, die eng befreundet sind, alle anderen passen sich irgendwie an. Auch wenn er selbst das nie zugeben würde, aber Dad würde einfach alles für Mum tun, und sie scheint Gefallen zu finden an diesem neuen Leben mit Cordon bleu und Wein, der sie ins Plaudern bringt, und mit gemeinsamen Ausflügen. Und mir gefällt es auch.

Kapitel 5

Gegenwart

Robin

Peng. Raschel. Flatsch.

Die Post kommt heute etwas früher als gewöhnlich, aber sie wird das übliche Schicksal erleiden. Flyer und Werbepost landen in der Altpapierkiste, wo sie unbeachtet bleiben, bis Robin ein nächtlicher Energieschub packt und sie im Schutze der Dunkelheit mit dem ganzen Zeug zur braunen Mülltonne rast. Rechnungen werden in ihrem ansonsten ungenutzten sogenannten Büro ungeöffnet und streng nach Eingang abgeheftet. Bezahlt wird alles per Lastschrift, aber Robin geht gern auf Nummer sicher und fühlt sich besser, wenn sie von allem noch eine gedruckte Fassung hat. Normalerweise ist das alles an Post, nur manchmal bleibt noch ein Kuvert übrig, das strahlend weiß leuchtet und nach *Sonstigem* aussieht. Geöffnet wird es nicht. Abgeheftet auch nicht. Es wird vielmehr mit spitzen Fingern aufgehoben und zu dem Stapel identischer weißer Umschläge oben auf den leeren Kleiderschrank gelegt, wo es keinen Schaden anrichten kann.

Rechnungen schrecken Robin nicht. Rechnungen werden bezahlt. Robin hat Geld. Der Pott mag geschrumpft sein, wird aber noch eine ganze Weile reichen.

Sie war – und ist offiziell weiterhin – die Leadgitarristin der britischen Rockband *Working Wife*. Eine Reihe Top-Twenty-Alben, eine Handvoll Singles, die das Interesse der Programmgestalter im Radio erregten und sie aus ihrer Nische katapultierten, dazu reichlich Beiträge zu allen möglichen Compilation-Alben in den Nullerjahren. Vermutlich findet sich noch heute die ein oder andere Schlafzimmerwand, von der sie mit umgeschnallter Gitarre und abfälligem Grinsen runterblickt. Vielleicht sogar jenes Bild, das der *FHM* inmitten all seiner Fotos von nackten Hinterteilen brachte und das sie in ihrem Markenzeichenoutfit aus Shorts und Unterhemd zeigt, inklusive einer besonders mürrischen Miene, weil sie Make-up tragen musste. Die Schlagzeile des Magazinbeitrags damals lautete »Zum Abfahren abgefahren«.

Was würden diese einst so leidenschaftlichen Fans wohl denken, wenn sie sie jetzt so sehen könnten?

Nach dem Bearbeiten der Post – heute ohne weißen Umschlag – treibt sich Robin noch eine Weile bei ihrem Schlafzimmerfenster herum, das nach hinten rausgeht. Die Straßenseite ist derzeit tabu. Einer der Vorhänge bewegt sich leicht im Rhythmus ihres Atems. Sie versucht, den Stoff mit den Fingern festzuhalten, aber er legt sich dicht an die Scheibe. Damit zumindest beide Seiten identisch wirken, strafft sie auch die zweite Vorhanghälfte. Sie schluckt angestrengt und aus Gründen der Ausgewogenheit gleich noch mal.

In der Watkins/Elster-Wohnung liegen die Erwachsenen im hinteren Teil des Wohnzimmers auf einem Sofa. Nebenan spielt der kleine Junge an einem Minitisch mit Legosteinen und streckt beim Bauen vor Konzentration die Zunge heraus. Er schließt sein kunterbuntes Etwas mit ein paar überstehenden Dachplatten ab, bevor er sich zurücklehnt, um sein Werk lächelnd zu bewundern. Dann rutscht er vorsichtig auf den Boden, kramt in einem Berg Kuscheltiere und bringt einen kleinen Stoffhasen zum Vorschein. Zurück an seinem Legobau hebt er ein paar der Dachplatten an, und gerade als er das Häschen behutsam hineinsetzen will, lässt ihn etwas so erschrocken zusammenfahren, dass er sein Haus zu Boden reißt. Verzweifelt schlägt er sich die kleinen Hände vors Gesicht.

Um nachzusehen, was ihn derart in Panik versetzt hat, wendet Robin ihre Aufmerksamkeit wieder dem großen Raum zu und entdeckt im Durchgang zur Küche die Erwachsenen, die wild gestikulieren und sich offenbar heftig streiten. Mr. Elster hält seiner Frau ein Handy vor die Nase und deutet erregt auf das Display, während sie ihm das Gerät abzunehmen versucht. Der kleine Junge taucht auf, woraufhin die Erwachsenen auseinanderfahren und sofort mit einer Verlogenheit, die Robin regelrecht peinlich ist, Unbeschwertheit simulieren. In allen Beziehungen gibt es bisweilen Streit, aber in diesem Fall liegt mehr dahinter. Der Mann muss einfach endlich die Scheuklappen ablegen und das wahre Ausmaß begreifen. Und Robin ist fest entschlossen, ihm dabei zu helfen.

Ein junger Typ zieht direkt unter den Elsters in die Parterrewohnung ein. Er hat zahlreiche Helfer, denen er Anweisungen erteilt, wohin sie Kartons und Taschen stellen sollen.

Eigentlich sieht er gar nicht schlecht aus, freundlich. Aber seine Züge wirken irgendwie schlaff und babyhaft.

Die Kartons sind nicht einheitlich. Etwa die Hälfte scheint nagelneu und trägt den Namen einer Umzugsfirma auf der Seite. Die anderen machen einen ramponierten Eindruck und haben die unterschiedlichsten Größen. Robin fragt sich, ob er gerade eine Trennung hinter sich hat und ausziehen musste. Vielleicht soll das hier nun seine neue Junggesellenbude werden, und er ist darum bemüht, seinen Freunden gegenüber betont gefasst aufzutreten.

Die Kartons in Robins Wohnzimmer tragen alle den Namen der Umzugsfirma, die sie damals im Internet gefunden hat. Wie eine Fußballmannschaft, die eine Gedenkminute einlegt, stehen sie fein säuberlich in der Reihe, die Aufschrift nach außen. Irgendwann wird sie den Mut aufbringen, sie zu öffnen und all das Leid aus ihnen herauszulassen. Aber nicht heute.

Sarah

3. Vernachlässigung

Der Punkt war mir klar, sobald Jim ihn ausgesprochen hatte. Alte Kamellen. Das liegt alles über drei Jahre zurück, aber dass es nicht in Vergessenheit geraten würde, hatte ich sofort begriffen. Dafür war der Blick, mit dem er mich an diesem Tag angesehen hatte, zu eindeutig gewesen. Als würde er kurz innehalten, in seinem Kopf ein Foto machen und es für später archivieren. Geredet hat er nicht weiter darüber, da er seinerzeit eine Menge um die Ohren hatte und sich beruflich gerade erst freizuschwimmen begann.

Ich war eingeschlafen, nachdem ich mich um Violet gekümmert hatte. Hinter mir lag eine harte Nacht. Die Kleine hatte keine Ruhe gefunden, wollte nicht trinken, hatte kein Bäuerchen gemacht. Durchs ganze Haus war ich mit ihr gelaufen, hatte sie mit wachsendem Frust auf dem Arm gewippt. Jim schlief derweil. Er war mit schweren Schritten die Treppe hochgestapft und so erschöpft ins Bett gefallen, dass ich das Quietschen der Matratze bis unten hören konnte. Irgendwann gab Violet endlich auf, und ich fand ein paar Stunden unruhigen Schlaf, in denen mir ihre Schreie allerdings lange in den Ohren nachklangen. Am nächsten Morgen schlich ich wie ein Zombie herum, während Jim die Lunchbox, die ich ihm gemacht hatte, unter den Arm klemmte und wie gewohnt zur Arbeit aufbrach.

Ich machte es mir auf dem Sofa gemütlich, steckte mir ein Kissen unter den Kopf, warme Sonnenstrahlen drangen durchs Fenster, und wir beide ließen uns den Vormittag über vom Fernsehprogramm berieseln. Neben mir strampelte meine Kleine in dem hübschen Kleidchen und den schlabbrigen Strumpfhosen zufrieden mit ihren Schwabbelbeinchen. Ihr rosafarbenes Patschhändchen hielt meinen Finger fest gepackt.

Meine Augen standen offen. Sekunden später sprangen sie wieder auf. Ihr Schreien hatte mich geweckt, als sie vom Sofa gefallen war.

»Dabei kann sie sich doch überhaupt noch nicht drehen«, sprudelte es ungläubig aus mir heraus, als Jim nach meinem panischen Anruf ins Haus gestürzt kam.

»Darum geht es nicht«, hatte er gesagt, und ich war in mich zusammengesackt. »Mein armer kleiner Liebling!«

»Ich gebe doch nicht ihr die Schuld«, erklärte ich noch. Aber da hatte er sie schon genommen und mir den Rücken zugewandt. Mit zärtlichen Lauten besänftigte er ihr Weinen. Mit mir sprach er kein Wort.

Abends vor dem Fernseher stieß Jim mich mit dem Fuß an, um mich aufzuwecken. Violet lag mit offenem Mund und fest zusammengepressten Augen auf seiner Brust und schlief. Seit seiner eiligen Rückkehr klebte sie unablässig an ihm.

»Wir hätten ins Krankenhaus gehen sollen, um sie durchchecken zu lassen«, sagte er. Bevor ich etwas antworten konnte, wollte er wissen: »Schläfst du eigentlich häufig ein, wenn du auf sie aufpassen sollst?«

Ich versuchte erneut, es ihm zu erklären. Schlafen, sobald das Baby schläft, so lautet die Empfehlung. Eigentlich hätte nichts passieren sollen. Aber von nun an werde ich sie immer in ihren Korb legen. Und auf dem Sofa wird sie innen liegen, ich außen. Es wird nie wieder vorkommen. Er nickte bedächtig und sah wieder zum blau schimmernden Bildschirm.

Als ich dann vor vier Tagen, peinlich beäugt von der kompletten Familiendelegation, mit zittrigen Händen meine Sachen packen musste, habe ich Jim die müßige Frage gestellt: »Was meinst du eigentlich mit Vernachlässigung?«

Ich wollte nur hören, wie er die Sache darstellen würde. Ich wollte, dass aus seinem Mund eine solch völlig alltägliche Kleinigkeit, wie auf dem Sofa kurz einzunicken, für ihn und seine Eltern wieder auf Normalgröße schrumpfte.

»Als Violet klein war, hast du häufig einfach ins Leere gestarrt und sie ignoriert. Sie schrie nach dir, und du hast getan, als würdest du ihr Weinen nicht hören. Sie brauchte eine frische Windel, wurde schon wund, und du, Sarah, hast sie verflucht noch mal ignoriert! Diese ganze verdammte Scheiße meine ich! Entschuldige, Mum. Ich habe dich selbst dabei ertappt, Sarah. Damals dachte ich, es wäre ein einmaliger Ausrutscher, aber da lag ich falsch. Denn ich habe dich später wieder ertappt.«

Ich senkte den Blick, schloss den Reißverschluss an meiner Reisetasche und ging aus dem Raum. *Mein Gott*, dachte ich, *und ich hatte wirklich geglaubt, es geschafft zu haben.*

Kapitel 6

1990

Sarah

Unser Dad ist Gärtner.

»Landschaftsgärtner und Baumchirurg«, sagt er inzwischen dazu, seit ihm Drew Granger in einem tiefgründigen Gespräch auseinandersetzte, dass er selbst seinen Lebensunterhalt mit dem Verkauf »großer Ideen« verdiene.

Drew Granger zufolge kann man sich nennen, wie man will, die Leute nehmen es einem ab. Man kann behaupten, die eigenen Leistungen seien besser als die der Konkurrenz, und mit dem entsprechend selbstbewussten Auftreten problemlos höhere Preise verlangen. Dad schien damals nicht überzeugt, aber Mum ließ ein paar Werbezettel drucken, die klangen, als hätte Dad sein ganzes Leben damit verbracht, die Rasenflächen von Herrenhäusern mit der Nagelschere zu trimmen. Und tatsächlich bekam er jetzt mehr Aufträge von den Villen in den besseren Vierteln.

Für die konkrete Gartenarbeit hat Mum sich nie sonderlich interessiert. Ein schön grüner Rasen oder ein hübsches Blumenbeet bereiten ihr Freude, aber sie würde nie ihre ganze Leidenschaft in so etwas stecken. Da ist sie wie ich. Robin dagegen arbeitet gerne im Garten. Vermutlich, weil sie sich so richtig einsauen darf, zumindest wenn sie mit Dad draußen ist.

Schon komisch. Ich dachte, Hilary wäre in dieser Hinsicht genau wie Mum und ich. Natürlich stehen bei ihr Blumen auf dem Esstisch, und ihr modernes Haus ist von hübschen kleinen Blumenbeeten umgeben, aber die Vorstellung, sie würde sich nicht nur niederknien, sondern die Erde auch noch mit bloßen Händen anfassen, widerspricht so ziemlich allem, was ich bislang von ihr gesehen habe. Doch bei unserem letzten Ausflug in den Wellington Country Park ist mir aufgefallen, wie Hilary langsamer ging, um Dad irgendetwas über den pH-Wert von Böden zu fragen, und Stunden später quasselten sie beim Mittagessen noch immer über Setzlinge, Folientunnel und welche Rosenschere die beste ist.

Aus Mums Gesichtsausdruck wurde ich dabei nicht richtig schlau. Fürs Gärtnern hegte sie keine große Passion, aber Hilary war ihre Freundin, und vielleicht erregte es ja ihre Eifersucht, dass Dad sich weit über den Biertisch beugte, um mit Hilary zu reden, und dass er so begeistert darauf reagierte, endlich noch jemanden außer Robin gefunden zu haben, der sich für dieses Thema interessierte. Mum saß direkt neben ihm, musste jedoch damit vorliebnehmen, Drew Granger zu lauschen, der ihr erklärte, warum der Zeitpunkt für eine Access-Kreditkarte gerade günstig war und dass sie und Dad unser Haus verkaufen und etwas Größeres kaufen sollten, da die Wirtschaft derzeit so boome. Mum murmelte eine Antwort, und dann sahen sie beide zu Dad und begannen zu lachen. Als ich mich bückte, um Robins Messer aufzuheben, das zu meiner Seite hin hinuntergefallen war, schien es mir, als würden sich gerade die Füße von Mum und Drew voneinander lösen.

Robin

Robin wollte Callum nicht mögen. Er war die Jungsversion von Sarah, und ihre Schwester verkörperte alles, was Robin nicht war. Wie bei Schwestern so üblich, gerieten die beiden sich häufig in die Haare. Allerdings gab es etwas an Callum, von dem sie unwiderstehlich angezogen wurde: dieser Ausdruck in seinen Augen, der zu sagen schien, dass er etwas Amüsantes gesehen hatte, über das er aber nicht sprechen konnte. Oder dass er ein Geheimnis kannte, über das er Stillschweigen bewahren musste, das er jedoch womöglich bereit war preiszugeben, wenn er dir erst wirklich vertraute.

In der Schule hatte jeder von ihnen seinen eigenen Freundeskreis. Callum war groß und selbstsicher und konnte so gut dribbeln, schießen und köpfen, dass er beim Fußball jederzeit mitmachen durfte. Meist jedoch las er lieber oder unterhielt sich mit irgendjemandem über Bücher oder Fernsehsendungen. Sein Fußballtalent und seine Größe verschafften ihm bei den anderen Jungs – den lauten, wilden, frechen Jungs – den nötigen Freiraum, beides zu tun.

Trafen sich die Marshalls und Grangers außerhalb der Schule, tat Sarah praktisch alles, um in Callums Augen Anerkennung zu gewinnen. Gemeinsam kletterten die drei auf Bäume und erfanden spontan komplexe, sich laufend ändernde Spiele, wobei Sarah stets das mit Abstand meiste Engagement zeigte. Und dennoch. Robin hatte den Eindruck, dass Callums Schultern bei den Dingen, die sie sagte oder tat, heftiger ins Wackeln gerieten. Er selbst war nie vorlaut oder frech zu seinen Eltern, wenn Robin jedoch ihrer Mum oder ihrem Dad eine patzige Antwort gab, dann weiteten sich seine Augen, und Callum bebte förmlich vor Aufregung.

Angefangen hatte alles mit Robins Mum und Hilary, aber schon bald vermischten sich die beiden Familien zu einem neuen Gebilde. Gegen ihren Willen begann Robin, sich auf die Übernachtungen bei den Grangers zu freuen, auf das Filmeschauen oder das Erlernen von Kartenspielen wie *Shithead*, das sie flüsternd bis spät in die Nacht spielten.

Ihr fiel auf, wie auch bei den Erwachsenen die Grenzen zunehmend verschwammen. Die Mütter hatten zwar noch immer am meisten miteinander zu tun, regelten alles Organisatorische und trafen sich auch am häufigsten ohne die anderen, aber ansonsten bildeten die beiden Elternpaare jetzt eher eine gemeinsame Gruppe. Mitunter kam es sogar zwischen Robins Dad und Hilary zu Kontakten. Einmal erschien Hilary in Jeans und Sweatshirt und mit umgebundenem Kopftuch bei den Marshalls, um mit ihrem Dad zu der Gärtnerei zu fahren, in der er Samen und Erde kaufte. Und Drew und Robins Mum entwickelten eine ganz eigene Palette an vielsagend hochgezogenen Mundwinkeln und ironischen Anspielungen. Robin hatte den Eindruck, dass ihre Mutter die Ausführungen von Drew inzwischen häufig wiederholte, als wären sie das Evangelium. Sobald es um Geld oder Einkaufen ging, begann sie ihre Sätze mit: »Drew sagt …« Robin gefiel das nicht, und sie nahm an, dass es auch ihrem Dad nicht gefallen würde, aber bislang schien es ihm gar nicht aufzufallen.

Kapitel 7

Gegenwart

Sarah

4. Wut

Nummer vier auf Jims Liste war Wut. »Jeder wird mal wütend«, habe ich gesagt. Sie ignorierten meinen Einwand. Der Vorwurf war ungerecht. Niemand hat so hart wie ich daran gearbeitet, diese Empfindung in sich abzutöten. Schon als Kind habe ich alles versucht, nur um nicht wütend zu werden. Ich habe eine Faust geballt, mir die Innenseite meiner Wangen zerbissen und mir süße Ponys vorgestellt. Ich wollte immer nur, dass man in mir »ein liebes Kind« sieht.

Violet aber *ist* ein liebes Kind. Sie konnte mich mit ihren endlosen Fragereien kirre machen, mir mit ihren verwirrenden Launen den letzten Nerv rauben, aber wütend machte sie mich nie. Nicht wirklich.

Ich schätze, es dauerte etwa sechs Monate, bis alles dem gängigen Klischee entsprach. Ein schwer arbeitender Mann, der nur etwas Ruhe und Frieden haben möchte, wenn er nach Hause kommt. Und eine vollkommen ausgelaugte Frau, die den ganzen Tag mit einem permanent fordernden Baby allein ist. Ich weiß noch, dass ich irgendwo in einem Artikel die vielen Parallelen beschrieben fand, die zwischen der Betreuung eines Kleinkinds und psychischer Folter bestehen. Unter diesen Umständen ist niemand in der Lage, sein Bestes zu zeigen, und gerade das möchte man in dieser Zeit doch unbedingt.

Violet war kein *schwieriges Baby*, aber Babys sind eben schwierig. Der ständige Krach, das abrupte Anschwellen der Lautstärke, das nie endende Wechselspiel von Bedürfnissen und Wünschen, das Abwägen von Risiken, Beibringen von Regeln und Flehen um ein paar Momente Ruhe, in denen man zum Nachdenken kommt. Vor dem ersten Kind ist Nachdenken etwas, das man einfach tut. Danach ist es Luxus.

Heutzutage bedeutet elterliche Erziehung sanfte und vernünftige Verhandlungsführung. Als Robin und ich klein waren, befahl Mum uns kurz und bündig, die Klappe zu halten. Und wenn wir uns im Auto zankten, sauste ihre Hand plötzlich nach hinten und klatschte auf das erstbeste Knie in Reichweite. Heute geht das nicht mehr.

Aber Jim hat all die diplomatischen Anstrengungen und feinen Gratwanderungen, die den ganzen Tag über von einer Mutter verlangt werden, nie wahrgenommen. Jim ging zur Arbeit, und bei seiner Rückkehr war das Essen gekocht, das Baby gebadet und gefüttert und die Spielsachen aus dem Weg geräumt. Dass ich am Ende meiner Kräfte war, blieb unerheblich, wir hatten schließlich beide unsere Rollen zu spielen. Meine war Betreuerin rund um die Uhr. Seine war der einfühlsame, liebevolle Dad.

Und Jim ist tatsächlich ein guter Mensch. Wie zornig ich heute auf Jim auch immer sein mag, an dieser Einschätzung hat sich nichts geändert. Jim ist immer ein guter Mensch gewesen, von dem Jim unserer ersten Begegnung bis zu dem Jim, der mich inzwischen von unserem Mädchen fernhält. Er glaubt wirklich, das Richtige zu tun und die besten Gründe für sein Handeln zu haben.

Jim geht und steht immer ein wenig gebeugt, weil ihm seine große Statur unangenehm ist. Das dunkle Haar wird oben ein wenig licht und an den Schläfen grau. Ich finde ihn gutaussehend, auf eine unscheinbare Art gutaussehend. Ist das ein zweifelhaftes Kompliment? Wahrscheinlich.

Ich hatte jedenfalls keinen Anlass, mich über eine seiner Marotten zu beschweren oder über eine der Schwierigkeiten, die der Tag-und-Nacht-Job als Vollzeitmum mit sich bringt. Ich wollte es damals so, und ich will es auch heute noch. Allerdings war ich nie perfekt, und es ist mitunter vorgekommen, dass mir Fehler unterliefen, dass ich schrie und zupackte, statt geduldig mit Worten zu überzeugen.

»Verdammte Scheiße, ziehst du jetzt gefälligst diese verfluchten Schuhe an, Violet!«

Ich weiß, ich hätte das nicht sagen sollen und schon gar nicht in seiner Gegenwart. Prompt war Jim zu uns in den Flur gestürzt und hatte mich wie ein Rausschmeißer am Arm in die Küche geführt.

»Es tut mir leid«, hatte ich mit gesenktem Blick erklärt. »Ich war bloß so genervt.«

»Du bist erwachsen, und sie ist nur ein kleines Kind. Da musst du die Beherrschung behalten.«

Und das war's dann. Wieder ein Punkt auf der Liste.

Der Wohnblock hinter Robins Haus ist ein für Manchester typischer roter Backsteinkasten. Er besitzt seinen eigenen gezeitengleichen Rhythmus. Hunderte Frühstücke jeden Monat und Hunderte Abendessen. Als wären es Eisenspäne, die von einem riesigen, knapp außerhalb des Blickfelds installierten Magneten angezogen werden, strömt die Flut der Bewohner allmorgendlich durch die Tür nach draußen und abends wieder zurück ins Innere. Reihenweise Lichter, die zur Schlafenszeit erlöschen. Erleuchtete Fenster, die sich eins nach dem anderen in schwarze Rechtecke verwandeln.

Robins besonderes Interesse gilt jedoch denen, deren gelbes Licht nicht verlöschen will, bei denen das bläuliche Flackern der Bildschirme bis in die frühen Morgenstunden zu sehen ist. Hunderte Ängste, Hunderte Albträume. Die einsamen Farbkleckse in diesem Meer aus schwarzem Stein und die stillen, kleinen Gesichter an den nächtlichen Fenstern sind es, die sie beobachtet. Diesen Menschen gehört ihre Zuneigung. Deren Leben behält sie mit besorgter Aufmerksamkeit aus der Ferne im Auge.

Mr. Elster ist ein Nachtmensch. Und Robin fragt sich, ob sie womöglich unterschätzt hat, wie klar er die Bedrohung seiner Familie spürt. Gegen ihre schweren Lider ankämpfend, hatte Robin in der letzten Nacht verfolgt, wie Mr. Elster das Wohnzimmer verließ, langsam die Tür zum Zimmer des Jungen öffnete und an dessen Bett trat. Dort ging er in die Hocke, streckte die Hand zum Kopf seines Sohnes aus, zögerte aber, ihn zu berühren. Vermutlich aus Angst, ihn zu wecken, setzte er sich lieber neben das Bett an die Wand und legte den Kopf vorsichtig auf den Kissenrand, bis seine Frau heimkehrte. Auf hohen Stilettos staksend, kam sie ins Wohnzimmer und plumpste aufs Sofa. Mr. Elster schlich sich wieder aus dem Kinderzimmer und sah auf die betrunkene Gestalt herab. Schließlich zog er sie am Arm hoch und bugsierte sie aus dem Raum, zweifellos Richtung Schlafzimmer.

In der Wohnung darüber lebt eine junge Frau, die Nacht für Nacht über ihrem Laptop hängt und nur sporadisch aufsteht, um sich eine Schüssel Cornflakes zu holen. Ein Bein unter sich geklemmt, sitzt sie stundenlang im Pyjama da und hackt auf die Tasten ein. Robin vermutet eine Studentin.

Rechts unterhalb von Watkins/Elster wohnt ein altes Ehepaar, das oft die Mäntel anbehält, noch lange nachdem es nach Hause gekommen ist. Vielleicht braucht ihr warmes Wohnzimmer ja eine ganze Weile, die eisige Manchester-Luft aus ihren Knochen zu vertreiben, dachte Robin. Vielleicht mögen sie auch einfach nur ihre Mäntel. Ihrer schimmert in einem markanten Blaugrün, und sie trägt dazu burgunderrote Handschuhe und einen lilafarbenen Hut. Sobald die beiden heimkommen, geht sie in die Küche, wo Robin sie auch besser sehen kann, zieht Hut und Handschuhe aus, reibt sich die Hände und setzt den Wasserkessel auf.

Später erscheint die alte Dame dann meist noch einmal ohne Mantel in der Küche. Erst streift sie gemächlich eine Kittelschürze über, dann zwängt sie die Finger in widerspenstige gelbe Gummihandschuhe und spült langsam mit chirurgischer Präzision das Geschirr.

In den ersten Monaten nach ihrem Einzug hatte Robin in Mr. und Mrs. Pfau – so genannt nach ihrem Mantel – nur abgestumpfte alte Menschen gesehen, mit deren Beobachtung sie sich allenfalls beschäftigte, wenn es gar keine Alternativen gab und ihr Tagespensum an Schritten bereits absolviert war.

Eines warmen Frühlingstags jedoch trug Mr. Pfau mit hochgekrempelten Ärmeln nacheinander zwei Esstischstühle in den Gemeinschaftsgarten und richtete sie in der Abendsonne aus. Die beiden Alten machten es sich draußen gemütlich und stießen mit Gläsern an, in denen Gin Tonic zu sein schien. Nach dem ersten Schluck stellte er das Glas neben seinem rechten Pantoffelfuß auf den Boden und zog etwas aus der Hosentasche.

Mit geradezu mädchenhaftem Lächeln verfolgte Mrs. Pfau anschließend, wie ihr Mann Mundharmonika spielte und das Instrument temperamentvoll hin und her sausen ließ.

Seitdem musste Robin beim Anblick des Ehepaars Pfau häufig an ihre eigenen Eltern denken, die niemals so sein würden.

Bisweilen besitzt Robins Umherstreifen im Haus etwas Getriebenes. Angestrengt wälzt sie dann Ideen im Kopf, während sie von Zimmer zu Zimmer hetzt. Erinnerungen können kollidieren, zerfasern, sich völlig falsch wieder zusammenfügen. Robin fühlt sich nervös und hibbelig, kann keine Ruhe finden.

Früher ist sie dieses Kribbeln im Studio losgeworden oder hat es zu Entwürfen von Songtexten verarbeitet.

Als Robin ihr jetziges Haus in George Mews bezog, hatte sie sich noch eingeredet, dies diene allein dazu, sie von erdrückenden Ängsten zu befreien und den Heilungsprozess zugleich in Musik umzusetzen. Sie würde es machen wie die Band *Bon Iver*, nur in einem mehrgeschossigen Reihenhaus in Chorlton statt in einer Holzhütte im Wald. Sie hatte sich bergeweise Equipment liefern lassen, das zum Großteil noch originalverpackt in den Kartons steckte. Im Internet hatte sie nach dem perfekten Stift und den idealen Notizblöcken gesucht und sich antiquarisch die alten Ausgaben der Gitarrenzeitschriften besorgt, deren Anleitungen sie ihre ersten musikalischen Gehversuche verdankte. Doch sie hatte nichts geschrieben, nichts aufgenommen, und sie hatte auch keinerlei Ideen.

Stattdessen verbringt sie den Tag damit, zehntausend Schritte zu gehen und ihre Muskeln mit Hunderten von Kniebeugen, Liegestützen, Strecksprüngen oder Wiederholungen beim Kreuzheben und Bankdrücken zu quälen, bis sie zittern.

Die restlichen leeren Stunden füllt sie mit ihren Beobachtungen. Täglich notiert sie, was sie gesehen hat, zieht Vergleiche mit Vorangegangenem und kommentiert. Und das zu einer Wohnung nach der anderen. In der Regel geschieht nicht sonderlich viel. Alltagsleben, sonst nichts. Nudeln oder Kartoffeln abgießen. Geschirr spülen. Frauen und Männer, die sich mit eingezogenem Bauch vor ihrem Spiegelbild im Fenster drehen.

Wenn in den Wohnungen alles still wird und Robin sich nicht mehr auf den müden Beinen halten kann, sieht sie fern. Dann ruht ihre Hand oft auf der stummen Gitarre, die wie ein sonderbares Stofftier neben ihr liegt.

Manchmal erwischt sie sich dabei, wie ihre Finger den Rhythmus eines Songs klopfen. Aber es dauert nie lange, bis ihr Bilder aus der Kindheit in den Kopf schießen, und schon hat sie sich wieder gefangen. Der Song verschwindet, zermalmt gemeinsam mit den Erinnerungen, und sie stürzt sich erneut ins Schrittezählen und Hantelstemmen. Wenn gar nichts mehr funktioniert, nimmt sie eine der Schlaftabletten, die sie sich online besorgt hat, und krabbelt unters Bett wie in einen schützenden Kokon. Allerdings ist das Gefühl, hier sicher umhüllt und verborgen zu sein, in letzter Zeit immer stärker geschwunden. Die Zeichen einfach zu ignorieren fällt ihr zunehmend schwerer.

Auch heute hatte es wieder energisch an der Tür geklopft, ein Klopfen, das Robin inzwischen vor Angst die Kehle zuschnürte. Hier schaute keiner bloß zufällig vorbei, das musste sie sich jetzt eingestehen. Das war kein Paket für den Nachbarn, keine wohlmeinende Seele. Die jahrelange Zurückgezogenheit hatte Robins Sinne für Verhaltensmuster geschärft. Und hier lag ein Verhaltensmuster vor, das keinen Zweifel zuließ. Irgendwer hatte sie ausfindig gemacht, und simples Ignorieren würde dieser Jemand als Reaktion nicht akzeptieren.

Kapitel 8

1991

Sarah

Aus dem Erdgeschoss dringen die hohen Töne eines Popsongs und das schallende Gelächter der angeheiterten Erwachsenen zu uns nach oben. So geht das jetzt jedes Wochenende, weshalb Robin und ich mittlerweile Callums Zimmer auch schon »unser Zimmer« nennen. Ihm scheint das nichts auszumachen, obwohl mir aufgefallen ist, dass er bestimmte Sachen oben auf dem Kleiderschrank versteckt, damit sie keinen Schaden nehmen können, wenn Robin es mal wieder zu wild treibt. Aus irgendeinem Grund trägt in den Augen von seinem Dad nämlich immer Callum die Schuld, ganz egal, wer etwas angestellt hat.

An diesem Abend hatte Robin aus unserem Küchenschrank zu Hause Pinguin-Riegel, von Ostern übriggebliebene Schokoladeneier und Golden-Wonder-Chips in Callums Zimmer geschmuggelt. Kaum hatten unsere Mütter uns zu Bett gebracht, öffnete Robin ihren Rucksack und kippte alles aufs Bett. Callum geriet sofort in Panik. »Ich darf auf meinem Zimmer nicht essen. Dad bringt mich um, wenn er das Zeug entdeckt!«

»Aber wenn wir alles auffuttern, kann er unmöglich was finden«, versicherte Robin ihm. Dennoch stand er leise auf und klemmte vorsichtshalber den Schreibtischstuhl unter die Türklinke, um im Ernstfall mehr Zeit zu haben, alle verdächtigen Spuren zu beseitigen.

Robin schaufelte die Sachen nur so in sich hinein. Sie hat drei Kleidergrößen kleiner als ich, kann aber Portionen verdrücken wie ein Löwe. Doch jetzt, zehn Minuten nachdem alles verputzt ist, hält sie sich jammernd den Bauch.

»Du darfst dich auf keinen Fall hier drin übergeben«, fleht Callum. »Das bekommen wir nie wieder weg.«

»Hilf mir, sie ins Badezimmer zu bringen«, sage ich.

»Nein«, schluchzt Robin. »Ich will nach Hause.« Wie sie da steht und den Bund ihrer Pyjamahose von ihrem mageren Bäuchlein schiebt, wirkt sie auf einmal viel kleiner, geschrumpft auf ihre wahre Größe. Sechzehn Minuten Abstand, mehr nicht, und doch scheint sie einer anderen Generation anzugehören. Mein großer Moment ist gekommen. Ich liebe es, in solchen Situationen die Initiative zu übernehmen und mich um Leute zu kümmern. »Hol eine kalte Kompresse für sie«, weise ich Callum als erste Notfallmaßnahme an.

»Eine was?«, erwidert er mit verständnisloser Miene.

»Eine nasse Klopapierrolle oder so etwas«, erkläre ich in altklugem Ton.

Er schleicht den Flur hinunter ins Badezimmer und kommt mit einer tropfnassen Jumborolle zurück, die wir eine Weile an ihre Stirn pressen, als würde ihr Leben davon abhängen. Dann nehmen Callum und ich die Hände meiner wimmernden Schwester, stützen sie wie einen verwundeten Soldaten und steigen zu dritt nebeneinander die mit dickem Teppichboden ausgelegten Stufen hinab.

Ich kann Musik hören, *Midnight Train to Georgia*, und die tiefen Brummlaute unseres schnarchenden Vaters. Beim Schlafen hat er oft den Mund weit aufgerissen wie ein sterbender Fisch und zieht die Luft mit einem rauen Reiben in die Kehle, bevor er sie gurgelnd wieder ausatmet. Wenn Mum sich darüber ärgert, sagt er nur: »Ach, in Wahrheit gefällt dir doch das Schnurren deines Katers, Ang.« Aber das glaube ich nicht.

Wir kommen ins Wohnzimmer, und auf der großen Ledercouch, die Teil der neuen dreiteiligen Garnitur ist, sehe ich im schummrigen Licht meinen schlafenden Dad. Seine Füße liegen auf der Armlehne, ein Arm baumelt auf den Boden, das Fischmaul weit aufgeklappt. Ihn zu wecken macht keinen Sinn, und dieser Fall gehört sowieso in Mums Fachgebiet. Wo steckt Mum? Oder Hilary, das ginge auch. Irgendeine *Mum* brauchen wir jetzt.

Wir zwängen uns an den Möbeln vorbei zum angrenzenden Esszimmer. Am Tisch sitzt niemand, nur die Stereoanlage mit ihren auf und ab hüpfenden Anzeigen spielt unbeirrt vor sich hin. Der HiFi-Turm ist nagelneu und der CD-Player sein absolutes Prunkstück. Angeblich spielt er CDs sogar dann noch ab, wenn sie mit Marmelade verklebt sind. Da Robin darauf brennt, diese Behauptung in der Praxis zu überprüfen, wird Callum immer schon kalkweiß, sobald sie nur in die Nähe der Anlage kommt. Auch hier ist nichts von Hilary zu sehen, und so kurven wir weiter um den Esstisch in Richtung der strahlend weißen Küche.

Wir schieben uns durch den Türbogen, und Robin sackt dramatisch in sich zusammen, als hätte sie eine Überdosis Heroin intus. In diesem Moment sehe ich Mum.

Wirklich schlau werde ich aus der Szene nicht. Sie presst sich in einer Ecke der Küche eng an Drew Granger. Er lehnt mit dem Rücken gegen den Eckschrank mit diesen runden Regalbrettern, die sich herausfahren lassen – das coolste Teil, das ich je gesehen habe –, und Mum ist ihm zugewandt. Sein Knie lugt zwischen ihren gespreizten Beinen hervor. Ihr Rock ist hochgerutscht, und sie krallt sich in sein Hemd, als würde er sie aus einer Notlage retten.

»Mum«, fiept Robin. Ich glaube nicht, dass sie die Situation überhaupt erfasst hat. Callum und ich werfen uns einen Blick zu, und Mum und Drew schnellen auseinander wie ein aufplatzender Reißverschluss.

»Was gibt's?«, fragt eine Stimme hinter uns. Ich wirbele herum. Im Morgenmantel und mit Lockenwicklern im Haar tritt Hilary vom Flur in die Küche.

Callum bleibt stumm, Robin stöhnt und hält sich den Bauch, und ich schaue einfach nur verwirrt zu, wie die beiden Mütter in routiniert wirkender Zusammenarbeit das Heft in die Hand nehmen und eine sich um Robin kümmert, während die andere Callum und mich zurück ins Bett scheucht.

»Wo hebst du dein Andrews Salts auf?«, ruft Mum hinter Hilary her, die Callum und mich bereits zur Treppe dirigiert.

»Ganz links, oberste Schublade«, ruft Hilary zurück.

Bin ich vielleicht in *Twilight Zone* geraten? Hab ich womöglich nur geträumt, dass meine Mum mit Callums Dad herumknutscht, während mein Dad auf der Couch schnarcht?

Robin

Sarah und Callum sind schon wach und unterhalten sich leise, als Robin träge die Augen öffnet. Sie wälzt den Kopf herum und sieht neben sich am Bett einen Eimer stehen. Plötzlich fallen ihr wieder die Bauchschmerzen vom gestrigen Abend ein. Sie setzt sich auf, doch jetzt verspürt sie nur einen schrecklichen Hunger.

»Wie spät ist es?«, fragt sie schlapp.

»Kurz vor neun«, erklärt Callum nach einem Blick auf seinen Radiowecker.

»Worüber redet ihr zwei eigentlich die ganze Zeit?«, will Robin wissen. Dass die beiden sich ohne sie unterhalten *und* sie dabei auch noch aufwecken, ärgert sie.

»Über gestern Abend«, sagt Sarah.

»Was war denn gestern Abend?«

»Nichts«, sagt Callum. »Wir haben übrigens die große Sammelpackung von Kellog's unten, Robin. Du kannst die Frosties haben, wenn du magst.«

Robin springt so schnell aus dem Bett, dass sie fast über die eigenen Füße gestolpert wäre, und stürmt als Erste zur Tür hinaus.

Unten trägt ihr Dad noch immer die Sachen, in denen er am Abend eingeschlafen ist, und er hat noch immer seine besockten Füße auf die Armlehne gelegt, inzwischen allerdings steckt ein Kissen unter seinem Kopf. Robins Mutter steht im Nachthemd daneben und stupst ihn an, um ihm ein großes Glas Wasser zu geben, auf dessen Boden etwas Weißes schwimmt und sprudelt.

»Morgen«, sagt Angie, ohne ihren Töchtern oder Callum direkt in die Augen zu sehen.

»Morgen«, trällern die drei im Chor zurück, genau wie in der Schule (»Guten Morgen, Mrs. Ho-ward«, »Guten Morgen, euch al-len«).

Hilary und Drew sind in der Küche. Er trinkt Kaffee und liest irgendeine großformatige Zeitung, und sie wendet brutzelnde Würstchen und zischenden Speck in einer Pfanne. Hilary hat kürzlich mit dem Recyceln begonnen, daher sind die leeren Flaschen der Erwachsenen bereits ordentlich ausgespült in einer Box gesammelt.

»Warum zum Teufel bist du nicht angezogen, he?«, brüllt Drew Granger unvermittelt seinen Sohn an. Sarah und Robin mustern verlegen ihre eigenen Pyjamas und treten unsicher von einem Bein aufs andere.

»Ich geh schon«, sagt Callum leise.

»Wie geht's dir denn heute, Robin?«, erkundigt Hilary sich freundlich.

»Gut. Ich hab Mordshunger.«

Sie weiß zwar nicht, was sie Falsches gesagt hat, aber Robin bemerkt, wie Drew Granger das Gesicht verzieht und missmutig mit der Zeitung raschelt. Ihre Mum beobachtet alles vom Durchgang zum Wohnzimmer aus. Sie hat in Windeseile ihr Nachthemd gegen ein neues Sommerkleid ausgetauscht, das eng am Körper anliegt.

»Sehr hübsch«, sagt Drew Granger zu ihr. Sie lächelt und senkt den Blick. Hilary ist weiter damit beschäftigt, Würstchen und Speck zu braten. Robins Magen knurrt vernehmlich.

Kapitel 9

Gegenwart

Sarah

5. Die blauen Flecken

Vor Violet hatte ich solche Haut noch nie gesehen. Als ich sie das erste Mal hielt, war ihre Haut fast transparent und so weich, dass man sie kaum spürte. Sie roch nach Milch und Babypuder, ein flüchtiger und zugleich uralt anmutender Duft.

Ganz zu Anfang, bevor all die fette Milch unser Frühchen richtig auszufüllen begann, hatte Violet ungleichmäßig geformte rosa Beine, die sie wie ein Frosch zusammenklappen konnte. Sie trug die kleinsten aller Windeln, und wenn ich die Ärmel über ihre winzigen Fäustchen streifte, hatte ich immer das Gefühl, eine aus Eierschalen bestehende Puppe anzuziehen.

Sie war ein solch süßes, unschuldiges Würmchen. Angesichts ihrer unbekümmerten Vertrauensseligkeit kochte eine mörderische Wut in mir auf, sobald ich mir vorstellte, irgendetwas Böses könnte unter der Tür in ihr Zimmer kriechen und diese Schutzlosigkeit ausnutzen. Wir liebten einander vom ersten Moment an. Wo immer sie jetzt sein mag, in welchem Zuhause auch immer sie aufwacht, ich weiß genau, dass sie mich weiterhin liebt und dass diese Liebe von Schmerz und Verwirrung getrübt sein muss, weil ich nicht da bin. Und ich bin sonst immer da gewesen.

Ich habe Violet niemals absichtlich wehgetan. Die letzten knapp vier Jahre habe ich damit verbracht, sie vor allem Leid zu bewahren, das ihr drohte, und es mit Küssen zu mildern, wenn ich es doch einmal nicht verhindern konnte. Bebte ihr winziger Körper unter der Macht der Tränen, dann umschlang ich ihn, bis er sich beruhigte.

»Die blauen Flecken.«

Wieder ein Punkt ohne jede Erklärung. Zugleich hatte er mich herausfordernd angesehen. »Versuch bloß noch, es zu leugnen«, gaben seine erhobenen Brauen zu verstehen.

Aber da ließ sich nichts leugnen. Blaue Flecken hatte es tatsächlich gegeben. Alle Kinder haben blaue Flecken. Als Baby hatte sie allerdings noch keine. Erst mit den ersten wackligen Schritten sind auch die ersten vagen dunklen Stellen an ihren Beinchen aufgetaucht. Doch von diesen blauen Flecken ist gar nicht die Rede. Worauf er sich beziehen dürfte, sind die von letztem Jahr, als Violet zweieinhalb war. Um ehrlich zu sein, bin ich mir nicht einmal sicher, woher sie die überhaupt hatte. Das klingt natürlich furchtbar, ich weiß.

Mit einer Reihe anderer Mütter und Kinder aus der Krabbelgruppe bei uns um die Ecke waren wir seinerzeit zu einem großen Abenteuerspielplatz in Bracknell Forest rausgefahren. Wir hatten Fahrgemeinschaften gebildet, und Violet und ich waren im Minivan einer Frau gelandet, mit der ich zuvor noch nie ein Wort gewechselt hatte. Irgendwann kurz vor dem Ziel versandete die stockende Unterhaltung endgültig in Schweigen. Die Frau hatte Zwillinge, zwei Jungs, die ein wenig jünger als Violet waren, aber größer und wilder. Kleine Bulldozer. Auf der Rückbank herrschte lautstarkes Chaos, bis alle drei einschliefen, gerade als wir auf den Parkplatz bogen.

Der Abenteuerspielplatz war in verschiedene Bereiche aufgeteilt, und entlang der umzäunten Spielgeräte zog sich eine Reihe Picknicktische. An ihnen saßen die Frauen und einige wenige Männer, hielten Plastikbecher mit Kaffee in der Hand oder schenkten Tee aus Thermoskannen aus. Ich stand direkt am Zaun zum Spielplatz und ließ Violet nicht aus den Augen. Zögerlich folgte sie den anderen die Kletternetze hoch und die Rutschen hinunter. Verglichen mit dem kleinen Spielplatz in unserem Ort war dies hier eine andere Welt, und Violet wirkte eher eingeschüchtert als begeistert. Wir waren kaum angekommen, da wäre sie am liebsten schon wieder heimgefahren.

Eine der Mütter tippte mir auf die Schulter und bot mir Tee an. Ich wandte mich um und dankte ihr lächelnd für die freundliche Geste, während sie eingoss. Wir wechselten ein paar Worte darüber, wie unangenehm uns beiden solche organisierten Ausflüge waren.

»Schüchterne Menschen wie wir sollten zusammenhalten«, sagte sie, und mir tat es wohl, einer verwandten Seele begegnet zu sein.

Sie kehrte an ihren Tisch zurück, doch als ich wieder zum Spielplatz sah, konnte ich Violet nirgends entdecken. Auf dem dickmaschigen Netz, wo ich sie eben noch hatte klettern sehen, war sie nicht mehr und auch nicht auf der Rutsche, wo sie zuvor gespielt hatte. Die bulligen Zwillinge mit ihren Rotznasen waren da und tobten vollkommen unbeirrt. Auch die anderen Kinder, die ich in ihrer Nähe gesehen hatte, waren da, spielten und stritten sich. Nur sie fehlte. Ich geriet sofort in Panik. Mir dröhnte der Schädel vor Angst.

»Wo ist Violet?«, schrie ich den Zwillingen zu, aber die beachteten mich gar nicht. Ich rannte zu den Müttern hinüber, die in einer Gruppe zusammenstanden, und packte eine am Arm.

»Haben Sie Violet gesehen?«, fragte ich.

Sie schüttelten die Köpfe und setzten besorgte Mienen auf. Zwei kamen mit, um mir beim Suchen zu helfen.

»Welche ist sie noch mal?«, erkundigte sich eine rothaarige Mutter.

Ich wusste einfach nicht, wie ich sie beschreiben sollte. Ich sah sie vor mir, sobald ich die Augen schloss, sie war der Mittelpunkt meines Lebens, dennoch fehlten mir die passenden Worte.

»Keine Bange«, erklärten die Mütter unisono und strichen mir ermutigend über den Rücken. Ihre Energie verlieh auch mir neuen Schwung. Wir verteilten uns über das gesamte Gebiet. Verzweifelt drehte ich mich auf dem mit Rindenmulch ausgelegten Boden wie ein Karussell im Kreis. Zufällig streifte mein Blick das angrenzende Café, und ich sah eine Frau, die Violet fest an sich drückte. Ich rannte mit hämmerndem Herzen hinüber und versuchte, ihr Violet zu entreißen.

»Hey«, schrie die Frau. »Was soll das?«

»Sie gehört mir!«, schrie ich zurück.

»Sind Sie etwa die Mutter?«, fragte sie. »Sie war vollkommen alleine.«

»Ich habe sie nur für eine Sekunde aus den Augen verloren«, erklärte ich wütend. Zugleich war mir fast schlecht vor Erleichterung. Ich küsste Violets Wangen, streichelte ihr Haar. Sie zitterte und weinte noch immer.

»Wo bist du denn gewesen, mein Schatz?«, fragte ich sie. Die Frau, die sie gehalten hatte, wich uns nicht von der Seite, aber das bemerkte ich kaum. Violet presste sich fest an mich. Ihre Tränen durchnässten meinen Mantelkragen.

»Mutterseelenallein ist sie herumgelaufen und hat völlig verängstigt geweint. Und sie ist verletzt.« Die Frau stemmte die Hände in die Hüfte.

Violet muss wohl gedacht haben, ich wäre weggegangen, als sie mein Gesicht nicht mehr entdecken konnte. Ich machte mir schreckliche Vorwürfe, einer Unterhaltung mit einer Frau, deren Name ich nicht einmal kannte, Vorrang eingeräumt zu haben. Einer Unterhaltung, die immerhin lange genug gedauert hatte, dass Violet in dieser Zeit offenbar vom Kletternetz fallen oder mit irgendwas zusammenstoßen oder von einer Rutsche stürzen konnte. Anschließend hatte sie dann nicht mehr gewusst, wo ich stand.

Ein Arm und beide Beine waren mit blaugrünen Flecken überzogen, aber diese Prellungen entsetzten mich nur vorübergehend. Viel dauerhafter erschütterte mich das Gefühl, dass mir irgendetwas oder irgendjemand wichtiger gewesen war als sie. Ich schwor, so etwas würde mir nie wieder passieren. Schließlich wusste ich nur zu genau, wie sich das anfühlte.

Robin

Es war doch bloß ein kurzes Klopfen gewesen, hatte sich Robin am Vorabend eingeredet, als sie die Beine in der Bettdecke verknotete beim Versuch, endlich einzuschlafen. Nur ein kurzes Klopfen. Welches Unheil konnte jemand, der an der Tür klopfte, schon groß anrichten? Robin wohnte in einem belebten Außenbezirk von Manchester. Eine Buslinie führte direkt am Haus vorbei, und auf der gegenüberliegenden Straßenseite lag eine viel besuchte Grünanlage. Hier waren überall ständig Zeugen. Hunderte von Menschen, deren Anwesenheit allein schon jeden davon abhalten sollte, etwas Riskantes auch nur zu versuchen. Warum also hatte sie nicht einfach die Tür geöffnet?

Morgen würde sie aufmachen, wenn es klopfte, nahm sie sich vor. Mehr noch, sie würde die Tür weit aufreißen, »Ja, bitte?« sagen und dabei das Telefon in der Hand halten, um notfalls auf der Stelle die Polizei anrufen zu können. Und bestimmt würde das gar nicht nötig sein.

Im ersten Moment hatte sie diese Entschlossenheit beruhigt, doch sich vorzustellen, wie die Tür aufschwingt, grelles Tageslicht hereinströmt und ihr jemand sein wütendes, verzweifeltes Gesicht entgegenstreckt … Bevor sie noch wusste, was sie tat, war sie unter das Bett geklettert und hatte die Bettdecke hinter sich hergezogen.

Solche 180-Grad-Wendungen waren ihr durchaus vertraut. Erst dominierte ihr logisch denkendes Ich, dann kam ihr kaputtes Ich mit der Abrissbirne und zertrümmerte alle Vernunft. Wäre sie ein vernünftiger Mensch, hätte sie schon viele Dinge in den letzten Jahren anders gemacht. Sie hätte die eigene Post geöffnet, die Tür aufgemacht, wenn jemand klopft, in ihrem Bett geschlafen statt darunter, das eigene Haus auch mal verlassen, aufgehört damit, täglich ihre Schritte zu zählen, und schon längst vom einlullenden Kleinkinderkanal *CBeebies* aufs Erwachsenenprogramm umgeschaltet. Als normaler Mensch würde sie auch nicht glauben, dass Leben und Tod anderer Menschen ausgerechnet in ihren schmalen Händen lägen. Sie würde nicht für Wildfremde Verantwortung übernehmen, denn zurückbringen konnte sie damit niemanden.

Ein normaler Mensch würde einfach leben und nicht ständig vor, während und nach jeder Entscheidung alles haarklein analysieren. Doch normal, musste Robin sich eingestehen, war sie vermutlich noch nie gewesen.

Sie öffnete die Tür zu ihrem »Gym« – einem der freien Zimmer im ersten Stock –, legte sich auf die Hantelbank und versuchte, sich auf die Metallstange über ihrer Brust zu konzentrieren. Trainieren war wenigstens eine halbwegs normale Beschäftigung, auch wenn sie es endlose Stunden lang betrieb, sich in immer neue Serien mit einer schön glatten Zahl von Wiederholungen verbohrte, dabei natürlich keine Bereiche bevorzugen durfte und am Ende ihre Muskeln quälte, bis alles nur noch Brennen war.

Das tiefe Loch, in dem sie feststeckte, hatte sich im kalifornischen Los Angeles aufgetan. Die Band war in die Stadt gekommen, um an ihrem fünften Album zu arbeiten. Den ganzen Aufwand gönnten sie sich in der Hoffnung, dass der Ortswechsel inspirierend wirken würde.

Robin war nach draußen gegangen, um etwas frische Luft zu schnappen – wärmere und unverfälschtere Luft, als sie in dem klimatisierten Raum herrschte, den sie gerade verlassen hatte. Was ihr da am Vortag zugestellt worden war, beschäftigte sie unablässig. Dann sah sie es. Ein Dreier. Drei Kanaldeckel hintereinander. Sie schlug einen Bogen, trat hinaus auf die Fahrbahn, um ihm aus dem Weg zu gehen, genau wie sie es schon als Teenager getan hatte, damals allerdings noch auf dem Bürgersteig von Berkshire, nicht von L.A.

Warum versetzte dieser alte Aberglaube sie jetzt auf einmal wieder in Schrecken? Sie war sich nicht sicher. Vielleicht der Brief. Das billige linierte Papier mit den hässlichen aufgeklebten Worten lag in ihrem Hotelzimmer.

Die Sache mit den Kanaldeckeln war bloß eine alberne Angewohnheit aus den Neunzigern, eine Furcht aus Kindertagen, mit der damals einer den andern in der Stadt angesteckt hatte. Und auf konkrete Nachfrage hätte keiner von ihnen diesen Aberglauben tatsächlich erklären oder seinen Ursprung erläutern können. *Aber warum springen in den Städten so viele Teenager entsetzt auf die Straße, nur um einen Dreier zu vermeiden? Und warum gelten Zweier-Kanaldeckel als Glücksbringer? Sinn ergibt das alles nicht.* Nein, das tat es nicht. Nicht in

Südengland und ganz bestimmt nicht fast zwanzig Jahre später im San Fernando Valley. Hier gab es in der Umgebung des Studios weit furchteinflößendere Dinge als drei Gullideckel hintereinander.

Aber das war's. Der Tropfen, der das Fass zum Überlaufen brachte. Das Pawlow'sche Glöckchen, dessen Signal sie animierte, sich auf Zehenspitzen einen Erdrutsch aus Panikattacken und absonderlichen Ritualen hochzukämpfen, um sich oben dann mit wilder Entschlossenheit erneut mitten hineinzustürzen. Je verzweifelter sie versuchte, ihr Leben irgendwie in den Griff zu bekommen, desto schlüpfriger schien es zu werden, und desto mehr entglitt es ihr.

Vom Umgehen aller Dreifachgullis war es nur ein kleiner Schritt zu dreimaligem Händewaschen nach jedem Toilettenbesuch und dem ständigen Mitführen von Desinfektionstüchern, Sprays und alkoholhaltigen Lotionen, wobei L.A. sich als idealer Ort für Mysophobiker erwies. Es dauerte nicht lange und die Sicherheit im Hotel wurde zur fixen Idee. Wie besessen kontrollierte sie den kleinen Balkon vor ihrem Zimmer oder riss die Vorhänge zur Seite, weil sie dahinter jemanden vermutete und das auf sie gerichtete Augenpaar schon zu sehen glaubte.

Bis dahin hatte ein heißhungriger Blick von oder zu Steve, dem Schlagzeuger der Band, als gemeinsames Kürzel für drängendes Verlangen stets genügt. Bis dahin war Steve daran gewöhnt, in ihre Hotelsuite – die stets größer war als seine – gezerrt zu werden und ihr dort heimlich (schließlich war er ja nur der Drummer), aber keineswegs widerwillig zu Diensten zu sein. Jetzt blieb er auf dem Flur ausgesperrt.

Als die Band mit dem fertigen, bereits hoch gehandelten Album im Gepäck zur anstehenden Tournee nach England zurückkehrte, war Robin für jeden in ihrer Umgebung der blanke Horror. Sie war sich selbst ein Horror. Mit knapper Not stand sie einen gekürzten Probedurchlauf ihrer Show im Manchester Apollo durch. Die wütenden Mienen der anderen registrierte sie überhaupt nicht, da sie viel zu sehr damit beschäftigt war, den Drang zu bezwingen, sich auf der Stelle irgendwo zu verkriechen.

Steve mied jeden Blickkontakt aus Angst, sie könnte ihn als Ausdruck des Verlangens missverstehen. Alistair, der Bassist und Sänger, kommunizierte mit ihr fast nur noch über SMS oder über Nachrichten auf Hotelbriefpapier, die er unter ihrer Tür durchschob und deren freundlicher Ton zunehmend aggressiven Fragezeichen Platz machte.

Ihr Tagesablauf basierte auf einer strikten Abfolge von Hände waschen, Schlösser überprüfen, schlucken, Nägel schneiden und Knie kratzen. Ihre Haut war übersät mit roten, blutigen Stellen, in den Fingerspitzen hämmerte der Puls, und Gesprächen konnte sie nur schwer folgen, da sie in ihrem Kopf permanent die nächste Stunde, den nächsten Tag oder die nächsten Wochen durchplanen musste. Ihren Bandmitgliedern erzählte Robin davon natürlich nichts, auch nicht dem Manager, Fahrer, Pressesprecher, der Tourmanagerin, dem Kontakt bei der Plattenfirma oder sonst irgendjemandem. Was sie stattdessen tat? Nichts. Sie blieb einfach in ihrem Hotelzimmer, tat all diese Dinge, grübelte über nichts anderes nach, oder, schlimmer noch, sie saß mit den anderen zusammen, nahm aber nicht den geringsten Anteil.

Die Band begann ihre Großbritannien-Tournee in Manchester.

Und in Manchester machte es schließlich klick.

Robin brachte es nicht mehr fertig zu gehen.

Am Morgen des ersten Gigs war bei Robin Schluss. Sie hatte noch versucht, mit möglichst wenig Wirbel aus der Show rauszukommen, und diversen Leuten gesimst, dass sie ihre Stimme verloren habe und an starkem Fieber leide. Ein Studiomusiker würde für sie einspringen müssen. Doch keine fünf Minuten später klopfte es an ihrer Zimmertür. Bevor Robin auch nur aufstehen konnte, brüllte die Tourmanagerin Bev bereits durch die Tür. »Lass den Quatsch, Robin! Ich will heut nix von solcher Scheiße hören!«

Robin hatte sich auf den Boden gelegt und nicht geantwortet.

»Es reicht, Robin. Wenn du SMS schreiben kannst, kannst du auch spielen.«

Robin schrieb:

`Wie gesagt, hab Stimme verloren, kann daher nicht antworten. Bitte nicht so feindselig.`

»Ach, leck mich, Robin. Keiner verlangt, dass du den Mund aufmachst, aber du bist Teil einer großen Maschine, und man kann einfach nicht ein paar Stunden bevor es losgeht, ein zentrales Teil der Maschine ersetzen.«

Bev schwieg einen Moment. Wahrscheinlich taxierte sie ihre Chancen, die Tür mit dem imitierten Mahagonimuster einzutreten.

»Hör mal, Schätzchen. Das ist heute eure erste Show, da ist es völlig normal, wenn man sich ein bisschen mulmig fühlt, aber es ist doch bloß der kleine Saal, und im Publikum werden nur die Treuesten der Treuen sein. Also mach dich locker, okay? Ihr müsst nur ein paar der neuen Stücke ausprobieren und das bekannte Zeug spielen, das sie hören wollen. Kein Grund, sich einen Kopf zu machen, Robs.«

Robin antwortete nicht. Und nachdem so ziemlich jeder aus Band und Crew mit wachsender Genervtheit zu vermitteln versucht hatte, brauste ein Schwall an »Leck mich!«, »Ach, fick dich!« und »Total bescheuert, Robin!« auf, und die stapfenden Füße entfernten sich endlich. Robin stand auf. Sie trug noch immer den extrem flauschigen Hotelbademantel und die Einwegschlappen mit dem Hotelwappen. Ein Bogen Hotelbriefpapier mit Alistairs Handschrift lag an der Tür:

Verfluchte Scheiße, Robin. Wirst du denn nie erwachsen?

Wieder beschlich sie das grauenhaft beklemmende Gefühl, die Lungen nicht ausreichend füllen zu können. Sie atmete in heftigen Stößen ein und aus. Ihre Augen waren heiß und tränenfeucht. Sie legte sich zurück auf den Boden und zählte jeden Wulst an den Deckenleisten, bis sie einschlief.

Dass alle sauer auf sie waren, hatte es auch früher schon gegeben. Doch als Kind hatte sie Kraft daraus geschöpft, hatte Ärger provoziert und gehortet, bis sie einen mächtigen Klumpen davon besaß. Dieser Ärger dagegen erdrückte sie. Er schnitt ihr die Luft ab, stahl ihr die Stimme. Und jetzt, mehr als zwei Jahre später, musste sie manchmal laut mit sich selbst reden, nur um sicher zu sein, dass ihre Stimme noch funktionierte.

»Guten Morgen, Mr. Elster.«

Kapitel 10

1991

Sarah

Dad kümmert sich um eine alte Eiche auf einem großen Anwesen, das ungefähr eine Autostunde entfernt liegt. Die Arbeit ist etwas für Experten und so aufwändig, dass er häufiger von zu Hause fort ist, als ich gut finde. Irgendwie gerät bei uns alles aus dem Gleichgewicht, wenn er bis spätabends unterwegs ist. Als würde an einem Zelt ein Hering fehlen, und jetzt flattert die Plane so weit, dass Wind und Regen eindringen. Mum zählt schon an guten Tagen nicht zu den geduldigsten Zeitgenossen. Nun wirkt sie ständig genervt wegen irgendwas, und ich bewege mich nur noch mit höchster Vorsicht in ihrer Gegenwart, um auf keinen Fall zwischen die Fronten zu geraten, wenn sie und Robin wieder mal aufeinander losgehen.

Seit gestern ist Mum allerdings ungewöhnlich still. Keine dramatischen Seufzer, denen eine Auflistung von allem folgt, was sie Besseres mit ihrem Leben anfangen könnte, statt hier mit uns herumzustehen und unsere Zänkereien schlichten zu müssen. Sie jagt nicht hinter Robin die Treppe hinauf und droht, ihr für irgendwelche Unverschämtheiten den Hintern zu versohlen. Und sie reagiert auch nicht wütend, wenn wir alle halbe Stunde aufs Neue wissen wollen, was es denn heute zum Tee gibt. Sie sagt einfach nur: »Ach, ich weiß noch nicht«, oder etwas in der Art.

Für Frühling ist es heute ausgesprochen warm. Über uns spannt sich der Himmel in tiefem Orange, und die Luft ist angefüllt vom intensiven Duft der jungen Gräser. Richtiges Nasenbluten-Wetter, und bei mir ist es heute schon dreimal so weit gewesen. Mein Sommerkleid mit dem Vichy-Karo ist voller Blutspritzer. Gerade presse ich mir im Schulsekretariat ein durchweichtes Taschentuch auf die Nasenlöcher, und die Sekretärin fordert mich auf, den Kopf in den Nacken zu legen.

»Nein«, ruft die Lehrerin mit der Erste-Hilfe-Ausbildung und eilt herbei. »Nicht den Kopf zurücklegen. Einfach so halten und nicht bewegen. Hier hast du ein frisches Taschentuch.«

»Ich dachte ja nur an den Teppich«, höre ich Mrs. Woolacombe, die Sekretärin, noch grummeln, bevor sie wieder an ihrem Schreibtisch Platz nimmt und in ihr Butterbrot beißt.

Sie haben versucht, Mum anzurufen, aber niemanden erreicht. Ich erkläre ihnen, dass Mum bestimmt im Garten ist und das Klingeln nicht hören kann. Die Sekretärin sieht mich an, dann mein Kleid und den Teppich.

»Wenn deine Mum nicht da ist, musst du aber sofort wieder zurückkommen«, sagt sie ernst.

Ich spüre die Mittagssonne auf den Armen und bin ganz aufgeregt, um diese Zeit schon außerhalb der Schule zu sein. Während ich mit geschwollener Nase nach

Hause laufe, rauscht um mich herum das quirlige Erwachsenenleben und steckt mich mit seiner Energie an.

Dad hat unsere Haustür gerade erst frisch grün gestrichen, eine Maßnahme, um die Mum ihn schon seit Jahren gebeten hatte. Da nicht abgeschlossen ist, vermute ich, dass Mum es sich im Garten auf einer der Sonnenliegen gemütlich gemacht hat, die Beine frisch eingecremt und in der Hand ein Twix.

Ich schließe die Tür so leise wie möglich in der Hoffnung, mich noch unbemerkt in meinem Zimmer umziehen zu können, bevor ich etwas von dem Blut auf meinem Kleid erzähle. Am Fuß der Treppe höre ich ein Geräusch aus dem Wohnzimmer. Es klingt wie Mum, die lacht oder vielleicht auch singt, aber schneller als sonst und merkwürdig schrill. Dann höre ich einen anderen Laut. Eher ein grunzendes Schnaufen wie von einem Hund, der im dichten Gras aufgeregt ganz viele Gerüche erschnüffelt. Ich bleibe gebannt stehen und fange ein winziges Tröpfchen Blut auf, das sich von meiner Nase gelöst hat.

Noch immer überlege ich, nach oben zu gehen, und meine Hand greift bereits nach dem Geländer, doch ich kann einfach nicht anders und muss nachsehen. Zur Beruhigung rede ich mir ein, nur rasch überprüfen zu wollen, ob alles in Ordnung ist. Aber das stimmt nicht. In Wahrheit bin ich neugierig, auch ein wenig verängstigt, auf jeden Fall kann ich mich beim besten Willen nicht davon abhalten, ein Auge an den Spalt zwischen Tür und Rahmen zu legen und hineinzuspähen. Drinnen ist es dunkel. Beim Vorbeigehen hatte ich von der Straße aus gar nicht bemerkt, dass die Vorhänge zugezogen sind. Lichter brennen keine, nur durch die verhüllte Fensterfront fällt ein orangefarbener Schimmer.

Drew Granger räkelt sich lang ausgestreckt auf dem Sofa, unter ihm ein Fächer aus blondem Haar. Sein nackter Oberkörper offenbart rosafarbene Haut, die Hosen baumeln ihm lose von der Hüfte. Von meiner Mum kann ich nicht viel sehen, nur ihre Hände und Arme, die seinen Rücken fest gepackt halten, und ihr neues Sommerkleid, das zusammengeknüllt auf dem Boden liegt.

Er ist groß und breit, mit einem mächtigen, tonnenförmigen Brustkasten, ohne dabei fett zu sein. Ein Schwergewicht eben. Mein Dad ist schmal und drahtig. Gebaut wie ein Affe, sagt er selbst immer, was beim Bäumeklettern natürlich von Vorteil ist. Drew Granger ähnelt mehr einem Gorilla. Haariger, massiger, lauter. Ein Kraftpaket.

Ich habe so etwas noch nie gesehen. Der einzige Mann, den ich bis dahin nackt gesehen hatte, war mein Dad, und auch das nur selten. Etwa, als ich dringend aufs Klo musste und er gerade in der Badewanne lag. Oder an dem Samstag, als die Waschmaschine noch vor dem Frühstück die Küche unter Wasser setzte, und Robin und ich entsetzt zu kreischen begannen. Da erschien Dad plötzlich wie aus dem Nichts splitternackt und drehte das Wasser ab.

Mir gefällt nicht, wie groß Drew Granger ist. Mir gefällt nicht, wie meine Mum unter seiner Masse erdrückt wird, und mir gefällt schon gar nicht, dass ihr das auch noch so viel Spaß zu machen scheint. Mein armer schmaler Affen-Dad. Ich stelle mir vor, wie er gerade in der alten Eiche herumklettert und sich so abmüht für uns, und spüre Tränen in meinen Augen.

Rasch laufe ich wieder zur Haustür und in unseren kleinen Vorgarten hinaus. Ich renne vorbei an Grangers BMW, den ich auf dem Hinweg völlig übersehen hatte, und kehre in die Schule zurück. Noch immer halte ich dasselbe blutverschmierte Taschentuch an meine Nase gepresst, mit dem ich schon aufgebrochen war.

»Keiner da«, sage ich nur zu Mrs. Woolacombe, den Blick zu Boden gerichtet.

Robin

Irgendwas ist mit Sarah los, aber Robin weiß nicht was. Dass irgendeine geheime Sache ihre Schwester derart aus der Fassung bringt, ist verblüffend und beschäftigt Robin stärker, als sie erwartet hätte. Normalerweise sondert Sarah einen nie versiegenden Strom an Rügen und Ermahnungen ab, aber in den letzten Tagen hat ihre Zwillingsschwester sie kaum einmal richtig angeschnauzt und verpetzt schon eine ganze Woche nicht mehr. Stattdessen verbringt Sarah, wie Robin bemerkt hat, ungewöhnlich viel Zeit in ihrem Zimmer und geht ihrer Mutter demonstrativ aus dem Weg. Eine kuriose Folge davon ist, dass Angie nun mehr Zeit mit Robin verbringt, auch wenn die noch schwankt, ob sie das gut finden soll oder nicht.

So durfte Robin diese Woche mit zum Friseur, und ihre Mutter erlaubte zum ersten Mal, dass sie sich die

Haare kürzer als schulterlang schneiden ließ. Und dann wurde Robin, ungeachtet einiger böser Worte, die sie austauschten, sogar zur wöchentlichen Einkaufstour in den Safeway eingeladen. Diese eigentlich lästige Pflicht besaß durchaus ihre Vorzüge, da man sich an der Kasse ein Comic und Süßigkeiten aussuchen durfte und sich einbilden konnte, ein Mitspracherecht beim Essensplan für die nächste Woche zu haben.

»Hot Dogs, Mum?«

»Gute Idee, Robin. Wir nehmen Bratwürste, ich mach Yorkshire-Pudding, und dann gibt's Toad in the Hole.«

Ihr Dad verhält sich ebenfalls nicht unbedingt normal. Er starrt auf den Fernseher, ohne bei den lustigen Stellen zu lachen. Heute Abend hat er nicht einmal seine Portion aufgegessen, obwohl es Gegrilltes gab, was er doch so liebte. Selbst Sarah warf Robin einen erstaunten Blick zu, als sie den halbvollen Teller ihres Vaters auf dessen Platz bemerkte. Jack und Angie streiten auch gar nicht mehr. Es macht den Eindruck, als würden sie beide bloß ständig die Luft anhalten. Früher hätte Robins Mum sich vor Jack aufgebaut und herausfordernd gefragt, was denn gefälligst an den Schweinekoteletts, Würstchen und dem Spiegelei so eklig wäre, dass er plötzlich alles übrig ließ. Aber sie schien nicht einmal Notiz davon zu nehmen.

Während ihr Dad, den Kopf auf seine freie Hand gestützt, noch mit der Gabel in den Essensresten herumstocherte, erkundigte Robin sich nach den Plänen fürs Wochenende. Sie hoffte auf einen Ausflug in einen Biergarten, wo Callum, Sarah und sie nach Herzenslust herumtoben konnten, und nicht auf die Albtraumvariante

Kunsthandwerkermarkt, für die ihre Mutter seit Neuestem eine Schwäche entwickelt hatte.

»Ich weiß noch nicht genau, Robin«, hatte Angie gesagt, und Robin wie Sarah war aufgefallen, wie ihr Dad das Stochern in seinem Essen unterbrach und seine Frau musterte. Überrascht wirkte sein Gesichtsausdruck nicht unbedingt, aber irgendetwas Sonderbares lag schon darin.

Inzwischen ist Sarah mal wieder früh schlafen gegangen und in ihrem Zimmer verschwunden. Robin, die sich eher ans Sofa ketten und die Augenlider mit Streichhölzern aufhalten würde, als freiwillig ins Bett zu gehen, bringt dafür kein Verständnis auf. Dann klingelt es an der Tür. Die drei verbliebenen Marshalls sehen einander verwundert an. Schließlich stößt Angie einen ihrer theatralischen Weltuntergangsseufzer aus und stemmt sich von der Couch hoch, um aufzumachen.

»Hey, hallo, komm doch rein«, hört Robin ihre Mutter sagen.

Es folgt das verräterische Schmatzen von Bühnenküsschen, jedoch ohne den früher so innigen oder amüsierten Nachdruck. Heute nichts als Luft.

»Hallo, Jack.« Die sanfte Stimme von Hilary erinnert Robin an Frauen aus der Kaffeewerbung.

»Grüß dich«, erwidert ihr Dad, schenkt Hilary ein kurzes Lächeln und schaut sofort wieder auf den Fernseher.

Die beiden Frauen ziehen sich zum Reden in die Küche zurück. Bald kriecht blaugrauer Zigarettenqualm unter der geschlossenen Tür durch, und immer wieder dringt in den nächsten zwei Stunden das Pfeifen des Wasserkessels zu ihnen hinaus. Robin ist mit der Entwicklung hochzufrieden, da ihr Vater stets vergisst, sie ins Bett zu schicken, solange sie sich nur ruhig genug verhält.

Vor ihrem Aufbruch kommt Hilary dann noch einmal ins Wohnzimmer und fragt Robins Dad leise, ob es beim geplanten Besuch eines Gartencenters am Wochenende bleibt. Baff erstaunt, vernehmen Robins gespitzte Ohren, wie Jack sofort bestätigt, dass der Plan natürlich weiterhin gelte, obwohl ein paar Stunden zuvor ihre Frage nach dem Wochenende noch abgetan worden war.

»Vielleicht können wir anschließend ja alle gemeinsam irgendwo zu Mittag essen«, fügt Hilary mit Blick auf Robin hinzu.

»Mal sehn«, sagt Jack.

Zum Abschied gibt's nicht einmal Luftküsschen.

Und plötzlich nimmt Robins Dad das kleine Mädchen wahr, das sich in der Sofaecke zusammenkugelt und Sendungen sieht, für die es noch zu jung ist.

»Na los, du Krümel, ab ins Bett«, sagt er, und zum ersten Mal an diesem Tag scheint Leben in ihn zu kommen.

Sie gingen nicht gemeinsam essen an diesem Wochenende. Callum kam zu den Marshalls und blieb mit Robin und Sarah im Haus, und sie sahen sich erst die neuesten Musikvideos in der *Chart-Show* an und danach *Das total verrückte Campingparadies*, während Angie ein wenig durch die Geschäfte bummelte und ihr Dad mit Hilary ins Gartencenter fuhr. Bis zu diesem Zeitpunkt hatten Angie und Jack sich noch immer nicht gestritten. Irgendwas lag in der Luft.

Kapitel 11

Gegenwart

Sarah

6. Übertriebene Kontrolle

Was soll das überhaupt heißen? Als er es sagte, fiel mir auf, wie Jims Mutter leicht nickte. Vermutlich ist sie selbst sich dieses Nickens gar nicht bewusst gewesen, aber mir sagte es alles.

Ich habe schon immer sehr zu Selbstkontrolle geneigt, und es hat mich jedes Mal enttäuscht, wenn ausgerechnet Frauen darin einen Makel sahen.

All diese Begierden, diese Triebe.

Nach meinem ersten und einzigen Ausrutscher hatte ich an meiner Selbstkontrolle weiter gearbeitet, und ich war stolz darauf, wie sie mich all die Jahre hatte durchstehen lassen. Oder meinte er damit vielleicht zu viel Kontrolle über Violet? Aber wie kann man ein dreijähriges Kind übertrieben stark kontrollieren? Das ist die Wild-West-Phase aller Kinder. Nicht länger ein Baby, nicht länger mit einem Gitterbett oder einem Hochstuhl zu bändigen, aber zu jung, um vernünftigen Argumenten zugänglich zu sein. Abgesehen davon ist Violet ein braves Kind, das nicht viel Kontrolle benötigt. Unser Junge, mein Junge, der würde der kleine Racker sein. Den würde ich nicht kontrollieren können.

Ich habe immer schon gesagt, dass ich zwei Kinder haben möchte. Am liebsten erst ein Mädchen und dann einen Jungen. Auch Jim hatte immer zwei Kinder haben wollen. Ob Junge oder Mädchen, das sei ihm egal, meinte er. Mir auch, sagte ich.

Um auf eine Beziehung mit Jim richtig vorbereitet zu sein, hatte ich eine Menge Dinge zu lernen. Und eine Menge Dinge zu verlernen.

Ich versuchte, aufmerksam und zuvorkommend zu sein, wusste aber gar nicht richtig, was man darunter verstand. Woher hätte ich die Vorbilder dafür auch nehmen sollen?

Jim aß gerne gemeinsam mit Violet, sobald er von der Arbeit nach Hause kam. Er übernahm gerne das Baden und Ins-Bett-Bringen – die Spätschicht, wie er es nannte. Vor dem Abendessen zog er sich gerne noch um, duschte den Arbeitstag fort und schlüpfte in Jogginghose und T-Shirt. Seine Feierabendkluft. Meine Kochkünste gefielen ihm nicht unbedingt so gut, wie er es zu Beginn noch behauptet hatte, und immer häufiger kamen Bemerkungen und Änderungsvorschläge. Durchzuhalten kostete viel Kraft. Mir unterliefen eine Menge Fehler. Nicht nur, was das Kochen betraf.

Bis heute neige ich dazu, Dinge falsch zu verstehen. Je stärker ich nach dem Verlesen der Liste versuchte, die Bruchstellen zu kitten, desto weiter vertiefte ich sie bloß. Irgendwann erreichte ich den Punkt, an dem ich abbrechen und mich neu sammeln, neu finden musste. Doch ich brauchte eine Weile, das zu begreifen. Erst strampelte ich mich noch sinnlos ab und versaute das Bild von mir völlig.

Inzwischen sind vier Tage seit der Verkündung der Liste vergangen.

In der ersten Nacht unter fremdem Dach hatte ich vor lauter Verwirrung keinen Schlaf gefunden. Ich lag nicht in dem Bett, in dem ich morgens noch aufgewacht war. Nichts roch wie sonst. Und am nächsten Tag rissen mich keine Kinderrufe aus dem Schlaf. Niemand brauchte mich.

Dabei war der Drang, bei ihr zu sein, unvermindert stark. Den Großteil des Tages versuchte ich, brav den Anweisungen zu gehorchen und mich von ihr fernzuhalten. Dann hielt ich es nicht länger aus. Mit einem Teddy für Violet fuhr ich hinüber zu meinem Haus. Nirgends brannte Licht. Das Haus war leer. Mein Schlüssel passte nicht mehr. Allein die rasende Geschwindigkeit, in der alles sich geändert hatte, jagte mir einen eisigen Schrecken ein. Das Taxi hatte bereits gewendet und rollte aus der Stichstraße, in der wir wohnten, doch zum Glück sah der Fahrer, wie ich hinter ihm herlief. Mir war klar, wo sie steckten. Ich fragte mich, wie lange das Ganze wohl schon geplant war und wann sie Violets Trunki-Kinderkoffer hinter meinem Rücken gepackt hatten. Hatte Jim die Sachen etwa schon beiseitegeschafft, während ich mit Waschen und Zusammenlegen beschäftigt war? Ich vertrieb die Vorstellung und versuchte, die brennende Wut in meiner Brust zu besänftigen. Ich bat den Fahrer sogar, an einer Tankstelle zu halten, um ein paar Blumen für Jims Mutter zu kaufen. Reine Gewohnheit.

Als wir Jims Elternhaus erreichten, sah ich seinen Wagen in der Einfahrt stehen. Hatte er vorab Urlaub für diesen Tag genommen oder sich heute krankgemeldet? Die logistischen Fragen machten mich vollkommen kirre. Diesmal bat ich den Fahrer zu warten, bevor ich zur Tür ging und ungewollt energisch klopfte. Als Jims Mutter öffnete, hörte ich das Lachen meiner Tochter aus dem Nebenraum. Ich streckte Jims Mutter den Blumenstrauß entgegen und bat, hereinkommen zu dürfen. Und diese Frau, die mir einst versichert hatte, wie froh sie darüber sei, dass ich mich so gut um Jim und so gut um Violet kümmern würde, dieselbe Frau starrt mich jetzt an, als hätte ich sie um einen intimen Blick in ihr Schlafzimmer gebeten.

»Darf ich?«, fragte ich erneut mit brechender Stimme.

Violet hatte zu lachen aufgehört, meinen Namen ausgerufen, und kam jetzt zur Tür gerannt. Das gewellte goldene Haar hüpfte beim Laufen, und ihre Augen strahlten mich an. Sie trug ein neues pinkfarbenes Kleid. Ich hatte sie gerade erreicht, um sie in die Arme zu schließen, als Jim hinter ihr in den Flur stürmte und sie von mir fortriss.

»Nein«, schrie ich, »bitte nicht!«

»Du musst wieder gehen, Sarah«, erklärte seine Mutter und fixierte den Boden zwischen uns.

»Aber ihr habt doch versprochen, mich zu ihr zu lassen.«

»Wir haben gesagt, du sollst dir Hilfe bei deinen Problemen suchen und dann vielleicht …«, sie brach ab, hob den Kopf und schenkte mit einen kurzen Blick. Heiße Tränen schossen mir in die Augen. Da mir die Worte fehlten, ballte ich nur die Fäuste und zermalmte die mitgebrachten Blumen so heftig, dass Teile davon auf die Fußmatte fielen.

»Du musst wieder gehen, Sarah.« Jims Mutter holte tief Luft und fügte flüsternd hinzu: »Wenn nicht, müssen wir die Polizei in die Sache hineinziehen, und das willst du doch bestimmt vermeiden.«

»Ich will einfach nur zu Violet«, schrie ich lauter als beabsichtigt. »Ich hab doch nichts Unrechtes getan.«

»Wenn du das wirklich glaubst«, erwiderte Jims Mutter plötzlich mit gleicher Lautstärke, »dann bist du noch verrückter, als wir gedacht haben.«

Der Taxifahrer bemühte sich erst gar nicht mehr um eine Unterhaltung und brachte mich schweigend ins B&B zurück. Ich lehnte den Kopf an die Fensterscheibe und spürte das Vibrieren des Motors in meinem Unterkiefer, während die Tränen mir im Zickzack über die Wangen liefen.

Gestern habe ich es dann noch einmal versucht. Jim und seine Eltern verfolgten vom Fenster, wie ich so fest gegen die Tür hämmerte, dass sie in den Angeln sprang. Als ich es heute erneut probierte, kam Jim heraus, packte mich am Arm und führte mich wie einen renitenten Säufer zum Taxi zurück.

Später ging ich zur Bank, bevor ich es mir anders überlegen konnte, und leerte sein Konto mit der Karte, die er mir zum Einkaufen gegeben hatte. Nachdem ich auch die kleine Summe abgehoben hatte, die auf meinem eigenen Sparkonto lag, packte ich alles Geld in meine Reisetasche und nahm den Bus nach Guildford.

Am Bahnhof stieg ich aus und marschierte mit meiner

Tasche zum nächsten Fahrkartenschalter. Der Mann hinter dem Tresen lächelte mich an. Mich hatte schon lange niemand mehr angelächelt. Weinend stammelte ich mit kraftloser Stimme: »Ich brauche ein Ticket nach Manchester. Nur Hinfahrt.«

Robin

Viertausend Schritt hatte Robin von ihrem Tagesprogramm bereits absolviert, als sie oben im Schlafzimmer hinter dem Vorhang stehen blieb. Dort steht sie jetzt noch immer und pausiert. Geklopft hat es heute bislang nicht, aber irgendwie ist das Warten darauf fast schlimmer als das tatsächliche Ereignis. Wird es heute aggressiver sein? Wird länger gegen die Tür gehämmert werden? Werden es diese Leute zur Abwechslung vielleicht an der Hintertür versuchen? Werden sie womöglich warten, bis es dunkel ist, um dann aufs Dach der Küche zu klettern, das Fenster im ersten Stock mit geschickten Handschuhfingern zu öffnen, geräuschlos wie eine Katze ins Zimmer zu springen und in ihrem Haus herumzuschleichen, während sie schläft?

Letzte Nacht hatte sie keine Ruhe finden können. Bis in die frühen Morgenstunden hatte sie wachgelegen und war in ihrem verzweifelten Ringen, die Gedanken an das Vergangene auszusperren, nicht in der Lage gewesen, zugleich auch die Ängste der Gegenwart in Schach zu halten. Am Ende war sie aus dem Bett gestiegen und lieber, statt sich darunter zu verkriechen, in den »Fitnessraum«

gegangen, um sich mit Kettle Bell Squats und Radfahren bis zur Erschöpfung auszupowern.

In gewisser Weise war sie damit erfolgreich gewesen. Nachdem sie auf dem Ergometer fünfzehn Meilen gefahren war, ohne sich von der Stelle zu rühren, hatte sie die Kugelhantel genommen und zweihundertachtzig Kniebeugen gemacht. Immer nach zwanzig eine Pause, und die letzten zwei Serien mit geschlossenen Augen. Zumindest waren die Zahlen alle hübsch gerade, rund und glatt. Anschließend hatte sie sich aus ihrem Gym ins Bad geschleppt, heiß geduscht und war die Treppe hinauf zurück in ihr Schlafzimmer im zweiten Stock gestiegen. Eine normale Nacht vorzutäuschen machte nun auch keinen Sinn mehr, daher hatte sie sich in die Decke gewickelt und war unters Bett gekrochen.

Jetzt, am nächsten Nachmittag, schmerzen ihr noch immer die Knie, und ihre Beine fühlen sich vom Muskelkater hart und steif an. Eine Hand auf die Fensterbank gestützt, lehnt Robin am Fensterrahmen und starrt zur Hofseite hinaus. Gegenüber sieht sie die beiden Elsters, aber nirgends ein Anzeichen von ihrem kleinen Sohn. Dass beide Eltern vor fünf zu Hause sind, ist ungewöhnlich. Ein kurzer Blick auf ihre Körpersprache, auf die Art, wie sie einander drohend umkreisen, genügt, um zu erkennen, dass hier alles in Schieflage geraten ist.

Robin schaut weg und kontrolliert stattdessen, was die Studentin darüber macht, aber deren Wohnung ist verlassen. Auf dem Tisch steht noch die leere Müslischale von der letzten Nacht. Auch von dem alten Ehepaar, Mr.

und Mrs. Pfau, ist nichts zu sehen. Bloß der junge Mann, dessen Einzug Robin kürzlich beobachtet hat, lehnt rauchend unten an der Gartenmauer. Er drückt den Stummel an der Mauer aus, lässt ihn zu Boden fallen und geht langsam zurück ins Haus.

Robin schwenkt den Blick rasch wieder in die Mitte des Gebäudes und betrachtet die Elsters. Sie tigern noch immer direkt vor dem Fenster im Kreis. Papiere und kleinere Gegenstände fliegen durch die Gegend. Inzwischen ist auch Mrs. Pfau alarmiert, vermutlich aufgeschreckt von dem Geschrei, das Robin hier drüben nicht hören kann. Mit dem Besen in der Hand steht sie reglos vor ihrer Wohnungstür und reckt gebannt den Kopf.

Neu ist das Spektakel für sie nicht. Aber für eine gelangweilte Rentnerin wahrscheinlich eine unterhaltsame Abwechslung. Zur Richterin aufschwingen will Robin sich bei alldem nicht. Immer wieder ermahnt sie sich, lediglich eine Art Hüterin zu sein, die über das Leben der Menschen von gegenüber wacht. Sobald sie jedoch ernsthaft über diesen Anspruch nachdenkt, fällt er in sich zusammen. Wäre sie bei ihren Observierungen wirklich von Fürsorge getrieben, würde sie mehr Zeit darauf verwenden, die junge alleinerziehende Mutter im Auge zu behalten, die nachts mit ihrem schreienden Baby in der Wohnung auf und ab läuft. Sie würde sich um das alte Ehepaar sorgen, bei dem die Frau immer mehr Arbeit mit ihrem gebrechlich werdenden Mann hat, der bisweilen einfach aus dem Haus schlurft und von Mrs. Pfau dann nur noch im letzten Moment aufgehalten und zur Umkehr überredet werden kann.

Nein, Robins Interesse ist keineswegs rein selbstloser Natur. Mr. und Mrs. Elster bilden einen bedeutsamen Teil ihrer Bewältigungsstrategie. Sie haben ihr als verlässlicher Fixpunkt gedient. Sie sind richtig und musterhaft gewesen, eine stete Mahnung, wie normale Familien aussehen sollen. Auf keinen Fall will Robin, dass sie zu Henry und Karen Watkins schrumpfen, einem von zahllosen gescheiterten Paaren. Schon die sich aufdrängende Vorstellung, alle Familien könnten gleichermaßen im Arsch sein, hat genügt, Robins ganze Ordnung durcheinanderzuwerfen.

Kapitel 12

1991

Sarah

Seit ich Mum und Drew auf der Couch gesehen habe, steht mir dieses Bild vor Augen, wo immer ich hinschaue. Die neuen Kleider, die Mum trägt, zeigen es mir. Oder wie Drew sie in diesen neuen Kleidern beäugt. Oder dass Hilary sich kaum noch schminkt, als wäre ihr alles egal geworden. Oder wenn Dads Gesicht wieder diesen völlig abwesenden Ausdruck annimmt, der darauf hindeutet, dass er vermutlich doch Bescheid weiß. Die beiden Familien treffen sich nach wie vor, aber es herrscht eine merkwürdige Stimmung. Als würden wir unter einer großen grauen Wolke stehen, aber der Regen will einfach nicht fallen. Ein falsches Wort und womöglich beginnen alle sofort, sich gegenseitig anzukläffen wie die Hunde.

Ich muss immer wieder an diese sonderbare Nacht denken, in der Robin sich an all den Snacks den Magen verdorben hatte, Mum und Drew sich in der Küche aneinanderdrängten und Dad auf dem Sofa eingeschlafen war. Ich weiß, dass Erwachsene anlehnungsbedürftig werden, wenn sie etwas getrunken haben, aber ich bekomme die Bilder nicht aus meinem Kopf, und ich mag sie nicht.

Auch Callum benimmt sich merkwürdig. Still und ein wenig unsicher ist er zwar schon immer gewesen, aber jetzt steht er absolut unter Hochspannung. Ein kurzes »Hallo«, schon geht er an die Decke. Wenn in seiner Nähe ein Erwachsener bloß mit lauter Stimme spricht, stehen ihm schon die Tränen in den Augen. Gestern ist er aus der Klasse gerannt, als Mrs. Howard ein paar Jungs anschrie, die irgendetwas Widerliches getan hatten. Er saß nicht einmal neben diesen Jungs, trotzdem war mir fast so, als hätte er sich vor Schreck in die Hose gemacht.

Beim Sportunterricht fielen mir all die gelben und grünlichen Flecken auf, die seine Arme und Beine überziehen. Bei jedem anderen Jungen hätte ich auf zu wildes Raufen und Kämpfen oder auf Fußball getippt.

Letztes Wochenende waren wir wieder bei den Grangers und blieben über Nacht. Normalerweise sitzen wir beim Abendessen gemeinsam mit den Erwachsenen am Tisch. Obwohl ich die Witze nicht wirklich verstehe und insbesondere dann Schwierigkeiten bekomme, wenn über Drew Grangers Arbeit, Geld oder Politik geredet wird, gefällt es mir doch, bei den Unterhaltungen dabeizusitzen. Es verleiht mir das Gefühl, auf dem Sprung zu einer neuen Stufe zu sein, zu einem Lebensabschnitt, den ich derzeit erst vage erahnen kann. Teenagerjahre, Erwachsensein. Ich stelle mir gern vor, wie ich eines Tages Cordon-Bleu-Sachen koche und einen Tellerwärmer für den Esstisch habe und einen Ehemann mit einem Beruf, den die anderen nicht begreifen.

Am vergangenen Wochenende war es allerdings anders. Wir aßen nicht gemeinsam, sondern wir Kinder bekamen das Abendessen zuerst. Es gab Paella. Robin stocherte misstrauisch darin herum und schob die fremdartigen

Garnelen an den Tellerrand, um sie dort wie Mordopfer aufzureihen. Wir durften sogar Popcorn mit nach oben nehmen. Sonst müssen wir so etwas immer heimlich einschmuggeln. Vorher rief Drew noch Callum zu sich und zischte ihm hastig die Bedingungen ins Ohr, wobei er ihn auf eine Art am Genick packte, die Callum zusammenzucken ließ. In der gesamten Menschheitsgeschichte haben Kinder noch nie Popcorn so vorsichtig und langsam verspeist wie wir an diesem Abend. Alles aus Rücksicht auf Callum.

Wir sahen uns *Die Reise ins Labyrinth* an. Ich versuchte, es Callum und Robin nachzumachen und alle Lieder mitzusingen, konnte mir aber die Texte nie richtig merken. Das kränkte mich derart, dass ich nach dem Film gereizt zu sticheln begann. Sofort lief Callum vor Aufregung hochrot an und bemühte sich verzweifelt, zwischen mir und meiner Schwester zu vermitteln und uns so leise zu halten, dass keiner der Erwachsenen nach oben kommen würde. Wobei er im Grunde nur an seinen Dad gedacht haben dürfte.

Keine Ahnung, was das immer soll. Klar ist sein Dad fordernder und – in Robins Worten – aufgeblasener als unser Vater, aber mich behandelt er stets freundlich. Ich habe auch nichts gegen feste Regeln oder dagegen, mit hübschen Dingen sorgsam umzugehen (und hübsche Dinge gibt es bei ihnen eine Menge). Doch diese Meinung teilen nicht viele, daher behalte ich sie lieber für mich. Außerdem finde ich Drew ja selbst nicht unbedingt toll. Und ganz sicher ist er kein sonderlich guter Ehemann, nicht nach der Sache mit meiner Mum.

Das Bild will mir einfach nicht aus dem Kopf, obwohl der Tag mit dem ständigen Nasenbluten inzwischen Monate zurückliegt. Nicht einmal Mum und Dad habe ich jemals bei so etwas erwischt. Ich meine, ich habe es auch nie darauf angelegt, aber es wäre zumindest normal gewesen. Andere Kinder in der Schule haben ihre Eltern schon dabei gehört, und ein Junge hat sogar gesehen, wie sie *es* in der Badewanne *taten,* als sie glaubten, er würde im Garten spielen (»wie die Meeresungeheuer haben sie ausgesehen«). Aber niemand hat je etwas von der eigenen Mum mit einem anderen Dad erzählt. Und ich werde mich hüten, auch nur das Geringste gegenüber irgendjemandem zu erwähnen.

Am morgigen Samstag kommen die Grangers zu uns und übernachten hier. Warum, verstehe ich nicht, denn unser Haus ist viel kleiner, was bedeutet, dass wir Kinder alle in Robins Zimmer ziehen müssen, damit Drew und Hilary in dem Einzelbett in meinem Zimmer schlafen können. Komischerweise schien selbst Mum von der Idee nicht besonders viel zu halten. Dad jedoch erklärte, ein wenig Abwechslung wäre doch nett, und hob schmeichlerisch ihre Kochkünste hervor. Wenig später unterbrach Mum ihren panischen Hausputz und trat mit hochgesteckten Haaren und gelben Gummihandschuhen in die Tür: »Du suchst doch bloß eine Gelegenheit, mit dieser verfluchten Hilary im Garten herumstreunen zu können«, sagte sie.

»Lass gut sein«, antwortete Dad, der sich seine Laune offenbar nicht vermiesen lassen wollte. Doch Mum war richtig auf Streit aus, und als sie ihn scharf anfunkelte, hörte er zu lächeln auf und starrte sie nur an, bis sie sich abwandte und nur noch brummte: »Na, hoffentlich ist alles hübsch genug für Queen Hilary.«

Inzwischen ist Samstagabend, und wir sind in Robins Zimmer. Unter ihrem Bett verstauben kaputte Spielsachen und zerknüllte Papierreste. Callum tut mir leid, weil er direkt neben dieser Müllhalde in seinem Schlafsack auf dem Boden liegen und ständig husten muss. Wir reden über die Schulferien und was wir im Sommer unternehmen werden. Robin glaubt, wir würden runter nach Dorset fahren, aber ich hab irgendwie das Gefühl, daraus wird diesmal nichts. Großvater ist im vergangenen Jahr gestorben, und allein fühlt sich Oma vermutlich mit uns überfordert, aber mal sehen. Dad hat beim Tod seines Vaters so heftig geweint, dass ich schon befürchtete, gleich würde er sich übergeben. Ich hab mich für ihn geschämt, und ich war sehr traurig, als hätte sich in meiner Brust ein tiefer Brunnen aufgetan und ich müsste so schnell wie möglich etwas ganz Schweres über die Öffnung schieben, damit mein restliches Ich nicht hineinstürzt.

Callum sagt, dass sie die Ferien immer im Ausland verbringen. Ein Urlaubsort muss achtundzwanzig Grad haben und eine Flugreise entfernt liegen, sonst ist es kein richtiger Urlaub, meint sein Dad. Callum findet es allerdings merkwürdig, dass seine Eltern in diesem Jahr noch gar nicht darüber gesprochen haben wegzufahren. Sonst buchen sie unmittelbar nach der Rückkehr immer schon den nächsten Sommerurlaub. Robin sagt, er soll doch seinen Dad einfach fragen, wohin sie in den Ferien fahren, beziehungsweise, warum sie nicht fahren. Callum starrt sie an, als wäre das der mit Abstand absurdeste Vorschlag, den er je gehört hat. »Meinen Dad fragt man nicht einfach irgendwas«, erklärt er nach einem Moment. »Man wartet ab, bis er einem sagt, was zu tun ist, und dann erledigt man das sofort.«

Sonntagmorgen. Wir sitzen auf dem Bett und spielen Boggle. Robin ist stinksauer, weil ich vorne liege. Allerdings gibt sie sich in der Schule bei Rechtschreibung auch nie viel Mühe, daher kann ich das natürlich besser. Eigentlich spielen wir, bis einer zwei Runden gewonnen hat, aber sie hat das Ziel auf drei Gewinnrunden abgeändert, und wenn sie damit weitermacht, kann es noch ewig dauern, bis der Sieger (also ich) endlich gegen Callum spielen darf. Das Ganze war als Turnier gedacht, steuert derzeit jedoch auf einen Tobsuchtsanfall zu.

Derweil breitet sich überall im Haus der Duft nach gebratenem Speck und Toast aus. Ich schlage vor, sich auf Unentschieden zu einigen, damit wir runtergehen und etwas essen können, und Robin, die gar keine echte Chance auf einen Ausgleich hat, sagt: »Hm, na gut, aber dir ist ja wohl klar, dass ich gewonnen hätte.« Ich sehe, wie Callum sich lächelnd zur Seite dreht.

Robin

Eins muss man Mum lassen, denkt Robin. *Sie macht ein verflucht leckeres Frühstück.* Angie mag nicht all die

Protzgerichte hinbekommen, die im Haus von Hilary und Drew aufgetischt werden, aber ihr Speck mit Eiern ist unerreicht.

Auch Drew Granger gerät ins Schwärmen über das komplette englische Frühstück, das sie ihm serviert. Mum kichert ein wenig und lobt ihn im Gegenzug für seinen Kennerblick. Jack hält kurz inne, sagt aber nichts. Wenn er Angie jetzt ein Kompliment machen würde, klänge das arg genötigt. Drew hat ihn ausgebremst. Robin fragt sich, ob ihr Dad vielleicht schon so sehr an dieses opulente Frühstücksgebrutzel gewöhnt ist, dass ihm gar nicht mehr auffällt, wie bemerkenswert es ist. Viele, viele Jahre kommt er bereits in den Genuss. Robin legt Messer und Gabel ab und beginnt, an den Fingern abzuzählen. Eins, zwei, drei … »Zwölf Jahre!«, platzt sie heraus. Halbzerkaute Baked Beans und Ei spritzen vor ihr auf den Tisch.

»Robin!«, ruft ihre Mum. Sie wirkt eher traurig und verlegen als wütend.

»Komm schon, Krümel, du weißt doch, wie man sich am Tisch benimmt«, erklärt Jack.

Robin entscheidet sich für einen taktischen Rückzug. Sie bittet um Entschuldigung und wischt sich den Mund am Ärmel ihres Pullovers ab. Drew Granger verzieht missbilligend den Mund, und Callum läuft rot an.

»Ich hab nur gerade ausgerechnet, dass du und Dad schon seit zwölf Jahren zusammen seid«, fügt sie hinzu und sieht ihre Eltern erwartungsvoll an. Irgendeine freudige Reaktion muss doch jetzt kommen. Schließlich hören alle Eltern gerne, dass ihnen etwas Besonderes gelungen ist. Und es ist etwas Besonderes, zwölf Jahre lang mit demselben Menschen an der Seite einzuschlafen und jeden Abend, jedes Wochenende mit ihm zu verbringen, ohne sich zu zerstreiten. Bei Robin und Sarah fliegen die Fetzen, wenn sie nur eine Nacht im selben Bett liegen, und sogar Callum ist schon aus der Haut gefahren, wenn sie zu dritt zu lange in einem Raum waren. Aber keinem der Erwachsenen scheint ihre Bemerkung zu gefallen, und da niemand mehr spricht und ihr das unangenehm ist, versucht sie es mit etwas anderem.

»Wie lange sind Sie beide denn schon zusammen?«, fragt sie Hilary. Aber es ist Drew, der witzelnd erwidert: »Viel zu lange!« Während Hilary und Jack aus Höflichkeit ein paar amüsierte Glucksgeräusche von sich geben, wirft Angie den Kopf in den Nacken und lacht schallend. Sie lacht so übertrieben, dass es eher an eine Comicfigur erinnert, die in einer Sprechblase »Ha, ha, ha« schreit. Die Kinder schlingen rasch das Essen in sich hinein, und nachdem Callum seinen Vater um Erlaubnis gebeten hat, rutschen sie von ihren Stühlen und verschwinden nach oben.

Kurz darauf wird Callum gerufen, und die Grangers fahren heim. Jack bittet Robin, ihm unten in der Garage bei etwas zu helfen. Sie rast so schnell hinunter und zur Gartentür hinaus, dass sie auf dem Kiesweg ausrutscht und sich das Knie aufschrammt. Nicht das kleinste Wimmern kommt ihr über die Lippen, und sie hofft, dass ihr Dad merkt, wie tapfer und hart im Nehmen sie ist. Aber sein Gesicht zeigt schon wieder diesen geistesabwesenden Ausdruck. Kurz bevor sie die Garage betreten, packt er plötzlich ihre Hand und sagt: »Still, Krümel. Sieh mal da drüben, die beiden Jungvögel.« Robin schaut angestrengt und entdeckt zwei braune Punkte, die auf dem Rasen hüpfen, und einen ausgewachsenen Vogel, der sie von einem hohen Ast aus beobachtet. »Stare«, sagt ihr Dad, obwohl sie das längst selbst erkannt hat. Dann fügt er noch hinzu: »Arme alte Vogelmutter.«

In der Garage macht er sich daran, die Beine von einem der Küchenstühle abzunehmen. Wie bei den anderen auch ist das Holz mit den Jahren stark zerkratzt, und nun schleift Dad nacheinander jeden der Stühle sorgfältig ab und arbeitet ihn wieder auf. Der süßliche Holzstaub riecht nach Weihnachten, und hier in diesem schummrig trüben Raum, zusammen mit ihrem Lieblingselternteil, fühlt Robin alle Anspannung von sich abfallen. Schweigend werkeln sie vor sich hin. Robin hat ein Stück Sandpapier um einen kleinen Holzklotz gewickelt und schmirgelt eifrig ihr Stuhlteil. Ein paar Mal hört sie, wie die trockenen, staubigen Lippen ihres Vaters sich voneinander lösen, aber sobald sie gespannt den Kopf hebt, schließt er den Mund schon wieder.

Nach einer Weile werden sie zu Sandwichs ins Haus gerufen. Während ihr Dad das Werkzeug in die verschiedenen Kisten und Leinenbeutel verstaut, sagt er, ohne aufzusehen: »Ich weiß, du denkst, deine Mum würde ständig an dir herummäkeln, aber sie tut das nur, weil sie dich lieb hat und weil sie möchte, dass du das Beste aus dir machst.«

»An Sarah mäkelt sie aber nie rum«, erwidert Robin zu ihrer eigenen Verwunderung fast unhörbar.

»Ja, aber die beiden sind ja auch vom selben Schlag, wie du weißt, Kleines. Genau wie du und ich. Deshalb wirst du dich immer schnell mit Mum in die Haare bekommen. Was nicht bedeutet, dass sie dich nicht lieb hat, sondern bloß, dass es ihr eben mit Sarah ein wenig leichterfällt, und mir es leichter mit dir. Und auf deine Weise bist du ein ebenso gutes Kind wie sie.« Er betrachtet einen tiefen, verschmutzten Riss an seiner Hand. »Das darfst du nie vergessen.«

Das Schuljahr geht dem Ende zu, und an geregelten Unterricht ist nicht mehr zu denken. Freitagnachmittag wurde die gesamte Schülerschaft in die Aula gestopft, wo sich alle dichtgedrängt im Schneidersitz hinhockten. Über einen Projektor führte die Schulleiterin ihnen einen alten Disneyfilm vor, und obwohl kaum etwas zu verstehen war, erfüllte den Raum in Windeseile eine elektrisierende Begeisterung.

An diesem Abend übernachteten die Mädchen wieder bei Callum, und auch hier nahmen es die Erwachsenen plötzlich nicht mehr so genau. Einer der Väter ging am Imbiss Pizza holen, die sie direkt aus dem Karton aßen. Sie sahen sich in Callums Zimmer bis zum Einschlafen Filme an. Kein Klopfen an der Tür, keine letzten fünf Minuten und auch keine Gute-Nacht-Küsse der Mütter.

Am nächsten Morgen standen die Erwachsenen in der Küche um irgendeinen neumodischen Kaffeeautomaten herum und unterhielten sich mit leisen, verkaterten Stimmen. Den unbeaufsichtigten Kindern wurde erlaubt, aus überschüssigem Bettzeug im Wohnzimmer eine Burg zu bauen. Sie versteckten sich darin und blickten gespannt auf den Fernseher, den sie natürlich in ihr Bauwerk integriert hatten. Zu Robins großer Entrüstung ließ Callum ihre Schwester den Film aussuchen. Glücklicherweise entschied sie sich für *Die unendliche Geschichte* und nicht für so eine zuckersüße Liebesschnulze.

Robin hatte bislang noch nie darüber nachgedacht, aber Callum schien es Freude zu machen, darauf zu achten, dass jeder sich wohlfühlte, dass er nachgab und anderen ihren Willen ließ. So durften zuerst die Mädchen rückwärts in die Burg kriechen, und er wartete, bis sie es sich an ihren Lieblingsstellen gemütlich gemacht hatten, bevor er das Betttuch vorsichtig straffzog und sich in die noch freie Ecke zwängte.

Er bot auch immer an, etwas zu trinken für sie holen zu gehen. Geduldig lauschte er ihren Streitereien, ohne für eine Seite Partei zu ergreifen, und machte am Ende einen Vorschlag, der stets beiden Interessen zu dienen schien. Seinen eigenen allerdings häufig nicht. Anfangs dachte Robin, er wäre ein Arschkriecher, der sich bei Sarah einzuschleimen versucht und den Erwachsenen gegenüber eine Show abzieht. Ihr fiel jedoch auf, dass dieser Zug an ihm noch stärker hervortrat, wenn sie nur zu dritt waren, und wenn ihm jemand für etwas dankte – wie gerade jetzt –, dann lief er rot an und wechselte rasch das Thema.

»Irgendwas geht da vor«, sagte er, nickte Richtung Küche und senkte die Stimme: »Gestern hat mein Dad meine Mum angeschrien, und sie hat geweint und gesagt, Dad hätte etwas Unrechtes getan, und so etwas sagt sie sonst nie, selbst wenn er … Egal, sonst nie jedenfalls. Und die Namen von euren Eltern haben sie auch genannt.«

»Was?«, riefen die Mädchen unisono in derselben Mischung aus Faszination und Angst. Ein heftiger Krach zwischen Erwachsenen war viel elementarer und brisanter als Streitereien zwischen Kindern. Sarah wie Robin wurden magisch davon angezogen, wann immer sie es irgendwo erlebten. Rauften sich ein paar Besoffene vor einem Pub, blieben sie gaffend stehen und ließen sich nur mit größter Mühe weiterzerren. Fetzte sich ein Teenagerpärchen in weltuntergangsreifer Dramatik, steuerten sie automatisch darauf zu. Kamen sie auf der Autobahn an einem Unfall vorbei, verrenkten sie sich neugierig die Hälse, drängten auf den Sitz, der am nächsten lag, und pressten die Hände gegen die Scheibe.

Bevor Callum sie davon abhalten konnte, waren sie aus der Bettenburg gekrabbelt und zum Horchen an die Küchentür gelaufen. Das hatte Callum mit seinem Versuch, das Thema zu wechseln, sicherlich nicht beabsichtigt.

»Ihr beide habt sie doch nicht mehr alle«, schrie Jack gerade auf diese gepresste Flüsterart, die nur Eltern beherrschen.

»Jack«, sagte Angie, »hör auf, so zu schreien.«

»Red doch keinen Scheiß. Du hast mich noch nie richtig schreien hören. Und was kommst du mir jetzt überhaupt mit so einem Mist? Nach allem, was du gerade erzählt hast, besitzt du noch die Unverschämtheit, mir vorzuschreiben, wie ich zu reagieren hab?«

»Hör mal, Jack«, begann Drew.

»Lass es.« Jacks Reaktion kam schnell und scharf.

»Jack.« Die Mädchen konnten Hilarys Stimme kaum verstehen. »Ich muss an die Luft. Würdest du mich in den Garten begleiten?«

Stuhlbeine scharrten, niemand sprach ein Wort. Die Gartentür fiel ins Schloss, und Stille trat ein. Die Mädchen hielten gebannt den Atem an und drehten sich zu Callum, der nervös hinter ihnen herumzappelte.

»Mir dröhnt der Kopf«, hörten sie schließlich ihre Mutter sagen.

»Mhm«, brummte Drew. »Kein Wunder, du hast ja gestern Abend auch ganz schön zugelangt, was?«

Ein dezentes Auflachen, gefolgt von einem Seufzen.

»Tun wir hier auch wirklich das Richtige?«, hörten sie ihre Mutter in diesem Ton sagen, den ihre Stimme immer annahm, wenn rote Mahnbriefe durch den Postschlitz fielen.

»Fang mir jetzt bloß nicht an zu kneifen«, sagte Drew drohend. »Schau sie dir nur an da draußen. Reinstes Gärtnerglück.«

Das schien beiden offenbar etwas zu sagen, denn sie lachten und seufzten dann. Wieder Stille.

»Wie langweilig«, sagte Robin, die das mulmige Gefühl im Bauch am liebsten mit Fäusten traktiert hätte. »Ich werd mal die Burg reparieren.«

Erleichtert folgten ihr die anderen beiden. Stumm und gewissenhaft arbeiteten sie zu dritt, bis alles wieder in Ordnung war.

Kapitel 13

Gegenwart

Sarah

7. Das Blut

Ich bin in Manchester eingetroffen, der Stadt, in der mein Zwillingsherz schlägt. Ich war noch nie in Manchester, hatte nie einen Anlass dazu. Aber sobald ich herausfand, dass Robin hier wohnt, hab ich an diesem Punkt ein Fähnchen in meine geistige Landkarte gesteckt, das mich seitdem lockt. Ich brauchte Monate, um den Mut aufzubringen, einen Zug zu besteigen, und es brauchte diese schreckliche Trennung von Violet, um mir einen triftigen Grund zu geben, aber jetzt bin ich da. Und ich habe trotz all des Regens das Gefühl, in dieser Stadt in strahlendes Licht gehüllt zu sein. Hoffnung, vermutlich.

Es bleibt eine Menge zu tun. Erstens weiß ich gar nicht, wo genau meine Schwester überhaupt wohnt. Zweitens rechnet sie nicht mit meinem Besuch, und ich bin mir keineswegs sicher, ob sie sich freuen wird, mich zu sehen. Bei unserer letzten Begegnung war sie gekränkt und verstört, und ich war gekränkt und verstört, und nicht zum ersten Mal stießen wir einander ab wie zwei positiv geladene Teilchen.

Ich habe eine lange Fahrt hinter mir, und mein Kopf

ist noch benebelt davon, den Tag nicht an demselben Ort zu beschließen, an dem er begann. Der erste Zug von Godalming nach London war halbleer. Nach der Abfahrt schlingerte ich auf der Suche nach dem richtigen Sitzplatz erst einmal zehn Minuten durch die Gänge. Der torpedoförmige Schnellzug von London nach Manchester war hingegen voll bis unters Dach. Vor der Tür zur Toilette standen stets mindestens zwei Leute Schlange und traten nervös von einem Bein aufs andere.

Bis dahin bin ich noch nie nördlich über London hinausgekommen. Als Kinder war die Südküste von Dorset, wohin Dads Eltern – Oma Mary und Opa Joe – im Rentenalter gezogen waren, der weiteste Punkt, den wir je besuchten.

Zu denen fuhren wir in unserem alten Rover, und trotz der Joy-Ride-Tabletten gegen Reisekrankheit war uns beiden immer kotzübel. Unmittelbar nach unserer Ankunft schloss Oma Mary uns fest in ihre Arme, bereitete uns eklige Sirupgetränke mit ihrem Sodastreamer und betonte ständig mit tränenfeuchten Augen, wie groß Robin und ich geworden wären, obwohl Robin bis heute nicht wirklich groß ist.

In diesen Tagen in Dorset ließen wir Steine übers Wasser hüpfen und aßen selbstgemachte Pommes, die ganz anders schmeckten als die Berkshire-Pommes, und Dad behauptete, das läge am Ozon. In der feuchten Meeresluft bekam Robin so krause Haare, dass sie wie ein großer Lollipop aussah, und ständig musste sie aufstoßen. Ich liebte es am Meer. Ich mochte die Salzflecken, die nach dem Waten durch die Wellen an den Schienbeinen zurückblieben, sammelte gerne die hübschen kleinen Muscheln und Steinchen, die ich später zu Hause auf dem Fenstersims in meinem Zimmer arrangierte oder in kleine Fläschchen füllte. Meine wertvollsten Schätze aber waren kleine Glasscherben, die die Wellen zu Herzen oder Diamanten geschliffen hatten.

Meinen ersten Urlaub mit Jim und Violet verbrachten wir ebenfalls in Dorset. In einem kleinen Dorf nahe Charmouth, das einen reetgedeckten Pub hatte und ein Eisbüdchen am Strand, das nur an vier Nachmittagen die Woche geöffnet war. Natürlich sind wir nicht gezielt wegen meiner Kindheitserinnerungen dorthin gefahren, sondern bloß weil wir eine günstige Ferienwohnung im Internet gefunden hatten und weil wir von uns nur ein paar Stunden mit dem Auto benötigten, vorausgesetzt wir fuhren erst nach dem Berufsverkehr los. Wochenlang freuten wir uns darauf und malten uns aus, wie wir mit Violet, die gerade zu laufen begann, an den Strand gehen und im Wasser planschen würden. Ich kaufte mir ein zitronengelbes Sommerkleid und ein gleichfarbiges für Violet. Am Wochenende vor der Abfahrt nötigte ich sie, es anzuprobieren, um zu sehen, ob es auch passt. Das Foto von ihr in dem Kleid habe ich noch heute. Allerdings ertrage ich den Anblick derzeit nicht.

Am Vorabend der Abreise zeigte Violet erste Anzeichen einer Sommererkältung. Nach der Fahrt im stickig heißen Auto war sie am nächsten Tag ein fiebrig rotes Bündel aus Rotz und Tränen. So bestand der Urlaub aus einer zähen Woche mit einem kranken Kleinkind in einer

Ferienwohnung, in der wir unsere Sachen vermissten und die fern jeder Apotheke lag. Eine Woche lang sehnten wir uns zurück nach zu Hause, zurück nach der griffbereiten Schachtel Paracetamol und den wehmütigen Träumen vom Meer.

Erst am letzten Tag gingen wir wirklich raus. Jim wollte unbedingt den reetgedeckten Pub besuchen und im sonnenbeschienenen Biergarten ein Ale trinken. Ich hatte keine Lust dazu, konnte ihm aber unmöglich sagen warum. Wer geht schon ungern in einen Biergarten? Wahrscheinlich nur meine Schwester und ich. Aber das konnte ich ihm auch nicht erzählen. Also saß ich auf der Bank, nippte an meinem Orangensaft und reichte der noch immer kränklichen Violet ihre Fruit-Shoot-Flasche.

Egal, Blut war das Thema. Wie so viele Geschichten beginnt auch diese mit meiner Mum.

Als wir klein waren, ließ sie ständig Musik laufen. Popmusik und Golden Oldies. Ich denke heute noch, dass dürfte zu Robins späterer Karriere beigetragen haben, aber offen ausgesprochen habe ich das lieber nie.

Im Sommer klappte Mum methodisch wie ein Geldschrankknacker eine dieser gestreiften Sonnenliegen aus der Gartenhütte auf und richtete sie präzise aus. Sie wuchtete das Küchenradio mit baumelnder Leitung durch das Fenster und platzierte es auf dem weißen Picknicktisch. Dann drehte sie die Musik laut, machte es sich auf der Liege bequem und schob ihren Rock die ölglänzenden Beine hoch. Und wenn sie genug von der Lektüre ihrer Zeitschrift hatte, trank sie einen Schluck Typhoo-

Tee oder 7-Up, sprang auf, klemmte sich von uns vor den Bauch, wer gerade greifbar war, und tanzte so auf der Terrasse herum.

Robin wollte immer sofort wieder runter und strampelte wie verrückt, aber ich warf kichernd die Haare hin und her und wedelte mit den Armen. Ich liebte diese Momente. Nie war es lustiger mit Mum. Unsere blonden Haare verwickelten sich ineinander, und wir lachten uns schallend an. Ich wollte nur, dass Violet das gleiche Gefühl auch mit mir erlebte, mehr nicht.

Als ich eines Tages auf einen Sender stieß, der genau diese alten Songs aus den Achtzigern spielte, zu denen ich Jahrzehnte zuvor getanzt hatte, sprang ich von der Couch auf und begann herumzutanzen. Violet betrachtete mich erstaunt, und ich winkte ihr zu. Dann kam Kim Wilde mit *Kids in America* im Radio, und ich schnappte mir meine Kleine vom Spielteppich, auf dem sie gerade ihre Teddys und Puppen arrangierte. Sie machte sofort mit und lachte quietschend. Wir hüpften vor und zurück, nach rechts und nach links. Sie ahmte meine verrückten Bewegungen nach und ich ihre.

Sie lachte so ausgelassen, und ihre Grübchen waren so unglaublich tief, dass ich ganz neue Züge in ihrem Gesicht entdeckte, und ich lachte und küsste sie auf die Nase. Dieses winzige Näschen. Wir wirbelten wild herum. Die Musik wechselte. Plötzlich spielten sie Glenn Medeiros' One-Hit-Wonder *Nothing's Gonna Change My Love For You*. Ich stellte ihre kleinen Füße auf meine und machte Riesenschritte, was sie köstlich amüsierte. Sie warf den Kopf in den Nacken vor Lachen, und ihre glänzenden Haare, die inzwischen wahnsinnig lang geworden waren, schwangen von einer Seite zur anderen.

Auf dem Höhepunkt unserer Ausgelassenheit knallte sie mit dem Gesicht gegen die Tür. Sie erwischte zwar nur die Kante und stieß nicht frontal dagegen, aber ihre Lippe platzte auf. Eine schmale rote Spur zog sich vorwurfsvoll von der Tür bis zum Fernseher, während die Musik in noch lauter dröhnende Werbung überging.

Ich nahm sie rasch in die Arme und machte sie sauber. Und während ich heulte wie ein Schlosshund, vergoss sie fast gar keine Träne.

Ich weinte, weil ich befürchtete, sie könnte eine winzige Narbe davontragen. Schließlich sind kleine Lippen doch extrem empfindlich. Ich weinte, weil Jim wütend sein würde und es mich stark belastete, wenn wir uns dann gegenseitig beschimpften. Aber vor allem weinte ich, weil wir eben so viel Spaß gehabt hatten. Ich hatte mich dabei so frei gefühlt.

Überraschenderweise fielen keine bösen Worte, als Jim nach Hause kam. Abends beim Zähneputzen nahm er Violet auf den Arm, bemerkte die verletzte Lippe und fragte mich danach. Er hörte stumm zu, wie ich die Geschichte erzählte, streichelte ihr dabei über den Kopf und brachte sie anschließend ins Bett. Als sie die Treppen hinaufstiegen, konnte ich noch aufschnappen, wie er sie bat, ihm noch einmal zu berichten, was passiert war. »Wir haben getanzt, Daddy. Es war lustig …«

Wenig später wünschte Jim ihr eine gute Nacht und kam wieder herunter. Er schaltete den Fernseher ein und packte Unterlagen von der Arbeit aus.

Dennoch erschien dieser Punkt ein paar Monate danach auf der Liste. Jim hatte mir meine Version des Vorfalls nicht geglaubt. Und ihre auch nicht. Nummer sieben:

Das Blut.

Robin

Die Elsters hatten in letzter Zeit häufig Streit. An den Wochenenden war es am schlimmsten, dann schien sich der Druck in ihrer Wohnung aufzustauen wie in einem Schnellkochtopf. Der kleine Junge begriff offenbar schon, wann er ihnen besser nicht in die Quere kam – genau wie Robin und ihre Schwester es als Kinder rasch begriffen hatten –, aber die Zusammenstöße erfolgten in immer kürzeren Abständen.

Vielleicht brauchte Mr. Elster ja ein wenig Beistand, um zu erkennen, welches Spiel vor seiner Nase getrieben wurde, hatte Robin sich überlegt. Vielleicht verschwände seine treulose Frau dann von der Bildfläche, und er könnte sich endlich richtig um sein Kind kümmern. Im Augenblick traten sie mit all den schmerzhaften Streitereien doch nur sinnlos auf der Stelle. Ein sauberes Kappen direkt an der Wurzel war da die weit bessere Lösung. Je länger es sich so hinzog, desto höher wurde der gesundheitliche Preis, den alle dafür bezahlten, das wusste Robin nur allzu gut. Als sie das letzte Mal versucht hatte, eine Katastrophe abzuwenden, hatte sie sich verhängnisvoll ungeschickt angestellt. Diesmal würde sie mit chirurgischer Präzision vorgehen.

Sie hatte online ein Geschenk geordert, an dessen Liefertermin die beiden mit Sicherheit zu Hause sein würden. Ein Geschenk für Mrs. Elster, das Mr. Elster dazu animieren sollte, ein paar heikle Fragen zu stellen. Unterwäsche, durchaus sexy, aber niveauvoll. Etwas, das eher »Hotelzimmer und gespannte Erwartung« zum Ausdruck brachte als das Dankeschön für einen Gelegenheitsfick. Sie hatte in ihren Erinnerungen gekramt nach Momenten der Begierde, des Begehrtwerdens und schließlich als Text für die Geschenkkarte gewählt:

`Du in diesem Hauch von Nichts, die Vorstellung raubt mir den Verstand - X`

Eben gerade hat eine E-Mail an das Scheinkonto die erfolgreiche Zustellung bestätigt. Jetzt verfolgt Robin von ihrem Platz hinter dem Vorhang, wie das Päckchen in der Küche geöffnet wird und der Streit ausbricht.

Robin trinkt ihren Tee und hätte zu gerne gehört, was drüben geredet wird. Doch der Anblick des kleinen Jungen, der sich in seinem Zimmer die Ohren zuhält, versetzt ihr einen schuldbewussten Stich.

Tatsächlich geht der Plan nicht auf. Zwar bleibt Mr. Elster misstrauisch distanziert gegenüber seiner Frau und erträgt ihren linkischen Umarmungsversuch nur sekundenlang, aber weg ist sie nicht. Sie sind noch immer zusammen, und die champagnerfarbene Seidenwäsche ist wieder ordentlich gefaltet im Karton verschwunden. Robin weiß auch ohne Blick aufs Konto, wie die Sache weitergeht. Die Sendung wird zurückgehen mit dem Vermerk, dass hier eine Verwechslung vorliegen muss, und ihrer Karte wird man den Kaufbetrag gutschreiben.

Vielleicht hatte er einfach die falschen Fragen gestellt oder nicht die richtigen Schlussfolgerungen gezogen. Vielleicht hatte er lieber eine fadenscheinige Lüge akzeptiert als die schmerzliche Wahrheit. Wie auch immer, sie war einmal mehr damit durchgekommen. Der Lügensumpf wurde tiefer und tiefer, und Robin hatte ihnen die nun unvermeidlichen Folgeschritte nicht ersparen können. Armer Mr. Elster. Das Schlimmste lag noch vor ihm.

Kapitel 14

1991

Sarah

Nach einigen zähen Wochen, in denen wir kaum etwas unternommen haben, werden wir uns endlich wieder mit Callum und seiner Familie treffen. Die Sommerferien sind schon halb vorbei, und Robin und ich haben bislang bloß im Park herumgekickt oder sind mit den Rädern durch den Wald gefahren, der sich hinter unserem Dorf entlangzieht. Gerüchten zufolge lebt mitten im Wald ein Bauer, der einmal versehentlich ein Kind auf einem Fahrrad erschossen hat, weil er es für einen Hund hielt, der seine Hühner fressen wollte. Mir hat die Geschichte immer einen furchtbaren Schrecken eingejagt, bis Robin darauf hinwies, dass keiner, der sie erzählte, jemals den Namen des Kindes gekannt hat, was schon sehr verdächtig war, und dass außerdem jeder Bauer, der so etwas getan hätte, längst im Gefängnis sitzen würde.

Wenn wir zum Spielplatz gehen, hoffe ich jedes Mal, dass wir Callum dort begegnen, aber das tun wir nie, und so reicht es für unsere verzwickten Drei-Personen-Spiele nicht, und wir müssen uns mit kümmerlichen Notversionen begnügen. Manchmal sind andere Kinder aus der Schule da, und wir brüllen uns mit zusammengekniffenen Augen Regeln für irgendwelche Spiele zu oder wetten, wer beim Schaukeln am höchsten Punkt abspringen kann. Da Robin dabei sowieso immer gewinnt, verstehe ich überhaupt nicht, warum noch jemand gegen sie antritt.

Aber heute machen wir endlich etwas anderes. Merkwürdigerweise an einem Freitag, aber Dad ist zu Hause. Mum und er hocken schon den ganzen Vormittag in ihrem Zimmer zusammen. Als sie herauskommen, trägt Mum eines ihrer besten Kleider, aber man kann sehen, dass sie geweint hat. Und auch Dad sieht so aus. Sie drücken einander flüchtig die Hand, wenn sie glauben, ich würde gerade wegschauen. Dann steigen wir in den Wagen, um in einen Biergarten in einem Nachbarort zu fahren.

Bei unserer Ankunft parken wir nicht neben Grangers BMW, obwohl dort noch Buchten frei sind, sondern am entgegengesetzten Ende des Parkplatzes. Wir betreten den Biergarten durch ein Tor im Holzzaun, und mir fällt auf, dass Callum heute Jeans und Hemd trägt und seine Haare gegelt hat. Vor ihm steht eine Coke, aus der er den Strohhalm genommen und neben das Glas gelegt hat.

Seine Augen versuchen Blickkontakt mit Robin herzustellen, aber die ist viel zu beschäftigt damit, meinen Dad zu löchern, Coke und einen Beutel Chips haben zu dürfen. Also richtet Callum seine Augen auf mich, und mir wird ganz flau im Magen bei seinem Blick. Ich hätte am liebsten gefragt: »Was? Was ist los?« Aber als er merkt, dass sein Dad ihn beobachtet, beißt er sich nur auf die Unterlippe und lässt den Kopf hängen.

Mum und Dad bleiben unbeholfen am Tisch stehen,

während ich mit Robin über die Rückenlehne der Bank klettere und wir uns neben Callum zwängen.

Jetzt wäre für Mum und Dad nur noch an beiden Enden unserer Bank Platz, doch, ohne ein Wort zu verlieren, gruppieren sich die Erwachsenen sofort neu, sodass Mum und Drew schließlich uns gegenübersitzen und Dad und Hilary die Eckplätze bekommen.

»Alles okay mit dir?«, frage ich Callum. »Du siehst ein wenig seltsam aus.«

Er wirft erneut einen Seitenblick auf seinen Dad. »Mir geht's gut«, sagt er. »Oh, ich habe euch beiden was mitgebracht.«

Er klappt ein Stück Küchenkrepp auf, das ich vor ihm auf dem Tisch gar nicht bemerkt hatte, und zeigt auf eine Sammlung winziger Erdbeeren, deren köstlicher Saft das Papier bereits rot färbt.

»Ich hab sie selbst zu Hause angepflanzt, zusammen mit Mum.«

Gewissenhaft teilt er die Beeren auf. Da er inzwischen begriffen hat, dass gefühlte Ungerechtigkeit den Ursprung für die meisten Geschwisterkämpfe bildet, achtet er mit größter Genauigkeit darauf, jedem von uns die gleiche Anzahl möglichst gleich großer Früchte zukommen zu lassen. Robin stopft sie direkt alle in sich hinein. Ich dagegen genieße sie betont langsam, um ihm zu zeigen, wie wertvoll mir sein Geschenk ist.

Eine Riesendiskussion entsteht, als es darum geht, wer die Getränke bezahlt, und beide Väter starren einander unnachgiebig an. Am Ende steht Drew Granger einfach auf und geht nach innen, und mein Dad rennt hinterher.

Mir fällt auf, dass die Mütter kein Wort miteinander wechseln, obwohl sie sonst immer beide gleichzeitig reden. Stattdessen erkundigt Hilary sich nach meinem Kleid – ein cremefarbenes mit Stickereien, das ich besonders liebe und das mir schon fast etwas zu klein ist – und fragt Robin, die ein Dinosaurier-T-Shirt zu ihren Jeans trägt, ob sie Dinosaurier mag. Robins Miene verrät, dass sie dies für eine alberne Frage hält.

»Dinos mag doch jeder«, erklärt sie.

Jetzt ist Mum an der Reihe. Sie macht Callum Komplimente für seine schicke Frisur, und sofort werden seine Wangen rot. Als die Väter mit zwei Tabletts Getränken zurückkommen, sind wir alle erleichtert.

»Wer will den Anfang machen?«, fragt Mum. Alle sehen sie an. Dad wendet zuerst den Blick ab und mustert seine Hände, daher sagt Drew Granger: »Na gut, ich mach's.« Er steht auf wie ein Lehrer vor der Klasse, setzt sich dann aber wieder hin.

Jedes von uns Kindern trinkt einen Schluck aus seinem Glas. Ich habe genau wie Callum den Strohhalm herausgenommen, aber dann sehe ich, wie Robin so stark an ihrem zieht, dass ihre Cola rasant nach unten saust. Prompt entscheide ich mich um und stecke den Halm wieder zurück. Wir warten weiter.

»Also gut«, beginnt Drew Granger in einem Ton, als würde er irgendein Meeting leiten. »Wir alle haben euch etwas zu sagen.«

Mir fällt auf, dass Hilary leicht zittert und Callums Hand ergreift. Ich habe das schon häufiger bemerkt, vor allem wenn Drew spricht. Unser gewöhnlich völlig gelassener Dad wirkt unruhig und gereizt. Er fingert an einem Astloch im Tisch und scharrt so nervös mit den Füßen, dass die Beine seiner Cordhosen ein zischendes Geräusch fabrizieren. Selbst als Mum ihn vielsagend ansieht, hört er nicht auf damit. Wenn überhaupt, wird das zischende Reiben lauter.

»Wir alle sind jetzt schon eine ganze Weile befreundet, und haben uns in dieser Zeit sehr gut kennengelernt«, sagt Drew. »Und manchmal, wenn Menschen Freunde werden, lernen sie einander so gut kennen, dass ihnen klar wird, dass sie eigentlich gerne noch mehr Zeit miteinander verbringen würden.«

Das finde ich merkwürdig, da wir in den letzten Wochen deutlich weniger Zeit zusammen verbracht haben, aber dann muss ich an Mum und Drew auf dem Sofa zurückdenken, und mein Magen gerät ins Schlingern. Ich weiß zwar nicht, was hier verkündet werden soll, aber schon die Richtung gefällt mir gar nicht. Robin ist vollkommen ahnungslos. Sie schlürft den Rest ihrer Cola und rülpst.

»Geht's hier darum, wie Sie mit Mum herumgeknutscht haben?«, fragt Robin, und alle sperren den Mund auf.

»Was?!«, schreit Dad.

»Na, damals in der Küche, als mir so schlecht war«, fügt Robin hinzu und lässt die Eiswürfel mit ihrem Strohhalm kreiseln. Die Erwachsenen tauschen verblüffte Blicke aus. Dad sieht aus, als würde er gleich explodieren.

»Seid ihr denn noch ganz bei Trost?«, schreit Dad und

steht auf. »Ich glaube, ich spinne. Hast du wirklich so etwas vor den Augen unserer Kinder getan?«

Sein Zeigefinger ist auf Mum gerichtet, und ich sehe, wie Drew ihr den Arm kurz auf die Schulter legt, bevor auch er aufsteht und meinem Dad direkt in die Augen schaut. »Beruhige dich, Jack«, sagt er. Callum klammert sich an den Arm seiner Mutter, und die legt ihre Hand über seine.

»Irgendwelche Einzelheiten aufzuwärmen bringt doch jetzt auch nichts mehr«, sagt Mum. »Bitte, Jack, reg dich ab.«

»Ich soll mich abregen?« Plötzlich schwimmen Tränen in Dads Augen. Er wirkt irgendwie überrascht, denn er sinkt schwerfällig auf seinen Platz zurück und starrt Mum ungläubig an.

»Ja, du hast ganz recht, Robin«, erklärt Hilary schließlich mit ihrer butterweichen Werbesendungsstimme. »Genau darum geht's. Deiner Mum und Drew ist klar geworden, dass sie einander sehr mögen und dass sie viele Gemeinsamkeiten haben.« Sie holt tief Luft und wirft Dad einen kurzen Seitenblick zu. »Und das haben sie *irgendwann* mir und eurem Dad dann auch mitgeteilt. Wir waren darüber sehr schockiert.« Hilary senkt den Kopf.

»Wir haben gekocht vor Wut«, zischt Dad dazwischen. Er fixiert erst Drew Granger, anschließend meine Mum. Nun übernimmt Dad das Wort: »Und wir waren stinksauer über das heuchlerische Spiel, das sie hinter unserem Rücken die ganze Zeit getrieben haben.«

Hilary langt quer an uns allen vorbei, um Dad die Hände zu tätscheln. Er hört auf, mit den Füßen zu scharren. Er starrt vor sich auf den Tisch, und seine Augen glänzen noch feuchter.

»Also haben wir alle gemeinsam darüber geredet«, sagt Hilary, der selbst die ersten Tränen durchs Make-up laufen. »Und das war äußerst hart. Wir wussten nicht, was man jetzt am besten tun sollte. Tja, und dann verbrachten Jack und ich ein wenig mehr Zeit miteinander, weil wir einen Weg finden mussten, damit umzugehen.«

Jetzt wird mir übel. Robin hat aufgehört, mit dem Strohhalm zu rühren, und funkelt Mum zornig an. Callum hat sich eben erst die Augen an seinem T-Shirt abgewischt und tut es gerade schon wieder. Mein Puls beschleunigt sich, bis ich sein Hämmern spüren kann.

»Man kann doch nichts dafür, in wen man sich verliebt!«, verkündet Mum theatralisch, und alle wenden sich ihr zu. »Nein, dafür kann man nichts, Angela!«, knurrt Drew Granger in einem angriffslustigen Ton, der gegen Dad gerichtet scheint.

»Wir haben darüber gesprochen, was geschehen soll, und wie es am besten funktionieren könnte«, fährt Hilary fort, ohne den beiden Beachtung zu schenken. »Und je länger Jack und ich uns unterhielten, desto weniger redeten wir darüber, wie wütend und traurig wir waren, und nach und nach wurde uns bewusst, dass auch wir einander mögen. Wir haben so viel gemein. Etwa die Liebe zur Gärtnerei und all solche Sachen.«

Ich kann sehen, wie meine Mutter die Augen leicht verdreht, und denke bei mir: »Nein, dazu hast du kein Recht!« Aber ich schlucke die Bemerkung rasch hinunter.

»Wie lange läuft denn das schon?«, fragt Robin. »Ich

meine, all das Sich-nicht-mehr-Lieben und Wieder-neu-Verknalltsein?« Ihre Augen sind schwarze Schlitze, und sie blitzt unsere Mutter daraus an, als würde sie gleich über den Tisch springen und sie beißen.

»Das tut nichts zur Sache«, sagt Drew Granger.

»Nein, natürlich nicht«, bemerkt Dad spitz. Drew hat schon den Mund geöffnet für eine Erwiderung, aber Mum muss irgendetwas unter dem Tisch gemacht haben, denn er sieht sie plötzlich an und verzieht dann das Gesicht zu einem kurzen Lächeln.

»Es gibt so vieles zu bedenken, darin besteht das Problem«, sagt Mum. »Aber wir sind zu der Überzeugung gelangt, dass es so, wie es läuft, nicht weitergehen kann. Drew und ich möchten zusammenleben.«

Fassungslos blicke ich zu Robin und Callum, die aus kalkweißen Gesichtern zurückstarren.

»Und Dad und Hilary würden gerne ausprobieren, ob sie ebenfalls zusammen glücklich sein können«, leiert Mum weiter, als würde sie von einem Manuskript ablesen. »Daher werden wir einige Änderungen vornehmen müssen.«

Callum sackt gegen seine Mutter. Er weint inzwischen ganz offen, und mir fällt auf, dass Drew ihn mit einer Miene betrachtet, als hätte er einen ekligen Geschmack im Mund.

»Schon okay, mein Schatz.« Hilary reibt Callum aufmunternd über die Arme. Callum raunt ihr etwas zu über seinen Dad, und Hilary antwortet flüsternd irgendwas mit »nie wieder«, und dann reibt sie seine Arme und seinen Rücken noch kräftiger.

Morgens beim Aufwachen war Robin dieser Tag noch genauso stinklangweilig vorgekommen wie jeder andere Ferientag. Aber jetzt hätte sie die Zeit am liebsten einfach zurückgedreht und würde wieder in ihrem Nachthemd auf dem Sofa sitzen, *Why Don't You?* gucken und das Gefühl genießen, dass alles so ist wie immer.

Ab jetzt würde nichts mehr so sein wie immer. Ihre Eltern hatten ihr, hier in diesem Biergarten, gerade eröffnet, dass sich alles ändern müsse. Ihre Mum würde ausziehen und mit Callums Dad zusammenwohnen, und Callum und seine Mum würden kommen und bei ihrem Dad einziehen.

»Aber wo soll er denn schlafen?«, fragte Robin und vermied es, Callums Namen auszusprechen, damit der Plan weniger konkret klang. »Wir haben doch kein freies Zimmer mehr.«

Und in diesem Moment rissen sie die Welt der Zwillinge entzwei.

»Willst du ihr das etwa erlauben?«, brüllt Robin ihren Dad an. Rotz und Tränen laufen ihr das verzerrte Gesicht herab. »Sie kann mir doch Sarah nicht einfach wegnehmen. Wenn Mum unbedingt mit *dem* abhauen will, soll sie doch. Ich bin froh, wenn Mum geht! Ich hasse sie! Aber meine Schwester nimmt sie nicht mit!«

Sarah hört von ihrem neuen Zuhause, ihrem neuen Zimmer, ihrem neuen Leben und den Wochenenden, an denen sie sich alle treffen werden, und von dem Pony, das sie vielleicht bekommen wird, und den neuen Möbeln, die sie sich selbst aus dem Katalog aussuchen kann, vielleicht, und sie reißt die Hände hoch und hält sich die Ohren zu.

»Sag ihnen, dass du nicht wegwillst!«, drängt Robin ihre Schwester, und Sarah rollt sich nur noch stärker zu einer möglichst kleinen Kugel zusammen. Angie greift über den Tisch, aber Sarah schüttelt die Hand auf ihrer Schulter ab. Als ihr Dad den Arm die Rückenlehne entlang ausstreckt und ihr übers Haar streicht, faucht sie ihn unvermittelt an: »Lass mich!« Robin beginnt zu weinen und um sich zu schlagen. Callum klettert auf die andere Seite seiner Mutter und bleibt an ihr hängen wie eine Klette. Er hat, was er wollte. Er ist seinen Dad los. Geredet hat er nicht gerne darüber, aber ein paar Mal hat Callum den Mädchen doch erzählt, dass sein Dad ihm wehtut, wenn er wütend ist.

»Klatscht er dir eins auf den Po, oder was?«, hatte Robin ihn zuerst noch gehänselt.

»So ungefähr«, meinte Callum. »Nicht ganz.«

»Meine Mum klatscht mir andauernd auf den Po«, hatte Robin in einem gelangweilten Tonfall gesagt, was das erste Gespräch damals abrupt beendete.

Das nächste Mal war bei einer der ersten gemeinsamen Übernachtungen die Rede darauf gekommen. Callum hatte schmerzverzerrt gezuckt, als er sich auf seiner Klappmatratze umdrehte, und ihnen dann, da Robin nicht lockerließ, den großen blauen Fleck an seiner Hüfte gezeigt.

»Er fand, dass ich ungezogen gewesen bin«, erklärte er

nur. »Also macht ihn bitte nicht noch wütender auf mich, indem ihr den ganzen Teppich vollkrümelt.«

Selbst Robin hatte ihre gebunkerten Chips daraufhin weggeräumt.

Für Callum geht mit dieser Trennung ein Traum in Erfüllung. Er wird seinen Dad los und kann dennoch bei seiner Mum bleiben. Für Robin und Sarah jedoch ist dies ein Albtraum, mit dem sie nie gerechnet hatten.

Jack packt die tobende Robin an den Handgelenken, um sie in die Arme zu schließen und zugleich zu bändigen.

»Du verstehst das falsch«, sagt Angie. Sie steht auf, tritt zu Robin und versucht, die Hände auf ihre Schultern zu legen. Sofort schüttelt Robin sie ab, wirbelt herum und vergräbt das Gesicht im Hemd ihres Vaters. Ihre Finger schlagen in den Stoff und ballen sich zu Fäusten. Noch nie hat sie so gekocht vor Wut. Siedend heiß sprüht es aus ihren Augen, aus ihrem Herzen.

Nach einer Weile drückt Jack sie sanft von sich und hält sie so, dass er ihr in die Augen sehen kann. »Das war nicht allein die Entscheidung deiner Mum«, erklärt er, doch dabei sammeln sich dicke Tränen in seinen Augen, wie beim Tod seines Vaters, und als er seine Tochter ansieht, rollen sie ihm die Wangen hinab.

»Das hat sich über einen langen Zeitraum so entwickelt, mein Liebling. Und nicht nur deiner Mutter ist irgendwann klar geworden, dass etwas nicht stimmt und wir nicht glücklich sind. Wir sind schon seit Langem nicht mehr glücklich zusammen, nicht wirklich.«

»Also habt ihr uns bloß vorgespielt, glücklich zu

sein!«, schreit Robin und befreit sich aus dem Griff ihres Vaters. »Dreckige Lügner seid ihr, nichts anderes!«

Robin fällt auf, dass ihr Dad auf der Suche nach Unterstützung nicht zu Angie sieht, sondern an ihr vorbei zu der Stelle, an der inzwischen Hilary mit Callum steht. Das Wort aber ergreift Drew.

»Hör mal, Robin, du musst damit jetzt wie ein großes Mädchen umgehen«, sagt er. »Wir haben uns alle zusammengesetzt und darüber geredet, und wir sind zu dem Entschluss gekommen, dass dies das Beste für alle Beteiligten ist.«

»Das Beste für dich und Mum vielleicht, ganz sicher nicht für Sarah und mich«, schreit Robin ihn an. »Oder für Dad. Oder Callum. Oder Hilary. Also verpiss dich einfach!«

Drew Granger sieht aus, als hätte man ihm in den Kopf geschossen. Dann wechselt seine Miene von Schock zu Empörung.

»Hau ab! Hau ab! Hau ab! Hau ab!«, kreischt Robin über den Tisch. Erst als Dad sie erneut an sich drückt, geht ihr Schreien in Schluchzen über. Sie weint, bis sie müde wird vor Erschöpfung. Drew Grangers Kopf ist knallrot angelaufen, was durch den Kontrast zu seinen blonden Haaren noch unterstrichen wird. Erregt verzieht er den Mund in alle Richtungen. Callum versteckt sich hinter dem Rücken seiner Mutter, als würde er hoffen, so unentdeckt entwischen zu können.

»Warum bleibt *er* nicht bei euch und Sarah bei uns?«, will Robin wissen und stochert mit dem Daumen in Richtung Callum, der zu Boden sieht und weiter weint.

»Er muss bei seiner Mum bleiben, Robin«, sagt Drew.

»Wieso?«, schreit Robin.

»Es wird bestimmt lustig«, versichert Angie ihr. »Du hast dir doch immer einen Bruder gewünscht.«

»Ja, aber nicht statt meiner Schwester!«, kreischt Robin zurück.

»Na ja, gesagt hast du das allerdings schon manchmal«, witzelt Angie, und erst ein eisiger Blick von Jack bringt sie davon ab, auch noch zu lachen.

Hilary lässt Callum für einen Moment allein und geht vor Robin in die Hocke. »Ich weiß, es ist schwer zu begreifen, Robin. Ich weiß, wie sehr du dich darüber ärgerst, dass deine Mum weggeht.«

»Tu ich gar nicht«, gibt Robin zurück. »Ich hasse Mum. Sie hat das Ganze hier angefangen, und jetzt nimmt sie uns auch noch Sarah weg.«

Angie kneift den Mund zusammen, aber ihre Augen füllen sich mit Tränen.

»Du wirst Sarah weiterhin häufig sehen«, fährt Hilary fort und versucht, Robins Arme zu berühren, aber die entzieht sich ihr. »Und du wirst dort übernachten, und Sarah wird bei …«, sie gerät ins Stocken, »bei *uns* übernachten. Wir werden versuchen, das Beste daraus zu machen. Und mit Callum verstehst du dich doch sehr gut, hab ich recht. Das heißt, ihr beide werdet auch euren Spaß zusammen haben.«

»Ich will ihn nicht, ich will meine Schwester«, sagt Robin jetzt etwas leiser, aber immer wieder unterbrochen von japsendem Schluchzen. »Er ist doch bloß irgendein Junge. Den will ich nicht bei mir zu Hause.«

Neben Robin raunt Sarah in ruhigem Ton ihrem Vater zu: »Bitte lass mich nicht gehen, Dad. Lass mich bitte bleiben.«

»Wir können uns doch mein Zimmer teilen«, sagt Robin laut. »Und Callum kann dann von mir aus trotzdem kommen.«

Jack sieht mit flehendem Gesichtsausdruck zu Angie hinüber, aber die schüttelt nur bedauernd den Kopf.

»Wir haben doch all diese Fragen gemeinsam geklärt«, schaltet Drew sich ein. »Jetzt wieder von Neuem das große Chaos anzurichten wäre Blödsinn.«

Ihr muss es also gelingen, jetzt hier ein großes Chaos anzurichten, denkt Robin, und womöglich werden all diese Fragen anders geklärt. Prompt kreischt und schreit sie weiter herum, was ihr nur in den Sinn kommt. Wenn sie das bloß lange genug durchhält, müssen doch alle nach Hause zurück und die Sache noch einmal überdenken. Aber der Plan geht nicht auf. Stattdessen sieht es so aus, als hätten sie bereits alles genau abgesprochen. Angie fährt mit Drew ins Haus der Grangers, dort übernachten sie beide allein, während Hilary und Callum sich in den Rover zwängen und mit zu den Marshalls fahren. Vor der Abfahrt werden noch diverse Reisetaschen mit dem Nötigsten für die ersten Tage zwischen den Autos umgeladen. Für Sarah ist keine dabei. Sie wird noch bis Ende nächster Woche bleiben, um all ihre Sachen zu packen und sich auf den Umzug vorzubereiten. Robin ist wild entschlossen, es nicht dazu kommen zu lassen. Aber das scheint niemanden zu kümmern.

Kapitel 15

Gegenwart

Sarah

8. Die Internetrecherchen

Da ist mir vor Schreck das Herz stehengeblieben. Der letzte Punkt auf der Liste: Die Internetrecherchen. Was für eine trügerische Geborgenheit, allein zu sein im Zimmer, und die Zeit, während das Kind seinen Mittagsschlaf hält, nach eigenem Willen vor dem Bildschirm zu verbringen, ohne dass einem neugierige kleine Kinderaugen ständig über die Schulter schauen. Wie befreiend, einmal richtig einzutauchen, dem eigenen Verstand zu erlauben, vorbehaltlos in jede Richtung zu denken, nachzuforschen über Dinge, die einem keine Ruhe lassen, Antworten zu finden und den Computer einfach ausschalten zu können, wenn man genug hat.

Und das alles, ohne dabei jemals im Traum an mögliche Nachwirkungen zu denken – zumindest habe ich zu keiner Zeit damit gerechnet. Nie ist es mir in den Sinn gekommen, dass irgendwelche Protokolle existierten, deren Zeilencodes über jede vage, verzwickte Frage, die ich zu klären und abzuhaken versuchte, präzise Auskunft geben konnten.

Ich selbst wäre doch nie auf die Idee gekommen, Jims Suchchroniken zu kontrollieren. Ich hätte gar kein Interesse daran gehabt. Nicht einmal heute würde ich sie sehen wollen, außer vielleicht, um zu begreifen, welche Absichten er verfolgt.

Er aber hat meine Protokolle offensichtlich genauestens kontrolliert. Er, seine Eltern und sein Bruder. Jeden noch so beiläufig getippten Quatsch, jeden launenhaften Einfall haben sie durchforstet. Ganz abgesehen natürlich von all den Zeichen, die sehr bewusst und unter großer Überwindung eingegeben worden waren.

»Rezept für Angel Cake«
»Kalorien verbrennen im Schlaf«
»Vitamin-E-Mangel«
»Gesichtsmasken selbst machen«
»Folgen von Kindheitstrauma verbergen«

Robin

Die Frühlingssonne taucht Chorlton zweifellos in helleres Licht, doch ihr Glanz scheint eher den Dreck in der Luft zum Vorschein zu bringen als die allgemeine Stimmung zu heben.

Bei den Elsters jedenfalls herrscht erneut Streit. Seit über einer Stunde schon. Das ist kein bloßes Angiften, hier fliegen die Fetzen, dass die Wände beben.

Sogar Mrs. Pfau, die alte Dame aus einer der Erdgeschosswohnungen, ist bereits aufmerksam geworden. Erst läuft sie mehrmals durch die Terrassentüren in den Garten hinaus, um Teppiche auszuschütteln. Dann bringt sie ihre Bürsten nach draußen und rupft büschelweise alte Haare aus den Borsten, die sie den Vögeln zum Nestbau überlässt. Kaum ist sie nach drinnen verschwunden, erscheint sie auch schon wieder mit der Fußmatte, die ausgeklopft werden muss.

Der Streit der Elsters brach am Tisch neben dem Fenster aus. Er begann als eher träges Aufeinandertreffen mit Kaffeebechern in den Händen, schaukelte sich erst zu erregten Armbewegungen und Haareraufen hoch, dann zu Herumlaufen und Fingerzeigen und mündete schließlich in dieser Art von wechselseitigem Anschreien, bei der die Adern hervortreten und Dinge gebrüllt werden, die nie wieder wirklich in Vergessenheit geraten.

Mittlerweile hat Mrs. Elster einige Male beschwichtigend die Handflächen nach oben gedreht, doch das Friedensangebot ist von ihrem Ehemann stets brüsk abgewiesen worden. An einem Punkt schnappte er sich ihre Hände, als wollte er sie wie ein Stück Papier zerknüllen und wegschmeißen, stieß sie dann aber nur wütend von sich.

Kaum war er anschließend aus der Küche gestürmt, begann die Frau auch schon, hektisch auf ihrem Handy herumzutippen. Und als wenig später die Küchentür aufflog und er zurückkehrte, steckte sie das Telefon rasch in die Hosentasche zurück.

Mit wild pochendem Herzen verfolgt Robin die Entwicklung. Immer zorniger und zorniger wird sie auf Mrs. Elster. Adrenalin schießt in ihr hoch. Wie kann die Frau mit etwas derart Kostbarem nur so gedankenlos umgehen! Wie kann sie das Glück von Vater und Sohn nur so kaltherzig aufs Spiel setzen!

Schließlich ziehen sich die beiden wutschnaubend in verschiedene Ecken zurück. Ein Stockwerk darunter tritt Mrs. Pfau zurück durch die Terrassentür und verschwindet in den Tiefen ihrer Wohnung.

Robins kleine, harte Muskelpakete prickeln weiter vor Adrenalin und Zorn, und so stößt sie mit dem Fuß die Tür zum »Fitnessraum« auf, um sich auf die Hantelbank zu schieben. An der Stange über ihr stecken noch die Gewichte von der letzten Einheit. Sie hebt die Langhantel aus der Auflage, lässt sie schwer auf ihre Brust fallen und stemmt sie sofort wieder hoch, so weit die Arme reichen. Ihre Muskeln zittern, als sie das Gewicht einige Sekunden über dem Körper in der Schwebe hält, bevor sie es wieder sinken lässt. Gluckernd meldet sich ihr Magen. Sie weiß gar nicht mehr, wann sie das letzte Mal gegessen hat.

Vierundzwanzig Stunden am Tag im Haus zu bleiben kann die innere Uhr in sonderbare Verwirrung stürzen. Da Robin die Sonnenstrahlen allenfalls durch die Fensterscheibe gefiltert auf ihrer Haut spürt, hilft sie künstlich nach und nimmt täglich Vitamin-D-Tabletten. Außerdem versucht sie, normale Ess- und Schlafenszeiten einzuhalten, und normaler als die während einer Tour sind sie allemal.

Einer bemerkenswerten Vielfalt an Jahreszeiten erfreut Manchester sich sowieso nicht. Zwei Drittel des Jahres ist es grau. Und sollte der Sommer mal schwülheiß auf die Fenster drücken, hält eine Klimaanlage ihn bequem in Schach. Ihr Klicken und Gurgeln wird in solch heißen Nächten zu einem verlässlichen Gefährten.

Robin hat großen Respekt vor der Nacht und versucht, nach Möglichkeit durchzuschlafen. Andernfalls läuft sie Gefahr, von ihr in eine Art zähen Teer getaucht zu werden. Um sie herum herrscht dann nur noch beängstigende Schwärze, durch die ihre angestrengt spähenden Augen Geisterhaftes sehen. Wenn sie nicht schlafen kann und auch Trainieren nicht hilft, streift sie nervös durch die Zimmer. Das stille Haus erinnert an eine Filmkulisse. Sie muss an die verlassenen Sets der Musikvideos denken, in denen sie einst unbeholfen den Star mimte. Womit bis dahin jeder von ihnen glanzvolle Vorstellungen verbunden hatte, entpuppte sich in der Realität als stundenlanges Herumstehen, während andere mit dem richtigen Ausleuchten beschäftigt waren.

Wenn sie nachts allein ist, fällt ihr das Vergessen besonders schwer. Kein grelles Sonnenlicht bleicht die Konturen, stattdessen wird jede Erinnerung durch den schwarzen Hintergrund klar eingefasst. Gesichter aus der Vergangenheit sitzen stumm und anklagend an ihrer Seite.

Zu den ersten Anschaffungen, die Robin nach ihrem Einzug in George Mews machte, gehörte ein neuer Laptop. Ein glänzendes Apple MacBook, das sich tonnenschwer auf ihren Beinen anfühlte, nachdem sie jahrelang alles nur mit dem Smartphone erledigt hatte.

Da sie sich damals noch vorgaukelte, das Schreiben von neuem Songmaterial wäre der Grund dafür, sich hier zu vergraben, installierte sie sogar GarageBand und ging die Lerneinheiten durch. Allerdings nur die Lerneinheiten. Statt Songs zu schreiben, öffnete sie diverse Browserfenster gleichzeitig und googelte in alle Richtungen, in die ihre Gedanken gerade wanderten. Häufig und voller Gewissensbisse suchte sie nach »Working Wife«, nach ihren Bandkollegen und am Ende auch nach ihrem eigenen Namen. Sie hatte verfolgt, wie sie bei den Suchergebnissen für »Robin Marshall« erst auf Seite 2 und dann auf Seite 3 zurückrutschte und sich vor ihr zwei Figuren aus *How I Met Your Mother* schoben, deren Vornamen Robin und Marshall lauteten.

Und manchmal konnte sie sich nicht länger bezwingen und suchte nach Namen aus den unteren Verästelungen ihres Familienstammbaums. Manchen fügte sie noch die wichtigsten Daten bei, anderen nicht. Die Ergebnisse änderten sich nie.

Kapitel 16

1991

Sarah

Eine Woche nachdem das Biergartenurteil verkündet worden war, zog ich bei Mum und Drew ein. Da Callum bereits in meinem bisherigen Zimmer wohnte, schlief ich die letzten Tage bei Robin. Auf dem Teppichboden lag zwar ein Schlafsack für mich, aber wir blieben lieber fest umschlungen auf ihrem Bett, bis alles zu heiß und klebrig wurde und sie so viel herumzappelte und im Schlaf sprach, dass ich vorsichtig unter der Decke hervor auf den Boden kroch.

Am Freitagabend vor meinem Auszug kuschelte sie sich an mich, legte ein Bein über mich und erzählte, wie leid es ihr tut, dass ich gehen und sie bleiben muss. Und ich sagte ihr, wie leid es mir tut, dass sie bleiben und hier mit einem Jungen zusammenleben muss. So schliefen wir ein, und als ich aufwachte, fragte ich mich, ob wir so auch in Mums Bauch geschlafen hatten, aber ich durfte nicht länger darüber nachdenken, denn mein Herz fühlte sich an wie ein fallendes Glas, kurz bevor es auf den Boden schlägt.

Ich war zuvor noch nie umgezogen. Mein ganzes Leben hatte ich in ein und demselben Haus verbracht. Ich hatte keine Lust, mein Zimmer auszuräumen und all die Spielsachen und Teddys mitzunehmen, die ich seit frühester Kindheit besaß und die doch in diese Umgebung gehörten, in der sie schon immer gewesen waren. Dad versuchte, mir zu helfen, aber das machte alles nur noch schlimmer. Er wirkte so linkisch und ungeschickt beim Zusammenfalten meiner Sachen, und ständig musste er weg, um irgendwelche Besorgungen zu machen oder Jobs zu erledigen. Ich wusste, dass er verärgert war und es nicht zeigen wollte, daher tat ich mein Bestes, ihn nicht noch mehr zu reizen. Ich versicherte ihm, dass es mir gut gehe.

Robin kam und saß eine Weile auf meinem Bett, und Callum fuhr mit seiner Mum, um seine restlichen Sachen einzupacken. Bei ihrer Rückkehr versteckte er alles in Dads Zimmer, das jetzt Dads und Hilarys Zimmer war, bis ich nicht länger im Weg war. Ein glatter Eins-zu-eins-Tausch.

Sie holten mich mit dem BMW ab. Ich kam mir betrogen vor, da sie fünf Minuten zu früh da waren. Mum und ich verstauten die Taschen im Kofferraum und auf der Rückbank, während Drew bei laufendem Motor im Wagen blieb. Robin, Callum, Hilary und Dad standen alle gemeinsam vor dem Haus auf dem Rasen und winkten mir nach. Als der Wagen davonrauschte, kippte Dads Oberkörper langsam vornüber.

Diese eine kurze Fahrt genügte, um zwei wichtige Dinge zu lernen. Erstens: Dad hatte zugelassen, dass eine von uns geht, damit er eine von uns behalten konnte. Hätte er das nicht getan, wäre Mum vom Gericht wohl das Sorgerecht für uns beide zugesprochen worden. Und zweitens: Hilary verzichtete auf ihren Anteil vom Haus der Grangers, um Callum behalten zu dürfen.

Soweit ich das sehen konnte, hatte niemand etwas aufgegeben, um mich zu behalten. Und das, obwohl ich das brave Mädchen war, das immer ihr Bestes gab. Mum bemühte sich in der folgenden Woche zwar, mir einzureden, dass sie es sich genau so gewünscht hatte, aber ich glaube, ihr ist bloß bewusst geworden, wie schlecht ihr Verhalten im Biergarten bei mir angekommen war, und jetzt fürchtete sie, auch noch ihre – neben Drew – letzte Verbündete zu verlieren.

Inzwischen ist die letzte Ferienwoche angebrochen. Die meiste Zeit seit meinem Einzug habe ich damit verbracht, mein Zimmer einzurichten und mir die neuen Möbel auszusuchen, mit denen Drew mich – wie mir scheint auf Mums Drängen hin – bestechen will, nur um am Ende alles doch wieder anders zu arrangieren. Am letzten Wochenende durfte ich bei Dad übernachten, was noch immer komisch klingt und sich wohl niemals richtig anhören wird. Ich bin doch nicht *bei* meinem Dad. Mein Dad ist doch nichts Losgelöstes. Er, Mum, Robin und ich, wir sind doch alle etwas miteinander Verbundenes. Eigentlich sollten wir alle auf derselben Couch sitzen und das Gleiche zu Abend essen. Aber nun sitzt Callum auf der Couch, wo ich sonst gesessen habe, und ich weiß nicht einmal, was es bei ihnen zu Abend gibt. Nicht gestern Abend, nicht vorgestern und auch nicht den Abend davor.

Am letzten Wochenende schlief ich wieder in Robins Zimmer, weil Callum jetzt ganz in meinem wohnt. Also sollte ich besser nicht mehr von meinem Zimmer sprechen. Es ist seins. Mein Zimmer ist in dem großen Haus im anderen Viertel mit den Möbeln von Next und der neuen Stereoanlage, die ich nicht benutze, weil Drew es nicht mag, wenn jemand außer ihm irgendwelche Geräusche verursacht.

In der ersten Woche nach diesem schrecklichen Tag im Biergarten waren Hilary und Callum sich noch wie zu Besuch vorgekommen bei uns. Das Haus schien irgendwie provisorisch gefüllt zu sein, wie angeschwollen. Sie hatten überhaupt nicht gewusst, wo alles war. Kurz darauf bei meiner ersten Rückkehr waren viele Dinge schon an einem anderen Platz, und es gab auch einige Neuanschaffungen.

Mir fiel auf, dass Robin sich Callum gegenüber weiterhin reichlich abweisend verhielt. Während er wie bei einer kratzfreudigen Katze ganz behutsame Annäherungsversuche startete, tat sie, als würde sie seine Anwesenheit gar nicht bemerken. Immerhin fanden wir uns an diesem Wochenende nach und nach in die veränderte Situation ein und spielten ein paar der alten Spiele. Bisweilen hatte ich dabei – und dieses Eingeständnis schmerzt – jedoch eher das Gefühl, dass die beiden miteinander spielten und ich ihnen bloß zusah. Einmal spielten sie dieses von ihnen selbst erfundene Wortspiel, bei dem der Anfangsbuchstabe von jedem Personennamen in »B« geändert wird – es ist echt ganz schön albern –, und Callum bemerkte, wie ich sie beobachtete. Er kam zu mir herüber und setzte sich neben mich.

»Alles in Ordnung?«, fragte er.

»Könnte nicht besser sein«, giftete ich angefressen zurück und bedauerte meine Schärfe sofort angesichts seiner gekränkten Miene.

»Sorry«, fuhr ich fort. »Mir geht's gut. Es ist bloß …, du weißt schon, manchmal fällt's eben schwer.«

»Mit meinem Dad?«

»Mit der ganzen Sache.«

»Aber mein Dad … ist er dir gegenüber okay? Ich meine, es kommt doch nicht vor, dass er dich …«

»Ich hab keine Probleme mit deinem Dad«, erklärte ich rasch, da ich lieber wieder auf die Tatsache zurückkommen wollte, dass Robin und er mich ständig ausgrenzten. »Für mich ist es bloß … also, wenn ich hier bei euch beiden bin, dann hab ich nur irgendwie …« Ich breche ab. Was bringt das noch?

Mum kocht jetzt ständig Dinge, die sie zu Hause nie gemacht hätte. Seit sie dank Drew über eine eigene Kreditkarte verfügt, hat sie Berge an Kochbüchern und neuen Klamotten gekauft. Gerade überlegt sie, was es am Wochenende geben soll, wenn Robin und Callum hier übernachten. Aktuell favorisiert sie Frittata mit Caesar Salad. Keine Ahnung, warum ausgerechnet das, denn im Grunde weiß sie, was Robin gerne isst, und Frittata mit Caesar Salad gehört ganz sicher nicht dazu. Wenn es ihr wirklich darum geht, Robin den Aufenthalt möglichst angenehm zu gestalten, dann stellt sie das Ganze völlig verkehrt an. Aber ich werde sie nicht warnen. Ich mag ja die Einzige sein, die weiter auf ihrer Seite steht, doch einstweilen bin ich noch zu wütend, um das offen zu zeigen.

Das erste Wochenende, das Robin und Callum bei Sarah im Haus der Grangers verbrachten, war eine Katastrophe. Ihre Mutter brannte vor lauter Aufregung und Nervosität das Abendessen an – irgend so ein ekelhaftes Quiche-Zeug, dessen Geruch allein Robin schon würgen ließ. Und als ihre Mutter beim Auftischen dann sah, mit welch misstrauischen Blicken die Kinder ihren Auflauf beäugten, begann sie herumzuschreien, und Drew Granger schimpfte mit ihnen und erklärte: »Angela hat sich so viel Mühe mit diesem Essen gemacht.«

»Entschuldigung«, sagte Callum, dem das Glas in der Hand zitterte.

»Tja, die Mühe hätte sie sich sparen können«, erwiderte Robin. Drews braune Augen verdunkelten sich schlagartig. »Und ihr Name ist auch nicht Angela, sondern Angie. Sie hasst es, wenn man sie Angela nennt.«

Nach den ersten Wochenenden, an denen alle Kinder gemeinsam entweder in dem einen oder dem anderen Haus übernachteten, hielten die Erwachsenen ein weiteres ihrer geheimen Gipfeltreffen ab und kamen überein, dass die drei von nun an ein Wochenende im Haus der Marshalls sein würden, gefolgt von einem freien Wochenende, dann alle drei im Haus der Grangers, und wieder ein freies Wochenende, und so weiter.

Robin hatte nicht das Geringste dagegen, Drew Granger nicht so häufig sehen zu müssen, aber sosehr sie auch den affigen Edelfraß hasste, den ihre Mutter regelmäßig anbrannte, treffen wollte sie ihre Mum schon gern. Sie wollte nicht unbedingt mit ihr reden oder sie zum Lächeln bringen. Sie wollte ihre Rügen nicht hören und schon gar nicht von ihr umarmt werden. Dafür war ihr Innerstes weiterhin viel zu aufgewühlt von der ganzen Sache. Aber sie wollte gerne in ihrer Nähe sein, zumindest ein wenig. So wie sie ihr immer nahe gewesen war.

Sie wollte auch mit Sarah zusammen sein. Nur sie beide, und einfach auf der Couch liegen und fernsehen, wie sie es früher immer getan hatten, oder gemeinsam in den Laden gehen, um für die Eltern etwas einzukaufen, und vom Wechselgeld zehn Penny abzuzweigen für eine Tüte Süßigkeiten, die sie sich dann teilten.

Das Haus der Grangers lag für solche Gänge allerdings viel zu weit vom Ortskern entfernt. Immerhin besaß das Viertel einen kleinen Spielplatz mit einem Bodenbelag aus Gummi, wo sie herumtoben und sich auf die weichen Platten herabstürzen konnten, die Robin zufolge extra so konzipiert waren, dass man sich nie etwas brach. Obwohl die anderen wussten, dass das nicht stimmte, machten sie doch alle mit.

Nach ein paar Monaten im neuen Rhythmus trat eine gewisse Routine ein. Die Kids waren zwar weiter traurig und verwirrt, und heimlich tuschelten sie über die Frage, ob womöglich demnächst wieder alles über ihre Köpfe hinweg umentschieden werden würde, aber sie gewöhnten sich daran. Ebenso wie daran, dass der ein oder andere Erwachsene, mit dem man zusammenlebte, nun eben mit Vorname angeredet wurde. Nicht länger einfach Mum und Dad, sondern Mum und Drew, Angie und Dad, Jack und Mum oder Dad und Hilary.

Sie waren jetzt der Abschlussjahrgang in der Primary School und damit Königinnen und Könige des Schulhofs. Die Schwestern hielten sich wie früher meist voneinander fern, aber wenn sie unverfänglich zusammenarbeiten oder spielen konnten, dann taten sie es. Nach der Schule gingen Callum und Robin zu Fuß nach Hause, genau wie die Zwillinge früher auch, während Sarah von ihrer Mum in einem fast neuwertigen BMW Cabrio abgeholt wurde. Drew hatte Angela das passende Gegenstück zu seinem Wagen geschenkt. Wenn er jetzt von der Arbeit nach Hause kam, parkten die beiden BMWs in der gepflasterten Einfahrt Seite an Seite. Partnerlook quasi.

Zu Anfang war der Heimweg mit Callum eine qualvolle Angelegenheit. Früher wäre Robin an der Mauer sofort hochgeklettert und auf dem Geländer weitergelaufen. Jetzt schleifte sie nur ihre Brotbox daran entlang, damit es möglichst laut klapperte. Sie sprachen kein Wort, marschierten einfach stumm nebeneinander her wie Arbeiter, die nur ihre Schicht herumbekommen wollen.

Dann erlitt Mrs. Howard eines Tages in der Schule einen Herzinfarkt. Direkt vor der Klasse und gar nicht so, wie man es aus Filmen kennt. Sie fasste sich nicht an die Brust und lief purpurrot an, und sie veranstaltete auch kein großes Drama. Sie brach einfach ab, was sie gerade tat, fächerte sich mit der Hand wie zur Abkühlung Luft zu, packte ihren linken Arm und beugte sich vornüber, als wäre ihr schlecht. Dann sackte sie ein wenig schwerfällig auf den Stuhl mit der abgenutzten Stoffbespannung, der hinter ihrem Tisch stand, und holte Sarah nach vorn, die rasch ins Sekretariat laufen sollte, um einen Krankenwagen zu rufen.

Eine gewaltige Aufregung erfasste die Klasse. Alle glotzten mit großen Augen ihre Lehrerin an, die dort saß und befürchtete, ein Jahr vor ihrer Pensionierung jeden Moment vor den Augen von fünfundzwanzig Zehn- und Elfjährigen zu sterben. Bevor der Krankenwagen eintraf, kam bereits die Schulleiterin und führte die Klasse in die Aula, wo nach der Ausgabe des Mittagessens noch aufgeräumt wurde. Sie sangen Kirchenlieder und schielten dabei aus dem Fenster, um zu beobachten, wie die Ambulanz mit Blaulicht und Martinshorn auf den Schulhof bog und vor den Räumen der Sechstklässler anhielt.

An diesem Tag mussten Robin und Callum auf dem Heimweg einfach miteinander reden.

»Hast du gesehen, wie Sarah es genossen hat?«, fragte Robin Callum.

»Ja, das hat sie eindeutig.« Er lächelte leicht.

Robin saß in der Zwickmühle. Einerseits spielte Sarah tatsächlich gern die makellos Tugendhafte, die sich bei jedem Aufreger sofort einmischte und demonstrierte, wie gut sie die Lage zu beruhigen verstand. Andererseits wollte sie sich nach allem, was geschehen war, aber auch nicht über ihre Zwillingsschwester lustig machen.

»Deshalb musst du ja nicht gleich über sie herziehen«, blaffte sie.

Callum schreckte überrascht zurück. »Hab ich doch gar nicht.«

»Dann lass es gefälligst auch bleiben.« Robin war die

Sache unangenehm, und außerdem spürte sie eine Woge an Energie, die unbedingt freigesetzt werden wollte. Daher packte sie Callum, als sie am Spielplatz beim Cricketplatz vorbeikamen, an der Jacke und zerrte ihn zu den Schaukeln, wo sie feststellten, dass sie auch ohne Sarah richtig gut zusammen spielen konnten.

Kapitel 17

Gegenwart

Sarah

Nachdem ich das B&B in Surrey verlassen habe, um in den Norden zu fahren, wohne ich hier mittlerweile in einer ganz ähnlichen Unterkunft, die sich Cornell Lodge nennt. Sie ist jedoch sauberer und kleiner als die vorangegangene, und das Ehepaar, das sie führt, ist freundlicher. Das Zimmer in Surrey hatte Jims Mutter besorgt, und mich befiel rasch der starke Verdacht, dass die wachsame Vermieterin in ihrem Auftrag die Augen offen hielt. Manchmal wusste ich nicht, ob der Schock und die Niedergeschlagenheit mich paranoid werden ließen oder ob die Alte tatsächlich meine Taschen durchstöberte, sobald ich fort war. Vorsichtshalber führte ich sämtliche wichtigen Sachen ständig bei mir. Vor allem eine Sache konnte ich unmöglich im Zimmer lassen, die hatte ich zu jeder Zeit bei mir, egal was war. Von dieser Sache wusste Jim nicht einmal, dass sie existierte, und er würde es erst erfahren, wenn nichts mehr zu ändern wäre.

Das Zimmer hier oben in Manchester hat blassgelbe Wände und ein Fenster, durch das der Sonnenschein fällt. Es ist ganz nett und verfügt über ein eigenes, kleines Badezimmer, in dem ich mich morgens übergeben kann, wenn alles zu viel wird. Ich habe einen Stapel pastellfarbener Handtücher in meinem Zimmer und einen Wasserkocher, zusammen mit einer Handvoll Teebeutel, Nescafé-Tütchen und Portionskapseln Kaffeesahne. Ich erlaube mir nicht mehr als eine Tasse Kaffee am Tag. Ich bemühe mich, alles richtig zu machen.

Ich bin ruhiger geworden und denke jetzt klarer. Das heißt nicht, dass ich entspannt wäre. Ohne Violet sticht und drückt weiterhin irgendwas Zerborstenes in meiner Brust, aber langsam bekomme ich das Gefühl, das alles ist machbar. Etwa, hier in dieser geschäftigen Stadt zu bleiben, was ich zuvor nie in Erwägung gezogen hatte. Etwa, dass auch Violet herkommt.

Ich habe einen Plan. Der erste Schritt, der schwierigste Schritt, besteht darin, meine Schwester zu finden. Robin ist entscheidend für alles, was danach kommt. Sie verfügt über Geld, sie verfügt über Tatkraft, und sie verfügt über einen Ort, an dem ich mich verstecken kann.

Keiner weiß, dass ich hier bin. Das ist wichtig. Keine Spuren führen zu mir. Morgen werde ich mir ein billiges Prepaid-Handy besorgen. Falls nötig, kann ich mich über das WLAN des B&B einloggen. Ich gehöre nicht zu den Menschen, die online leben, und wofür ich früher das Internet benutzt habe, das werde ich nie wieder riskieren.

Robin

Die Elsters sind beide zu Hause, nur von ihrem Sohn ist nichts zu sehen. Dass beide so früh schon daheim sind, ist ungewöhnlich. Ein beunruhigendes, bedrohliches Zeichen. Während Robin sich mit der stummen Fassung begnügen muss, hört die Frau in der Wohnung links von den Elsters offenbar alles bestens. Sie steht mit ihrem Baby auf dem Arm zur Wohnung der Elsters gebeugt und reckt den Hals. Nebenan herrscht eindeutig mächtiger Krawall.

Nach der Entdeckung der teuren Unterwäsche, die Robin als Reaktionsbeschleuniger in ihre Küche getrickst hatte, schien Mr. Elster zuerst noch auf die Lügen seiner Frau hereinzufallen, aber mittlerweile stritten sie sich fast jedes Mal, wenn Robin sie sah. Mal ließ der Ehemann dabei resigniert den Kopf hängen, mal schlug er sich auf die Brust vor Wut. Sollte Mrs. Elster etwa den Anstand besitzen und ihm über ihre Ausflüge und ihre Untreue die Wahrheit sagen? Aber kommt Menschen ein solches *mea culpa* nicht eigentlich nur dann über die Lippen, wenn sie in flagranti erwischt worden sind?

Die Elsters stehen sich Aug in Aug gegenüber und schreien sich an. Robin kann ihre Münder zwar nicht sehen, aber sie erkennt es an der Art, wie ihre Rücken Schwung holen, um das zornige Brüllen aus den Körpern zu pressen.

Plötzlich stürzt Mr. Elster mit erhobener Faust auf seine Frau zu. Genau in diesem Augenblick hämmert jemand energisch gegen Robins Haustür. Robin fällt sofort auf ihre schmerzenden Knie, verkriecht sich unters Bett und ringt um Atem.

Wie die Faust von Mr. Elster ins Gesicht seiner Frau krachte, hatte Robin nicht gesehen. Dennoch wurde ihr auch noch Stunden später schlecht, wenn sie an die Szene zurückdachte und sich bewusst machte, dass er jetzt erkannt hatte, was direkt vor seiner Nase in seinem eigenen Heim geschah. Und dass er mit Robins Geschenk argumentiert haben könnte, ja, dass dies womöglich sogar erst der Tropfen gewesen war, der das Fass zum Überlaufen gebracht hatte. Dass Robin also mit ihrer Einmischung sehr wohl eine Männerfaust dazu gebracht haben könnte auszuholen und ins Gesicht einer anderen Frau zu schlagen.

Robin hatte sie oft streiten sehen, aber nie so wie an diesem Tag. Diesmal war alles eine Stufe aggressiver gewesen. Wie die Frau zurückgewichen war, der Mann mit dem Zeigefinger gefuchtelt hatte, die geballte Faust, und dann war das Klopfen gekommen und Robin abgetaucht.

Sie hatte sich unter dem Bett versteckt und die Auseinandersetzung wieder und wieder in ihrem Kopf Revue passieren lassen, was im Übrigen ganz hervorragend dabei half, das Hämmern an der Tür auszublenden.

Als sie ein paar Minuten später wieder zum Vorschein kam, konnte sie nicht mehr viel sehen. Nirgends eine Spur von Mrs. Elster, weshalb sich auch nicht nach blauen Flecken oder Ähnlichem forschen ließ. Während sie noch in die verwaiste Küche starrte, flog plötzlich die Gartentür des Wohnblocks mit einem solchen Knall auf, dass Robin sich vor Schreck duckte, als könnte sie davon getroffen werden, und Mr. Elster stürmte in den Hof hinaus.

Robin setzte sich auf den Boden und versuchte, Atmung und Fantasie in den Griff zu bekommen. Etwa eine halbe Stunde später hörte sie draußen den fröhlichen Singsang des kleinen Jungen. Sie hob den Kopf und sah Mr. Elsters finstere Miene. Der kleine Junge schien sie nicht zu bemerken und sauste auf seinem Roller in den Hof, ohne wie üblich von seinem Vater mit sanftem Griff gebremst zu werden. Er ließ den Roller einfach fallen, und Vater und Sohn verschwanden im Haus. Bevor Mr. Elster die Gartentür schloss, schaute er sich noch einmal ängstlich um.

Inzwischen ist es Abend geworden, aber der doppelte Schock, zuerst Zeugin zu werden, wie ein Mann seine Frau schlägt, und dann auch noch selbst von einem beharrlichen Schnüffler nicht in Ruhe gelassen zu werden, hat noch Stunden nachgewirkt. Den ganzen Tag über raste ihr Puls. Jedes kleinste Geräusch, jede kleinste Empfindung reichte aus, die Panik weiter anzuheizen, die nach dem Streit in der gegenüberliegenden Wohnung und dem Klopfen des starrsinnigen Besuchers ohnehin schon stetig brodelte.

Dieser Unbekannte, den sie inzwischen nur noch *den Klopfer* nannte, tauchte immer wieder auf und versuchte es zu den unterschiedlichsten Tageszeiten, um sie reinzulegen. Dadurch geriet ihr Tagesablauf völlig durcheinander, und ohne festen Tagesablauf war sie verloren.

Früher hatte Musik geholfen. Wenn sie voller Panik aufgewacht war und das Herumlaufen sie nur noch mehr verkrampfen ließ, hatte sie einfach ihren lebenslangen Freund zu Hilfe genommen, das Haus mit wilden Klängen erfüllt und eine Mauer aus Schlagzeug und Streichern errichtet.

Doch das hatte ihr der Klopfer nun genommen. Jetzt durfte sie die Musik nicht mehr so laut drehen, dass sie auf der Straße zu hören war, weil sie sich damit verraten hätte. »Ich bin da!«, würde das heißen. »Klopf einfach weiter, und irgendwann erwischst du mich!«

Wer könnte ein Interesse daran haben, einem Menschen, der bereits dermaßen von Angst zerfressen war, noch mehr Schrecken einzujagen? Robin hatte eine Ahnung, weigerte sich aber, dem Verdacht nachzugehen. Das würde alles nur noch schlimmer machen. Wissen machte immer alles nur noch schlimmer.

Auf einer ihrer Gitarren spielen, um die große, leere Stille zu füllen, konnte sie auch nicht, da ihre eigene Musik von Erinnerungen vergiftet blieb. Nicht einmal anfassen mochte sie die Hayride Tupelo im Stil der Fünfzigerjahre, deren schmaler Ahornhals darum flehte, von Fingern umfasst zu werden. Oder die alte akustische Eastman, auf der in den letzten Jahren ein Großteil der Stücke von *Working Wife* entstanden war. Erst wenn auf ihr das Ganze klar und sauber geklungen hatte, übertrug sie die Songs ins dreckig Elektrische. Oder die herrliche Duesenberg, die sie in Berlin entdeckt hatte. Eine Caribou in Narvik-Blue, was farblich zwischen dem Hemd eines durchgeknallten Cowboys und einem tropischen Vogel lag. Auch sie verstaubte. Grauenhaft und ungerecht. Und schon gar nicht durfte sie die Fender '56 Strat in die Hand nehmen. Nie und nimmer stand es ihr zu, diesen Sunburst-Körper auch nur zu berühren oder das präzise Jaulen jedes Tons, die raue Schärfe jedes Akkords zu hören. Wie sehr er, der Unaussprechliche, es geliebt hätte, sie auch nur anzufassen, geschweige denn, darauf zu spielen. Und wie sehr es ihm, im Unterschied zu ihr, auch zustehen würde. Wie grausam, dass etwas, das sie sich zehn Jahre nach ihrer letzten Begegnung auf einem fremden Kontinent von ihrem ersten Tantiemen-Scheck geleistet hatte, nur dafür sorgte, dass sie ihn noch stärker vermisste.

Wie andere Menschen Postkarten sammelten, so hatte sie von überall auf der Welt Gitarren mitgebracht. Jetzt hielten Schuldgefühl, Angst und der Zwang zur Stille diese armen, zauberhaften Wegbegleiter gefangen wie Tiere in einem Zoo.

Besonders an diesem Abend fehlte ihr die Musik. Regen klatschte gegen die Scheiben, und die Welt draußen wirkte extrem reizbar und aggressiv. Nichts als hupende Autofahrer, streitende Teenager und schreiende Kinder. Und drinnen piepte der Geschirrspüler, und imaginäre Uhren tickten. Alles nervte. Sie stolperte auf der Treppe und stieß sich den Zeh. Sie brachte die Reihenfolge ihrer Waschtage durcheinander und warf dunkle Tagsachen in die Trommel, obwohl helle Nachtsachen dran gewesen wären. Sie bemerkte den Fehler zu spät. Als sie an der Tür zerrte, lief das Wasser bereits ein. Wütend trat sie mit ihrem verletzten Zeh dagegen. Weigerte sich zu weinen. Weinte doch.

Sie brauchte einen anständigen Soundteppich, um die Flut an düsteren Gefühlen zu ersticken, aber Kopfhörer waren einfach nicht dasselbe. Und bei diesem Klopfer waren selbst sie nicht wirklich sicher. Eine satte, tiefe Bassline durch große, fette Lautsprecher, die brauchte sie jetzt.

Dazu Gitarren, die kreischten wie Fingernägel auf einer Tafel. Keine Schlussakkorde, einfach nur Verklingen.

Sie zerkratzt sich siebenmal den linken Arm. Schöne, befriedigende Kratzer. Um wieder Gleichmaß herzustellen, versucht sie es auch am rechten Arm, aber ihre linke Hand ist so viel schwächer, dass die Kratzer vollkommen schief geraten und die Haut oft nicht einmal reißt. Bis sie endlich sieben anständige Kratzer zusammen hat, ist ihr rechter Arm pinkfarben und mit Linien übersät. Für einen Moment blockiert der Schmerz die Gedanken an das, was sie in der Küche der Elsters gesehen hat und was ihr seitdem in Dauerschleife ständig neu vor Augen steht. Seine Faust. Ihre Angst. Kratzen. Kratzen. Alles wieder von vorne.

Robin schaut in den Spiegel, während sie sich vor dem Schlafengehen sorgfältig die Zähne putzt.

Im Grunde sieht sie kaum anders aus, als sie immer ausgesehen hat. Dunkle Locken, kurz geschnitten bis zu den Ohren. Extrem dunkle Augenbrauen. Genau wie Elizabeth Taylor, hat ihre Mum immer großherzig gesagt. Und dunkelbraune Augen. Ihre Haut ist blasser als bei jedem Kranken.

Sie trägt ein dunkelgraues *Motörhead*-T-Shirt, dazu schwarze Baumwollshorts und keine Socken. Ihr linker Arm baumelt herunter, während sie mit dem rechten putzt. Unter dem kurzen T-Shirt-Ärmel lugt ein Tattoo hervor. Ein Pin-up-Girl im Stil der Vierzigerjahre mit Rockabilly-Pony und Gitarre. Zu sehen sind nur die Füße und Strümpfe.

Auf ihrem rechten Arm hat sie ihr erstes Tattoo. Das, was wirklich schmerzt. Ein Zitat aus *Die Reise ins Labyrinth*:

»*It's only forever, not long at all.*«

Kapitel 18

1992

Sarah

Meine Mutter wusste noch vor Drew, dass der Anruf kommen würde. Er war nervös, nervöser, als ich ihn je erlebt hatte, und machte bereits Anstalten, die ganze Sache herunterzuspielen. »Ich wollte den Job sowieso nicht.« So in der Art, aber noch dicker aufgetragen und mit reichlich Managerslang durchsetzt.

Als dieser »Headhunter« sich ein paar Monate zuvor bei ihm gemeldet hatte, war er noch Feuer und Flamme gewesen und hatte von nichts anderem mehr gesprochen. Schon allein die Tatsache, zu denen zu gehören, deren »Kopf gejagt« wird, war ein gewaltiger Erfolg. Und dann auch noch vom großen Amerika.

»Das Land der unbegrenzten Möglichkeiten, Sarah«, hatte er nach dem ersten Kontakt verkündet und die Hand dabei tief in meinen Rücken gelegt, als wollte er gleich lostanzen und mir irgendwo die immense Palette an Möglichkeiten vorführen. Wochenlang redeten sie, redeten wir, allein davon.

»Andererseits ist hier, wo ich jetzt bin, mein Weg schon glasklar vorgezeichnet«, erklärte er Mum, während er mit uns auf der Überholspur der M25 dahinraste. »Ich habe mir hier alle Grundlagen geschaffen, Vice President zu werden. In dieser Situation zu wechseln wäre doch fahrlässig.«

»Und was, wenn die Amerikaner bereit sind, dir sofort einen Posten als VP zu geben?«, hatte Mum ganz aufgeregt geantwortet. Ich bin fest davon überzeugt, dass sie vor ihrem Einzug bei Drew nicht einmal gewusst hat, was ein VP überhaupt ist. Mir selbst war schon der Begriff Vorstand unklar.

Ihm schien die Idee zu gefallen. Er dachte eine Weile darüber nach und nahm die Ausfahrt zum »Lakeside«, einem riesigen Einkaufszentrum irgendwo in Essex, das Mum seit seiner Eröffnung ein paar Jahre zuvor unbedingt besuchen wollte.

»Hm, du bist wirklich ein helles Köpfchen, Angela«, sagte er dann. »Deine Mum ist ein helles Köpfchen, Sarah. Hören wir uns also erst ganz in Ruhe an, was sie zu bieten haben, richtig?«

»Richtig«, hatte Mum in selbstzufriedenem, warmem Ton geantwortet.

Den gesamten Ausflug in der hell erleuchteten Shopping Mall verbrachten sie damit, sich auszumalen, wie viel größer doch die Mega Malls in Amerika sein würden, und steigerten sich dabei in einen wahren Rausch. Wenn, wenn, wenn. In einer Tour ging das so. Vor jedem amerikanischen Geschäft oder Fast-Food-Restaurant stießen sie sich verschwörerisch an, obwohl Drew selbst niemals den Fuß in einen Fast-Food-Laden gesetzt hätte. Stattdessen mussten wir immer, wo wir auch hinkamen, nach bistroähnlichen Lokalen suchen, die irgendwas mit »Garten« im Namen hatten. Die standen dann voller Pflanzen, verfügten über große Nichtraucherzonen und hatten Ofenkartoffeln mit modischen Füllungen wie »Garnelentraum« im Angebot und nicht bloß Bohnen und geriebenem Käse.

Na ja, am Ende bekam er den Job, genau wie Mum es vorausgesagt hatte. Wobei sie nicht einmal wusste, ob er darin tatsächlich etwas taugte oder eine absolute Niete war. Da sie sonst niemanden aus diesen Managerkreisen kannte, hielt sie Drew einfach für einen Meister seines Fachs, obwohl ihr jeder Vergleich fehlte. Womöglich trugen gerade dieses unerschütterliche Vertrauen und Anhimmeln so massiv zur Steigerung seines Selbstbewusstseins bei, dass ihre Voraussage sich im Grunde selbst bewahrheitete. Könnte sein.

Robin

Die Toilettenregel war ihr erklärt worden. Die Toilettenregel war ihr entfallen. Zu Hause bei ihrem Dad sollte nicht gespült werden, wenn jemand nachts aufs Klo musste. Das Haus war klein, und das Gurgeln und Klappern des alten Spülkastens weckte alle auf. Das Haus der Grangers steckte voller moderner Toiletten, und die Regel war eine andere. Egal zu welcher Uhrzeit, wer auf die Toilette ging, drückte die Spülung. Nach Robins erster Übernachtung hatte ihre Mutter sie morgens beiseitegenommen und derart bedeutungsvoll und eindringlich über etwas so Banales gesprochen, dass Robin einfach lachen musste.

»Ich meine es ernst, Robin. Wenn du nachts aufs Klo gehst, musst du spülen, hast du verstanden?«

»Okay.«

Aber es war ihr entfallen. Die dämliche Regel über das dämliche Spülen der Toilette war ihr entfallen. Sie konnte sich ja nicht einmal richtig daran erinnern, wie sie sich nachts aus dem Bett gequält hatte, wie sie im Nachthemd auf dem Klo gesessen und ins Badezimmerlicht geblinzelt hatte oder wie sie nach dem Händewaschen wieder unter das knisternde Federbett gekrochen war.

Am nächsten Morgen riss sie Drews Aufschrei aus dem Schlaf.

»So eine Sau!«

Sie begriff gar nicht, dass sie selbst mit der Sau gemeint war.

Ihre Mutter kam angerannt. »Was ist denn?«

»Sieh dir das an!«, schrie er. »Das ist widerlich.«

»Entschuldige, ich bin auf der Gästetoilette gewesen«, begann Angela, aber er fiel ihr sofort ins Wort.

»Hör auf, für andere den Kopf hinzuhalten, Liebling. Deine Schuld ist das nicht. Du hast ihr doch die Regel erklärt, oder?«

»Aber ja, das weißt du doch«, versicherte Robins Mutter mit Nachdruck.

»Eine verdammte Unverschämtheit ist das.«

»Es tut mir leid.«

»Was habe ich eben gesagt? Du bist hier nicht diejenige, die sich zu entschuldigen hat. Robin!«

Robin schlurfte ins Badezimmer, und die Szene, die sich ihr dort bot, wirkte so aufgesetzt und grotesk, dass sie sich ein Grinsen nicht verkneifen konnte. »Warum schaut ihr euch denn meine Pisse an?«

Drew war fassungslos. Mit offenem Mund starrte er erst Angela an, dann Robin.

»Du gibst es also zu?«

»Zugeben?« Robins Grinsen wurde unsicher. »Was denn?«

»Dass du hier alles vollgepinkelt hast und wir jetzt hinter dir sauber machen dürfen?«

»Ich … nein. Ich bin doch nur nachts aufs Klo, ich habe nicht …« Robin wusste nicht, wie sie so etwas Selbstverständliches in Worte fassen sollte.

»Robin«, hob ihre Mutter in diesem mahnenden Ton an, den Eltern gerne abends vor dem Schlafengehen benutzen. »Wir hatten uns doch verstanden, was diese Regel betrifft, oder?«

»Ja, ich denke schon.«

»Ich meine das Spülen der Toilette, nachts, erinnerst du dich?«

»Ja, schon klar, ich hab's eben bloß vergessen. Zu Hause ist es halt umgekehrt.«

»Herrgott!«, brüllte Drew und schlug seine Faust so fest gegen die Wand, dass Angela und Robin zusammenzuckten. »Nicht mal eine beschissene Entschuldigung bringst du über die Lippen!«

»Entschuldigung, ich hab's bloß vergessen«, stotterte Robin.

»Na gut, dann denk aber nächstes Mal dran, okay?«, sagte ihre Mutter mehr zu Drew als zu ihr. »Andernfalls müssen wir Regelverletzungen künftig bestrafen.«

Ich hab eh nie Lust gehabt herzukommen, dachte Robin auf dem Weg in ihr Zimmer, wo sie sich fertig machte, um nach Hause zurückzukehren. *Nach Hause.* Beim Aufbruch hörte sie noch, wie Drew sie ein »faules kleines Miststück« nannte. Mehr als Drews Beleidigung aber ärgerte sie das Schweigen ihrer Mutter.

Wenige Tage später fragten Drew und Robins Mutter, ob sie mal vorbeikommen dürften, und Robin dachte schon, sie würden mit ihrem Dad besprechen wollen, dass nach dem Vorfall weitere Übernachtungsbesuche von ihr nicht mehr erwünscht seien.

Mir doch nur recht, wenn sie mich nicht mehr bei sich haben wollen, dachte Robin, auch wenn das nicht ganz der Wahrheit entsprach.

Aber darüber wollten die beiden gar nicht sprechen. Die Erwachsenen gingen ins Wohnzimmer und nahmen auf den neuen Sofas Platz, die Hilary ausgesucht hatte. Jetzt, da sie mitarbeitete und Rechnungen schrieb oder mit den Kunden telefonierte, lief das Geschäft mit der Gärtnerei etwas besser, und das hatten sie gefeiert mit zwei Doppelsitzern von Debenhams und einem neuen Wasserkocher, der beim Kochen aufleuchtete.

»Die sind ja neu«, bemerkte Robins Mutter und strich flüchtig über das Polster. »Hübsch«, fügte sie hinzu und schenkte ihrer einstigen Freundin ein knappes falsches Lächeln.

»Danke«, antwortete Hilary.

Callum und Robin lauschten an der Tür, als die Erwachsenen anfingen sich zu unterhalten. Längst vorbei waren die Zeiten, in denen ständig spontane Lachausbrüche diese Gespräche unterbrachen. Inzwischen benutzten ihre Eltern alle durchgängig ihre strengen Abendstimmen.

Sie hörten, wie Drew von dem Job erzählte, den man ihm anbot.

Robin und Callum wechselten fragende Blicke. Weshalb erzählte er Hilary und Jack so etwas? Was sollte sie das kümmern?

Und dann wurde klar, weshalb.

»Verbunden mit dem Job ist natürlich die Auflage, dass wir nach Atlanta ziehen.« Eine Pause trat ein.

»Atlanta in Amerika«, fügte Robins Mum hinzu.

Draußen vor der Tür tauschten Callum und Robin verwirrte Blicke aus. Was bedeutete das? Würde Sarah nach Hause kommen? Wo sollte sie schlafen? Völlig egal, beschloss Robin, wir finden eine Lösung.

Die bedrückende Stille im Wohnzimmer wollte kein Ende nehmen.

»Und Sarah?«, fragte ihr Dad endlich.

»Die Firma wird die Kosten für den Besuch einer erstklassigen Schule übernehmen«, begann Drew.

»In Amerika?«, unterbrach ihn Jack.

»Ja«, antworteten Drew und Angie im Chor.

»Aber ihr könnt sie doch nicht einfach …«

»O doch, das können wir, Jack. Und das weißt du genau.« Drew sprach plötzlich deutlich lauter und mit dieser Geschäftsstimme, die er immer benutzte, wenn er am Telefon *jetzt mal Klartext* redete.

Robin platzte in den Raum.

»Du nimmst meine Schwester nicht mit nach Amerika«, sagte sie, den Zeigefinger auf Drew gerichtet, und Tränen traten ihr in die Augen. Sie wirbelte herum. »Dad! Das darfst du nicht zulassen. Schon schlimm genug, dass du ihnen erlaubt hast, sie uns wegzunehmen, aber das darfst du auf keinen Fall zulassen.«

Callum drückte sich in der Tür herum, ohne ein Wort zu sagen.

»Lass uns später darüber reden, Krümel«, erklärte ihr Dad leise. Aber sie ging nicht. Ihr Vater blickte wieder zurück zu Drew und Angie. Oder *Angela*, wie sie neuerdings offenbar lieber genannt werden wollte.

»Ihr könnt doch meine Tochter nicht einfach in ein anderes Land schleppen«, sagte er schließlich, und Robin nickte verzweifelt. »Und was ist mit Robin? Oder auch mit Callum? Wie sollen sie sich noch mit Sarah treffen? Und wie wollt ihr beide euch noch mit *ihnen* treffen? Ihr könnt doch nicht einfach eure Kinder im Stich lassen.«

Mehr und mehr Fragen wurden in den Raum geworfen, und die Unterhaltung wurde immer aufbrausender und konfuser. Dinge kamen zur Sprache, von denen die Kids noch nie gehört hatten, Schuldvorwürfe und Drohungen. Das Fazit lautete: Sollte Dad gerichtlich gegen Sarahs Umzug nach Amerika vorgehen, liefe er Gefahr, beide Töchter zu verlieren. Schließlich war allgemein bekannt, dass Kinder in der Regel bei der Mutter blieben.

»Immerhin könnten wir bei einer gütlichen Einigung dafür sorgen, dass Sarah in den Ferien zu uns kommt«, sagte Hilary später, als Jack bereits losgezogen war, um etwas zu erledigen, was so viel hieß, wie ein oder fünf

Pints trinken. »Und ihr beide könntet dann und wann rüberfahren, um sie zu besuchen.«

Sie sah den Ausdruck auf Callums Gesicht und fügte hinzu: »Nur wenn ihr wollt natürlich.«

»Ich will nicht«, sagte er rasch. »Viel mehr Sorgen mache ich mir aber um Sarah. Was ist mit ihr, Mum? Sie sollte nicht mit ihm weggehen. Keiner kann dann mehr aufpassen, dass alles in Ordnung ist mit ihr.«

»Wie meinst du das?«, fragte Robin und sah von einem zum anderen, aber niemand beachtete sie.

»Cal...«, begann Hilary, aber er schüttelte nur den Kopf.

»Kann sie nicht herkommen und bei uns wohnen?«, sagte er und blickte sie mit großen Augen flehend an. »Das ist doch auch ihr Zuhause, oder? Ich kann auf der Couch schlafen, oder wir teilen uns ein Zimmer. Warum lasst du und Jack sie einfach so gehen?«

»Ganz so einfach ist es nicht, und das weißt du auch, mein Schatz. Jack würde sie am liebsten überhaupt nicht weglassen, aber Angela ist Sarahs Mutter und ...«

»Und deshalb wird sie immer gut auf Sarah aufpassen, meinst du das? Genau wie du auf mich aufgepasst hast?« Robin hatte Callum noch nie so unumwunden wütend erlebt und schon gar nicht gehört, wie er seinen Eltern widersprach oder sie angriff. Ausnahmsweise mischte sie sich nicht ein, sondern beobachtete nur.

»Du weißt doch, wie dein Vater ist, Callum«, sagte Hilary. Sie sprach jetzt hektisch und lief vor Aufregung selbst rot an. »Er wird mit allen Mitteln darum kämpfen ...«

»Dann muss Jack eben noch härter kämpfen!«

»So einfach funktioniert das aber nun einmal nicht, Cal!« Hilarys Augen füllten sich mit Tränen, und sobald die erste zu laufen begann, brach Callum den Streit ab, entschuldigte sich und stürmte aus dem Zimmer die Treppe hinauf.

Robin folgte ihm und klopfte an die Tür seines Zimmers. Er saß mit angezogenen Beinen auf dem Bett und hatte die Arme um die spitz aufragenden Knie geschlungen.

»Was hast du eben damit gemeint, Cal?«, fragte sie.

»Ach, unwichtig«, antwortete er, ohne die Augen zu heben.

»Komm mir nicht mit unwichtig. Sarah ist meine Schwester, verfluchte Scheiße!«

»Hier geht es aber nicht um dich, Robin.« Callum hob langsam den Kopf und hielt ihrem Blick stand. Robin sagte nichts, wich aber einen Schritt zurück.

»Die ganze Welt dreht sich nicht allein um dich, auch wenn dir das zu begreifen schwerfällt.« Er senkte wieder den Kopf und umschlang seine Knie fester.

»Was hat dein Dad dir angetan, Cal?«, fragte Robin leise, erschüttert von der Entschiedenheit seiner Worte.

Callum sah nicht auf, antwortete nicht und starrte nur stumm vor sich hin, bis sie ging.

Sarah

Drew ist derzeit offiziell »freigestellt«. Er muss also zwei Monate bei voller Bezahlung nichts arbeiten, bevor ihm erlaubt ist, bei dieser Konkurrenzfirma anzufangen, deretwegen er mit uns nach Amerika zieht. Ich dachte, das würde bedeuten, wir hätten noch zwei Monate Zeit, bevor wir umziehen müssen, aber da lag ich wohl falsch. Heute Abend kam plötzlich ein Makler mit einer interessierten Familie in mein Zimmer marschiert. Angekündigt hatte Mum diesen Besuch nicht. Der Makler entschuldigte sich bei der Familie, als sie mich im Zimmer antrafen.

Ich habe mich eigentlich gerade erst an dieses neue Haus, dieses neue Leben gewöhnt, und jetzt wird schon wieder alles über den Haufen geworfen. Und keiner hat mich gefragt, was ich davon halte. Nicht einmal Dad. Er macht einfach alles mit, weil er nicht will, dass Mum vor Gericht zieht und ihm uns beide wegnimmt. Meiner Meinung nach dürfte Drew zwar gar keine Lust darauf haben, dass Robin ständig bei uns wohnt, schließich ist er immer heilfroh, wenn sie und Callum nach ihren Besuchen wieder verschwinden, aber ich halte meinen Mund. Merkwürdigerweise hat ihn auch noch keiner gefragt, ob er denn nicht Callum mitnehmen will. Und er hat bislang nicht einmal davon gesprochen, dass er ihn vermissen wird. »Jetzt habe ich ja dich«, sagt er bloß.

Mum verbringt abends viel Zeit am Telefon und redet mit Immobilienmaklern in Atlanta, aber bislang mit keiner einzigen Schule, obwohl ich sie mehrmals danach gefragt habe.

»Darum wird Drews Firma sich kümmern«, lautet ihre Standardantwort. »Sie übernehmen die Gebühren für etwas richtig Niveauvolles. Gar nicht zu vergleichen mit der elenden Bruchbude, in die du jetzt gehst.«

Ich erinnere sie nicht daran, dass ihre andere Tochter ja diese Schule ebenfalls besucht und niemand sich bereit erklärt hat, ihre Schulgebühren zu übernehmen.

Ich hab keine Lust, dass irgendwelche Cola-Leute darüber entscheiden, auf welche Schule ich gehe. Ich habe gar keine Lust auf all diese »einmaligen Chancen«. Ich möchte einfach nur in mein altes Haus zurück, und dann soll alles wieder so sein wie früher.

Die ganze überdrehte Aufgeregtheit zu Hause kotzt mich eines Abends dermaßen an, dass ich kurzerhand ein paar Sachen in eine Tasche stopfe und mich auf Zehenspitzen die Treppe hinunter und aus dem Haus schleiche. Einen Brief spare ich mir. Der ist überflüssig. Wohin ich will, kann sich jeder Schwachkopf an den fünf Fingern abzählen.

Ich erlebe den Weg zu meinem Elternhaus mit ganz neuen Augen. Die Erkenntnis, dass dies schon bald bloße Erinnerung sein wird, lässt alles so frisch und lebendig erscheinen. Vorbei am Süßigkeitenladen, an unserer alten Schule und am Cricketfeld, wo das fast fertige Klubhaus gerade weiß gestrichen wird.

Ich biege in meine alte Straße, und irgendwie sieht das Haus kleiner aus als früher. Hilary kniet im Vorgarten auf einer Matte und hält eine Rosenschere in der Hand. Mit dem Seidenschal, den sie sich um die Haare gebunden hat, wirkt sie wie einer anderen Zeit entsprungen. Einer glanzvolleren Zeit, trotz der Gartenhandschuhe und allem.

Sie zuckt ein wenig zusammen, als sie mich bemerkt, und sagt: »Ach, hallo, Sarah. Was machst du denn hier?«

Eilig schiebt sie hinterher: »Nicht, dass es nicht schön wäre, dich zu sehen.«

»Ich wollte nur …« Etwas schnürt mir die Kehle zu, und Tränen treten mir in die Augen. »Ist Dad da?«

Sie schüttelt den Kopf fast unmerklich.

»Oder Robin?«

Erneut bewegt sich ihr Kopf hin und her, und prompt verrutscht der stilvolle Schal eine Spur.

»Tut mir leid, Liebes. Callum und Robin sind vor einer Weile losgezogen. Vielleicht ja zum Cricketplatz. Soll ich mitkommen, und wir schauen nach?«

Ich stehe da und betrachte das Haus.

»Oder sollen wir reingehen?«, fragt sie vorsichtig. Einen Moment lang sagt keiner einen Ton, aber da uns kaum etwas anderes übrigbleibt, gehen wir hinein.

Hilary benutzt weniger Worte als Mum. Mum wiederholt sich ständig, schmückt ihren Schwall an Nacherzählungen großzügig aus, redet über Bemerkungen anderer Leute einfach hinweg und verwendet drei Adjektive, wo eines genügen würde. Hilary sitzt da, hört zu und lässt manchmal so große Pausen entstehen, dass man aus Verlegenheit irgendein Geplapper einfügt. Und am Ende stellt sie eine kleine, höchst präzise Frage oder formuliert eine kleine, höchst präzise Beobachtung.

Nachdem ich irgendeine belanglose Veränderung in der Küche kommentiert habe, wartet sie mehrere Atemzüge ab und fragt dann: »Und was hältst du nun tatsächlich von dem Umzug nach Amerika?«

Das »tatsächlich« gibt mir den Rest, und ich fange an zu weinen.

»Ich weiß, dass ich gehen muss«, erkläre ich schließlich, und sie korrigiert mich nicht. »Ich wünschte mir nur, alles wäre einfacher.«

Sie schürzt die Lippen, als würde sie meine Antwort durchkauen und abschmecken, dann nickt sie und sagt: »Ja, ich auch.«

Wir sitzen schweigend zusammen und warten ab, bis ich mich ausgeweint habe. Ich wische mir die Augen trocken und bin fast ein wenig traurig, dass die Tränen nicht länger fließen, da die Erleichterung sich so schön angefühlt hat.

»Vergiss nie, wie sehr auch dein Dad sich gewünscht hat, dass du hierbleiben kannst«, sagt Hilary.

»Ach wirklich?«, rutscht es mir wütend heraus. »Mich hat er jedenfalls nicht ein einziges Mal gefragt, ob mir das lieber wäre.«

Die Pause wächst. Zwei Atemzüge, drei.

»Nein, das hat er nicht. Er hat dich nicht gefragt, weil alle denkbaren Antworten zu schmerzhaft gewesen wären. Hättest du gesagt, du willst nicht bei ihm bleiben, wäre er todtraurig gewesen. Und hättest du gesagt, du möchtest gerne bleiben, wäre er todtraurig gewesen, weil er gewusst hätte, dass deine Mutter dagegen klagen und gewinnen würde.«

Ich öffne den Mund, um etwas zu antworten, um zu widersprechen, aber es gibt nichts, was ich hätte sagen können, daher fange ich einfach wieder an zu weinen. Doch jetzt bringen die Tränen nicht mehr die gleiche Erleichterung.

Hilary besteht darauf, mich nach Hause zu fahren. Sie spricht mich nicht auf meinen prallgefüllten Rucksack an, versichert mir aber, dass ich jederzeit bei ihnen willkommen bin. Dass dies noch immer mein Zuhause ist. Aber das ist es nicht. Ich gehe durch den Hintereingang in das Haus, das derzeit mein Zuhause ist. Mum und Drew hocken noch immer in der Küche und studieren Broschüren mit neuen Häusern für das nächste Zuhause in Atlanta.

»Hast du draußen im Garten gespielt?«, fragt Mum, ohne aufzuschauen.

Ich lasse eine Pause von Hilary'scher Länge verstreichen, aber das bringt bei ihnen nichts. Also sage ich bloß: »Ja, ich habe draußen im Garten gespielt.«

»Ist diese Frühstücksinsel nicht bildhübsch?«, fragt Mum zu Drew gewandt und deutet auf das Glanzpapierheft in ihrer Hand. Ich laufe hoch in mein Zimmer.

Robin

Die Vorstellung, dass Sarah auswanderte, dass sie vor allem mit einem Mann wie Drew Granger und all den sich abzeichnenden Problemen, die dieser mit sich herumschleppte, das Land verließ, wollte ihr nicht in den Kopf. Robin konnte es sich einfach nicht vorstellen. Sie konnte sich nicht ausmalen, wie Sarah im Flugzeug saß oder mit Dollar bezahlte oder abends, wenn Robin bereits im Bett lag, ihren amerikanischen Nachmittagssnack bekam.

Robin war noch nie im Ausland gewesen. Von den reichen Angebern in der Schule hatten schon einige ihren Urlaub an der Algarveküste oder der Costa Del Sol verbracht, aber ihr einziges Ferienziel bislang lautete Dorset, und alles darüber hinaus war fremdartig und unwirklich.

Sie hatte von New York gehört, wo all die Geister und der gigantische Marshmallow-Mann lebten. Von Hollywood hatte sie gehört, wo die Filme gedreht wurden und all die Stars wohnten. Und sie hatte von Washington, D. C. gehört, wo Präsident Bush lebte, dieser Kerl, der so gerne Krieg führte. Von Atlanta hatte sie noch nie gehört. Und von Georgia genauso wenig.

Robin wollte nicht in Amerika leben, und sie wollte ganz sicher nicht, dass ihre Schwester in Amerika mit diesem Mann unter einem Dach lebte. Aber sie hasste nicht nur die Vorstellung, wie dieser amerikanische Moloch ihre Schwester verschlingen würde, sie litt zudem stärker, als sie es je eingestanden hätte, darunter, dass ihre Mutter sie nicht einmal gefragt hatte. All die Jahre hatte sie zwar das Gefühl gehabt, ihre Mutter würde sie nicht mögen und hätte Sarah viel lieber, war jedoch in Wahrheit davon ausgegangen, sich das bloß einzubilden, da doch letztlich alle Mütter ihre Kinder liebten. Falsch. Sie hatte mit ihrem Gefühl genau richtig gelegen. Und ihre Mutter würde bis nach Atlanta, Georgia, ziehen, um es unter Beweis zu stellen.

»Du kannst uns ja besuchen kommen«, hatte ihre Mutter gesagt, aber das klang aus ihrem Mund eher drohend als einladend.

Obwohl Drew sie davon hatte abbringen wollen (»Keine gute Idee, es wird auch so schon stressig genug«), waren sie alle einen Monat später mit nach Heathrow gefahren, um sie zu verabschieden.

»Nur über meine Leiche«, hatte Jack geknurrt. »Ich werde mich doch nicht davon abhalten lassen, meinem Mädchen auf Wiedersehen zu sagen.«

Als Jack, Hilary, Callum und Robin kurz nach sechs Uhr morgens im Terminal eintrafen, hatten Drew, Angela und Sarah bereits für ihren Flug eingecheckt und warteten darauf, durch die Sicherheitskontrolle zu gehen. Aus Sarahs Gesicht war alle Farbe gewichen. Die Knöchel ihrer Finger traten weiß hervor, so fest drückten sie den Griff der neuen Bordtasche, die exakt zum neuen Modell ihrer Mutter passte. Eine Gürteltasche an ihrer Hüfte war prall mit Lutschbonbons für Start und Landung gefüllt.

Die Firma bezahlte ihnen Plätze in der Business Class. Robin und Sarah sagte das zwar gar nichts, da sie beide noch nie geflogen waren, aber für ihre Mutter schien es noch aufregender zu sein als der Umzug selbst.

In jedem Film, so redete Robin sich ein, kommt es bei Abschiedsszenen auf dem Flughafen noch zu einer Wende in letzter Sekunde. Zu einer großen Liebeserklärung oder einem dramatischen Sinneswandel. Vielleicht würde ihre Mutter ja ihre Meinung ändern. Vielleicht würde sie wieder zurück zu ihrem Dad ziehen. Und Sarah mit ihr! Aber ein Blick in Mums Gesicht, das strahlte wie an Weihnachten vor dem Geschenkeauspacken, und es war klar, dass Hollywoodmärchen heute ausbleiben würden.

Während ihre Mum versuchte, Robin zu umarmen, schlug Drew seinem Sohn Callum auf die Schulter und schüttelte ihm die Hand. So etwas Merkwürdiges hatte Robin noch nie einen Vater tun sehen. Callum zog sich anschließend sofort an die Seite seiner Mutter zurück. Die beiden setzten sich auf einen Gepäckwagen und sahen zu, wie Drew sich noch einen Kaffee holte und die Marshalls sich verabschiedeten. Sarah umarmte ihren Dad, und Robin umarmte sie beide. Zuerst überwog noch der Adrenalinschub, der zu dieser ungewohnten Morgenstunde alle erfasst hatte, und sie mussten lachen. Doch rasch ging das Lachen in Weinen über, in heulendes Schluchzen. Robin sah zu ihrer Mum, die etwas abseitsstand, und bemerkte, dass sie ebenso vehement schluchzte. Mascara lief ihr in schwarzen Streifen die Wangen hinab und tropfte vom Kinn auf den neuen kamelhaarfarbenen Regenmantel. Angesichts der Tatsache, dass ihrer Mum sogar der neue Mantel egal war, überwand sich Robin und streckte die Hand nach ihr aus. Angela – Angie – schlang die Arme um ihre beiden Töchter und drückte sie ebenfalls an sich. Hinter dem Rücken der Mädchen verschränkten sich die Hände von Jack und Angela, wie sie es früher so oft getan hatten. Sie lösten sich erst, als Drew mit zwei Minikaffees in Einwegbechern von Puppenhausgröße zurückkam. »Expressos«, sagte Angie dazu. »Espressos«, verbesserte Drew.

Jack und Robin sahen ihnen nach, bis Angie und Sarah auf der Rolltreppe eine Etage höher verschwunden waren, wo ihr Bordgepäck kontrolliert werden sollte. Danach quetschten sich alle Zurückgebliebenen erschöpft in den Wagen und fuhren zum Frühstücken in ein Little Chef, obwohl keiner von ihnen wirklich Hunger hatte.

Und das war's. Robins Schwester war tatsächlich fort.

Kapitel 19

Gegenwart

Sarah

Es würde die Sache erleichtern, wenn ich meine Schwester einfach anrufen könnte. Es würde die Sache erheblich erleichtern, wenn ich ihre Adresse hätte. Ihre Handynummer hatte ich früher mal, das weiß ich genau, aber ihre letzte Nummer ist ungültig, und meine eigene Nummer habe ich nach meinem Einzug bei Jim keinem mehr gegeben. Das Handy von meinem Leben mit Jim ist ausgeschaltet, die SIM-Karte entfernt. Allein wegen der Unmenge an Fotos von Violet, die darauf sind, steckt es noch in meiner Tasche. Hunderte von Fotos, deren Anblick ich derzeit nicht ertrage.

Ich habe mir eben ein neues Handy gekauft, und der junge Mann im Laden hat mir gezeigt, wie ich beim Anrufen meine Nummer notfalls unterdrücken kann.

Die Kleidung, die ich eingepackt habe, ist zum Großteil unzweckmäßig, daher musste ich mir andere besorgen. Gegenüber vom Telefonladen ist ein Secondhandladen. Dort bin ich rein und mit zwei Tüten bequemer Sachen wieder raus. Ich versinke völlig in den weiten, dunklen Klamotten, die vor allem billig, einfach zu waschen und an der Luft zu trocknen sein sollten. Aber ich brauche sie nur so lange, bis mein Plan ausgeführt ist.

Ich habe mir ausgerechnet, wie viele Nächte ich noch in dem B&B bleiben kann, bevor ich zur nächsten Stufe meines Plans wechseln muss. Den Plan habe ich unzählige Male im Kopf durchgespielt. Ihn gebetsmühlenartig zu wiederholen beruhigt mich vor dem Einschlafen.

Heute morgen ging es mir etwas besser. Ich musste mich nicht übergeben. Nachts habe ich fast durchgeschlafen und bin nur einmal aufgestanden, um aufs Klo zu gehen und nachzusehen, ob der Umschlag mit dem Geld noch an seinem Platz lag.

Ich knabberte an einer kalten Scheibe aus dem Toastständer und bat eine der Damen, die das B&B führen, ob ich vielleicht so ein »richtig schönes« Rührei auf Toast haben könnte, doch dann knurrte mein Magen derart heftig, dass ich sie am Arm zurückhielt. »Oder ginge auch ein komplettes englisches Frühstück?«, fragte ich, und zu meiner Überraschung lächelte sie.

Inzwischen ist früher Nachmittag. Zu Hause, in meinem alten Zuhause, würde ich Violet jetzt für ihren Mittagsschlaf ins Bett bringen, die Küche aufräumen und mit den Vorbereitungen fürs Abendessen beginnen. Sobald alle Zutaten wie in einer dieser Kochsendungen kleingeschnitten und kochfertig in ihren Schüsselchen bereitliegen, würde ich mich an den Computer setzen und die Seite von Mum Talk aufrufen, einem Forum, dem ich schon angehöre, seit ich von Violet weiß. Ich würde die neuesten Posts lesen, mir verbesserte Rezepte für selbstgemachte Knete notieren oder die Augen verdrehen angesichts der geschilderten Probleme mit faulen Ehemänner und Partnern, sich einmischenden Schwiegermüttern und streitsüchtigen Geschwistern. Ich würde mir gewisse Wendungen merken, etwa um Sorge auszudrücken oder für freundlichen Small Talk. Manche würde ich laut vor mich hinsagen, damit es möglichst natürlich klingt, wenn ich sie beim Kinderarzt oder in der Krabbelgruppe benutze.

Ich versuche, nicht an Violet zu denken. Was sie isst, welche Sachen sie trägt. Ob Jim wieder arbeiten geht und was er seinen Kollegen erzählt hat. Ich frage mich, ob Jim versucht hat, Violet auszuhorchen. Was würde sie sagen? Die Wahrheit vermutlich. Wir haben sie immer ermahnt, die Wahrheit zu sagen, selbst wenn es schwerfallen sollte.

Im Moment werden Jim und seine Familie bestimmt genau wie ich ganz im Stillen die nächsten Schritte planen. So sorgfältig, wie sie ihren ersten geplant hatten. Welche Anklagepunkte sie gegen mich ins Feld führen, haben sie ja bereits skizziert. Jetzt schaffen sie für Violet einen neuen Alltag und neue Gewohnheiten, damit *ich* künftig der Störfaktor in ihrem vertrauten Status quo bin und nicht mehr selbst der Status quo.

Jims Mutter wird sich künftig zu Hause um sie kümmern. Der ach so verlässliche und vernünftige Jim wird seinen ach so verlässlichen und vernünftigen Job also nicht einmal vorübergehend aufgeben müssen. Geld haben sie genug. Das Haus ist auf Jims Namen eingetragen.

Ansprüche auf das alles stelle ich nicht. Das einzige Dokument von Wert ist Violets Geburtsurkunde, und die liegt hinter ausgetauschten Türschlössern in meinem alten Zuhause. Als ob das reichen würde, um mich aufzuhalten. Nicht, wenn ich in der richtigen Mannschaftsstärke auflaufe. Nicht, wenn meine Zwillingsschwester mir wieder zur Seite steht.

Robin

Im Wohnblock setzten dramatische Veränderungen ein, die Robin von verschiedenen Fenstern in ihrem Haus aufmerksam beobachtete. Wie es aussah, hatte Mrs. Elster ihren Mann nach all den hitzigen Streits verlassen und den kleinen Jungen mitgenommen. Ein paar Mal war sie zurückgekommen, aber nie lange geblieben. Vorsichtige Kurzbesuche nach einem gemeinsam geführten Leben. Wenn die beiden gehen, bleibt Mr. Elster stets allein zu Hause. Soweit Robin das beurteilen kann, hat er seine Arbeit aufgegeben und verlässt nur noch selten die Wohnung.

Kein Mitleid zu empfinden für einen Mann, der Frauen schlägt, fällt Robin in diesem Fall nicht leicht. Sie sieht seine leere Hülle im Morgenmantel herumirren oder im Zimmerchen neben der Wohnküche auf dem Bett des Sohnes sitzen. Immer wieder ruft Robin sich in Erinnerung, dass sie womöglich nur die Spitze eines äußerst gefährlichen Eisbergs miterlebt hat und dass die Trennung der Familie letztlich eine gute Entscheidung gewesen ist. Sie kann allerdings auch nur schwer die Augen davor verschließen, wie bei ihm jedes Mal alle Lebensenergie erlischt, wenn sein Sohn wieder geht. Insbesondere, da Robins Geschenk durchaus eine Rolle gespielt haben dürfte und zwar nicht so, wie sie es beabsichtigt hatte. Robin hasste Untreue, hasste unklare Grenzen, am meisten aber hasste sie Gewalt.

Natürlich hat er nie darum gebeten, ihr Symbol für das Normale, Gute sein zu dürfen, und er ist auch nicht im Geringsten dazu verpflichtet, seinen Tagesablauf für sie aufrechtzuerhalten, und dennoch, wenn sie ihn so beobachtet, wie er durch die verlassene Wohnung stapft, ein Zimmer nach dem anderen mit seiner Verzweiflung heimsucht, nie zu schlafen scheint und sich – wenn überhaupt – erst spät am Tag anzieht, dann fühlt sie sich selbst davon schmerzhaft getroffen und fürchtet, dass er sie mit sich nur noch tiefer nach unten zieht.

Mr. Elster ist also ein mutmaßlicher Frauenschläger und Wer-weiß-noch-was-alles, trotzdem heißt es jeden Morgen weiterhin: »Guten Morgen, Mr. Elster.«

An diesem Nachmittag hat er Stunden im Zimmer seines Sohnes verbracht und mit leerem Blick aus dem Fenster gestarrt. So ist ihm auch völlig entgangen, dass gegenüber Robin hinter dem Vorhang ihres Fitnessraums stand und zurückstarrte.

In den letzten Tagen hat sie mehr von ihm mitbekommen als je zuvor. Phasen totengleicher Reglosigkeit schlagen urplötzlich in hektische Betriebsamkeit um. Dann huscht er mit Hammer und anderen Werkzeugen an den Fenstern vorbei oder klettert auf der Stehleiter zur Zimmerdecke hinauf, um an irgendwas herumzuschrauben, das schon außerhalb ihres Blickfelds liegt. Robin kennt das alles nur zu gut. Der Verlust lässt sie die Stunden mit bedeutenden Vorhaben füllen, die eigentlich belanglos sind und selten zu Ende geführt werden.

Nach dem Streit in der Küche schwebt ein gewaltiges Fragezeichen über Familie Elster. Während Robin ihre eigenen dringlichsten Probleme derzeit konsequent ausblendet, was vor allem für das Klopfen an der Haustür gilt, kann sie es nicht lassen, in ihrem Kopf die Aufnahmen alter Filmspulen durchzugehen. Szenen aus dem Hause Elster, deren Zeugin sie geworden ist und die nun von den letzten Geschehnissen getrübt werden. Über zwei Jahre lang hat Robin diese Familie beobachtet. Sie hat erlebt, wie sich der Sohn von einem passiven Bündel, das kaum von ihren Armen wich, zu einem lachenden, bunten Rollerblitz entwickelte, der durch das Gässchen rast. Sie hat ihre Weihnachtsfeste verfolgt, genau wie ihre Geburtstage und Jubiläen.

Vor einigen Monaten hatte sie gesehen, wie Mr. Elster das Gitterbettchen abbaute, um es durch ein richtiges zu ersetzen, und wie dabei sein breiter Rücken vom Weinen geschüttelt wurde. Abends hatte sie beobachtet, wie der kleine Junge auf seiner neuen Matratze herumhüpfte. Und als der Junge dann später im Schein seines Nachtlichts aufrecht im Bett saß, hatte sie gesehen, wie Mr. Elster ins Zimmer kam, um ihn zu beruhigen und neben ihm auf dem Boden zu schlafen.

So viele Male hatte sie beim Beobachten gedacht: Was für ein aufmerksamer Mann. Was für ein guter Vater. Neidisch war sie auf die Schlichtheit dieser reinen Liebe gewesen, auf die Unerschütterlichkeit, auf die der Sohn sich verlassen konnte. Gekocht vor Wut hatte Robin, wenn sie sich fragte, wie Mrs. Elster einen solchen Mann bloß betrügen konnte. Einen Mann, den Robin in Wirklichkeit gar nicht kennt. Einen Mann, der in diesem Augenblick in seiner Küche steht und ein großes Küchenmesser prüfend in der Hand hält. Er balanciert es auf der Handfläche, wie um das Gewicht zu begutachten, hebt es ins Licht und betrachtet es, als würde es irgendeine Art Lösung versprechen.

Kapitel 20

1993

Sarah

Wir sind inzwischen seit sechs Monaten in Atlanta. Die ersten drei wohnten wir in einem von der Firma zur Verfügung gestellten »Executive Serviced Apartment«, was bedeutete, dass dort jeden Tag jemand kam, um die Mülleimer zu leeren, und dass es im Untergeschoss einen Fitnessbereich gab, in dem Mum einen Großteil ihrer Zeit verbrachte, wenn Drew arbeitete. Dort hatte sie auch die Frauen einiger anderer Führungskräfte kennengelernt und zu ihrer Überraschung festgestellt, dass entgegen der bei uns zu Hause vorherrschenden Meinung Amerikaner gar nicht generell übergewichtig sind.

Atlanta wirkt auf mich wie eine einzige riesige Baustelle. Sie bereiten sich hier auf die Olympischen Spiele vor, obwohl die noch Jahre entfernt sind. Und sie errichten immer mächtigere Häuser und immer höhere Türme. Drew nennt Atlanta eine »Boomstadt«, was ziemlich gefährlich klingt. Alles in allem fühlt sich das Leben hier jedenfalls komplett anders an als in Birch End.

Mir gefiel unsere erste Wohnung. Mir gefiel der riesige Kühlschrank, der einen extra Eiswürfelspender hatte, und dass wir im sechzehnten Stockwerk des Gebäudes wohnten. So hoch war ich bis dahin noch nie gewesen, und wenn ich die elektrischen Vorhänge mit einem speziellen Knopf zurückfahren ließ, konnte ich über eine Stadt hinwegblicken, die von Glas nur so glitzerte und von Betonmischern und Baggern nur so wimmelte.

Ich war traurig, als wir auszogen, staunte aber nicht schlecht, als ich unser neues Haus in Sandy Springs sah. Es könnte meine beiden alten Zuhause verschlucken und hätte noch immer Platz. Alle drei Schlafzimmer darin verfügen über ein eigenes Bad. Ich habe einen Kleiderschrank, in dem man herumspazieren kann, und selbst wenn all meine Sachen aufgehängt sind, bleiben noch zweieinhalb Meter Kleiderstange frei.

Die Schule, die Drews Firma für mich ausgesucht hat, ist sehr klein. Schüler aus der ganzen Welt besuchen sie, und allein unter meinen zwölf Klassenkameraden sind noch drei andere Cola-Kinder.

Ich merke genau, wie die anderen Cola-Kids grinsen, wenn ich für etwas gerügt werde, was ich falsch verstanden habe. In meiner alten Schule habe ich sämtliche Regeln bestens gekannt. Ich war eine Art laufendes Lexikon. Potenzielle Neuaufnahmen bekamen von mir alles gezeigt.

Hier dagegen, hier mache ich ständig alles falsch.

Vor zwei Wochen sollte ich eigentlich nach England fliegen. Im März ist es in Atlanta offenbar immer recht kühl und sehr regnerisch. Aber an dem Morgen vor meinem Abflug – erst mein zweiter Flug und der erste allein – begann es zu schneien. Es schneite und schneite und schneite. Wir versuchten, möglichst zeitig am Flughafen zu sein. Drew erklärte sich widerwillig bereit, mich zu fahren, da Mum den Rechtsverkehr nicht mag. In unserem Vorgarten – oder *yard*, wie die Leute hier dazu sagen – lagen mindestens sechzig Zentimeter Neuschnee. Wir versuchten, zu Drews Wagen durchzukommen. Ich konnte nicht einmal meinen Koffer durch die mächtigen Schneeverwehungen ziehen.

Wir gingen wieder zurück ins Haus, um die Nachrichten zu schauen und zu überlegen, was wir tun sollten. Dem Nachrichtensprecher zufolge hatte der Flugplatz nur zehn Zentimeter Schnee, die Straßenverhältnisse jedoch waren »tückisch«. Dann wurde mein Flug gestrichen. Der Strom fiel aus. Als das Netz wieder funktionierte, sahen wir im Fernsehen, wie die Nationalgarde Beutel mit Obst an festsitzende Autofahrer verteilte. Am Ende hatte der Schneesturm an diesem Tag fünfzehn Menschenleben gefordert.

Mum sagte, sie würde die Flüge für die nächsten Schulferien umbuchen, aber die scheinen endlos weit weg. Ich wollte meinen Dad anrufen und ihm vom Blizzard und meinem gecancelten Flug erzählen, aber die Leitungen waren tot.

Als ich endlich durchkam, meldete sich Robin.

»Was ist denn los, verfluchte Scheiße?«, fragte sie. »Seid ihr im Schnee eingeschlossen, oder was?«

»Nicht richtig eingeschlossen«, antwortete ich müde. Ich war viel zu niedergeschlagen, um in ihren erregten Ton einzustimmen. »Es hat bloß irrsinnig viel geschneit, und die Flugzeuge konnten nicht starten.«

»Das macht mich echt fertig«, sagte sie.

»Mich auch«, flüsterte ich. Ein Schluchzen setzte sich

in meiner Kehle fest, während ich versuchte, es zu unterdrücken, da meine Mum gerade neben mich trat.

»Ist das England?«, fragte sie. »Gib mir mal.« Aber ich wandte mich bloß ab und wickelte dabei die Telefonschnur um mich. Mum wich einen Schritt zurück.

»Ich habe Dad noch nie so aufgeregt erlebt«, sagte Robin jetzt in ruhigerem Ton. »Wir waren schon viel zu früh am Flughafen.«

»Es tut mir leid«, sagte ich. Alles tat mir leid. Das Wetter, der Stromausfall. Es tat mir leid für Dad, für Robin und für mich selbst.

Der Flugausfall warf auch alle Pläne über den Haufen, die Drew und Mum für die kinderfreie Zeit gemacht hatten, und ich rechnete schon damit, am Tag nach dem Schneesturm Ärger deswegen zu bekommen. Daher rutschte ich auf meinem Bett, auf dem ich saß und für Mathe übte, noch ein wenig weiter in die Ecke, als Drew an meine Tür klopfte.

»Wenn ich nicht zu Hause geblieben wäre, um dich zum Flughafen zu bringen, wäre ich zur Arbeit gefahren und im Schnee stecken geblieben, womöglich sogar tödlich verunglückt«, sagte er mit ernster Stimme. Ich wusste nicht, was ich darauf antworten sollte, aber ihn schien die Vorstellung gar nicht mehr loszulassen. Er nahm meine Hände in seine und fuhr fort: »Du bist mein kleiner Schutzengel, Sarah. Meine Glücksbringerin.«

Er hat das seitdem immer wieder gesagt, und mir beginnt es zu gefallen. Endlich hat er gemerkt, dass ich ein gutes Kind bin.

»Immerhin war ich diejenige, die den Flug gebucht hat«, schnaubte Mum nach einer seiner Lobeshymnen, aber er beachtete sie gar nicht.

Drew ist groß gewachsen, genau wie Callum. Und wie ich. Er ist breitschultrig und kräftig. Da er außer Golf keinen anderen Sport betreibt, dürfte er einfach Glück mit seiner Figur haben, schätze ich. Mum muss für ihre hart arbeiten. Drew hat sandfarbene Haare und dunkle Augen. Ich denke, er könnte leicht als mein Vater durchgehen. Vielleicht wäre ich glücklicher, wenn ich das zuließe. Vielleicht ist er ja jetzt mein Dad.

In der Schule bin ich Sarah Granger, aber das darf ich weder Robin noch Dad erzählen, da »Jack dann bloß einen Anfall bekommen würde«.

»Amerikaner sind eher konservativ«, sagt Mum, und in Drews Firma glauben alle, dass die beiden bereits verheiratet sind. »Sind wir ja auch so gut wie«, lächelt sie und sieht Drew auf eine Weise an, wie sie Dad nie angesehen hat. Eher so, wie Dad sie früher oft angesehen hat. Voller Verlangen.

Sarah Granger. Ein neuer Name. Ein neuer Dad. Ein neues Leben.

Robin

»Alles Gute zum Sarah-und-Robin-Tag!«

Für Sarah war es acht Uhr morgens. Robin dagegen war bereits seit sechs Stunden wach und schon voll im Geburtstagsfieber.

»Danke, auch dir alles Gute zum Sarah-und-Robin-Tag«, murmelte Sarah noch ein wenig schläfrig.

»Was hast du bekommen?«

»Weiß nicht«, sagte Sarah amüsiert. »Mum ist beim Sport und Drew in der Firma.«

»Oh.« Robin sah rasch zu Callum hinüber, der auf den Treppenstufen hockte, ihren Blick jedoch nicht zu deuten wusste.

»Und du?«, erkundigte sich Sarah in die entstandene Pause hinein.

Robin holte tief Luft und legte los: »Ein paar T-Shirts von Dad und Hilary, eine Lemonheads-CD von Cal, 10 Pfund von Phil, die er gestern Abend im Pub Dad gegeben hat, aber Dad meint, ich sollte mich lieber nicht dafür bedanken, weil er sich wahrscheinlich gar nicht daran erinnert und sie dann vielleicht bloß zurückhaben will. Und von Mum eine *Schminkbox.*« Das letzte Wort stieß Robin betont angewidert aus. »Hast du ihr etwa gesagt, sie soll mir das schicken?«

»Glaubst du das wirklich?«

»Wenn sie das nächste Mal fragt, sag ihr, ich hätte gern …«

»Sie hat noch nie gefragt. Erzähl ihr doch einfach, was du dir wünschst.«

»Spitzenidee, echt.«

»Und was noch?«

»Das Beste überhaupt … Trommelwirbel, bitte … Cal!«

»Was?«, erwiderte er leise, während Sarah am anderen Ende der Leitung angestrengt die Ohren spitzte.

»Würdest du bitte den Trommelwirbel machen«, wies Robin ihn an, und Callum schlug sich in rascher Folge die Hände auf die Knie.

»Außerdem bekommen habe ich eiiiiiine …«

»Ja?«, stöhnte Sarah irgendwo zwischen belustigt und genervt.

»Gitarre.«

»Ach, wie süß. Aber ich dachte, du hättest schon eine?«

»Klaro, ich habe die alte akustische von Dad, aber das hier ist 'ne richtige Gitarre, eine elektrische, komplett mit – du ahnst es bestimmt schon – Verstärker und … noch ein Trommelwirbel, Cal … mit Tremolo.«

»O toll. Und was ist das?«

»Na, so eine Art Hebel, der an der Gitarre ist, und wenn man einen Akkord spielt und daran zieht, dann hört sich das so an.« Robin macht eine Reihe jammernder E-Gitarrenklänge nach. Callum lächelte still vor sich hin und verschwand in der Küche, um sie ihren Spaß haben zu lassen. Callum spielte schon erheblich länger Gitarre als Robin.

Er hatte Klavierstunden bekommen, seit er aufrecht auf dem Hocker sitzen konnte, und diese frühe Beschäftigung mit Musik hatte zusammen mit den vielen quälenden Stunden Üben dafür gesorgt, dass es Callum leichtfiel, neue Instrumente zu lernen. Er war beim Gitarrespielen genauso methodisch vorgegangen wie beim Klavierspielen, genauso methodisch, wie er alles anging. Robin hatte es einfach auch mal ausprobieren wollen. Sie hatte die alte verschrammte Akustikgitarre von ihrem

Vater aus der Garage geholt, sie von Callum stimmen lassen und begonnen, nur nach Gehör zu den Sachen zu spielen, die er spielte.

Sarah hatte seitdem bei jedem Telefonat ein musikalisches Update ertragen müssen, doch Robin machte tatsächlich von Anruf zu Anruf große Fortschritte.

Für Robins Dad war es ein schwerer Schlag gewesen, dass Sarah wegen dieses Schneesturms in Georgia nicht kommen konnte. Im Vorfeld hatte er zwar versucht, sich demonstrativ entspannt zu geben, aber beiläufig war ihm Robin gegenüber immer wieder herausgerutscht, was sie alles mit Sarah unternehmen würden. Außerdem hatte er mit Hilarys Unterstützung diverse Geschenke ausgesucht und eigens für Sarah ein niedriges Rollbett gebaut, das unter Robins Bett geschoben und bei Bedarf hervorgezogen werden konnte. Super praktisch und typisch Dad eben. Auf dem Weg zum Flughafen war er viel schneller gefahren als gewöhnlich und, dort angekommen, aus dem Wagen gesprungen und fast gerannt bis in die Ankunftshalle.

Sarahs Flug war nirgends auf der Anzeigetafel vermerkt. Ihr Dad fürchtete schon, das falsche Terminal erwischt zu haben, und ging, um jemanden vom Flughafenpersonal zu fragen. Dort erfuhr er, dass sie überhaupt nicht kommen würde. Völlig entgeistert, hatte er daraufhin Robin angestarrt, so als müsste sie doch jetzt wissen, was zu tun oder zu sagen sei. Aber was sollte sie da tun? Was konnte irgendeiner von ihnen da tun?

Robin war froh gewesen, dass Hilary bei der Rückkehr vom Flughafen zu Hause auf sie wartete. Hochkochende

Emotionen besänftigen, das konnte Hilary gut. Sie schloss Jack und Robin in die Arme, setzte Tee auf und rief die Fluglinie an.

Robin heulte eine volle Stunde lang im Badezimmer in den Waschlappen und hockte anschließend mit finsterer Miene auf dem Sofa, die nassen Haare tief ins Gesicht hängend.

»Na los, wir gehen zur Tankstelle«, sagte Callum, schob seinen Arm unter ihren und zog Robin in den Flur, um die Jacken anzuziehen.

»Warum?«

»Sekunde.« Er stürmte noch mal die Treppe hinauf. Seine langen Beine und die großen Füße wollten gar nicht mehr recht zum Abstand der Stufen passen. Kurz darauf stand er wieder unten neben ihr und klopfte sich nur auf seine hintere Hosentasche.

Schweigend trotteten sie durch den Ort. Eisige Wassertropfen liefen Robin den Nacken hinab. Wo sie auch hinschaute, überall fiel Robin etwas auf, was sich seit Sarahs Abreise geändert hatte und was sie ihr hätte zeigen können. Das neue Cricket-Klubhaus aus weiß strahlendem Holz, auf das irgendjemand bereits mit Marker einen Schwanz mit Eiern gemalt hatte. Der riesige Brocken, auf den man anscheinend eher durch Zufall unten im Steinbruch gestoßen war und der jetzt vor dem Gemeindesaal aufragte. Der Hinweistafel zufolge »könnte er womöglich über eine Million Jahre alt sein«, eine Angabe, deren Vagheit Robin und Callum jedes Mal zum Lachen brachte.

»Auch du könntest womöglich über eine Million Jahre

alt sein«, sagte oft völlig unvermittelt einer von ihnen zum anderen. Sarah hätten sie in das Spiel einweihen können.

Der Wind war beißend kalt, aber einen Schneesturm gab es hier weit und breit nicht. Die Vorstellung, dass ihre Schwester gerade in einem hochgefährlichen Unwetter feststeckte, während sie an diesem eine Million Jahre alten Felsbrocken vorbeischlenderten, wirkte irgendwie absurd.

»Dann wollen wir mal«, sagte Callum, als sie die Ladentür zum Minishop der Tankstelle aufdrückten.

»Ach ja?«, brummte sie nur zurück.

Er zog zwei gefaltete Geldscheine aus der Hosentasche.

»Wo hast du denn die Kohle her?«, fragte sie mit vorwurfsvollem Unterton.

»Ist der Rest von meinem Weihnachtsgeld«, sagte er. Und bevor sie ihn mit weiteren Fragen löchern konnte, fügte er hinzu: »Wir werden jetzt sämtliche Gitarrenzeitschriften kaufen, die sie haben, und von dem, was dann noch übrig ist, kaufen wir uns so viele Süßigkeiten, wie wir in uns hineinstopfen können, ohne zu kotzen. Einverstanden?«

Da lächelte sie zum ersten Mal seit ihrem Ausflug nach Heathrow.

»Das musst du nicht tun.«

»Ich weiß. Aber ich will.«

»Du bist echt okay. Ohne Quatsch.«

»Und du könntest womöglich über eine Million Jahre alt sein.«

Kapitel 21

Gegenwart

Sarah

Ich benutze die Computer in der Sale Library, einem großen roten Backsteinbau mit Glastüren. Dreißig Minuten sind erlaubt, und die nutze ich so effektiv wie möglich.

Ich suche im Netz nach Neuigkeiten über Robin, aber da gibt es nichts. Ich gebe ihren Namen bei Twitter ein, was für mich absolutes Neuland ist, und stoße auf diverse Accounts von Leuten mit diesem Namen. Viele sind gar nicht in Gebrauch oder seit langer Zeit inaktiv. Ein Account namens »RobMashallGuitar« klingt zuerst vielversprechend, doch dann scheint sich dahinter doch eher ein älterer, bierbäuchiger Heavy-Metal-Typ zu verbergen als meine Schwester.

Ich gebe »Adresse von jemanden finden« ein, aber die Ergebnisse stammen fast ausnahmslos aus Amerika oder beschäftigen sich mit IP-Adressen. Ich will schon aufhören, da versuche ich es noch mit »RobMarshallGuitarManchester«, und der einzige Treffer stammt von einer Seite mit Kundenbewertungen. Ein vernichtendes Urteil über ein indisches Restaurant, den Spice Room in Chorlton, das sich nicht an die genau vorgegebenen Anweisungen zur Lieferung gehalten hat. Könnte das passen?

Kurz bevor meine Computerzeit in der Bibliothek abläuft, finde ich noch die Adresse des Spice Rooms. Ich gehe rasch im B&B vorbei, um gegen die Kälte einen zusätzlichen Pullover überzustreifen und mir an der Rezeption den Weg nach Chorlton erklären zu lassen.

Wenn diese Lieferbeschwerde tatsächlich von Robin stammte, würde das ärgerlicherweise bedeuten, dass sie wegen der gemachten Erfahrung dort nie wieder etwas bestellt haben dürfte. Ich konnte also nicht unter dem Namen Robin Marshall anrufen, das Übliche bestellen und nachfragen, ob sie noch die richtige Adresse hätten. So viel Glück war mir leider nicht vergönnt.

Die Sache wird mehr Aufwand erfordern. Ich muss daran denken zu essen und meinen Blutzucker stabil zu halten, also hole ich mir in einem Eckladen ein Mars, was ich seit Kindertagen nicht mehr gegessen habe. Zu Fuß nach Chorlton braucht man mindestens eine Stunde.

»Schon in Ordnung«, erkläre ich den besorgten B&B-Damen. »Ich habe heute sowieso nichts Besseres zu tun.«

Ich habe grundsätzlich nichts Besseres zu tun, Punkt. Nicht, bis ich den nächsten Schritt in Angriff nehmen kann.

Robin

Heute ist der 20. März. Seit nunmehr sieben Jahren hat dieses Datum besondere Bedeutung. Und zum ersten Mal in sieben Jahren ist Robin so stark abgelenkt gewesen, so stark bedrängt von gegenwärtigen Gespenstern, dass sie den nahenden Jahrestag nicht bemerkt hat.

Gestern Nacht hatte sie in ihrem Schlafzimmer bei geöffneten Vorhängen im Dunkeln gesessen. Um die Tür zu versperren, hatte sie einen Stuhl unter die Klinke geklemmt. Das war Callums alter Trick, den er früher immer benutzt hatte, wenn er mal wieder befürchtete, sein Vater könnte hereinkommen und seinen beschissenen »Managerstress« an ihm auslassen. Ohne Licht und bei aufgezogenen Gardinen hatte Robin am Fenster einen ausgezeichneten Blick über das Dach hinweg in all die Wohnungen auf der gegenüberliegenden Seite, ohne dass sie selbst gesehen werden konnte.

Neben ihr auf dem Boden standen ein Thermosbecher mit Kaffee, ein Handyladegerät und eine Taschenlampe.

Sie lehnte vornübergebeugt auf der Fensterbank, allein mit dem gespiegelten fremden Leben von gegenüber. Einmal schaute Mr. Elster herüber. Zornig reckte sie ihr Kinn, und das harte Funkeln in ihren Augen geriet erst ins Wanken, als sie erkannte, dass er das Kuscheltier seines Sohnes wie ein Baby im Arm hielt.

Stunden später wurde Robin wach. Sie hielt die Stirn gegen die Scheibe gepresst, und die Morgensonne drängte sich unter ihren Lidern hindurch.

Die sonderbare Lage ihres Körpers verwirrte sie so, dass sie erschrocken hochfuhr. Jetzt war sie völlig entblößt, eingerahmt vom Fenster und ungeschützt den Blicken ausgesetzt wie die Amsterdamer Prostituierten in ihren Schaufenstern, über die sie bei einem Tourstop in der Stadt so hatte lachen müssen. Sie duckte sich rasch ab und kontrollierte ihr Handy. Es war elf nach sechs. Und es war Sonntag, der 20. März.

Tausend Jahre zuvor oder auch nur sieben. Die Länge der Zeit war unerheblich. Schuld und Trauer hatten Wunden geschlagen, die nicht verheilten. Zusammengekrümmt auf dem Boden, starrte sie das Datum im Display an, während alles mit der unverändert gleichen Wucht auf sie einstürzte.

Sie war bei einem Festival in Melbourne gerade von der Bühne gekommen, als sie der Anruf erreichte. In Australien war noch Sommer, ein schwülheißer Tag voller Rosa- und Orangetöne. Mütter und Väter hatten mit ihren Kleinkindern unter Sonnenschirmen gesessen und den Auftritt der Band verfolgt. Ein höfliches Publikum in den Vormittagsstunden, bevor dann später die Post richtig abgehen würde.

Robin hatte mit einer Hand ihr T-Shirt ausgepresst und mit der anderen rasch die Eingänge auf ihrem Handy gecheckt. Das Adrenalin strömte noch gewaltig. Es gab mehrere verpasste Anrufe von Nummern aus Großbritannien und SMS-Nachrichten von Robins Schwester, die um Rückruf bat. Robin hatte gar nicht gewusst, dass Sarah ihre Nummer hatte.

Übelkeit mischte sich unter das Adrenalin. Robin rief im alten Haus an und hinterließ eine Nachricht auf dem betagten Anrufbeantworter, den ihre Eltern gekauft hatten, als Robin elf war, und der seitdem pflichtbewusst alle Familienanrufe aufzeichnete. Ein paar Minuten später rief Sarah zurück. In Berkshire musste es in diesem Moment etwa Mitternacht gewesen sein.

»Hallo, Robin«, hatte sie gesagt.

»Hi.« Robin war klar, dass es schlechte Neuigkeiten

gab. Man wird nicht von einer Familie, die man kaum noch sieht, mit Anrufen und SMS überschüttet, wenn es gute Neuigkeiten gibt.

»Geht's um Dad?«, hatte sie gefragt.

Sarah musste erst schlucken, bevor sie antwortete: »Es tut mir leid, Robin. Du hast recht. Es geht um Dad.« Ohne konkreter zu werden, hatte sie zu weinen begonnen. Dann brachte sie noch hervor: »Wir wollten es dir erst erzählen, wenn du wieder zurück bist. Aber dann hat er eine Lungenentzündung bekommen, und alles ging plötzlich furchtbar schnell.«

Hilary kam ans Telefon und löste Sarah mit erstickter Stimme ab: »Liebling, mit einer solchen Entwicklung haben wir nicht gerechnet. Es tut mir schrecklich leid.«

Robin sank in die Hocke, bis sie auf ihren Fersen wippte. Etwas Genaues wusste sie noch immer nicht.

»Was ist denn passiert?«, fragte sie, obwohl sie keineswegs sicher war, dass sie es wirklich wissen wollte. Konnte sie nicht einfach zurück auf die Bühne gehen und da bleiben und geschützt sein vor allem, was Hilary gleich sagen würde?

»Vor ein paar Wochen hat er herausgefunden, woher seine Atemprobleme stammten. Er hatte einen schrecklichen Husten, der überhaupt nicht weggehen wollte. Du kennst ihn ja, man musste schon Gewalt anwenden, um ihn zum Arzt zu bekommen. Und dann … also, es wurde etwas gefunden.«

»Krebs?«

Eine Pause trat ein, und Hilarys Stimme kippte ein wenig, als sie sagte: »Ja, Krebs. Seine Lunge war befallen.«

»War? Haben sie das Zeug rausgenommen? Wurde er operiert? Kann ich ihn besuchen?«

»Es tut mir so entsetzlich leid«, sagte Hilary nur.

Am anderen Ende wurden ein paar Worte gewechselt, die Robin nicht verstehen konnte. Dann kam ihre Schwester Sarah wieder ans Telefon: »Weißt du, Robin, du bist halt weg gewesen, und wir wollten dich nicht beunruhigen. Wir wollten uns sofort nach deiner Rückkehr bei dir melden. Dann hättest du ihn besuchen und er dir alles selbst erzählen können.«

»Hätte?«, wiederholte Robin und schirmte ihre Augen vor der pinkfarbenen Sonne ab.

»Sein Zustand verschlimmerte sich rasch. Er war zu Hause, und alles ging wahnsinnig schnell. Wir dachten, dass es bloß eine Erkältung wäre und er wieder auf die Beine kommen würde. Aber …« Sie brach ab, und Robin hörte, wie im Hintergrund jemand sagte: »Nein, schon okay. Ich schaff das. Lass mich es ihr sagen.«

Sarah meldete sich erneut und sagte stockend: »Er ist gestorben, Robin. Wir sind alle schrecklich traurig.«

»Mein Vater ist gestorben, und ich habe mich nicht einmal mehr verabschieden können? Mein Vater ist gestorben? Dad ist tot?«

»Ja«, sagte Sarah nur. Robin erhob sich wieder, trat mit der Stiefelspitze in die Erde und blinzelte in den Himmel. Sie merkte, dass die Leute sie beobachteten. »Ich muss los.«

Vom Adrenalinrausch war nichts mehr zu spüren. Die Hitze strömte in sengenden Wellen auf Robin ein, während sie über die aufgeplatzte rote Erde des VIP-Bereichs ging. Das Handy brannte heiß in ihrer Hand. Ihr Vater war tot. Wie unangemessen sie sich verhalten hatte. Man glaubt zu wissen, wie man reagiert, wenn ein geliebter Mensch stirbt, hat es womöglich sogar bereits im Kopf durchgespielt, hat ausprobiert, wie es ist, hat sich die verschiedensten Aspekte vorgestellt, um auszuloten, wie sehr es einen selbst berühren würde, wie schnell bei dem Gedanken schon die Tränen kommen. Aber das ist ein Irrtum. So reagiert man überhaupt nicht. Wenn es so weit ist, verhält man sich jedes Mal anders, und nie so, wie man es gerne hätte.

Sie weinte nicht sofort, aber sie setzte sich einen Moment auf den Boden, bevor sie wieder aufsprang, weil der viel zu heiß war. Im Backstage-Bierzelt besorgte sie sich eine Flasche Wasser, leerte sie, bat um ein Bier, trank auch das und übergab sich dann. Den anderen Bandmitgliedern erzählte sie erst am Abend davon. Sie schlossen sie unbeholfen in die Arme und gaben ihr noch mehr Getränke aus. Alistair, der ihren Dad am besten gekannt hatte, rauchte und trank noch bis spät in die Nacht mit ihr. Und die eine oder andere Träne vergoss er auch.

In den folgenden Tagen absolvierte Robin apathisch die verabredeten Fototermine und Interviews. Gleichzeitig gingen laufend SMS-Nachrichten mit Uhrzeiten und organisatorischen Details ein, sobald diese feststanden.

Die Beerdigung. In einer Woche. Massig Zeit, so schien es, bis man den vierundzwanzigstündigen Flug mit Zwischenlandungen einkalkulierte.

Robin erledigte weiter alle Pressetermine. Keiner bot

ihr an, sich vorübergehend auszuklinken, und sie selbst war viel zu betäubt, um darum zu bitten. Also saß sie mit abwesendem Blick neben den anderen, lachte gekünstelt wie auf Knopfdruck und gab träge, stockende Antworten. Während einer Radiosendung wurde sie gefragt, ob sie sich gut amüsiert habe auf dem Musikfestival in Melbourne, und sie begann zu weinen. Alistair hatte rasch einen Arm um sie gelegt und sie an sich gedrückt, damit man davon nichts hören konnte.

Der Flug von Melbourne nach Sydney verlief gut. Der Flug von Sydney nach Hongkong verlief auch gut. Dort hatte sie ein paar Stunden Aufenthalt, die Robin dazu nutzen wollte, sich schwarze Sachen für die Beerdigung zu kaufen. Sie hatte sich selbst noch nie etwas Derartiges aussuchen müssen. Im zentralen Einkaufsbereich von Terminal One eingetroffen, geriet sie sofort in Panik. Überall nur Designer-Klamotten, edle Handtaschen, die mitten in den Läden auf Sockeln thronten, und dezent ausgeleuchtete Miniboutiquen, in denen außer ihr keine Kundin Jeans trug. Sie versuchte es in einem Gucci-Laden, weil sie sich vage daran zu erinnern glaubte, dass die auch Sachen in Schwarz machten.

Sie wählte ein schwarzes Kleid mit Jacke aus, bezahlte, ohne etwas anzuprobieren, und vergaß völlig, dass sie auch die passenden Schuhe benötigte. Das fiel ihr erst ein, als sie nach irgendeinem Café suchte, in dem sie frühstücken oder zu Mittag essen konnte oder was immer gerade der Tageszeit entsprach. Den einzigen Schuhladen, den sie jetzt noch entdecken konnte, war ein Geschäft von Jimmy Choo. Na, dachte sie, das dürfte zwar unverschämt teuer und unbequem werden, aber dafür wird keiner an ihrem Outfit etwas auszusetzen haben.

Der Abflug von Hongkong nach Heathrow wurde mehrmals verschoben. Schließlich verzögerte sich das Ganze derart lange, dass Robin und die anderen Wartenden Zimmer in einem Hotel in der Nähe des Terminals erhielten. Einige versetzte das kostenfreie Übernachtungsangebot in helle Aufregung, andere wie Robin, die das endlose Reisen nur noch anödete, schleppten sich in den Flughafenkleinbus, als würde der sie zum Schafott bringen.

Die nächsten zwölf Stunden lag Robin in einem alten T-Shirt und Slip auf dem Bett, bestellte Essen beim Room Service, trank Bier aus der Minibar, sah sonderbare Sendungen und weinte vor sich hin.

Sie stellte sich ihren Dad hoch oben in einem Baum vor, dort, wo er einen Großteil seines Berufslebens verbracht hatte. Sie erinnerte sich an seinen konzentrierten Gesichtsausdruck, wenn er arbeitete, an die grünen Flecken, mit denen all seine Gartenhosen übersät waren, an sein krauses, graumeliertes Haar, das noch so üppig wuchs. Sie dachte an seine Begeisterung, wenn er einen seltenen Vogel entdeckte, wie er sie drängte, nach draußen zu kommen und ihn sich anzusehen, obwohl niemand seine Leidenschaft teilte. Wie sie gekichert hatten, wenn er ihnen einen *Blue Tit* oder einen *Great Tit* zeigte, und er so getan hatte, als würde er nichts merken.

Robin hatte versucht nachzurechnen, wie viele Wochen und Monate ihre letzte Begegnung zurücklag. Aus den Monaten waren bereits Jahre geworden. Sie weinte so heftig, dass sie einen Migräneanfall bekam und den verschobenen Abflug fast verpasst hätte.

Als sie endlich in England landete, blieben nur noch anderthalb Stunden bis zur Beerdigung. Sie hatte sich in die lange Schlange eingereiht, die vor der Sicherheitskontrolle anstand, und ein Taxi anrufen wollen, aber dann fiel ihr ein, dass sie keine der örtlichen Nummern kannte. In ihrer Verzweiflung und noch mitgenommen von der gerade überstandenen Migräne, wandte sie sich stattdessen an ihre Plattenfirma und bat eine Sekretärin, ihr einen Wagen zu besorgen. Sie erklärte, es gehe um die Beerdigung ihres Vaters, sie sei spät dran und müsse so schnell wie möglich dorthin. Als Robin in die Ankunftshalle trat und einen Fahrer sah, der ein rosa Pappschild mit ihrem Namen darauf hielt, blieben ihr noch fünfundvierzig Minuten, um nach Birch End zu kommen.

Der Mann nahm ihren hoch beladenen Gepäckwagen und schob ihn wortlos durch die aufgleitenden Glastüren zum Parkplatz hinaus. Eisige Kälte schlug ihr entgegen.

Verfluchte Scheiße, sie hatten ihr eine dämliche Limousine geschickt.

Abgesehen davon, dass Limos protzig und weitaus unsicherer als gewöhnliche Autos waren, wusste Robin vor allem eins über sie: Sie waren grauenhaft langsam.

Da ihr keine andere Wahl blieb, kämpfte sich Robin im Fond der Limousine in ihr neues Kleid und die neuen Schuhe, während sie auf der Kriechspur der M4 entlangzockelten. Sie schickte SMS-Nachrichten an alle, deren Nummer sie hatte, erklärte ihre Lage und flehte sie an zu warten. Endlich glitten sie die Auffahrt hinauf und rollten sogar noch am Leichenwagen vorbei, bis sie kurz vor dem Kircheneingang anhielten, wo Sarah und Hilary gerade das Warten aufgeben und hineingehen wollten. Robin stieg vorsichtig mit ihren hochhackigen Schuhen aus und stöckelte die letzten Schritte über das Kopfsteinpflaster.

»Entschuldigt«, sagte sie und streckte bei dem Versuch, Hilary zu umarmen, so ungeschickt den Arm aus, dass sie ihr die Handtasche von der Schulter riss.

»Bist du betrunken?«, fragte Sarah mit weit aufgerissenen Augen.

»Nein, nur neue Schuhe«, erklärte Robin. »Viel Zeit blieb mir ja nicht, mich darauf vorzubereiten«, ergänzte sie an Hilary gewandt. Dass ihr wochenlang niemand Bescheid gegeben hatte, ärgerte sie noch immer. Dass Sarah so behaglich in dieser alten gemeinsamen Welt lebte, von der Robin ausgeschlossen war, in der sie keinen Platz mehr hatte, ärgerte sie noch immer. Und stinkwütend war sie darüber, dass Sarah sich kein einziges Mal danach erkundigt hatte, wie es ihr ging. Wie sie damit zurechtkam, ihren Dad verloren zu haben, ohne sich verabschieden zu können, während Sarah selbst sich dieses exklusive Vorrecht zugestanden hatte.

»Jetzt bist du ja da«, sagte Hilary. Sie trug Rouge auf den scharf hervorstehenden Wangenknochen, einen hellen Lippenstift und kein Make-up um die Augen, die rot unterlaufen waren. Robin musste daran denken, wie Hilary bei ihrer ersten Begegnung ausgesehen hatte, und fragte sich, warum ihr die Veränderungen über die Jahre nicht aufgefallen waren.

Inzwischen ist das anders. Heute achtet Robin ganz genau auf das, was sie sehen kann. Viel ist es nicht, aber sie analysiert alles mit einer Gewissenhaftigkeit, als würde sie dafür bezahlt. Sie hat erfahren müssen, wie viel wegfallen oder auseinanderfallen kann, wenn man nur kurz die Augen schließt. Im Rückblick waren da so viele Anzeichen für Heimlichkeiten zwischen ihrer Mutter und Drew Granger gewesen, dennoch hatte es sie umgehauen, als die Trennung kam. Und dann Callum, dessen lächelnde Züge seine innere Zerrissenheit nie wirklich kaschieren konnten. Sie aber hatte sich mit diesem Lächeln zufriedengegeben, hatte von ihm Aufmerksamkeit eingefordert, statt ihm selbst welche zu schenken. Erfahrungen, für die sie einen hohen Preis bezahlt hatte. Ein zweites Mal würden ihr diese Fehler nicht unterlaufen.

Über die letzten Tage hinweg hatte Robin weiter verfolgt, wie Mr. Elster durch die verlassene Wohnung streunte. Sie hatte sich nicht erlaubt, die Augen zu schließen oder den Blick abzuwenden.

Da ihr der Ton zum Bild fehlte, stellte Robin sich die verlegenen Worte vor, die gewechselt wurden, wenn Mrs. Elster mit dem kleinen Jungen vorbeikam.

Unübersehbar ist, wie sich der Mann verwandelt, sobald er seinen Sohn bei sich hat.

Mr. Elster wird immer hagerer und träger. Tag und Nacht scheint mindestens ein Licht zu brennen. Wenn Robin nachts aufs Klo muss oder schon in den frühen Morgenstunden ihr Training aufnimmt, weil sie nicht schlafen kann, stets leuchtet da dieser gelbe Schein in der Küche oder das bläuliche Schimmern aus dem Wohnbereich dahinter. Manchmal sieht sie auch die Gestalt eines Mannes im Schlafzimmer des kleinen Jungen, wenn der kleine Junge gar nicht zu Hause ist.

Kapitel 22

1994

Sarah

Alles in Atlanta ist riesig. In den Supermärkten haben die Regale so viele Ebenen, dass mir schon beim Hochschauen schwindlig wird. In den Autos ist Platz für sieben oder acht Personen. Bürotürme ragen in den Himmel. Und erst die Portionen beim Essen, mein Gott. Burger größer als Köpfe. *Chicken and Biscuits* mit Eimerladungen von Soße. Sogar Alligatorsteaks.

Im letzten Jahr habe ich reichlich Biscuits, Soße, Maisgrütze, Eistee und selbst Alligatorsteaks gegessen. Am liebsten gehe ich ins Varsity, das von sich behauptet, der größte Drive-in der Welt zu sein.

Wenn wir im Varsity sind, frage ich mich immer, was Robin wohl bestellen würde. Da bei ihr gewöhnlich die Augen größer sind als der Magen, würde ihre Wahl vermutlich auf den Triple Cheeseburger mit extra Bacon fallen. Dazu eine Sprite und die Blätterteigtasche Pfirsich.

Zu Anfang haben Robin und ich noch jeden Sonntag miteinander telefoniert, und häufig drehte es sich dabei um Essen. Mum hockte in Hörweite auf den unbequemen Treppenstufen und mischte sich sofort ein, wenn ich etwas sagte, von dem sie befürchtete, Dad könnte daraus einen Grund ableiten, mich nach England zurückzuholen.

Inzwischen telefonieren wir eher alle zwei Wochen miteinander. Unsere Tagesabläufe passen einfach nicht gut zusammen. In England sitzt alles bereits am Mittagstisch, bevor wir auch nur gefrühstückt haben. Außerdem finden sich leichter Gesprächsthemen, wenn mehr Zeit dazwischenliegt.

»Was gab's denn bei euch zu Mittag?«, fangen unsere Gespräche meistens an.

»Sandwichs«, antwortet Robin in der Regel. Das genügt mir schon. Ich sehe den Küchentisch vor mir und daneben das Radio, das von den fettigen Küchendünsten ganz klebrig ist. Ich seh Dad vor mir, der beide Hände um seine Teetasse gelegt hat, und Robin und Callum, die Szenen aus irgendwelchen Fernsehsendungen nachspielen, von denen sie gerade besessen sind. Ich sehe Hilary vor mir, wie sie in der Küche herumschwirrt, ohne wirklich etwas zu essen.

»Was gab's bei dir zum Frühstück?«, fragt Robin dann.

»Pancakes mit Bacon und Ahornsirup, Froot Loops und frisch gepressten Orangensaft«, würde ich behaupten. In Wahrheit gibt's immer Toast, sofern überhaupt gefrühstückt wird.

Anschließend unterhalte ich mich noch mit Dad. Er erzählt von den Vögeln, die er im Garten beobachtet hat, oder einen Witz, den er von Steve Wright gehört hat. Er fragt, wie es in der Schule so läuft, und ich sage ihm, dass alles okay ist. Ich erzähle ihm von all den Freunden, die ich habe, und liste Namen von Mitschülern auf, die mich in Wahrheit entweder hassen oder gar nicht beachten.

Beim letzten Mal habe ich den Telefonhörer, nachdem ich mich verabschiedet hatte, an Mum weitergereicht und bin dann hoch ins Badezimmer geschlichen, um am Anschluss neben dem Klo mitzuhören.

»Du hattest versprochen, sie in den vergangenen Ferien herüberzuschicken. Darauf warte ich bis heute.« Dads Stimme klingt immer ganz anders, wenn er mit Mum spricht.

»Auch wir haben keine eigene Geldpresse, Jack.«

»*Er* verdient bestens und hat für seinen eigenen Sohn nicht das Schwarze unterm Fingernagel übrig, da kann er doch wenigstens Sarah den Flug nach Hause bezahlen.«

»Ach, du möchtest gerne darüber reden, wer was beisteuert, ja? Wie wäre es denn, wenn du mal zur Abwechslung in die eigene Tasche greifen würdest, Jack.« Mum stößt Dads Namen wie eine Beleidigung aus. »Und *zu Hause* ist Sarah im Übrigen hier. Dem hast du selbst zugestimmt.«

»Wir kommen für Robin *und* Callum auf. Jeder Penny, den ich verdiene, geht für die beiden und diese Familie drauf. Du weißt also genau, dass ich kein Geld für ein Flugticket übrig habe, Angie. Das ist doch völlig bescheuert.«

Ich hatte diesen Streitpunkt schon so oft gehört. Ohne Einwirkung von dritter Seite würden sie sich an dieser Stelle noch ewig im Kreis drehen. Vor ein paar Tagen, als Drew abends kam, um mich zuzudecken, habe ich es deshalb mit einer anderen Taktik versucht.

»Sieh nur, wie lang deine Haare geworden sind«, sagte er und setzte sich auf mein Bett. »Schade, dass deine

Mum ihre abgeschnitten hat, sonst wärt ihr jetzt wie Schwestern.«

»Drew?«, sagte ich, aber er war bereits ganz in seinem allabendlichen Ritual gefangen.

»Wer ist mein Mädchen?«, fragte er.

»Ich«, antwortete ich und musste trotz allem lächeln.

»Du bist mein kleiner *Schutzengel*«, betonte er wie jeden Abend. »Vergiss das niemals.«

»Ich bin dein Mädchen«, sagte ich vorsichtig. »Und mir gefällt es hier auch wirklich gut. Aber ich würde jetzt unheimlich gern mal meine Schwester wiedersehen, auch wenn es nur für kurze Zeit ist.«

Ich achte stets darauf, nicht zu erwähnen, dass ich meinen Dad vermisse. Das würde nur eine Flut an hässlichen Adjektiven lostreten, die ich gar nicht hören möchte.

Drew senkte den Blick, und einen Moment lang fürchtete ich schon, ich wäre zu weit gegangen und würde gleich erleben, wie sein normales Aufbrausen in einen richtigen Tobsuchtsanfall umschlägt. Von dieser Sorte hatte ich erst ein oder zwei mitbekommen, und stets war meine Mum dabei die Hauptleidtragende gewesen.

»Vermisst du England?«, fragte er.

»Ich vermisse meine Schwester«, wich ich aus, da ich eine Falle vermutete.

»Ich war ein Einzelkind«, sagte er und starrte in die Ecke des Zimmers. »Ich konnte immer nur auf mich selbst bauen.« Ich fürchtete schon, er würde wieder zu einer seiner dubiosen Geschichten über die lehrreichen Härten des Lebens anheben und das Gespräch über meinen Besuch wäre damit gestorben, aber dann seufzte er nur und sagte: »Ich werde dir Flugtickets besorgen, damit du deine Schwester besuchen kannst.«

Bevor ich ihm noch danken konnte, fügte er hinzu: »Aber ich möchte etwas dafür bekommen.«

»Was du willst«, sagte ich, konnte mir aber nicht denken, etwas zu haben, das ihn interessieren könnte.

»Komm, setz dich auf meinen Schoß, und drück mich mal, so fest du kannst.«

Das schien ein angemessener Preis. Ich schlug die Bettdecke zurück, kletterte auf seinen Schoß und schlang meine Arme um ihn. Er roch, wie er immer roch. Nach einer Mischung aus Sandelholz und Whiskey, und ein wenig so wie der Lufterfrischer in seinem Auto. Er hielt mich fest, und seine Bartstoppeln kratzten in meinem Gesicht. Ich dachte schon, er würde mich auf die Wange küssen, aber dann neigte er meinen Kopf ein wenig und küsste mich auf den Kopf. Er hob mich von sich, setzte mich rasch ab und war verschwunden.

Am nächsten Morgen erklärte er Mum, seiner Meinung nach würde es Zeit für meinen Englandbesuch. Bevor er hektisch aus der Tür stürmte, gab er Mum noch seine Gold Card und wies sie an, mir doch zum nächstmöglichen Termin einen Flug zu buchen. Er sah mich kein einziges Mal an.

Robin

Sarah soll morgen in Heathrow landen, und Robin räumt seit Stunden ihr Zimmer auf. Um das Extrabett herauszuziehen, das ihr Dad gebaut hat, braucht es genügend Platz, und derzeit hat Robin noch Schwierigkeiten, sich überhaupt einen Weg durch den Raum freizutreten.

Callum hätte sein Zimmer gar nicht aufräumen müssen, hat es aber »aus Solidarität« ebenfalls getan und ist damit schon eine Ewigkeit fertig. Jetzt liegt er bäuchlings auf ihrem Bett und scheint zu schlafen. Er ist in den letzten Monaten stark gewachsen. In die Länge gezogen wie auf einer Streckbank. Die Zehenspitzen seiner Socken berühren den unteren Bettrahmen, und sein Kopf ist nicht weit vom oberen entfernt. Seine Größe ist aber nicht der einzige Grund, weshalb auch ältere Jungs in der Schule seine Freundschaft suchen und ihn bereitwillig an ihren Insider-Witzeleien teilhaben lassen. Wirklich jung hatte er eigentlich noch nie gewirkt.

Robin ist noch immer klein. Robin würde immer klein sein. Deshalb brüllt sie einfach ständig so laut, dass keiner sie ignorieren kann. »Nebelhorn« nennt Callum sie.

»Hilfst du mir jetzt oder nicht?«, schreit sie Callums Rücken an, der sich ruhig hebt und senkt.

»Wobei denn helfen?«, lacht er in ihr Kissen, ohne den Kopf zu heben. »Du schaffst es doch prima alleine, ein Riesenchaos zu veranstalten.«

»Ach, fick dich ins Knie, Cal«, schnaubt sie, aber der weinerliche Unterton bringt ihn dazu, sich aufzurichten, den Kopf zur Seite zu neigen und die Lage in Augenschein zu nehmen.

»So schlimm ist es gar nicht«, sagt er. »Sieh mal, wenn wir den ganzen Müll in Säcke stopfen und raus zur Tonne bringen, haben wir schon etwas Platz geschaffen.

Dann schmeißen wir all deine dreckigen Klamotten in den Wäschesack … Moment mal, hast du überhaupt einen Wäschesack?«

»Ja, irgendwo«, sagt Robin.

»Aber wo?«, erwidert Callum zweifelnd. »Okay, dann schmeißen wir die Sachen erst mal vor deine Tür auf einen Haufen und kümmern uns später darum. Einverstanden?«

»Ja, danke.«

»Das sollte ein wenig Platz zum Drehen und Wenden schaffen, und wir können all die Bücher und Kassetten einsortieren, und *dann,* dann kannst du staubsaugen.«

»Staubsaugen finde ich ein bisschen übertrieben.«

»Ehrlich gesagt, weiß ich nicht mal, ob du das ironisch meinst.«

Meint sie auch nicht.

Sie schalten das Radio ein und machen sich voller Elan an die Arbeit. Wenn Robin eine herausgerissene Seite aus einer Gitarrenzeitschrift findet oder einen Zettel, auf dem sie ein paar Akkorde notiert hat, verpasst Callum ihr einen Klaps auf die Hand, weil sie instinktiv nach dem abgenutzten Hals ihrer Gitarre greift.

»Später«, mahnt er lachend, und sie mault zwar, weiß aber, dass er recht hat.

Nachts geht sie im Kopf all die Sachen durch, die sie ihrer Schwester zeigen will, wenn die endlich da ist, und findet kaum Schlaf. Probleme mit dem Einschlafen hat Robin in letzter Zeit häufig. Ein verstörendes Knäuel aus Gedanken über das, was alles kommen wird, und das, was alles gewesen ist, muss entwirrt und geordnet werden. Eigentlich gehört Robin nicht zu den planvoll vorgehenden Menschen, sie legt lieber einfach los, lebt für den Augenblick und springt von einer Sache zur anderen. Aber nachts arbeitet es in ihrem Hirn so wild, dass sie versuchen muss, ein wenig Ordnung herzustellen. Und da sind eben auch so viele Unklarheiten. Nicht nur Fragen, die sie an Sarah hat, sondern auch Fragen, die Robin vielleicht vor einer ganzen Weile schon hätte stellen sollen. Etwa Fragen an ihren Dad: *Wie konntest du Sarah nur gehen lassen?* Oder an Callum: *Warum bist du nicht sauer darüber, dass dein Vater dich hier zurücklässt und einfach meine Schwester zu seiner neuen Tochter erklärt?*

Morgens jedoch werden all diese Fragen wieder in ihre Umschläge gesteckt für einen anderen Tag.

Erst lange nach Mitternacht schläft Robin endlich ein. Ein paar Stunden später weckt ihr Vater sie mit einer Tasse Tee und einem dringlichen Rütteln an der Schulter.

»Aus den Federn, du Schlafmütze, wir müssen gleich los.«

Sie tastet auf dem Boden nach ihrem *Therapy?*-T-Shirt, erwischt aber nur ein paar Fussel. Scheiße, warum musste sie auch so perfekt aufräumen? Jetzt hat sie keine Ahnung mehr, wo was liegt.

Sie zwängen sich in den Rover und schnallen sich an. Callum und Robin hinten, Jack vorn. Trotz der Proteste von den billigen Plätzen läuft Radio 2. Hilary bleibt zu Hause, um den Braten im Auge zu behalten. Sie hatten sich darauf geeinigt, dass ein Sonntagsbraten mit allem Drum und Dran das englischste Begrüßungsessen für die verlorene Tochter sein würde.

Einen teuren Rollkoffer im Schlepptau, stürmt Sarah fast im Laufschritt in die Eingangshalle. Ihr Haar ist heller und länger als bei der Abreise, ihre Haut dunkler. Sie ist weiter gewachsen, und ihre Bewegungen haben schon etwas von einer Frau an sich, findet Robin. Etwas von ihrer Mutter. Robin bleibt bei ihrem Dad stehen, bis sie es nicht länger aushält und ihrer Schwester entgegenrennt. Sie donnert in sie hinein und wirbelt mit ihr im Kreis.

Dann wird ihnen die Sache selbst zu peinlich, und sie halten abrupt inne.

»Hey«, sagt Robin.

»Hi«, lächelt Sarah. Robin ist erleichtert, dass ihre Schwester nicht amerikanisch klingt. Die Mädchen gehen zu Jack und Callum, und Sarah umarmt ihren Dad, während er ihr abwechselnd über den Kopf streicht und die Oberarme reibt.

»Hallo, Töchterchen«, sagt er, und seine Augen sind feucht und rot unterlaufen.

Sarah scheint überrascht, auch Callum hier zu sehen. Für Robin wiederum ist diese Reaktion eine Überraschung, da sie sich inzwischen so daran gewöhnt hat, stets alles gemeinsam mit ihrem Stiefbruder zu tun, dass für sie sein Mitkommen nie in Frage gestanden hat.

»Schön, dich zu sehen«, sagt Callum.

»Dich auch«, gibt Sarah zurück, und sie müssen beide über die förmliche Begrüßung lachen.

»Na, dann lasst uns mal verschwinden«, drängt Jack. »Ist schweineteuer, hier zu parken.«

Auf der Heimfahrt quasseln alle wild durcheinander.

Das Reden fällt einfach leichter als am Telefon, und trotz der Erschöpfung vom Flug ist Sarah ebenso aufgedreht wie Robin.

»Wie geht's deiner Mum?«, erkundigt sich Jack bei der Einfahrt nach Birch End, obwohl Sarah genau wie Robin den Eindruck hat, dass ihm die Frage schon eine Weile auf der Zunge liegt.

»Fängt neuerdings an, selbst auf große Geschäftsfrau zu machen«, brummelt Sarah nur. Einen Moment herrscht völlige Stille im Wagen, dann brechen alle in schallendes Gelächter aus.

»Was?«, prustet Robin. »Hat sie denn überhaupt einen Job?«

»Sie vertreibt Kosmetikartikel für Mary Kay und hat sich einen Hosenanzug gekauft.«

»Heilige Scheiße«, platzt Robin heraus und ignoriert das rügende Ts-ts-ts ihres Vaters.

»Stimmt genau, da braucht's göttlichen Beistand«, lacht Sarah, die niemals flucht. *Na, zumindest manche Dinge haben sich nicht geändert*, denkt Robin und lächelt vor sich hin.

Am Abend vor Sarahs Rückflug kann Robin ihre Schwester nirgends finden. Ihr Koffer ist bereits vollgestopft mit Süßigkeiten für ihre neuen Freunde in der Schule, von denen sie Unmengen haben muss, da sie unaufhörlich von ihnen schwärmt. Aber Sarah ist weder in ihrem Zimmer noch im Bad oder in der Küche, und im Wohnzimmer sitzen nur Hilary und Jack vor dem Fernseher.

»Wo steckt Sarah?«, fragt Robin ungeduldig.

»Oh.« Die beiden sehen einander an. »Die ist mit Callum zum Klubhaus. Haben sie dir nichts gesagt?«

Robin stapft aus dem Haus, quer über das schmale Rasenstück und die Sackgasse hinunter, die bei ihnen endet. Sie hat die Hände zu Fäusten geballt und listet im Kopf sämtliche Argumente auf, weshalb es eine absolute Unverschämtheit ist, ihr so etwas anzutun. Sie einfach auszugrenzen und sich hinter ihrem Rücken davonzuschleichen. Sarah ist gerade mal eine Woche hier, und schon kommandiert sie herum wie früher. Wenn sie sich in dieser Hinsicht gar nicht geändert hat, ist es ein Glück, dass sie wieder abhaut.

Robin biegt auf den Cricketplatz, und das Geräusch des Rasensprengers reißt sie aus ihren Gedanken in die Gegenwart zurück. Sie nähert sich dem weißen Holzbau und späht angestrengt, ob sie das betrügerische Pärchen irgendwo entdecken kann. Nichts. Alles leer. Vielleicht haben sie ja auch Hilary und Jack belogen und sind ganz woanders hin.

Als Robin das Klubhaus erreicht, hört sie von der Rückseite das Geräusch einer erregt geführten Unterhaltung. Leise geht sie weiter und staut dabei ihre Wut auf, in der Hoffnung die beiden mitten in einem verfänglichen Gespräch, womöglich sogar über Robin selbst, zu erwischen. Sie schielt um die Ecke, und ausgerechnet an dem Ort, wo Callum und sie so gerne herumhängen, lehnt Sarah an der Mauer, während Callum vor ihr steht und die Hand auf ihren Arm gelegt hat.

»Ganz ehrlich?«, fragt er. Sarah wirkt verärgert. Sie

verzieht den Mund und versucht, seine Hand von ihrem Arm zu schieben.

»Ja. Wie oft soll ich es denn noch sagen? Ja, ja. Könntest du jetzt endlich Ruhe geben.«

»Ich möchte doch bloß sicher sein, dass es dir gut geht, mehr nicht«, verteidigt sich Callum aufgebracht und zieht seine Hand nicht fort.

»Natürlich, was sonst?«, erwidert Sarah spitz. »Also zum letzten Mal, mir geht's gut. Und wenn er wirklich dermaßen grauenhaft ist, dann freu dich doch einfach darüber, dass du ihn los bist und stattdessen jetzt deine Zeit mit *meinem* Dad verbringen darfst.«

Callum nimmt seine Hand von Sarahs Arm und wendet sich zum Gehen. Er bemerkt Robin, kurz bevor die den Kopf zurückziehen kann.

»Was sollte denn das hier?«, fragt Robin die beiden, während sie sich möglichst lässig eine Zigarette dreht. »Und warum seid ihr ohne mich los?« Ihre Empörung hatte vorsichtiger Neugier Platz gemacht.

»Mach dir darüber keine Gedanken«, antwortet Callum.

Eine Weile steht Sarah unbehaglich herum, bis sie endlich sagt: »Ich geh zurück und pack fertig.«

Keiner versucht, sie aufzuhalten.

»Und worum ging es jetzt wirklich?«, fragt Robin, zieht den scharfen Rauch tief ein und muss husten.

Callum scharrt mit dem Fuß über Gras und Splitt und antwortet seufzend: »Ich wollte nur abklären, ob alles okay ist. Ich meine, mit meinem Dad zusammenzuleben und so. Ich weiß ja, wie er ist.«

»Und?«

»Alles Friede, Freude, Eierkuchen mit ihm, behauptet sie. Sie hält den Mann für einen tollen Kerl, einen super Dad, einen super Ehegatten, für irgendeine Art Scheißgott.«

»Echt?« Robin tritt die dünne Selbstgedrehte mit den Turnschuhen aus.

»Klar. Und weißt du was? Vielleicht stimmt's sogar. Vielleicht ist er ja tatsächlich ein toller Vater und ein liebenswerter Kerl und was sonst noch alles. Und die Schwierigkeiten lagen an mir. Vielleicht war das Zusammenleben mit mir so unerträglich, dass …«

»Es reicht, Cal«, faucht Robin. »Du weißt doch genau, wie es war. Der Kerl ist ein Arsch.«

»Vielleicht hab ich mir die ganze verfluchte Scheiße nur eingebildet«, schnaubt er, ohne ihren Einwand zu beachten. »Vielleicht gab's all das Schlechte nur, solange ich da war. Vielleicht bin ich das Problem.«

»Ach, Schluss jetzt, Callum«, sagt Robin, aber er wendet sich zum Gehen, ohne sie anzusehen.

Kapitel 23

Gegenwart

Sarah

Ich versteh mich darauf, Geheimnisse zu bewahren. April und Evie, die das B&B führen, haben mir ein paar persönliche Fragen gestellt, und die Story, die ich mir ausgedacht habe, klingt zugleich banal und verzwickt. Seitdem lebe ich darin, wie in einer zweiten Haut.

Gestern zog ich mir die schicksten Sachen aus meiner Surrey-Garderobe an und suchte das am exklusivsten aussehende Immobilienbüro auf. Ich behauptete, mein Mann und ich würden einen Umzug in die Gegend planen, und ich wüsste gerne, welche Straßen und Viertel zu den besten gehörten. Dem, was Robin bei Dads Beerdigung so erzählte, habe ich entnommen, dass sie finanziell gut dasteht. Ich erfuhr, dass die Häuser um den Park herum und an der Grenze von Chorlton zu Didsbury meinen Wünschen am ehesten entsprachen. Den ganzen Tag durchstreifte ich die betreffenden Straßen. Doch, wie nicht anders zu erwarten, tauchte aus keinem der Häuser, an denen ich vorbeikam, genau in diesem Moment zufälligerweise meine Schwester auf.

Mit wunden Füßen und schmerzendem Rücken kehrte ich in mein Zimmer zurück. Ich legte mich aufs Bett und musste an den inaktiven Twitter-Account denken, auf den ich vor ein paar Tagen gestoßen war und der ganz eventuell Robins sein könnte.

Mir fällt auf, dass ich eine der naheliegendsten Verbindungen bislang völlig übersehen habe: ihre Bandmitglieder. Ich bin ihnen ein- oder zweimal begegnet, und vermutlich dürften sie mich wiedererkennen.

Ihre Twitteraccounts zu finden ist kein Problem. Rasch richte ihr mir einen eigenen ein, um ihnen eine private Nachricht zukommen zu lassen. Doch dann stelle ich fest, dass ich dafür ein »Follow me« von ihnen brauche, das mir natürlich fehlt. Und im öffentlichen Bereich angeben, wer ich bin und wo ich mich aufhalte, ist viel zu gefährlich. Mit diesem Ansatz drehe ich mich also im Kreis.

Ich könnte der Plattenfirma eine E-Mail schicken mit der Bitte, diese an die Band weiterzuleiten. Aber immer wenn ich sie in der Vergangenheit gebeten habe, etwas an Robin weiterzuschicken, hat es nicht funktioniert. Wahrscheinlich bekommen sie ständig derlei Anfragen und bearbeiten sie erst gar nicht.

Am Ende starte ich einen ziemlich abenteuerlichen Versuch. Ich twittere denselben Text an Alistair und Steve. »Kann ich dir bitte eine Nachricht zukommen lassen? Es geht um Robin. Ich versuche, sie zu finden. Ich bin ihre Schwester.«

Da Jim sowieso nicht weiß, wer ich wirklich bin und wer meine Verwandten sind, sollte diese Formulierung keine Gefahr darstellen. Groß sind die Chancen nicht, aber zumindest habe ich so das Gefühl, etwas getan zu haben, bevor ich mich morgen zur nächsten kräftezehrenden Suchaktion durch Chorlton aufmache.

Robin schlief bereits tief und fest, als mitten in der Nacht jemand laut schrie. Die Stimme kam irgendwo von der Rückseite des Hauses. Träge begann Robins Hirn zu arbeiten, und erst schwankte sie noch, ob der Schrei nicht das letzte Bruchstück eines Traums gewesen war. Bis erneut jemand schrie.

In derbem Manchester-Dialekt brüllte ein Mann: »Hey, du. Runter da!«

Robin war automatisch hochgefahren und prompt mit dem Kopf gegen die Bettunterseite gekracht. Benommen und verwirrt kroch sie mit ihrem Brummschädel unter dem Bett hervor und stand dann mitten im Schlafzimmer. Ihr Herz hämmerte. Trotz der Bettdecke, die sie fest um den Körper geschlungen hielt, spürte sie deutlich ihre Nacktheit unter Shorts und Unterhemd.

Ob nun aus Angst oder infolge des Schlags gegen den Kopf, Robin hatte jedenfalls Schwierigkeiten, sich in dem dunklen Raum zu orientieren, und wagte es auch nicht, das Licht einzuschalten. Also verharrte sie mucksmäuschenstill an ihrem Fleck, während der Schweiß ihre Decke durchtränkte, die Kopfhaut sich spannte und ihr Schädel wummerte.

»Komm gefälligst sofort da runter!« Die schrille Männerstimme draußen überschlug sich fast. Robin sank auf die Knie und krabbelte zur Tür hinaus in den Flur, wo auf dem Treppenabsatz immer ein schwaches Licht brannte.

»Genau, hau bloß ab!«, hörte sie den Mann schreien,

diesmal kräftiger und nicht so nervös. Sie saß gegen die Flurwand gelehnt und lauschte angestrengt über den Lärm ihres Herzschlags hinweg.

Alles war ruhig, bis ein oder zwei Minuten später eine Frau rief: »Ach, Albert!«

Robin kroch zurück ins Schlafzimmer und spähte vorsichtig durch den Spalt zwischen den Vorhängen. Zuerst war da nichts als eine schwarze Suppe zu erkennen, aber dann hörte sie, wie ein Tor zuschlug, und konnte zwei Gestalten ausmachen, die langsam Richtung Wohnblock liefen und durch die Terrassentüren in einer der Erdgeschosswohnungen verschwanden. Mr. und Mrs. Pfau.

Sollte tatsächlich jemand vor zwei alten Leuten die Flucht ergriffen haben? Oder verlor der Alte bloß langsam den Verstand? Robin hatte schon erlebt, wie er vornübergebeugt, als würde er etwas suchen, durch den Garten schlurfte. Sie hatte gesehen, wie seine Frau ihn zurück ins Haus führte, auf einen Stuhl setzte und ihm behutsam die vom Tau feuchten Pantoffel auszog.

Eigentlich hatte der alte Mann um zwei Uhr morgens draußen nichts mehr verloren. Und trotzdem. Nur weil er ein wenig schusselig war, hieß das noch lange nicht, dass er nicht vielleicht doch etwas gesehen oder gehört hatte. Sollte Robins hartnäckiger Besucher etwa einen anderen, umständlicheren Weg ins Haus gesucht haben?

Robin schaltete das Licht an und schlüpfte zurück unters Bett.

Am Morgen erwachte sie ungewöhnlich spät. Die Schädeldecke schmerzte noch immer von dem nächtlichen

Rumms beim Hochschrecken. Über Stunden hatte sie noch wachgelegen und sich darum bemüht, Klarheit in die sich im Kreis drehenden Gedanken zu bringen.

Jetzt trottete sie schwerfällig und wie benebelt zum Fenster und schob den Vorhang ein wenig zur Seite. Nirgends Anzeichen für einen gescheiterten Einbruchsversuch. Nichts war zerbrochen, keine großen verräterischen Fußstapfen, die neonfarben von irgendeiner Wand leuchteten. Sie wusste zwar gar nicht, wonach sie suchte, aber zu entdecken gab es sowieso nichts. Vielleicht war Mr. Pfau doch nur ein verrückter alter Mann, der zur Geisterstunde plötzlich irgendwelche Dinge sah. Sie versuchte, sich diese Erklärung einzureden.

Im Haus gegenüber bedeckte die junge Frau das schlafende Babybündel, das auf ihrer Brust lag, mit Küssen. Der neue Erdgeschossbewohner stand in seiner einen Spalt weit geöffneten Terrassentür. Offenbar war Samstag, denn er trug einen Kapuzenpulli, Jogginghosen und dicke Socken. In einer Hand hielt er einen großen Becher mit etwas Dampfendem, in der anderen eine Zigarette. Das Rauchen vermisste Robin noch immer. Rauchen und Musikmachen, das gehörte einfach zusammen, war sogar Teil ein und derselben Hand, wenn die Kippe direkt neben den Fingern klemmte, die das Plektrum hielten. In ihrem Portemonnaie steckte noch immer das letzte Plektrum, das sie je auf einer Bühne benutzt hatte. Es stammte von jenem misslungenen Probeauftritt unmittelbar vor ihrer Flucht, bei dem sie nicht vom Bühnenrand des Manchester Apollos gewichen war. Bei dem sie irgendwann ein vertrautes Gesicht zwischen den Roadies ausgemacht hatte. Bei dem dieses Gesicht tief hinten im dunklen Raum plötzlich zu grinsen begonnen und ein hasserfüllter Blick sie durchbohrt hatte.

Sie betrachtet den rauchenden Parterrebewohner einen Moment und hebt, gerade als das Verlangen nach einer Zigarette unerträglich zu werden droht, den Kopf zur Wohnung der Elsters.

»Guten Morgen, Mr. Elster.«

Der kleine Junge ist da. Er sitzt am Tisch und stippt Toaststreifen in ein weichgekochtes Ei. Sein Vater neben ihm isst nichts, hat nur eine Tasse vor sich stehen, die er mit beiden Hände umschließt, während er dem kleinen Jungen beim Essen zuschaut.

Dann ist der Junge fertig. Mr. Elster räumt den Teller ab, hebt seinen Sohn aus dem Stuhl, legt eine Hand schützend um dessen Hinterkopf und trägt ihn aus der Küche, obwohl er dafür schon ziemlich groß ist. Kurz verschwindet das Elster-Duo außer Sicht, bevor es im kleinen Kinderzimmer wieder auftaucht. Der Junge setzt sich an den Tisch und beginnt, etwas aus Lego zu bauen. Erneut schaut der Vater nur zu. Nach ein paar Minuten sinkt Mr. Elster schwer aufs Bett, ohne den Blick von seinem Sohn zu wenden, und wischt sich die Augen am Kragen seines Bademantels.

Plötzlich sehen beide auf. Mr. Elster zieht das Handy aus seiner Tasche, betrachtet das Display und steckt es wieder ein. Bevor er das Zimmer verlässt, wuschelt er dem Kleinen noch durch die Haare. Kurz darauf betritt er zusammen mit Mrs. Elster wieder die Küche.

Robin wollte eigentlich gerade runtergehen, um sich

eine Tasse Tee zu machen, die Schlösser zu überprüfen und endlich mit ihrem Tagespensum an Schritten anzufangen. Doch nun geht sie nirgendwo mehr hin, traut sich nicht einmal, die Augen zu schließen.

Die Elsters stehen einander in brisanter Haltung gegenüber. Während er wild gestikuliert und auf sie zeigt, weicht sie mit dem Oberkörper zurück. Rasch macht er einen Schritt auf sie zu und scheint dabei zu schreien. Mrs. Elster verpasst ihm eine Ohrfeige und rennt aus dem Raum. Er rennt hinter ihr her. Robin starrt ihnen angestrengt nach, doch sie haben ihr Blickfeld verlassen. Stattdessen bemerkt sie, dass der kleine Junge aufs Bett geklettert ist, wo er zusammengekauert liegt und sich die Ohren zuhält. Was um alles in der Welt muss er mitanhören?

Genug ist genug.

Bevor sie es sich anders überlegen kann, hat Robin die Nummer der örtlichen Polizeistation aus dem Internet herausgesucht und gewählt.

»Ich hoffe, Sie können helfen«, sagt sie, als eine Stimme sich meldet. »Ich mache mir Sorgen um eine Frau und ein Kind aus meiner Nachbarschaft.«

Kapitel 24

1994

Sarah

»Lust, mir was zum Frühstück zu machen?« Mit diesen Worten betrat Drew heute Morgen die Küche. »Angela streikt.«

Mum beschreibt ihre Beziehung gerne mit dem Wort »heißblütig«. Ich würde eher launenhaft dazu sagen.

Kaum hatte ich Toast und Spiegeleier fertig, da riss Drew mir bereits den Teller aus der Hand und aß so hastig, dass der Dotter herumspritzte. Ich hatte ihn bis dahin stets mit perfekten Restaurantmanieren essen sehen, aber als er sich zu mir beugte, um mir mit einem »Danke dir, mein Engel« einen Kuss auf die Wange zu geben, da nahm ich einen starken säuerlichen Geruch wahr und wusste, dass er am Vorabend viel getrunken haben musste. Dass er womöglich noch immer betrunken war.

Mum wartete, bis die Haustür hinter ihm zufiel, und kam dann sofort in die Küche gestürzt, eine grellfarbene Leuchtspur aus Elastan und Make-up.

»Ist er weg?«, fragte sie, obwohl sie die Antwort kannte.

»Ja«, sagte ich und räumte die Frühstückssachen in den Geschirrspüler.

»Hast du ihm etwas zum Frühstück gemacht?«, erkundigte sie sich, und mir war klar, dass die gewünschte Antwort nicht »ja« lautete.

»Nein«, erklärte ich und konzentrierte mich darauf, die Teller richtig einzusortieren und das Besteck vorher bündelweise vorzuwaschen.

»Du sollst nicht für ihn lügen, Sarah.«

Ich lüge aber für ihn. Das macht die Dinge einfach leichter und erstickt den Ärger schon im Keim. Außerdem würde Mum im Grunde auch gar nicht wollen, dass ich ihr die Wahrheit erzähle.

»Um wie viel Uhr bist du denn gestern Abend nach Hause gekommen?«, fragte sie ihn beispielsweise beim Frühstück. Natürlich hätte sie ihn danach auch schon beim Aufwachen im gemeinsamen Bett fragen können, aber sie entschied sich dafür, es lieber vor mir anzusprechen.

»Kurz vor elf«, sagte er dann etwa, nippte an seinem Kaffee und konterte ihren Blick wie ein Pokerspieler.

»Lügner«, erklärte sie und erhob sich mal wieder vom Tisch, ohne ihr Frühstück angerührt zu haben.

»Ist er tatsächlich«, bestätigte ich in solchen Fällen unbekümmert. »Ich habe ihn gehört.«

Damit hatte sie zwar nicht die erwartete, aber die erwünschte Antwort, und wenn sie kurze Zeit später zum Fitnessstudio aufbrach, drückte er mir dankbar das Knie.

»Da hast du mir eben wirklich aus der Patsche geholfen, mein Engel. Ich war bloß mit den Jungs aus der Abteilung noch was trinken, aber du weißt ja, wie deine Mum ist. Ich schulde dir was.«

Monatelang habe ich diese Ich-schulde-dir-was gesammelt, habe sie provoziert und gezählt, bis ich der Meinung war, lange genug angespart zu haben.

Jetzt ist er von der Arbeit zu Hause, sitzt im Wohnzimmer und schaut sich ein aufgezeichnetes Footballspiel an. Er hat die Krawatte abgebunden und hält einen mächtigen Whiskey-Tumbler in der Hand.

»Drew?«, säusele ich, so gut ich kann. Er klopft neben sich aufs Sofa. Ich nehme Platz, ziehe die Beine unter mich und sinke – auf seinen Vorschlag hin – unbeholfen an seine Schulter.

»Ich möchte dich um etwas bitten.« Dabei betrachte ich meine Hände. Die langen Finger und die ordentlich manikürten Nägel. Einmal habe ich Mums Nagellack verwendet, aber das hat Drew überhaupt nicht gefallen.

»Was immer du willst, mein Engel«, murmelt er, weiter ganz auf das Spiel fixiert.

»Ich meine nur …«, ich stammele ein wenig, um seine Aufmerksamkeit zu erregen. »Ich vermisse meine Schwester so, und ich würde ihr gern mein neues Leben hier zeigen.«

Er dreht sich zwar nicht um, setzt sich aber etwas aufrechter hin und hört mir zu. Ich beschließe, noch ein wenig Süßholz zu raspeln, bevor ich weiterbohre.

»Du ermöglichst uns hier ein so tolles Leben,«, fahre ich fort, »das würde ich ihnen gern vorführen.«

»Hmm«, sagt er und trinkt einen kräftigen Schluck. »Ist wohl schon eine Weile her, seit du sie das letzte Mal gesehen hast. Aber meinst du wirklich, sie würde gerne zu uns rüberkommen?«

»Wer würde das nicht gern?«

Dass er Fragen stellt, auf die er eine richtige Antwort haben will, bin ich nicht gewohnt. Normalerweise redet er einfach in mein Schweigen hinein. Aber die Reaktion scheint ihm zu gefallen.

»Und wenn Callum mitkommt, wird sie bestimmt sofort wollen.«

Das gefällt ihm schon weniger. Diesen Punkt habe ich noch nie verstanden und auch nie gewagt, danach zu fragen. Wenn ich später einmal Kinder haben sollte – was ich sehr hoffe –, dann wird mich nichts und niemand von ihnen trennen können. Aber aus irgendeinem Grund kommen Drew und Callum gar nicht miteinander aus.

Callum behauptet, Drew sei richtig fies zu ihm gewesen, als er klein war, aber ich selbst habe das nie erlebt, und Callum ist eben unglaublich sensibel. Ich habe sogar schon gehört, wie Drew ihn eine »mimosenhafte Schwuchtel« nannte.

»Ich werde mal mit deiner Mum reden und hören, was sie dazu meint, okay?«

»Danke, Drew«, sage ich rasch. Meine Zeit ist um, das ist mir klar. Ich gebe ihm einen Kuss auf die Wange und lasse ihn in Ruhe fernsehen.

Robin

Ein paar Stunden zuvor hatte Robin aus dem All-Days-Laden im Nachbarort eine Flasche Mad Dog 20/20 mitgehen lassen. Sie hatte die Flasche unter den Hosenbund geklemmt und war vorsichtig hinausspaziert. Auf dem Spielplatz hatten Callum und sie sich dann auf die Schaukeln gesetzt und in der einbrechenden Dämmerung verstohlen von dem fruchtig-süßen Likörwein getrunken. Inzwischen war ihre Unterhaltung bei einem Jungen aus der Schule angelangt, den Robin mochte.

»Na ja, ich mag ihn, wenn er allein ist, aber sobald seine Kumpels dabei sind, ist er ein Arsch.«

»Das sind die meisten Leute«, sagte Callum in einem solch altklugen Ton, dass sie beide in hysterisches Gelächter ausbrachen.

»Wen magst du denn so?«, fragte Robin kichernd.

»Niemand«, sagte Callum vorsichtig.

Sie schaukelten leicht im Gleichtakt. Callum durchbrach das Schweigen: »Du weißt schon, dass ich auch auf Jungs steh, oder?«

Sie schwang kräftig mit den Beinen, um höher zu kommen, und log: »Klar doch.«

Robin biss sich beim Schaukeln auf die Lippen. Unter keinen Umständen durfte Callum ihre Enttäuschung bemerken. Dabei war sie gar nicht enttäuscht darüber, dass er auf Jungs stand – ihre Zuneigung zu ihm war anderer Art –, aber dass sie es nicht selbst erkannt hatte, das enttäuschte sie. Sie hatte sogar daran gedacht, ihn mit dem einen oder anderen Mädchen aus ihrer Klasse zu verkuppeln, und mit der Umsetzung des Plans nur gezögert, weil sie zum einen fürchtete, am Ende außen vor zu sein, wenn er eine feste Freundin hätte, und weil zum anderen ganz einfach keine wirklich gut genug für ihn war.

Also gut, er war schwul. Ihr Bruder war schwul. Das

kam überraschend. Schwule im Fernsehen waren immer schrill und aufgedonnert, so ganz anders als Callum. Schwule mochten Discomusik, Abba und so was, richtig? Callum dagegen stand auf *Manic Street Preachers, Alice in Chains* und *Nine Inch Nails*. Er war ein wandelndes Lexikon, was Rock und die diversen Sub-Genres betraf. Und er spielte Gitarre wie der Teufel.

Während sie ihre Beine mit aller Kraft in die Luft stieß, begriff Robin lediglich, dass sie vorgeben musste, viel mehr zu verstehen, als sie in Wahrheit tat. Die Fragen, die sie brennend interessierten, brachte sie nicht über die Lippen. Eigentlich reichte es, dass er es ihr gesagt hatte, entschied Robin.

Sie schaukelten, bis ihnen schlecht wurde. Dann legten sie sich auf die Wiese ins schwer duftende Abendgras, tranken den letzten Rest aus der Flasche und unterhielten sich in einem Ton, der klang, als würden sie hier bedeutende Themen wälzen, obwohl sie in Wirklichkeit nur Unsinn quatschten.

Schwankend und kichernd kehrten sie nach Hause zurück, wo sie sofort aufgefordert wurden, ins Wohnzimmer zu kommen.

»Shit!«, raunten sie einander zu.

Hilary und ihr Dad schenkten der offenkundigen Tatsache, dass ihre minderjährigen Kinder angetrunken waren, jedoch weiter keine Beachtung und baten sie, sich zu setzen.

»Deine Mutter hat angerufen«, sagte ihr Dad.

»Na und?«, schnaubte Robin, etwas übertrieben entrüstet.

»Sie möchte, dass du zu Besuch rüberfliegst.«

Robin schielte nur aus den Augenwinkeln zu Callum herüber und sagte nichts. Er wirkte nervös.

»Und dein Dad würde dich auch gerne sehen, Cal«, erklärte Hilary, mied aber seinen Blick. Er sagte nichts. »Du wärst natürlich mit Robin zusammen«, fügte sie noch hinzu.

»Und Sarah wäre auch da«, ergänzte ihr Dad.

Robin sackte gegen die Rückenlehne des Sofas, senkte langsam die Augenlider und versuchte, die aufsteigende Übelkeit und den Bitterorangengeschmack zu unterdrücken.

»Mein Dad will mich sehen?«, wiederholte Callum, als Hilary aufstand, um ohne besonderen Grund zurück in die Küche zu gehen. »Warum?«

»Was meinst du damit?« Hilary wirkte nervös.

»Du weißt genau, was ich damit meine.«

Der Alkohol schien ihn aufzuwühlen, selbst Robin fühlte sich davon ganz durcheinander. Er starrte seine Mum so lange an, bis sie den Blick abwandte.

»Keiner zwingt dich zu gehen, Cal«, sagte sie.

»Prima! Wie zum Teufel kommst du überhaupt auf den Gedanken, ihm nachzugeben? Elf Jahre habe ich ihn ertragen müssen. All seine gemeinen Sprüche, seine ekelhaften Quälereien. Und jetzt wollt ihr mich einfach da rüberschicken, genau wie ihr es mit Sarah getan habt?«

Hilary schüttelte den Kopf. »Nein, so ist es doch gar nicht. Ich wollte bloß nicht, dass du dir ausgegrenzt vorkommst, daher habe ich vorgeschlagen …«

»Also hat er mich nicht einmal selbst eingeladen.« Callums Mundwinkel zuckten, und er zog die Augenbrauen genauso dicht zusammen, wie er es machte, wenn er über seinen Hausaufgaben brütete.

»Na ja, er hat …«

»Vergiss es.« Das ganze Haus wurde erschüttert vom Donnern, mit dem Callums lange Beine die Treppen hinaufstürmten, und vom Zuschlagen seiner Zimmertür.

Am nächsten Tag ging er beim Frühstück jedem Blickkontakt mit Robin aus dem Weg und entschuldigte sich bei seiner Mum.

»Ich geh mit nach Atlanta«, sagte er grimmig. »Aber nur, um aufzupassen, dass Robin nichts passiert, und um zu sehen, ob bei Sarah alles in Ordnung ist.«

»Ich brauch keinen Babysitter«, sagte Robin und bemühte sich um einen wütenden Tonfall, obwohl sie eigentlich erleichtert war.

»Bist du sicher?« Hilary musterte fragend sein Gesicht, doch er trank nur rasch seinen Tee und lief zum Bus, ohne auf Robin zu warten.

Ein paar Wochen später saßen sie aufgeregt und fest angeschnallt in engen Flugzeugsitzen. Robin war noch nie geflogen und Callum nicht mehr seit dem letzten Familienurlaub mit seinem Dad. Das war lange her und keine glückliche Erinnerung.

In der Vorbereitung zum Take-off heulten Turbinen auf, ächzten Tragflächen, fuhren Klappen aus, und als der stählerne Riesenvogel schlingernd Geschwindigkeit aufnahm und das Fahrwerk über die Piste rumpelte, griff Robin nach Callums Hand. Sobald die Nase sich hob und sowieso nichts mehr zu ändern war, lehnten sie sich beide in ihre Sitze zurück und verfolgten gebannt durchs Fenster, wie der Boden immer weiter zurückwich.

In Heathrow hatten sie sich noch mit einem Schwung Zeitschriften und tütenweise Frucht- und Karamellbonbons eingedeckt.

»Wann fängt denn der Film an?«, fragte Robin und hielt nach dem nächstgelegenen Bildschirm Ausschau.

»Noch nicht«, erklärte Callum geduldig. »Sie sagen durch, wenn's losgeht.«

»Wann bringen sie denn was zu essen?«, bohrte Robin nach.

»Gleich! Herrgott!«

Endlich startete der Film. Es handelte sich um die stark gekürzte Fassung einer Liebeskomödie, die unter normalen Umständen keinen von ihnen interessiert hätte.

»Die verfluchten Kopfhörer funktionieren nicht«, schimpfte Robin und schleuderte sie so fest gegen den Sitz vor ihr, dass der Mann darin sich umdrehte und durch den Spalt zu ihnen zurücksah.

»Entschuldigung«, sagte Callum zu ihm.

Robin verdrehte die Augen, rang sich aber auch ein »Sorry« ab.

Im Landeanflug auf Atlanta verlor das Flugzeug plötzlich rasch an Höhe. Mit einem so beängstigend klappernden Absinken der Maschine hatte Robin nicht gerechnet. Als die Räder schließlich mit einem dumpfen Schlag aufsetzten, verwandelte sich die Angst in ein beruhigendes Sicherheitsgefühl, und einige der Raucher in den hinteren Reihen begannen zu klatschen. Robin warf Callum einen fragenden Blick zu. Er schüttelte den Kopf. »Tu's nicht«, sagte er nur.

Sie hatten mehr als neun Stunden Flug hinter sich, waren abgefüllt mit Zucker und Koffein von zahllosen Mini-Coladosen und glotzten verstört in das gleißend helle Flughafenlicht.

Nachdem sie ihr schweres Gepäck vom Förderband gehievt hatten, liefen sie damit in die Ankunftshalle, blieben stehen und sahen sich nach einem vertrauten Gesicht um.

Auf einmal kam Sarah auf sie zugestürmt.

»Robin!«, schrie sie, schlang ihre Arme aber dann um sie beide. Überrascht von diesem Gefühlsausbruch in aller Öffentlichkeit, wusste Robin nicht recht, wie sie reagieren sollte.

»Hey«, sagte sie nur.

Sarah trat mit hochrotem Kopf einen Schritt zurück.

»Hat dir das Fliegen gefallen?«, fragte sie.

»Meine Kopfhörer waren kaputt«, antwortete Robin. »Aber sonst war's ganz lustig«, fügte sie hinzu, als sie Sarahs enttäuschte Miene bemerkte.

»Wo sind die anderen?«, fragte Callum.

»Dein Dad ist zu Hause geblieben, aber Mum steht da drüben.« Sarah deutete auf eine Frau, die nervös einen Handlauf umklammert hielt. Statt der langen platinblonden Dauerwelle, mit der sie abgereist war, hatte sie nun eine Kurzhaarfrisur in Goldblond. Zu weißen Jeans trug sie einen teuer aussehenden Blazer. Sie war gertenschlank.

»Warum läuft sie herum wie Prinzessin Diana?«, fragte Robin.

»Worüber lacht ihr denn alle so?«, wollte Angela wissen, als sie näher kamen.

»Ach, nichts«, antwortete Sarah.

Kaum hatten sie ein paar Schritte Richtung Ausgang gemacht, da griff ihre Mutter unvermittelt nach Robin und umarmte sie so abrupt und fest, dass Robin erst wie eine Puppe hin und her baumelte, bevor sie sich entspannte und schließlich die Umarmung erwiderte. Angela strich ihrer Tochter immer wieder über den Kopf. So blieben sie eine ganze Weile, während Callum und Sarah daneben von einem Bein aufs andere traten.

Es war eine gute Umarmung. Vor allem dafür, dass es für eine sehr lange Zeit die letzte bleiben sollte.

Kapitel 25

Gegenwart

Sarah

In meinem Zimmer in der Cornell Lodge habe ich einen Stadtplan von Chorlton, in dem alle Straßen durchgestrichen sind, die ich schon abgesucht habe. Mit jedem sinnlosen Anstreichen sinkt mein Vertrauen in das gewählte Vorgehen. Ich brauche einen neuen Ansatz. So dauert es einfach viel zu lange.

Heute morgen dachte ich, dass es eigentlich nichts schaden kann, auch mal beim Spice Room nachzufragen, dem Lokal, das eventuell von Robin so vernichtend bewertet worden war. Vielleicht hatte sie dem Laden ja doch eine zweite Chance gegeben.

Am Bibliothekscomputer hatte ich von der Website ihrer Plattenfirma ein Bild von Robin heruntergeladen und ausgedruckt.

Auf dem Foto trägt sie ihre Haare so, wie ich es seit ewigen Zeiten nicht anders von ihr kenne. Kurzgeschnittener schwarzer Wuschelkopf, dessen Locken in sämtliche Himmelsrichtungen stehen. Selbst auf solch einem Standbild lodert in ihren Augen dieser überbordende Zorn, den sie schon immer besessen hatte. Mit gerunzelten Augenbrauen starrt sie in die Kamera, fordert sie trotzig dazu heraus, ihre Verweigerung, mit der Linse zu flirten, gefälligst festzuhalten. Dies ist der Ausdruck, den die Plattenfirma auch immer von ihr haben wollte.

»Fuck, ich bin doch keine dämliche Go-go-Tänzerin, ich bin die Gitarristin der Band«, hatte sie bei Dads Beerdigung nach ein paar Gläsern klargestellt, als irgendwelche Cousins zweiten Grades sie mit Fragen bedrängten.

Ich war damals stinksauer auf sie gewesen, wütend über ihr spätes Erscheinen, noch wütender darüber, dass sie dann erschien und wieder einmal *Robin* war, dieser schwarze Diamant, den alle anglotzen, dem alle lauschen, über den alle sprechen. *Was fällt ihr überhaupt ein?*, hatte ich gedacht. *Was fällt ihr ein, so einen Erfolg zu haben, während ich mich kaum über Wasser halten kann? Was fällt ihr ein, so einfach davonzukommen? Was fällt ihr ein, alles zu haben, was sie sich jemals gewünscht hat, einfach indem sie sich aus unserem Leben herauskatapultierte?* Wir redeten miteinander, ohne wirklich etwas zu sagen. Sie stellte mir Fragen über mein Leben, die nur dazu dienten, den Kontrast zu ihrem eigenen hervorzuheben. »Ach, du hast mit Hilary und Dad zusammengearbeitet?«

»Wir können schließlich nicht alle Rockstars sein«, gab ich in geheuchelt scherzhaftem Ton zurück.

»Und was willst du jetzt, da das Geschäft geschlossen werden muss, machen?«, wollte sie wissen.

»Ich würde gerne eine Familie gründen.« Diesmal wählte ich die Wahrheit statt eine der stets paraten Lügen. Robin nickte, lief rot an. Bestimmt war ich ihr peinlich mit meinen spießigen Wünschen. Dann hatte sie sich wieder einem anderen entfernten Cousin zugewandt, um mit ihren Erzählungen vom Leben auf Tour fortzufahren.

Auf meinem pixeligen Fotoausdruck verzieht sie ihren Mund zu einem wohlgeübten spöttischen Grinsen. Sollte der Spice Room eine weitere Bestellung vermasselt haben, dürften sie diesen Ausdruck womöglich aus eigener Anschauung kennen.

Der Spice Room liegt nur ein paar Gehminuten entfernt von der hübschen dreieckigen Grünanlage, wo ich nicht auf all die Mütter zu achten versuche, die dort Bugaboos vor sich herschieben und dabei konzentriert auf ihre iPhones starren. Ich habe Violet nie aus den Augen gelassen, wenn ich mit ihr unterwegs war. Am liebsten hätte ich ihnen zugerufen und sie beschworen, diese kostbaren Momente schätzen zu lernen.

Es ist erst halb zwölf. Das habe ich nicht gut durchdacht. Ich bin zu früh, an der Tür hängt noch das Schild »Closed«. Innen ist ein junger Mann an einem leeren Tisch damit beschäftigt, Servietten in Schwäne zu falten. Ständig laufen Leute in die und aus der Küche, lassen die Tür auf- und zuschwingen. Der Schwanenfalter bemerkt mich und neigt verwundert den Kopf zur Seite. Mein erster Impuls ist, vor Verlegenheit rasch weiterzugehen, aber ich bezwinge mich und probiere es mit einem Lächeln. Langsam faltet er seinen Schwan zu Ende. Mein dauernder Blickkontakt ist ihm sichtlich unangenehm, und schließlich kommt er widerwillig zur Tür. Als er aufschließt und öffnet, bin ich im ersten Moment so verblüfft über die laute Hip-Hop-Musik, die mir entgegenschallt, dass ich kein Wort herausbringe.

»Wir haben noch nicht geöffnet«, sagt er freundlich, während ich nur stumm dastehe. »Wir öffnen um zwölf«, fügt er hinzu. »Falls Sie so großen Hunger haben.«

»Ich, ähh …« Ich mustere ihn unsicher, da ich befürchte, für eine glaubhafte Erklärung schon zu lange gewartet zu haben. »Ich suche jemanden.«

»Okay«, erwidert er. Es klingt wie eine Frage. Ich krame das gefaltete Bild meiner Schwester aus der Handtasche und halte es ihm hin.

»Das ist meine Schwester Robin. Wir haben den Kontakt verloren, und ich muss sie unbedingt finden.«

»Isst sie gerne indisch?« Er lächelt und betrachtet noch einmal das Foto. »Sie kommt mir tatsächlich irgendwie bekannt vor, aber ich glaube nicht, dass sie Kundin bei uns ist.« Er lacht auf. »Sie ist doch kein Promi oder so?«

»Etwas bekannt ist sie wirklich. Sie spielt in einer Band. Oder spielte. So genau weiß ich das auch nicht.« Mir wird klar, wie wirr und durchgeknallt ich mich anhöre und dass ich an seiner Stelle jemandem wie mir auch lieber nichts erzählen würde.

»War nur'n Witz«, sagt er und spricht jetzt mit stärkerem Manchester-Dialekt als zuvor. »Also ist sie echt berühmt, ja?« Er pfeift anerkennend. »Na, dann wär's natürlich toll, sie zu kennen.«

»Sie war nie zum Essen bei Ihnen?«

Er schüttelt den Kopf. »Denke nicht, aber … keine Ahnung, ich frag mal nach.«

Er dreht sich um und ruft in den Beat des Hip-Hops hinein: »Rav! Kannst du mal kurz kommen?«

Der junge Mann tritt einen Schritt zurück und bittet

mich herein. »Wollen Sie nicht für'n Moment reinkommen? Ich frag mal die anderen Jungs.«

Ich nehme an einem Tisch Platz und beobachte, wie ein zweiter Kellner weiße Tischdecken glatt streicht, eine endlose Folge weißer Tischdecken. Nach und nach versammeln sich immer mehr Männer um mich herum. Einige wirken schüchtern und nervös, ein paar aber auch eher amüsiert.

»Sie suchen nach Ihrer Schwester?«, erkundigt sich ein grauhaariger Mann mit gepflegtem Bart in ernstem, leisem Ton.

»Ja.« Ich nicke übereifrig und breite das ausgedruckte Foto vor mir aus. Im Vergleich zu uns ist Robins Kopf nun unverhältnismäßig groß.

»Ist sie das?«, fragt der Mann und wirft einen kurzen Blick auf Robin.

»Ja«, sage ich, und alle außer dem älteren Mann betrachten das Foto.

»Wie kommen Sie darauf, dass wir sie gesehen haben könnten?«, fragt er misstrauisch.

»Sie weiß halt, dass du auf jüngere Frauen stehst, Rav!«, ruft einer von den Größeren aus der zweiten Reihe laut dazwischen. Einige lachen prustend, aber Rav beachtet ihn überhaupt nicht und hält seinen Blick auf mich gerichtet.

»Sie wohnt hier in der Gegend. Ich glaube, sie hat bei Ihnen mal etwas mit Lieferservice bestellt.«

»Hmm«, sagt der Ältere, nimmt das Bild in die Hand und hält es ins Licht. »Hmm.«

»Nie gesehen, Kollege, sorry«, bemerkt ein großgewachsener Typ von hinten und geht zurück in die Küche. Sein Nebenmann folgt ihm.

Der ältere Mann schüttelt den Kopf. »Tut mir sehr leid«, sagt er mit besonderem Nachdruck und tätschelt mir dabei sogar die Hand. »Ich kenne die junge Dame nicht. Aber viel Glück bei der Suche nach Ihrer Schwester.«

Der junge Schwanenfalter macht ein enttäuschtes Gesicht. Vermutlich passiert in der allmorgendlichen Serviettenfaltschicht nur selten etwas Aufregendes.

»Trotzdem vielen Dank«, sage ich und stehe auf. Obwohl die Chancen von vorneherein gering gewesen sind, spüre ich ein Kribbeln in den Augen. Ich huste es fort.

»Darf ich Ihnen meine Nummer dalassen, falls jemandem doch noch etwas einfällt?«

Kurz darauf wende ich mich zum Gehen. Der junge Mann steht daneben und winkt mit einem der Faltblätter für Lieferbestellungen, auf dem neben der Speisekarte jetzt meine Handynummer notiert ist. Als ich auf den Bürgersteig trete, erscheint der grauhaarige Mann und schließt die Tür hinter mir ab. Dann hebt er die Hand und winkt mir feierlich hinterher.

Robin

Am Tag nach ihrem Anruf bei der Polizei sah Robin morgens als Erstes aus dem Fenster. Little Chick war in seinem Zimmer, und Mr. Elster machte in der Küche die

Wäsche. Was auch geschehen sein mochte, Mrs. Elster war jedenfalls ohne den Jungen gegangen.

»Guten Morgen, Mr. Elster«, flüsterte sie, obwohl sie ihn jetzt eigentlich Henry Watkins nennen sollte. Ihr Mr. Elster existierte überhaupt nicht.

Robin behielt die Wohnung den ganzen Vormittag über im Auge, während sie herumlief, aufräumte und völlig überflüssigerweise kontrollierte, ob jemand angerufen hatte.

Sie hatte etwas unternommen. Sie hatte tatsächlich etwas unternommen. Etwas, das womöglich helfen würde. Etwas, das über Beobachten, Zählen und Sichverstecken hinausging. Geändert hatte sich allerdings noch nichts. Sie hatte quasi einen Warnschuss abgegeben, der ungehört verhallt war. Was blieb, war das Verlangen, etwas wirklich in Ordnung zu bringen.

Unten rappelte die Briefklappe. Sie holte tief Luft, zählte den Weg die Treppe hinunter und übersprang die letzte Stufe, damit es eine glatte Zahl war.

Eine Rechnung von den Gaswerken, ein Kontoauszug von der Bank und ein blütenweißer Brief ohne Absender. Sie bückte sich, wischte alles mit einer Bewegung geschickt vom Boden und brachte die Post umgehend in ihr Büro im ersten Stock. Ein dicker Vorhang, der nicht bewegt werden durfte, verdeckte komplett das zum Park liegende Fenster. Die Vorderseite des Hauses war nicht Robins Revier. Sie gehörte ihm. Dem Klopfer.

Rechnung und Auszug heftete sie ungeöffnet ab. Der weiße Brief landete auf dem Schreibtisch, wo sie ihn so ausrichtete, dass er exakt parallel zur Tischkante lag, was wieder einige Sekunden in Anspruch nahm. Sie erlaubte sich, ihn eingehend zu begutachten, viel länger, als sie es sonst tat. Er war dünn und sehr leicht. Eingeworfen in Maidenhead, wenn sie den verwischten Stempel richtig entzifferte. Aber sicher war sie sich nicht. Frankiert mit einer Briefmarke, nicht freigestempelt. Irgendwie riefen das helle Kuvert und das geringe Gewicht Erinnerungen wach an die Zeit, in der in ihrem Elternhaus ein offizielles Schreiben nach dem anderen durch den Briefschlitz fiel. Als Kind hatte Robin es toll gefunden, Post zu bekommen. In der Regel waren es Glückwunschkarten oder später Briefe aus Amerika. Dann hatten die offiziellen Schreiben ihr alle Freude daran verdorben. Und der Brief damals in L.A., kurz bevor sie implodiert war, hatte ihr den Rest gegeben.

Du bist eine Lügnerin. So hatte er angefangen.

Eine herrlich postfreie Phase war ihr in den ersten Wochen nach dem Einzug vergönnt gewesen. Bis ihre neue Adresse durchsickerte und der Briefeinwurf wieder zu klappern begann.

Sie drehte das blütenweiße Kuvert um und betrachtete die zugeklebte Lasche. Extrem dünn, dieses Papier. Ließ sich innerhalb weniger Sekunden verbrennen, noch schneller zerreißen. Irgendwas musste sie unbedingt in Ordnung bringen. Robins Zeigefinger bohrte sich in den Spalt am Ende der gummierten Lasche.

Seit dem Brief vor über zwei Jahren in L.A. hatte sie keine unaufgefordert zugesandte Post mehr geöffnet. Dies würde das erste Mal sein.

Die schneidende Schärfe der Papierkante an der Haut

riss sie in die Gegenwart zurück, ließ die Gegenwart zu einem einzigen Moment schrumpfen. Sie schloss die Augen, öffnete sie wieder, bohrte den Finger tiefer und wollte die Lasche bereits aufschlitzen, da setzte das Klopfen ein. Als ob er genau Bescheid wüsste.

Der Klopfer war zurück. Der winzige Hoffnungsschimmer, dass ein gebrechlicher alter Mann mit seinem Geschrei dem ein Ende bereitet hätte, wirkte im Nachhinein schrecklich naiv.

Sie erstarrte. Dann drehte sie den Umschlag rasch vom Finger, ließ sich auf den Boden gleiten und rutschte vorsichtig in ihren Behelfsschutzraum unter dem Schreibtisch. Auf der Vorderseite des Hauses fühlte sie sich immer noch exponierter und gefährdeter.

Das Klopfen steigerte sich zum Crescendo und brach ab. Nach einer Weile tauchte Robin wieder auf. Der Brief lag noch da, kam jetzt aber auf keinen Fall mehr in Frage. Sie warf ihn zu den anderen auf den Kleiderschrank, schlug die Tür hinter sich zu und stieg in ihr Schlafzimmer hinauf.

Durch den Vorhangspalt konnte sie sehen, wie Mr. Elster und Little Chick im Zimmer des kleinen Jungen zusammen spielten. Dem Anschein nach war das Bild normal und gut, aber sie sah den Schatten, der darüber lag, und das bekümmerte sie stärker denn je.

Er ging so freundlich um mit seinem Sohn. Sollte es denkbar sein, dass er zugleich ein schlechter Ehemann und ein guter Vater war und dass sich beides gegenseitig aufhob? Zählte es mehr, Mrs. Elster vor möglichen Misshandlungen zu schützen, als dem kleinen Jungen das

Herz zu brechen, wenn er herausfand, wie sein Vater sein konnte?

Doch auch Callum hatte gesagt, dass er als Kleinkind seinen Vater noch gemocht hatte, erinnerte sich Robin. Sein Vater war groß und stark gewesen, laut und raumeinnehmend. Callum hatte erzählt, wie er ihn auf den Schultern herumgetragen oder ihm das Dreirradfahren beigebracht hatte, und soweit Callum noch wusste, hatte er ihn kein einziges Mal geschlagen, nicht einmal, wenn er herunterfiel.

Als es Jahre später darum ging, auf ein Rad für »große Jungs« umzusteigen, war seine Geduld allerdings deutlich geringer gewesen. Am Ende hatte er ihm den Gürtel über die Beine gezogen, weil er frontal ins Auto der Familie gerollt war, nachdem er versichert hatte, keine Stützräder mehr zu benötigen.

Die Elsters waren nicht ihr Problem, versuchte sie sich einzureden. Es war Sache der Polizei zu entscheiden, ob sie eingriff oder nicht. Diesmal musste sie einfach Recht und Gesetz ihren Lauf nehmen lassen, ohne sich einzumischen.

Nach dem Mittagessen waren Mr. Elster und Little Chick das Gässchen heruntergelaufen. Der kleine Junge hatte auf seinem Roller irgendetwas nicht Erkennbares gesungen. Mr. Elster schritt aufrecht, mit weit ausholenden Armen. Sein Gang war schwungvoll wie lange nicht.

Später erschien Mrs. Elster in der Küche. Die beiden Erwachsenen nahmen mit dampfenden Bechern am Tisch Platz, und eine gemütliche Stimmung erfasste die

Wohnung. Beim Anblick des kleinen Jungen, der friedlich in seinem Zimmer spielte, und den beiden einträchtig zusammensitzenden Erwachsenen regte sich leichte Reue in Robins Hinterkopf, und sie war froh darüber, dass die Polizei offenbar nicht besorgt genug gewesen war herzukommen und einzugreifen.

Der Himmel verdunkelte sich. Robin wollte gerade aus dem Raum gehen und sich ein Bad einlassen, da sah sie es. Uniformierte Gestalten in der Wohnung der Elsters. Mr. Elster, der sich mit erhobenen Armen wehrte, während Mrs. Elster ihn zurückzuhalten versuchte und der kleine Junge zurück in sein Zimmer floh, wo er sich aufs Bett warf und unter der Decke versteckte.

Was hatte sie getan?

Kapitel 26

1994

Sarah

Ich hatte mich so darauf gefreut, Robin alles zu zeigen, was mir inzwischen an Atlanta gefiel. Hatte mich so gefreut, meine Schwester *dort* in meinem Leben zu haben.

Als wir vom Flughafen nach Hause kamen, erwartete uns Drew bereits. Er schüttelte Callum energisch die Hand.

»Groß bist du geworden!«, sagte er und klang fast stolz.

»Ja«, antwortete Callum unsicher.

»Werden wir also doch noch einen richtigen Mann aus dir machen!«, fügte Drew hinzu. Callum schwieg, und dem Rest von uns stockte der Atem, aber dann murmelte Drew: »War nur ein Witz«, und verschwand, um sich mit seiner neuen Maschine einen Kaffee mit Milchschaum zu machen.

An diesem ersten Tag wollten Callum und Robin nur noch schlafen. Nachdem sie sich hingelegt hatten, aß ich zusammen mit Mum und Drew wie immer zu Abend. Der Besuch lief nicht so, wie ich es mir vorgestellt hatte.

Da sie noch an die britische Zeit gewöhnt waren, standen Robin und Callum am nächsten Morgen schon früh auf. Ihre Laune hatte sich gebessert, und sie erklärten sich bereit zu einer kleinen Stadtrundfahrt. Sobald Drew auf der Arbeit war, packten Mum und ich sie in den Wagen, um ihnen die Sehenswürdigkeiten der Stadt zu zeigen. Über alles ließ sich offenbar köstlich spotten. Ständig stupsten Robin und Callum einander an und zeigten irgendwohin, und wenn ich fragte: »Was denn?«, dann meinten sie bloß: »Ach nichts, sorry«, und kicherten weiter.

Abends fuhren wir ins Varsity, und als wir zum Bestellen anhielten und aus dem krächzenden Lautsprecher eine Stimme trällerte: »Was solls'n sein?«, da schmissen sie sich fort vor Lachen, was mich zur Weißglut brachte.

Ich hatte Robin so oft geschrieben und kaum Antwortbriefe erhalten. Um ihr unbedingt Lust auf einen Besuch bei mir zu machen, hatte ich versucht, alles in möglichst rosigem Licht erscheinen zu lassen. Ich hatte mein Ansehen in der Klasse übertrieben, hatte von Reit- und Ballettstunden erzählt, die Drew bezahlen würde. Manchmal hatte ich behauptet, dass Robin bestimmt Gitarrenstunden nehmen könnte, wenn sie auch hier wohnte, und dass wir uns mit sechzehn einen eigenen Wagen teilen würden. Sie hat nie darauf reagiert.

Am dritten Tag ihres Besuchs fuhr Mum mit uns in die Mall und bestand darauf, Robin einige neue Sachen zu kaufen. Natürlich weigerte sich meine Schwester prompt, irgendetwas anzuprobieren, und verlangte zudem, dass Mum auch einen Haufen T-Shirts für Callum kaufte. »Dein Ehemann ist es ihm schuldig«, sagte sie nur, als Mum in ihrer Tasche nach der Kreditkarte suchte.

Auf der Rückfahrt amüsierte Robin sich mit fiesen

Parodien über den hübschen, singenden Dialekt meiner neuen Heimatstadt. Mum drehte nur WSB Radio lauter und starrte geradeaus, während Tränen ihr das Make-up ruinierten.

Robin

Robin kann nicht verstehen, weshalb es ihrer Schwester hier so gut gefällt. Die Stadt ist einfach nur kitschig und grell. Der geflötete Singsang, in dem sie hier reden, klingt völlig gekünstelt, und alles ist riesig und grotesk. Mit Ausnahme von ihrer Mutter. Die ist zwar noch immer grotesk, aber Amerika hat sie irgendwie schrumpfen lassen.

Sie hat es ja nicht anders gewollt, denkt Robin. Dennoch versetzt es ihr jedes Mal einen Stich, wenn sie ihre Mum ansieht. Sarah dagegen hat keine Wahl gehabt, sie ist hierher verschleppt worden. Aus diesem Grund ist Robin auch davon ausgegangen, dass ihre Schwester unbedingt nach Hause will. *Heim*. Dass sie am Ende ihre Mutter beknien würden, für Sarah einen zusätzlichen Platz auf dem Rückflug zu buchen. Doch wie sich herausstellte, brauchte es bloß ein paar neue Kleidchen und ein paar Reit- und Ballettstunden, und schon war auch Sarah diesem Typen hörig. Wie die Mutter, so die Tochter.

An einigen Abenden hatte Drew gemeinsam mit ihnen zu Abend gegessen. Dann hatten sie sich anschließend im Wohnzimmer vor den Fernseher setzen und Sitcoms mit eingespielten Lachern anschauen müssen. Ansonsten jedoch ging er ihnen einfach aus dem Weg.

»Er hat dich seit über einem Jahr nicht gesehen«, hatte Robin gestern zu Callum gesagt. »Sollte er da nicht mehr Zeit mit dir verbringen wollen?«

»Glaub mir, so ist's mir viel lieber«, hatte Callum geantwortet und sich dabei die Haare aus dem Gesicht geworfen.

Heute an ihrem letzten Abend sind sie downtown bei einem Italiener gewesen, der selbst Robin gefallen hat, und haben eine dieser schlabbrig weichen Pizzas gegessen. Jetzt sind sie wieder zurück, und Drew fragt Callum, ob sie sich zusammen »das Spiel anschauen«.

»Welches Spiel?«, fragt Callum.

»American Football. Ein echter Männersport.«

»Das ist so ähnlich wie Rugby, richtig?«, erkundigt sich Callum vorsichtig.

»Viel besser, viel besser«, sagt Drew. »Hab gar nicht gewusst, dass du dich für Rugby interessierst, Callum.«

»Tu ich auch nicht«, erwidert Callum achselzuckend.

»Ich mag Rugby«, wirft Robin dazwischen und folgt ihnen ins Wohnzimmer.

»Für Mädchen ist das nichts«, erklärt Drew. »Abgesehen von dem hier jedenfalls.« Er zeigt mit dem Daumen grinsend zu Callum, der ihn wütend anstarrt.

»Nicht solche Sprüche«, zischt Robin, und ihre Augen verengen sich.

»Lass ruhig, Robin«, flüstert Callum.

»Du bist wie so ein kleiner Foxterrier, was?«, sagt Drew zu Robin und nimmt dann in dem ledernen Liegesessel vor dem gigantischen Bildschirm Platz. »Aber du musst ihn gar nicht verteidigen. Ich hab ja nur Spaß gemacht.«

»Ja, aber so stichelst du schon, seit wir hier sind. Sofern du es überhaupt einmal für nötig befunden hast, mit ihm zu sprechen.«

Robin bewegt sich keinen Zentimeter, als Drew aufsteht, sich zu seiner vollen Größe aufrichtet und ihr scharf in die Augen sieht.

»Was hast du zu mir gesagt?«

»Robin, bitte«, flüstert Callum und blickt zur Tür.

»Ich hab gesagt, dass du gegen Callum entweder stichelst oder ihn ignorierst, obwohl du eigentlich heilfroh sein solltest, dass er überhaupt noch ein Scheißwort mit dir spricht.«

»Jetzt überspannst du den Bogen aber wirklich, junges Fräulein. Du bist hier in *meinem Haus* und willst mich über *meinen Sohn* belehren …«

»Und in wessen Haus hast du angefangen, meine Mum zu vögeln, hä?«, schreit Robin. »In dem von meinem Dad? Oder in dem von Hilary?«

»Was für ein unverschämtes kleines Drecksstück du doch bist«, presst Drew kopfschüttelnd hervor. Die Venen an seinem Hals zeichnen sich inzwischen deutlich ab.

»Ach ja? Und das sagt ausgerechnet ein großer Drecksack mit fetter Protzuhr«, faucht sie zurück.

»Was zum Teufel erlaubst du dir?«, brüllt Drew.

»Dad!« Callum springt auf und stellt sich vor Robin. »Sprich nicht so mit ihr. Sie hat doch recht. Du hast mit alldem angefangen, als du deinen Schwanz nicht in der Hose lassen konntest.« Callum schlottert am ganzen Leib.

Drews Nasenflügel beben. »Wie könnt ihr es wagen?

Wir laden euch ein, hier Gäste in unserem Haus zu sein …«

»Gäste in euerm Haus?«, schießt Callum dazwischen. »Ich bin dein *Sohn*! Ich sollte nicht Gast in deinem Haus sein. Ich sollte Teil deiner Familie sein. Geliebt und …«, seine Stimme schwankt, »akzeptiert.«

»Cal«. Robin zupft von hinten an seinem Ärmel. Ihre eigene Wut weicht nach und nach der Besorgnis. »Komm, wir gehen einfach«, sagt sie leise zu seiner Schulter. Callum schenkt ihr keinen Blick und schüttelte ihre Hand ab.

»Ach, sieh mal einer an!«, erklärt Drew zu niemand Konkretem. »Braucht der große Junge also noch immer seine kleine Freundin, um auf ihn aufzupassen. Wie jämmerlich.«

»Sie ist nicht meine Freundin, sie ist meine Schwester«, erwidert Callum scharf. »Und sie ist mein bester Freund. Manche von uns sind halt tatsächlich imstande, mit Vertretern des weiblichen Geschlechts befreundet zu sein, ohne sie sofort heimlich ficken zu müssen.«

»Du mieser kleiner Jammerlappen«, sagt Drew. »Als ob du imstande wärst, überhaupt irgendeine Frau zu ficken. Als ob du imstande wärst, deinem Zwergenaufstand hier irgendwelche Taten folgen zu lassen. Was hast du denn vor? Willst du dich etwa mit mir schlagen? Ihre *Ehre* verteidigen?«

»Mich mit dir schlagen? Schwachsinn. Ich mach mir meine Finger doch nicht an dir schmutzig. Da könnte ich mir ja sonst was einfangen. Und übrigens, Dad, du hast ganz recht.« Callum atmet jetzt heftig. »Ich bin nicht imstande, mit irgendeiner Frau zu schlafen. Da hast du mich durchschaut. Herzlichen Glückwunsch. Du darfst dies als meine Coming-out-Party verstehen.«

Callum wendet sich rasch zu Robin um: »Jetzt können wir gehen«. Sie nickt.

»Hiergeblieben, Freundchen«, zischt Drew mit rot glühendem Schädel. »Spinnst du jetzt völlig? Du stellst dich hier in meinem Haus hin und verkündest stolz, ein Perverser zu sein?«

»Ach, mir doch egal, was du denkst«, antwortet Callum und schüttelt den Kopf. »Ist mir inzwischen wirklich scheißegal.«

Einen Moment lang spricht niemand ein Wort. Von den lauten Stimmen angezogen, haben Angela und Sarah sich vorsichtig bis in die Tür gewagt.

»Ich gehe packen«, erklärt Callum.

»Du bleibst schön hier, Freundchen«, knurrt Drew und baut sich vor seinem Sohn auf. »Hab ich's doch gewusst«, sagt er ruhig. »Verdammte Scheiße, ich hab's gewusst. Was hab ich nicht alles versucht, um aus dir einen richtigen Kerl zu machen. Alles umsonst.«

Keiner sagt etwas, und Callum wendet sich zum Gehen.

In diesem Moment, nach fünf langen Sekunden des Schweigens, packt Drew Granger seinen Sohn, schreit: »Verfluchte Schwuchtel!«, und schlägt ihm die Faust mit voller Wucht ins Gesicht.

Im wirklichen Leben hat Robin bis dahin noch nie einen Faustschlag erlebt. Es ist ganz anders als im Fernsehen. Drews breite Knöchel landen mit einem dumpfen

Schlag in Callums Gesicht, wie ein Fleischklopfer, der auf ein Steak knallt. Callums Kopf schnellt ein Stück nach hinten. In seinen Augen liegt ungläubiges Staunen. Dann hebt er die Hand zum Mund und fängt darin einen Schwall Blut auf.

Das durch die Finger tröpfelnde Blut setzt alle in Bewegung. Angela rennt raus und holt Küchenkrepp für den Teppich. Robin legt den Arm um Callum, der sie wegscheucht. »Mach das gefälligst sauber!«, bellt Drew Richtung Angela, die mit dem Rücken zu ihm auf dem Boden kniet und Blutspritzer auftupft. Und in den Rücken seines Sohnes fügt er hinzu, während er sich die schmerzende Hand reibt: »Du bist eine einzige Schande.« Endlich gelingt es Callum, aus dem Zimmer zu laufen und die Treppe hinaufzustürmen.

Drew stampft aus dem Wohnzimmer, schnappt seine Autoschlüssel vom Flurschränkchen und knallt die Haustür so fest hinter sich zu, dass Putz von der Wand rieselt.

Robin steht über ihrer Mutter, die weiter den Teppich bearbeitet. »Wie konntest du dir nur diesen Mann aussuchen?«, fragt sie. »Wie konntest du uns das nur antun?«

Sie beginnt zu weinen und ärgert sich über ihren Körper für diese Reaktion.

»Wie konntest du nur Dad verlassen für jemanden, der seinen eigenen Sohn so misshandelt?«

Angela reibt fester und fester. Papierstücke kleben am Teppich. An den verwischten braunroten Flecken ändert sich nichts.

»Mum!«, schreit Robin. »Ich rede mit dir.«

Angela bricht ab. Ihr Kopf baumelt nur Zentimeter über dem blutverschmierten Teppichstück.

»Es tut mir leid«, antwortet sie leise. »Ich weiß nicht, was ich sagen soll.«

Sarah ist währenddessen aus dem Zimmer gehuscht. Zwei Stufen auf einmal nehmend, ist sie die Treppen hinauf und oben, ohne anzuklopfen, in Callums Zimmer gerannt. Dort verfolgt sie, wie er seine Sachen zum Bett schleudert, den aufgeklappten Koffer dort aber meist verfehlt.

»Callum«, sagt sie.

Er hält kurz inne, dann fliegt das nächste Hemd.

»Callum, es tut mir leid. Ich weiß nicht, was ich sagen soll …« Sie wendet sich zum Gehen.

»Tut er dir das auch an?« Er stellt die nüchterne Frage mit zitternder Stimme.

»Nein«, sagt Sarah.

»Er hat dich nie geschlagen?«

»Nein.«

»Er hat dich nie bestraft? Mit seinen Händen oder dem Gürtel oder was ihm sonst so einfällt?«

»Nein.« Sarah schüttelt den Kopf. Tränen stehen ihr in den Augen.

»Ehrlich?«, bohrt Callum weiter. »Bitte, Sarah, sag ehrlich.«

»Ganz ehrlich«, antwortet sie. »Er hat mir nie das Geringste getan.«

»Dann bin wirklich allein ich es.« Callum nickt und fährt fort, Sachen achtlos Richtung Koffer zu werfen. »Na gut.« Seine Stimme ist jetzt hart und scharf vor Zorn.

»Ich geh dann mal«, erklärt Sarah.
Callum sagt nichts.

Angela fährt Robin und Callum am nächsten Morgen gemeinsam mit Sarah zum Flughafen. Das Autoradio brabbelt leise vor sich hin, und kaum jemand bringt ein Wort über die Lippen. Drew ist im Bett liegen geblieben. »Heute ist sein freier Tag«, sagt Angela. »Er arbeitet wirklich extrem hart.«

Sarah, Robin und Callum starren sie nur stumm an. Dann legt Robin ihre Hand auf Callums Bein und schaut zu seiner aufgeplatzten Lippe und dem geschwollenen Kinn hoch.

»Dein Dad hat in der Firma derzeit enorm viel um die Ohren«, sagt Angela zu Callum, ohne sich umzudrehen. »Daher ist er ein wenig angespannt.«

»Ja, angespannt, das wird's sein«, sagt Callum und wirft Robin kopfschüttelnd einen Blick zu. Auf der Fahrt spricht er kein einziges Wort mehr. Am Flughafen lässt er die verlegenen Abschiedsumarmungen über sich ergehen, ohne Sarah oder Angela dabei direkt in die Augen zu sehen, und nimmt dann beide Koffer.

»Ich werde dich vermissen, mein Schatz«, sagt Angela.

»Nein, wirst du nicht«, erwidert Robin bitterernst.

Kapitel 27

Gegenwart

Sarah

Mir wird bewusst, dass der junge Mann im Spice Room jetzt der Einzige ist, der meine neue Handynummer kennt.

Mein altes Telefon ruht funktionsuntüchtig in den Tiefen meiner Reisetasche. Akku, SIM-Karte und Headset sind ausgebaut und abgetrennt. Wie viel Leben doch auf diesem Handy eingesperrt ist. Fotos und Videos, deren Anblick ich derzeit nicht ertragen könnte. Telefonnummern und Namen von Leuten, die meine Stimme nie wieder hören möchten.

Gestern Nacht habe ich geträumt, dass Violet mich vergessen hat. Sie lebte bei einer anderen Familie, und ich hatte sie gefunden und ausgerufen: »Ich bin ja so froh, dich gefunden zu haben.« Und sie hat mich mit ihren strahlenden kleinen Augen angesehen und erwidert: »Hallo. Wer sind Sie?«

In meinen Nächten suchen mich zwar ständig solche Träume heim, aber dieser hat mir noch den ganzen Vormittag schwer auf der Seele gelegen. Wie ein Zombie saß ich am Frühstückstisch und knabberte kalten trockenen Toast, der mir sofort wieder hochzukommen drohte. Ich muss unbedingt etwas unternehmen.

Ich habe eine Telefonzelle entdeckt, die noch Münzen

nimmt, eine echte Seltenheit inzwischen. Mit der Nummer von Jims Mutter bin ich hin und habe die Ziffernfolge sorgfältig über die kalten Stahltasten eingegeben. Der durchdringende Uringestank und die Sexwerbung überall verstärkten meine Übelkeit noch, aber ich kann einfach nicht anders.

Jims Mutter meldet sich, und ich spreche mit starkem Georgia-Tonfall, da ich keinen anderen Dialekt beherrsche. Dies wird schwieriger als gedacht. Schon beim Klang ihrer Stimme muss ich die Augen fest zusammendrücken, um das Bild unserer letzten Begegnung mit Gewalt zu vertreiben.

»Hey, hallo, ist da Mrs. Galway?«

»Ja, am Apparat. Wer spricht dort bitte?«

Gut, sie hat mich nicht erkannt. Ich hole tief Luft und versuche zu lächeln, während ich rede. Spiel deine Rolle. Spiel einfach deine Rolle.

»Mein Name ist Crystal. Ich rufe im Auftrag von Robinson's Toy Company in Atlanta an. Sie wurden ausgewählt, an einem zahlenmäßig streng limitierten Preisausschreiben teilzunehmen …«

»Ich wurde was?« Hochmütiger als sie mit ihrer Reibeisenstimme habe ich noch nie jemanden am Telefon gehört, aber ich tue mein Bestes, es zu ignorieren. Sicherheitshalber werfe ich noch ein paar Münzen nach, bevor ein Piepsen mich verraten kann.

»Die Marktleitung Ihrer örtlichen Waitrose-Filiale hat Sie aus dem Pool ihrer besten Kunden vorgeschlagen.«

»Ah, ich verstehe«, sagt sie schon weniger frostig.

»Und da die Zahl der Teilnehmer auf hundert beschränkt ist, stehen Ihre Chancen ausgezeichnet. Habe ich Ihnen eigentlich schon verraten, was es zu gewinnen gibt?«

Habe ich ganz sicher noch nicht, aber ich will sie gar nicht weiter zum Nachdenken kommen lassen.

»Nein, aber wer hat Sie denn …«

»Hauptpreis ist ein Geschenkkorb voller Spielzeug und bildhübscher Kleidungsstücke für das glückliche Gewinnerkind.«

»Oh?«

»Ja, es ist ein herrlicher Preis. Ich muss nur ein paar Fragen abklären, um sicherzugehen, dass Sie auch die Auswahl gewinnen, die zu Ihnen am besten passt.«

»Also gut, aber die Daten werden doch hoffentlich nicht weitergegeben, oder? Ich möchte nämlich auf keinen Fall irgendwelche Werbebriefe erhalten.«

»Nein, nein, ganz sicher nicht. Hier handelt es sich um eine gezielte Dankeschön-Aktion für unsere treuesten Kunden, mehr nicht.«

»Okay, na dann, denke ich …«

»Wünschen Sie sich als Hauptpreis denn lieber eine Auswahl für einen Jungen oder für ein Mädchen?«

»Für ein Mädchen.«

Zum ersten Mal gerate ich ins Stocken. Solange die Unterhaltung abstrakt blieb, konnte ich geradeso die Fassung bewahren, aber jetzt sprechen wir tatsächlich über Violet. Ich hole tief Luft, massiere die Nasenwurzel zwischen Zeigefinger und Daumen und sammle all meine Willenskraft, um fortzufahren.

»Hallo?«, fragt sie. »Sind Sie noch da?«

»Oh, offenbar haben wir eine schlechte Verbindung erwischt«, sage ich und bemühe mich darum, meinen Akzent beizubehalten trotz der Tränen, die nun anfangen zu laufen. »Ich hatte mich danach erkundigt, wie alt Ihre Kleine ist.«

»Fast vier«, antwortet sie, ohne mich zu korrigieren. *Sie ist meine Kleine!*, hätte ich am liebsten geschrien. *Nicht deine!*

»Ein süßes Mädchen, da bin ich mir sicher. Und sie ist unter derselben Adresse zu erreichen wie Sie?«

»Natürlich«, erwidert sie mit Nachdruck. *Ich hasse sie alle.*

»Und besucht sie schon die Schule?«

»Diese Fragen sind … Warum wollen Sie das …«

»Ich möchte nur klären, ob der richtige Preiskorb für sie auch Bücher enthalten sollte oder eher …«

»Oh, sie liebt Bücher sehr, genau wie ihr Vater.«

»Und ihr Vater lebt auch bei Ihnen?« Die Frage rutscht mir schärfer als beabsichtigt raus.

»Entschuldigen Sie, aber das ist eine reichlich persönliche Frage. Wie sagten Sie noch ist Ihr Name?«

»Ach, Gott. Ich wollte Ihnen nicht zu nahe treten. Vielleicht wäre es das Einfachste, wenn ich mit Violet direkt sprechen könnte, um ein Gespür für ihre Interessen zu bekommen.«

Ich bemerke meinen Fehler noch vor ihr. Mit rasendem Puls gelingt es mir im ersten Anlauf nicht, den schweren schwarzen Hörer aufzuhängen, und ich höre, wie sie sagt: »Ich habe Ihnen den Namen doch … Sarah? Bist du das, Sarah? Ich sag's dir jetzt zum letzten Mal …«

Eine Lawine aus Verzweiflung, Scham und Zorn fegt mich fort. Wieder und wieder knalle ich den Hörer auf seinen Halter, trete auf die Kunststoffscheibe der Zelle ein und schreie, so laut ich kann. Mindestens drei Passanten kommen vorbei und beschleunigen entsetzt ihren Schritt. Mir ist es egal. Ich will bloß mein Leben zurück, alles andere ist mir egal.

Robin

Robin bemüht sich nach Kräften, dem Fenster fernzubleiben. Ihr Mr. Elster hat in Wirklichkeit nie existiert, und den realen Henry Watkins will sie ebenso wenig sehen wie den Kerl, der sich in der vergangenen Nacht im dunklen Hof herumgedrückt hat.

Sie lenkt sich selbst im Fitnessraum ab. Sie trainiert noch härter, noch länger, will, dass ihre Muskeln am Ende des Tages vor Schmerz jaulen. Sie will bereit sein, stark, dazu imstande, sich jederzeit zu verteidigen.

Sie hat eine Lebensmittellieferung geordert. Massenweise Proteine, gesunde Kost und grünes Gemüse, auf das sie überhaupt keine Lust haben wird, wenn es da ist. Laut der fröhlichen SMS, die vor Kurzem eingegangen ist, soll die Bestellung innerhalb der nächsten fünf Minuten eintreffen. Der Lieferzeitraum ist präzise abgesprochen, was extra kostet, aber jeden Penny wert ist.

Tock, tock.

Robin späht zwischen den Vorhängen hindurch. Etwas weiter die Straßen hinauf kann sie das Heck eines Lieferwagens ausmachen. Sie geht zur Haustür, lauscht aufmerksam nach Zeichen des Bestellboten und ist beruhigt, das verräterische Scharren von schweren Schuhen zu hören. Nachdem sie die Sicherheitskette weggeschoben hat, dreht sie den Schlüssel und atmet tief durch, um sich auf den allwöchentlichen Schwall an Small Talk vorzubereiten, der für sie fraglos mehr Bedeutung besitzt, als er für den Typen mit den Lebensmittelkisten jemals haben kann.

Zögernd zieht sie die Tür auf, erst nur einen Spalt breit, um sich weiter zu wappnen.

Plötzlich zwängt sich ein schwerer schwarzer Stiefel in die Lücke, und jemand beginnt, von außen gegen die Tür zu drücken.

»Hey, was soll der Scheiß?«, platzt es aus ihr heraus, und mit aller Kraft stemmt sie sich dem Eindringling entgegen. Der Stiefel stochert, um weiter hineinzukommen, und immer wieder stößt jemand von außen gegen die Tür. Bei jedem Schlag hört sie, wie ein Mann vor Anstrengung aufstöhnt. Mit jedem Muskel in ihrem Körper drückt sie zurück. Mehrmals kommt die Tür dem Rahmen ganz nah, doch im letzten Moment verlieren ihre nackten Füße auf dem Teppichboden stets den Halt.

»Nein!«, knurrt sie und mobilisiert ihre allerletzten Energiereserven, bis der Spalt ganz fort ist und das Schloss endlich einrastet. Hastig legt sie mit zittrigen Fingern die Sicherheitskette vor.

Draußen tritt der Unbekannte noch einmal fest gegen die Tür, dann hört Robin ihn davonlaufen.

Dennoch drückt sie unbeirrt weiter gegen die geschlossene Tür. Ihre Fußsohlen sind aufgescheuert und voller Striemen, Arme und Schultern schmerzhaft verkrampft. Sie schnauft so heftig, dass sie über den Lärm ihres eigenen Atmens keinen klaren Gedanken fassen kann. Eine Minute später lässt sie endlich los und schleicht zurück ins Wohnzimmer, um durch eine winzig kleine Lücke im Vorhang vorsichtig nach draußen zu spähen. Sie sieht den weißen Kleinbus, den sie fälschlicherweise für den Lieferwagen des Supermarkts gehalten hatte. Er setzt gerade ein Stück zurück, und sie kann die Aufschrift eines Autovermieters darauf erkennen. Fuck. *Fuck!* Sie sinkt in sich zusammen, rauft sich die Haare, kann noch immer nicht klar denken. All diese panischen Verfolgungsängste, die ihr die letzten Tage zugesetzt hatten, sie waren begründet. *Fuck.*

Wenige Sekunden später hält der Lieferwagen des Supermarkts tuckernd auf der gegenüberliegenden Straßenseite, wo Parken eigentlich verboten ist. Der Fahrer, mit dem sie schon ein paar Mal geplaudert hat, stapelt pfeifend zwei Kisten übereinander und schlängelt sich beim Überqueren der Straße geschickt durch den Verkehr.

Das erste Klopfen ignoriert sie einfach, dann aber vibriert ihr Handy. Sie antwortet, da sie weiß, wer anruft. Ihr Herz wummert noch immer gewaltig, und der Schweiß läuft ihr in Strömen herab.

»Spreche ich mit Robin Marshall?«

»Ja«, flüstert sie. Ihr eigener Name klingt so ungewohnt und riskant.

»Ich steh hier vor Ihrer Tür, junge Frau. Mit Ihren Einkäufen.«

»Es tut mir leid, ich bin krank«, sagt sie rasch.

»Tja, Sie haben für die Sachen bereits bezahlt, ich kann sie also schlecht wieder mitnehmen. Wenn Sie möchten, trage ich Sie Ihnen auch bis in die Küche. Sie müssten nur herkommen und mir die Tür aufmachen, ja?«

»Ich kann nicht.«

Eine kurze Pause tritt ein.

»Hören Sie, ich muss diese Sachen jetzt wirklich zustellen und weiterfahren. Andernfalls kann ich meine Lieferzeiten bei den anderen Kunden nicht einhalten.«

»Lassen Sie die Kisten einfach draußen stehen.«

»Das kann ich doch hier nicht machen. Sie werden geklaut.«

»Ist doch wohl meine Sache, oder?«, schnauzt sie.

»Wenigstens unterschreiben müssten Sie aber.« Seine Stimme hat jetzt an Schärfe gewonnen. Robin kann sie im Handy und durch das Wohnzimmerfenster hören. Das Bild seiner schweren Stiefel tritt ihr vor Augen, seiner muskulösen Arme. Sie will keine Stiefel mehr an ihrer Tür.

»Ich bin noch ansteckend. Stecken Sie das Gerät einfach durch den Briefschlitz, und ich unterschreibe.«

»In Ordnung, meinetwegen, wie Sie wünschen.«

Er legt auf und schiebt das klobige Quittiergerät umständlich durch den Briefschlitz. Sie nimmt, unterschreibt auf dem Display mit dem kleinen Plastikstummel und stopft das Pad zurück

»Es dient ja nur Ihrem eigenen Schutz«, fügt sie etwas freundlicher hinzu.

»Schon klar«, sagt er. »Und herzlichen Dank auch.« Ehrlich meint er das nicht.

Sie kehrt ins Wohnzimmer zurück und beobachtet durch die Vorhänge, wie er die leeren Kisten verstaut und mit seinem Laster wieder davontuckert. Sie schaut sich um, kann aber niemanden entdecken, der ihr Haus beobachtet, und auch nirgends schwarze Stiefel.

Draußen bedienen sich die ersten Passanten bei ihrer Milch, ihren Bananen, ihren Haferflocken. Irgendjemand wühlt auf der Suche nach Schnaps darin herum, aber sie hat keinen Alkohol bestellt. Enttäuscht beschwert er sich darüber bei seinem Kumpel. Keine Minute später hat sich bereits eine kleine Gruppe eingefunden, die ihren Eingang umlagert. Ein unfreiwilliger Schutzschirm. Sie zieht die Haustür auf und packt die Reste ihrer Einkäufe, während der Haufen sich murrend auflöst.

Rasch knallt sie die Tür wieder zu und sinkt im Flur neben den teils zerrissenen Tüten auf den Boden. Nach einer Weile beruhigt sich ihre Atmung etwas, und das Herz hüpft nicht länger in ihrer Brust. Robin denkt über das gerade Geschehene nach und kommt zu zwei wichtigen Schlussfolgerungen.

Erstens: Sie ist nicht paranoid. Da draußen treibt sich tatsächlich jemand herum, der es auf sie abgesehen hat. Angenehm ist die Erkenntnis, dass sie recht gehabt hat, allerdings nicht.

Zweitens: Im günstigsten Fall handelt es sich um Henry Watkins, der herausbekommen hat, dass sie es war, die bei der Polizei angerufen hat. Besser das Übel, das man kennt. Besser das Übel, das man sehen kann.

Ihre wunden Füße ganz behutsam aufsetzend, huscht Robin die Treppe hinauf. Im Fitnessraum tritt sie ans Fenster und schiebt den Vorhang eine Haaresbreite weit zur Seite. Sie legt das Auge an den Lichtspalt und sieht direkt in die Wohnung der Elsters. Zuerst kann sie ihn nirgendwo ausmachen, und sie fragt sich mit wachsender Besorgnis, ob er vielleicht noch immer wutschäumend irgendwo vor ihrem Haus in seinen schwarzen Stiefeln herumsteht und auf die nächste Gelegenheit wartet.

Aber dann erscheint er an seinem Fenster. Er trägt nur ein Handtuch um die Hüfte, und die nassen Haare hängen wirr und verzottelt vom Kopf. Sein Brustkorb ist schmal und eingefallen. Das Handtuch rutscht herunter, und kantige Hüftknochen kommen zum Vorschein, dort wo vor nicht allzu langer Zeit noch Mittdreißigerpölsterchen gesessen hatten.

Selbst in Superheldentempo konnte er unmöglich an ihrer Tür gewesen sein und jetzt dort drüben nackt und geduscht in seiner Wohnung stehen.

Er war es also nicht. Jemand versuchte, an sie heranzukommen, aber nicht er. Fuck.

Tränen beginnen zu laufen, eine Reaktion, die Robin an sich hasst. Sie verfolgt, wie auf der anderen Seite des Hofs der ähnlich verzweifelte Mann einen vor ihm stehenden Becher nimmt, ihn einen Moment anstarrt und dann gegen die Wand schleudert.

Während die Scherben noch durch den Raum fliegen, sackt er mit bebenden Schultern auf den Boden und umklammert seine Knie.

Robin sieht davon nichts mehr. Sie ist bereits unters Bett gekrochen und zählt dort die Latten des Rosts ab, um dem eigenen Schreien irgendwie ein Ende zu bereiten.

Kapitel 28

1996

Sarah

Ich stehe in der Tür zum Schlafzimmer meiner Mutter und betrachte sie bei ihrem Mittagsschlaf. Drew ist arbeiten, doch in der Schule sind Ferien, Spring Break, daher schwitze ich hier zu Hause vor mich hin.

Einige Mädchen aus meiner Klasse haben am Freitag kurz vor Schulschluss noch darüber gesprochen, gemeinsam im Lenox Square shoppen zu gehen, aber ich konnte eine so interessierte Miene aufsetzen, wie ich wollte, keine von ihnen lud mich ein mitzukommen. Also hänge ich jetzt zu Hause rum.

Unser Garten in Atlanta ist deutlich größer als die Grundstücke von beiden Häusern in Birch End zusammen. Und viel unübersichtlicher ist er auch. Rasen gibt es nur wenig, dafür umso mehr Anlagen aus Stein und Fels, dazu diverse Podeste mit fest installierten Leuchten und modernen Statuen. Ein Sprinklersystem bewässert die wenigen Fleckchen Rasen, die wir haben, und dann plätschert noch rund um die Uhr ein Wasserspiel. Wenn es nachts still wird, kann ich es von meinem Bett aus hören.

Ich muss an Dad denken und daran, wie traurig ihn ein solcher Garten machen würde. »Da wächst doch gar nichts«, würde er sagen. »Und nirgends ein Vogel.« Blumen gibt es auch kaum. Bloß einige stachlige Büsche und Gräser, durch die alles ein wenig an eine Wüstenlandschaft erinnert.

Seit sie die dreißig überschritten hat, scheint Mum von Jahr zu Jahr stärker beunruhigt, wenn sie in den Spiegel schaut.

»Du siehst doch noch super aus für dein Alter«, erklärt Drew ihr immer. »Vor allem dafür, dass du Zwillinge bekommen hast.«

»Ich will aber kein Dafür-dass-Aussehen«, erwidert Mum gewöhnlich nur, und er macht eine verständnislose Miene.

Oft fällt es dann wie heute auf mich zurück, irgendwas zum Abendessen zusammenzuwerfen, weil Mum beim Sport ist. Inzwischen arbeite ich schon eine Weile daran, meine Kochfähigkeiten zu verbessern und neue Gerichte zu erlernen, die Drew schmecken könnten. So habe ich letztens Thunfisch unter Käse-Makkaroni gemischt, genau wie sie es im Fernsehen gezeigt hatten.

Drew lobte mich für die »ausgezeichnete italienische Köstlichkeit« und wuschelte mir durch die Haare. Niemals hätte der Drew, den ich in England kennengelernt hatte, auch nur im Traum daran gedacht, etwas zu essen, das orangefarben leuchtet. Ich fand es rührend, wie bemüht er war, sich anzupassen.

»Erzähl aber nichts deiner Mum«, sagte er und goss mir einen Schluck Rotwein ins Glas. »Zu Pasta gehört das einfach dazu.«

Nachdem ich noch einen Schluck und er noch ein paar

Gläser getrunken hatte, wurden meine Wangen rot und mein Stiefvater immer redseliger.

»Angela hat ihr Feuer verloren, Sarah. Ich mache mir Sorgen um sie.«

Ich sagte nichts.

»Ständig redet sie nur darüber, wie sie aussieht. Dabei ist sie noch immer eine attraktive Frau, Sarah. Ich meine, gut, sie ist nicht unbedingt jünger geworden in den letzten Jahren, aber sie kleidet sich sehr vorteilhaft und ist immer makellos geschminkt. Gestern hab ich noch zu ihr gesagt: ›Angela‹, hab ich gesagt, ›du bist selbst heute noch wunderschön. Kaum vorzustellen, wie atemberaubend du ausgesehen haben musst, bevor du die Kinder bekommen hast.‹ Großer Gott, bei ihrer Reaktion hätte man glauben können, ich hätte sie beleidigt.«

Er steigerte sich immer stärker hinein, bekam ein rotes Gesicht und zog bedrohlich die Stirn in Falten. »Bei jedem verdammten Muckser, den ich in meinen eigenen vier Wänden mache, muss ich aufpassen«, brüllte er plötzlich so laut, dass ich zusammenschrak.

»Oh«, sagte er und rieb mir besänftigend über den Arm. »Keine Bange, keine Bange. Ich mach mir nur Sorgen um deine Mutter.«

Er öffnete eine weitere Flasche, schenkte sich ein großes Glas ein und nahm einen kräftigen Schluck.

»Vielleicht hat sie ja Heimweh«, sagte ich.

Seine Mundwinkel zuckten nach unten, und er schüttelte den Kopf.

»Ach, das glaube ich nicht. Nein, das ist es ganz bestimmt nicht.«

»Vielleicht vermisst sie Robin und …« Ich brach erschrocken ab.

»Sie liebt deine Schwester, aber bei ihrem letzten Besuch war deine Mum genauso erleichtert wie ich, als sie wieder abreiste. Sie ist unerhört anstrengend, nicht so wie du. Und was meinen Herrn Sohn betrifft, na ja …« Drew trank einen weiteren mächtigen Schluck, und sein Mund war dunkelrot gefärbt, als er das Glas absetzte. »Wie dem auch sei, mach du dir darüber keine Sorgen. Deine Mum wird ihre Lebenslust bestimmt wiederfinden. Wir müssen ihr nur ein wenig Zeit geben.«

Robin

Sie sind an ihrem Lieblingstreffpunkt. Alistair und Robin, John und Callum. Aufgereiht wie die Vögel auf der Stange stehen sie an der Mauer hinter dem Cricket-Klubhaus, rauchen selbstgedrehte Joints aus krümligem Gras und lachen über nichts.

Callum erzählt eine Geschichte über Johns Mutter, die sie um ein Haar erwischt hätte.

»Wir sind grade fertig mit, also ihr wisst schon, mit dem, was wir halt so machen, da hören wir jemanden die Treppe hochkommen.« Callums Schultern beginnen zu hüpfen. John übernimmt und fährt in dramatischem Bühnenflüsterton fort: »Cal fängt also direkt an von wegen: ›Du hast es doch versprochen, John! Du hast mir versprochen, sie wäre weg!‹ Und ich dachte tatsächlich, sie würde länger wegbleiben. Egal. Ich lieg jedenfalls da rum wie ein Depp, splitterfasernackt, und fange an, wie wild nach meinen Klamotten zu kramen. Und Cal hüpft herum, um in seine Hosen zu kommen, und kurz bevor die Tür aufgeht, springt Cal in den Kleiderschrank. Irre Szene, original wie aus einer Sitcom, echt. Ein Bein in der Hose, eins draußen, schmeißt er sich auf den Berg Sachen, der da unten drinliegt.«

»Das Herz rast mir wie blöd«, löst Callum ihn wieder ab. »Ich lieg da versteckt mitten in all seinen dreckigen Unterhosen und geb keinen Mucks von mir, während seine Mum durchs Zimmer läuft, ihm eine Tasse Tee ans Bett stellt und komplett nicht peilt, dass John da mittags um drei nur mit einem T-Shirt bekleidet im Bett liegt und sich ein Kissen vor sein bestes Stück hält.«

Sie brechen alle in heftiges Kichern aus, und Callum lehnt kurz den Kopf an Johns Brust.

»Sie hält mich eben einfach nur für faul«, fügt John hinzu.

»Teenager!«, äfft Callum mit übertrieben schriller Stimme nach.

Alistair und Robin lachen, allerdings wendet Alistair rasch den Blick ab. Er und Robin haben »es« noch immer nicht gemacht, aber jetzt ist nicht der Moment, dieses Thema anzusprechen. Vor allem nicht im Beisein von John, der einen Jahrgang über ihnen ist.

»Mal im Ernst, was soll sie denn groß machen, wenn sie dich erwischt?«, wirft Robin ein. »Ich meine, du bist praktisch schon erwachsen.«

»Stimmt, er aber nicht.« John hört auf zu lachen, und seine Miene verfinstert sich. Er nimmt Callum den Joint aus der Hand und zieht lange daran. »Und meine Mum ist überaus konservativ. Sie hat zwar nichts dagegen, wenn Leute nachmittags halbnackt auf dem Bett liegen, aber sie hat ganz sicher was dagegen, dass zwei Männer zusammen sind. Oder von mir aus auch zwei Jungs.«

»Sie ist eben voll homophob«, ergänzt Callum achselzuckend.

»Yep, das ist sie.«

Der schlaffe Joint wandert weiter zu Robin, die einmal die Lunge füllt und den Rauch dann stoßweise wieder aushustet, bis Alistair ihr hilfsbereit auf den Rücken klopft. Sie sind inzwischen seit zwei Monaten zusammen und damit nur ein paar Wochen kürzer als Callum und John.

Die Freundschaft zwischen Callum und John entsprang ihrer Vorliebe für dieselben Bücher und Filme und vertiefte sich danach schnell. Sie können jedoch nicht Hand in Hand über die Straße gehen, können sich nicht in der Öffentlichkeit küssen, und niemand außer Robin und den engsten Freunden darf davon erfahren.

Zu Beginn ihrer Beziehung saß Callum noch stundenlang auf seinem Bett und erzählte lang und breit von all den Dingen, die John gesagt oder getan hatte. Er analysierte genau, wie gut er sich selbst geschlagen hatte bei diesen Begegnungen, immer in Sorge, er könnte John irgendwie abgeschreckt oder zu jung gewirkt haben. Im Verlauf der nächsten Wochen nahmen diese Bedenken ab und damit auch die Zeit, die Callum und Robin miteinander verbrachten. Sie spielten nun seltener zusammen Gitarre, und Robin war stattdessen häufiger allein. Sie versuchte, ihm keine Vorwürfe deshalb zu machen, und beschloss, selbst aktiv zu werden. Es wurde Zeit, sich selbst einen Freund zuzulegen.

Alistair ist mit Callum und Robin im selben Jahrgang. Klein von Statur, freundlich im Umgang, mit weichen, kindlichen Zügen, die meist ernst wirken. Robins Typ entspricht er nicht unbedingt, dem würde eher ein Michael Hutchence nahekommen, aber er ist ein unkomplizierter, bescheidener Kerl, humorvoll und verlässlich. Und bereit, was aus sich zu machen. Auf ihren Vorschlag hin begann er Gitarrenunterricht zu nehmen, ist inzwischen jedoch lieber auf Bass umgestiegen, da es so ein wenig leichter ist, mit ihr Schritt zu halten.

Bekifft und müde schlendern sie Arm in Arm vom Cricketfeld nach Hause und singen dabei mit lückenhaften Textkenntnissen irgendwelche Songs. Sobald sie an einen Dreifachgulli kommen, machen sie alle einen großen Bogen darum. Dreifachgullis bringen Unglück. Obwohl keiner von ihnen versteht, warum das so ist.

Robin ist Alistairs Seitenblick vorhin nicht entgangen. Sie ignoriert diesen Blick nun schon eine ganze Weile. Warum es nicht einfach hinter sich bringen?

»Ich glaube, ich hab meinen Schlüssel hinter dem Klubhaus verloren«, murmelt sie.

»Wir haben doch meinen«, erwidert Callum.

»Ja, aber ich muss meinen trotzdem finden, sonst fang ich mir einen Riesenanschiss ein. Kommst du mit, Al?«

»Okay, aber ich muss bald zu Hause sein, sonst …«

»Nun komm schon«, fällt sie ihm ins Wort und fügt dann leise hinzu, als die anderen weitergehen: »Bevor ich es mir anders überlege.«

»Oh«, sagt er.

»Genau, warum nicht?«

Er nimmt ihre Hand, und sie laufen kichernd zurück zu der Stelle, wo sie eben noch alle zusammen gestanden hatten.

Drei Monate später lag diese Welt in Scherben.

Callum und John waren im Garten von Johns Haus erwischt worden. Seine Eltern waren ausgegangen, und die beiden hatten sich abends in den rückwärtigen Garten gelegt, geschützt hinter Bäumen und Büschen. Eng aneinandergepresst hatten sie auf einer breiten Sonnenliege geraucht und geredet. Dunkelheit war hereingebrochen, und die Frühlingssonne verlieh dem tiefgrauen Himmel nur ganz am Rand noch einen gelben Schimmer.

Callum war aufgewacht, als John ihn zu küssen begann. Sie waren bekifft und müde, aber voll bekleidet. Urplötzlich stand Johns Mutter über ihnen und schrie unverständliches Zeug. Sie war wegen Kopfschmerzen früher nach Hause gekommen, derweil Johns Dad sich da, wo auch immer sie hingegangen sein mochten, weiter volllaufen lassen durfte. Callum duckte sich unter wild herumfuchtelnden Armen hindurch, ergriff die Flucht und rannte aus dem Garten.

Was sich so leise und zart zwischen ihnen entwickelt hatte, wurde in den nächsten Tagen abrupt beendet. Johns Eltern verboten jeden Kontakt zwischen ihnen. Rückendeckung erhielten sie dabei vom stellvertretenden Schulleiter, der die beiden Jungs in sein Büro einbestellte, um ihnen unmissverständlich klarzumachen, dass dies keinesfalls toleriert werden könnte und dass Callums Eltern sofort verständigt würden, sollte es zu weiteren Unüberlegtheiten kommen. *Unüberlegtheiten*. John hatte nur starr geradeaus geschaut und dem Schulleiter zugenickt. Beim Hinausgehen hatte Callum versucht, Johns Hand zu ergreifen, war aber abgeschüttelt worden.

Nach der »Intervention« fehlte John eine Woche in der Schule. In dieser Zeit schienen seine Gefühle sich entweder grundlegend geändert zu haben, oder er hatte gelernt, sehr überzeugend so zu tun. Callum, den seine älteren Freunde zuvor gerne in den Aufenthaltsraum der Oberstufe mitgenommen hatten, war der Zutritt nun verwehrt, da die Lehrer schärfer kontrollierten, dass keine Schüler aus niedrigeren Klassenstufen den Raum besuchten. John kam jetzt immer mit seinem Ford Fiesta in die Schule und fuhr mittags mit seinen Freunden in die Stadt zum Essen. Manchmal schwänzte Callum die Schule, nur um ihn nicht sehen zu müssen.

Der Bruch war brachial und unüberwindbar.

Am Tag nach der Trennung von Callum und John hatte Robin bei Alistair angerufen.

»Ich denke, wir sind eigentlich doch eher nur gute Freunde, oder?«

Er hatte schon damit gerechnet, hätte den Anruf auch gleich selbst machen können.

»Aber Musik machen wir doch weiter zusammen, ja? Und gründen die Band, über die wir gesprochen haben?«

Darüber herrschte Einvernehmen, und so trafen sie sich noch am selben Abend am Cricketplatz, um die Sachen des anderen zurückzugeben und ihre weiteren

Pläne zu konkretisieren. Auf den Steinstufen warfen sie im Dämmerlicht Kassetten und geliehene Kapuzenpullis zu zwei kleinen Haufen zusammen.

Sie besiegelten ihre Trennung, besprachen die nächsten gemeinsamen Schritte als gute Freunde und fanden auf einmal beide, sie sollten es zum guten Schluss noch einmal machen. Hastig pressten sie sich aneinander, klammerten sich gierig fest. Seine samtweichen Wangen rochen nach Rasierwasser, das er überhaupt nicht brauchte, und angesichts dieses Bemühens überkam Robin plötzlich eine unerwartete Traurigkeit. Ganz bestimmt würden sie sich weiter als gute Freunde treffen, beruhigte sie sich. Ganz bestimmt würden sie die Band gründen, über die sie gesprochen hatten.

Als sie wenig später ihre Kleidung ordneten, mussten sie beide über diese ungewohnte Leidenschaft lachen. Robin wollte jetzt dringend nach Hause. Zurück zu Callum, der sie nun endlich wieder brauchte.

Sie könnte gemeinsam mit Callum im Tankstellenshop die neuesten Gitarrenzeitschriften mitgehen lassen, die abgebildeten Grifffolgen rausreißen und dann alles ausprobieren, überlegte sie. Genau wie damals, als sie nach dem geplatzten Besuch von Sarah so sauer gewesen war.

Und vielleicht würden sie sich ja zehntausendmal hintereinander *Die Reise ins Labyrinth* ansehen, Unsinnsgedichte schreiben, Ideen für ein Filmdrehbuch wälzen und am Ende doch wieder nur so viel kiffen, dass sie aus dem Kichern nicht herauskamen. So, wie sie es früher getan hatten. Klar ist er jetzt stinksauer, dachte sie, aber das wird schon wieder. Alles wird wieder normal.

Callum hängt zu Hause vor der Playstation, zerrt wütend am Controller und schmeißt ihn schließlich fluchend in die Ecke. Das Kabel schlängelt sich wie ein Wasserschlauch die Sofalehne hinab.

»Hast du dir auch schon mal gewünscht, du könntest einfach auf Reset drücken?«, fragt Callum und angelt schnaufend nach dem Controller.

»Bei dem Spiel? Das geht. Aber so übel schlägst du dich doch gar nicht.« Robin nerven die ständigen Wutanfälle ihres Stiefbruders, nur weil er schlecht bei *Resident Evil* ist.

»Nein, nicht bei dem Scheiß. Aber wenn man's ständig nur schlimmer macht, egal wie man sich entscheidet. Vielleicht hat man ja bloß einen beschissenen Versuch erwischt, und irgendwo ist eine viel bessere Runde, die man längst spielen könnte. Eine, in der man alle Münzen gewinnt oder in der alle Lichter grün leuchten oder in der man sämtliche Ganoven besiegt oder …«

»Gibt's nicht«, schneidet ihm Robin das Wort ab.

»Na, dann halt nicht.«

Callum lässt den Controller an der Lehne baumeln und verschwindet durch die Wohnzimmertür in die Küche. Er hockt sich mit seiner Tabakdose an den neuen Tisch in Mahagoni-Optik und murkst eine extrem dünne Selbstgedrehte zusammen, die mit ein paar armseligen Grasresten durchsetzt ist.

»Ein bisschen jämmerlich«, sagt Robin, die ihm gefolgt ist und sich einen Becher heißen Ribena-Fruchtsaft aufgießt.

Zwei Monate sind mittlerweile vergangen, und so langsam verliert sie die Geduld. Zwar hat sie Callum wieder, aber in reichlich ramponiertem Zustand. Und er ist zornig, ungeheuer zornig.

Kapitel 29

Gegenwart

Sarah

Mich weckte ein Eingang auf meinem Handy. So etwas hatte ich noch nie bekommen. Eine direkte Nachricht über Twitter von Alistair, dem Bandkollegen und Ex-Freund von Robin.

```
Nachricht eins:
Hi, Sarah. Weiß noch, wer du bist. Sorry,
hab Robin seit Jahren nicht gesehen. Hat
sich in Manchester plötzlich verpisst.

Nachricht zwei:
E-Mail ist robinmarshall762@gmail.com.
Tritt ihr in den Arsch von mir. Müssen
zurück an die Arbeit. Viel Glück.
```

Ich will mich bei ihm für die Auskunft bedanken, aber da er kein *Folgen* eingegeben hat, gelingt es mir nicht. Großes Kopfzerbrechen bereitet mir das nicht, da ich ja erfahren habe, was ich wissen wollte. Meine Schwester ist tatsächlich in Manchester. Hilary hatte recht gehabt, selbst wenn ihr die genauen Einzelheiten entfallen waren. Vor allem aber bin ich jetzt im Besitz ihrer E-Mail-Adresse.

Stunden verbringe ich damit, eine E-Mail an meinem Handy zu entwerfen. Ständig breche ich ab, fange wieder an und lösche alles erneut. Ich gehe duschen und starte den nächsten Versuch. Es gibt so viel zu erzählen, aber deshalb muss man noch lange nicht alles sagen, zumindest nicht sofort.

Nachdem ich mich übergeben musste und eine halbe Stunde am offenen Fenster die schmierige Stadtluft eingesaugt habe, suche ich ein nahegelegenes Internetcafé auf und kaufe mir dreißig Minuten Computerzeit und einen dünnen Earl Grey.

Ich tippe eine neue E-Mail:

Hi Robin, ich bin's, Sarah. Alistair hat mir deine E-Mail-Adresse gegeben. Ich hoffe, du hast nichts dagegen, aber die Handynummer, die ich von dir habe, funktioniert nicht.

Ich bin kurz in Manchester und würde mich freuen, wenn wir uns treffen könnten. Wir haben uns viel zu lange nicht gesehen.

Ich lösche den letzten Satz, weil er zu wertend klingt. Ich möchte vermeiden, dass sie denkt, ich wäre verärgert.

Ich bin kurz in Manchester und würde mich freuen, wenn wir uns treffen könnten. Wir haben uns bestimmt viel zu erzählen. Bitte ruf mich doch an unter 07654227536 6, oder antworte auf diese Nachricht, und wir machen was aus.

Herzliche Grüße,
deine Schwester Sarah

Ich hole tief Luft, trinke den letzten Schluck Tee samt leichtem Bodensatz und klicke auf Senden. Sekunden später kommt die Antwort.

Delivery to the following recipient failed permanently

Bevor ich mich bremsen kann, habe ich die Tastatur aus dem Stecker gerissen und zu Boden geschleudert. Die leere Teetasse fliegt hinterher.

»Hey!«, ruft der bärtige Typ hinter der Kasse. Die stärkste Regung, dich ich von ihm erlebe, seit ich im Laden bin.

Kalte Wut steigt in mir auf, und ich schnauze ihn an: »Das Ding spinnt total.«

Ich marschiere zurück ins B&B. Der Hoffnungsschimmer war nicht groß gewesen, aber jetzt war er fort. Einen winzigen Augenblick lang hatte ich einen dünnen Faden zu meiner Schwester gespürt, einen sich durch Straßen und Parks hinschlängelnden Faden, der mich mit ihr verbindet und dem ich folgen kann, um sie zu finden. Doch dieser Faden ist gerade gekappt worden.

Robin hat keine einzige Nacht mehr durchschlafen können, seit der Mann mit den schweren Stiefeln versucht hatte, mit Gewalt in ihr Allerheiligstes einzudringen. Stattdessen liegt sie schweißgebadet im Bett und flüstert immer wieder vor sich hin: »Nicht die Augen schließen, nicht die Augen schließen.« Blinzelt sie nur etwas zu lange, reißt sie sich sofort mit einem Satz Ohrfeigen aus dem Dämmer. Besser sich zum Wachbleiben zwingen als noch einmal so angreifbar sein.

Jeden Abend nimmt sie eine Thermoskanne Kaffee mit nach oben, doch trotz aller Anstrengungen sinkt sie am Ende doch stets in einen ruhelosen Schlaf.

Heute Abend hat sie sogar ein paar ProPlus-Energy-Tabletten geschluckt, auf die sie in ihrer Hausapotheke gestoßen ist. Sie stammen noch aus Zeiten, in denen es mit der Band regelmäßig spät wurde und die anderen schon zu härteren Sachen griffen. Damals bestand ihr Absacker häufig aus einem wilden, gedankenlosen Fick im Morgengrauen mit irgendeinem Kerl aus der erweiterten Entourage. Allein der Gedanke ist heute unvorstellbar.

Diesmal hat sie trotz der Extradosis Koffein nicht durchgehalten und ist, aufrecht im Bett sitzend, eingenickt. Aber jetzt ist sie wieder wach. Sie weiß bloß nicht warum.

Dann hört sie es.

Schrapp, schrapp.

Das Geräusch ist ganz leise, aber es dringt scharf durch die völlige Dunkelheit.

Schrapp, schrapp.

Rüttel, rüttel.

Das Geräusch wird lauter, und nun besteht auch kein Zweifel mehr daran, woher es kommt. Von ihrem Fenster. Von unmittelbar draußen vor ihrem Fenster.

Robin erstarrt.

Das Rütteln ist so nah und so prägnant, dass es den Raum wie eine Echokammer erfüllt.

Kämpfen oder türmen.

Wie angewurzelt sitzt Robin auf ihrem Fleck und durchforstet angestrengt ihr Hirn nach einer guten Idee, was nun zu tun ist. Draußen bewegen sich Füße auf den tiefer gelegenen Dachpfannen. Das Mansardenzimmer, in dem sie schläft, ist ein wenig zurückversetzt gegenüber den beiden unteren Stockwerken, zu deren Außenwand hin das Dach in einem sanften Schwung abfällt. Daher ist ausgerechnet das Mansardenfenster, obwohl es ganz oben liegt, am einfachsten zu erreichen. Diverse Katzen sind hier bereits hochgeklettert und haben erfolglos miaut, um eingelassen zu werden.

Sie bildet sich das nicht ein. Sie hat sich überhaupt nichts eingebildet.

Kämpfen oder türmen.

Diesmal miaut nichts, und die Tritte auf den Dachpfannen sind viel zu dumpf und schwer für Katzenpfoten. Robin kann genau ausmachen, wie die Füße vor dem Fenster herumtapsen und nach dem richtigen Halt suchen. Sie muss an den klobigen Stiefel in ihrer Haustür denken und an die rasende Wut, mit der sie sich gegen diese Tür geworfen hatte, und an die animalischen Kräfte, mit denen sie zurückgedrückt hatte. Heute noch ist sie erschöpft davon und zusätzlich erschöpft von dem Schlafmangel seither. Sollte er es wirklich so schnell erneut versuchen?

Kämpfen oder türmen.

Ihr Handy steckt unten im Ladekabel, aber schon die Vorstellung, dem Fenster selbst nur einen Moment lang den Rücken zuzukehren und dann auch noch ungeschützt den langen Weg bis ins Erdgeschoss laufen zu müssen, versetzt sie in blanke Panik. Robin hat schon vor Augen, wie sich seine Hände um ihren Hals legen, wie ihr der Mund zugepresst wird.

Hier oben, so weit von der Straße entfernt, würde niemand ihr Schreien hören.

Denken, denken. Sie versucht auszublenden, wie das eiskalte Blut in ihren Ohren rauscht, und geht stattdessen lieber ihre Optionen durch. Nur zwei bleiben übrig, beide eher fragwürdig. Entweder sie schleicht sich aus dem Zimmer und steigt nach unten, um die Polizei anzurufen – womit das Fenster bis zu deren Eintreffen unbeobachtet sein würde –, oder sie veranstaltet einen Riesenkrawall und versucht so, ihn in die Flucht zu schlagen.

Am liebsten würde sie türmen, aber in diesem Fall ist kämpfen die einzige Alternative.

Bevor sie es sich anders überlegen kann, schaltet Robin das Deckenlicht an und zieht den Vorhang fort. Tiefschwarze Nacht ist alles, was sie sehen kann. So laut sie kann, schreit sie: »Hau ab, du Arschloch, oder ich schlag dir deine Scheißfresse ein!«

Sie atmet schwer, die Knie schlottern aneinander, und

ihre Hände sind nass vor Schweiß. Eine Sekunde, zwei, drei.

Plötzlich taucht eine Gestalt am Fenster auf, und sie macht einen Satz zurück. Dunkle Kleidung, helle Haut und die Augen nur schwarze Löcher. Ein grässlicher Schnappschuss. Dann poltern Schritte übers Dach, und das alte Regenrohr quietscht und scheppert, da er hinunter wesentlich schneller klettert als herauf.

Sie wartet eine Weile, bis sie nachsieht, ob er wirklich verschwunden ist. Gegenüber zeichnen sich die Konturen des Wohnblocks ab. Aus dem Fenster der Elsters dringt noch zitronengelbes Licht, aber von Henry keine Spur. Die Frau mit dem Baby schüttelt in der Küche ein Fläschchen. Auch ohne Baby machen ihre Arme dabei eine wiegende Bewegung. Kurz darauf tappt sie ins Dunkel fort. All diese Normalität erscheint Robin auf einmal unwirklich wie eine Bühnenkulisse.

In ihrem kleinen Garten liegt alles still. Die vielen schwarzen Schatten darin verschwimmen mit dem tiefdunklen Blau der Nacht. Mülltonnen auf Rollen, Mauern, das Dach der Küche. Nichts zu erkennen. Robin wirft einen Blick zum Gässchen hinüber und sieht noch vage eine Gestalt, die nach rechts Richtung Straße wegrennt. Er ist fort. Wie gut, dass er sich fürs Türmen entschieden hat. Zumindest dieses Mal.

Kapitel 30

1998

Robin

Callum tat sich schwer, sie zu fragen. Er mied ihren Blick und beobachtete stattdessen lieber, wie die Spitze seines Turnschuhs an der Fußleiste entlangfuhr. Robin gab vor, nichts zu bemerken, doch insgeheim kam sie sich herrlich überlegen vor. So die Oberhand zu haben war ein prickelndes Gefühl.

»Also, würdest du gern?«

»Würde gerne was?«, fragte sie betont beiläufig zurück, während sie mit größter Sorgfalt die untere Käseschicht mit einer Scheibe Schinken bedeckte, die sie anschließend mit einer Lage kräftigem Cheddar zu krönen gedachte.

»Ihn mal kennenlernen? Rez. Den Typ, mit dem ich …« Er brach ab und verzog den Mund zu einem leichten Lächeln, das aus einer Levi's-Werbung hätte stammen können.

»Mit dem du geeheeeest!« Robin zog das Wort zu einem hänselnden Kinderreim in die Länge und stupste dabei im Takt den Zeigefinger auf seine schmale Brust.

Er gluckste so leise, dass man es leicht überhören konnte. »Ja, genau«, sagte er, richtete sich zu seiner vollen Größe von eins dreiundachtzig auf und verkündete dröhnend wie ein altertümlicher Ausrufer: »Mit dem ich gehe!«

Sie lachten beide. Einen kurzen Moment sagte sie gar nichts, wofür er Verständnis hatte. Dieser Augenblick war eben besonders heikel. Die oberste Scheibe Brot musste mit außen gebutterter Seite (der Trick für perfekt krosse Krusten) aufgelegt und dann der Deckel des Sandwichtoasters vorsichtig zugeklappt werden.

»Ja«, erklärte sie endlich, nachdem das Werk vollbracht war und die Butter sofort unter dem geschlossenen Deckel zu brutzeln begann. »Selbstverständlich möchte ich gern den Typen kennenlernen, mit dem du geeheeest.«

Kein Glucksen diesmal, nur der Anflug eines Lächelns, der gleich wieder verschwand. »Ich mag ihn wirklich sehr«, sagte er in seiner sanften, tiefen Stimme.

»Prima. Dann dürfte das für mich auch gelten. Stimmt's?«

»Stimmt.«

Die Trennung von John hatte Callum derart mitgenommen, derart am Boden zerstört, dass es schon guttat, ihn wenigstens halbwegs wieder auf dem Damm zu sehen. Derselbe allerdings war er nicht mehr. Derselbe würde er nie mehr werden. Es blieben ausgefranste Ränder. Eine leichte Hitzigkeit. Seine geistreiche Schlagfertigkeit konnte, zum ersten Mal seit sie einander kannten, unvermittelt in grausame Schärfe umschlagen. Was dann wiederum prompt Schuldgefühle bei ihm hervorrief und die lähmende Sorge, hier würde Veranlagung über Erziehung siegen.

Bislang war Callum ihr zuverlässiges Kontrollsystem gewesen, ihr Fixstern, an dem sie Orientierung fand. Robin hatte sich stets sicher gefühlt, die eigenen Grenzen auszureizen, weil sie sich stets darauf verlassen konnte, dass er rechtzeitig die Notbremse zog.

Zusammen hatten sie ihre erste Zigarette geraucht, eine vertrocknete John Player Special aus einer zerknüllten Schachtel, die ihr Vater in der Garage verärgert in die Ecke gepfeffert hatte, weil er sich versehentlich darauf gesetzt hatte. Ihnen waren die Tränen gekommen, sie hatten sich gekrümmt und gehustet.

»Mir schmeckt's nicht«, hatte Robin mit abfällig heruntergezogenen Mundwinkeln erklärt und sofort noch einmal vorsichtiger probiert.

»Mir auch nicht«, pflichtete Callum ihr mit angeekelter Miene bei, nachdem er sich den Filter zwischen angestrengt gespitzte Lippen gesteckt hatte.

Zusammen hatten sie den ersten Schluck Alkohol getrunken. Eine Flasche Birnen-Cider Marke Babycham zu Weihnachten, als sie beide dreizehn waren. Robins Wangen hatten sich knallrot gefärbt, ebenso wie Callums Ohren.

»Ein göttlicher Trunk!«, hatten sie gewitzelt. »Einfach grandios!«

Irgendwo existiert noch ein Foto von diesem Abendessen, das Hilary aufgenommen hat. Jack hat einen Papierhut auf dem Kopf und schaut mit besorgter Miene in die Kamera, während Robin und Callum so hysterisch lachen, dass ihnen das Essen aus dem Mund fällt und ihre erhitzten Gesichter rosafarben glühen.

Erste Kippe, erster Alk, erster Joint, erstes Briefchen Angel Dust.

Vor der Sache mit John war Callum stets derjenige gewesen, der genau dann »Stopp« rief, wenn Robin es sich insgeheim wünschte. Ihr erlaubte sein Einspruch, theatralisch zu seufzen, die Augen zu verdrehen und ihn eine Memme oder ein Muttersöhnchen zu nennen, ihm aber gleichzeitig stumm zu danken. Meist setzte in solchen Nächten wenig später die zweite Phase ein, und Robin bekam Angstzustände.

»Kontrollier mal meine Pupillen.«

»Alles in Ordnung, Robin.«

»Mein Puls rast, Cal.«

Genervt und dennoch sanft legte er einen Finger auf ihr Handgelenk, und nach einem Moment des stillen Messens erfolgte die Bestätigung: »Alles in Ordnung, schlaf einfach, und dann ist es weg.«

»Ich kann nicht schlafen! Ich hätte das nicht tun sollen! Es wird immer schlimmer. Und warum sind deine Augen eigentlich normal? Cal? Warum sind deine normal? Hast du nur so getan, als würdest du's einschmeißen?«

»Es langt, Rob.«

Tränen. »Warum fauchst du mich plötzlich so an?«

Egal wovon, sobald sie drauf war, nahm das Ganze bei ihr albtraumhafte Züge an. Und je chemischer das Zeug war, desto schlimmer wurde es. Callum seinerseits schien alles wegstecken zu können. Vielleicht lag es an seiner Größe oder an seinem gelassenen Wesen, jedenfalls absorbierte und verarbeitete sein Körper alle fremdartigen Stoffe problemlos. Er kicherte bloß, wenn sie abschmierte, plapperte nur wie ein Wasserfall, wenn sie rastlose Unruhe packte, wurde eine Spur reizbarer, wenn sie echte Paranoia überfiel.

Nach der Sache mit John jedoch erfüllte er diese Kontrollfunktion nicht mehr in gewohnter Weise. Jetzt überschritt er selbst immer häufiger die eigenen Grenzen, trat laut und aggressiv auf oder weinerlich und schwermütig, lehnte sich Halt suchend überall an, musste die Treppe hinaufgeschoben und mit viel Kampf ins Bett genötigt werden. Hilary stellte sich blind, wie es ihre Art war, und Jack schnarchte um diese Uhrzeit meist schon tief und fest.

Robin wusste, dass er sich wieder mit jemandem traf. Er ging mehr aus. Und er kam fast mit der gleichen Regelmäßigkeit völlig bedröhnt nach Hause – vielleicht sogar noch öfter. Trotzdem wirkte er irgendwie glücklicher.

Dieser Jemand hieß Rez. Rez wohnte in Reading, ging nicht zur Schule, und Callum war ganz verrückt nach ihm. Das war alles, was sie wusste.

Callum lud Rez zu Besuch ein, als Hilary und Jack nicht zu Hause waren, damit erst einmal Robin ihn kennenlernen konnte. So zumindest lautete der Plan, doch in letzter Sekunde packte Callum plötzlich Robin am Arm und erklärte: »Tu so, als hättest du von nichts gewusst, okay? Du bist einfach nur zufällig da, ja? Ich komm mir ein bisschen kindisch vor.«

»Klaro«, antwortete sie verdutzt.

Es klingelte an der Tür, und hinter der Milchglasscheibe zeichnete sich verschwommen eine dunkle Gestalt ab.

»Ich geh schon!«, trällerte Robin und ignorierte Callums: »Nein, warte, ich komme!«

Mit einem breiten freundlichen Lächeln auf den Lippen riss sie die Tür auf.

»Na, wie geht's?«, fragte Rez.

»Oh«, war alles, was Robin herausbrachte. Sie stand nur da und starrte ihn an. Es geschah ohne Absicht. Sie hatte wirklich nicht so reagieren wollen. Aber sie hatte mit jemandem gerechnet, der so wie Callum aussieht, oder wie John, also einen jungen Kerl, leicht verlegen, mit weichen Zügen und glänzenden Augen. Der Mann vor ihr ähnelte jedoch eher einer Krähe als einem milchgesichtigen Teenager.

»Robin«, sagte Callum hinter ihr, und seine Stimme senkte sich zur zweiten Silbe.

»Ich bin … nicht … eigentlich«, stammelte Robin, und Rez blickte über ihren Kopf hinweg zu Callum, der ihn hereinwinkte.

»Sorry, ich, ähh, hi, ich bin Robin«, versuchte sie es erneut, während Rez sich an ihr vorbei zu Callum schob.

»Hi, Robin«, sagte Rez. Er hatte schulterlanges Haar und ein kantiges, hageres Gesicht. Seine Augen blickten wachsam. Schnell hatten sie sich im Flur umgeschaut und alles erfasst. Viel zu sehen gab es hier nicht. Ein Tischchen aus dem Argos-Katalog, auf dem das Telefon stand. Darüber ein Regal mit den Gelben Seiten und dem Telefonbuch der BT. Längs der Treppe führte der schmale Flur weiter ins Wohnzimmer und danach in die Küche. Eine Garderobe bog sich unter den vielen Mänteln, mittlerweile alle in Erwachsenengrößen, die sich bis in den

Raum hinein bauschten. Rez drängte hinter Callum daran vorbei. Robin bildete die Nachhut und bückte sich, um eine Jeansjacke aufzuheben, die auf den Boden gefallen war.

»Tee?«, fragte sie in den Raum.

»Rez trinkt doch bloß Kaffee«, erwiderte Callum, als sollte ihr das bekannt sein.

»Es war ein ziemlicher Reinfall«, erzählte Robin am nächsten Tag Sarah am Telefon. Normalerweise war auch Callum bei ihren Sonntagsgesprächen anwesend. Manchmal sagte er sogar hallo. Heute nicht. Seit dem gestrigen Zwischenfall war er bei Rez und nicht mehr nach Hause gekommen.

»Was hast du denn gemacht?«, wollte Sarah wissen.

»Wer sagt, dass ich was gemacht habe?«

»Na, hast du nicht eben …«

»Also, es war keine … okay, zugegeben. Aber ehrlich, Sarah, du hättest ihn mal sehen sollen. Er sieht aus, als würde er auf dem Jahrmarkt arbeiten. Finsterer Typ. Älter als Callum, dabei hat er keinerlei Abschluss, nichts. Kifft viel zu viel herum. Er stinkt aus allen Löchern danach. Außerdem ist einfach überhaupt nichts dran an ihm, verstehst du? Absolut nichts Besonderes. Und Cal … Cal ist eben etwas Besonderes. Deshalb verdient er auch jemanden, der besonders ist.«

Robin ärgerte sich darüber, dass ihre Worte so weinerlich klangen.

»Und du bist nicht vielleicht einfach nur eifersüchtig?«, fragte Sarah.

»So ein Schwachsinn!«, giftete Robin zurück. »Ich mach mir bloß um meinen Bruder Sorgen, weil Rez so ein abgefuckter Loser ist. Ach, leck mich doch!«

Robin knallte den Hörer auf die Gabel, obwohl ihre Schwester angerufen und noch gar nicht mit ihrem Dad geredet hatte. Sie wirbelte herum, um in die Küche zu stürmen, und sah Callum in der Tür stehen.

»Ich dachte, du wärst nicht zu Hause«, sagte sie leise.

»Hat man gehört.« Er schob sich so ungestüm an der Garderobe vorbei, dass ein paar Jacken auf dem Boden landeten, rempelte Robin aus dem Weg und rannte die Treppe hinauf.

»Ich hab's doch nicht gewusst!«, rief sie ihm nach.

»Darum geht's nicht«, bellte er zurück, bevor er seine Tür zuwarf und sofort die Musik aufdrehte. »From Despair to Where« von den *Manic Street Preachers*.

»Echt irre tiefsinnig, Cal«, schrie sie, ehe sie sich bremsen konnte.

Neben ihr klingelte das Telefon. Bestimmt wieder ihre Schwester. Für ein offenes Eingeständnis, dass sie überreagiert und ihre Wut an der Falschen ausgelassen hatte, war Robin noch nicht bereit, also hob sie ab und ließ Sarah erst gar nicht zu Wort kommen, sondern zischte nur: »Ich geh Dad holen.«

Sarah

Vergangene Woche hat Robin ihren Abschluss gemacht. Angerufen, um mich zu erkundigen, wie es gelaufen ist, habe ich nicht. Warum sollte ich? Aber ich weiß davon, weil Dad es mir erzählt hat. Er rief letzten Sonntag an. Mum ging ran, reichte den Hörer sofort an mich weiter und verschwand in der Küche, als hätte sie jemand persönlich beleidigt.

»Und bei dir?«, hatte Dad nach dem üblichen Austausch von Begrüßungsfloskeln gesagt. »Nächste Woche High-School-Graduation?«

Aus Dads Mund klingen amerikanische Begriffe wie *Graduation*, *Subway* oder *Soda* immer irgendwie schief. Er benutzt sie nur, um sich meiner Sprache anzupassen, und mich ärgert dieser bemühte Versuch, auch wenn das natürlich nicht fair ist.

»Ja«, antwortete ich möglichst beiläufig. »Mein Talar hängt schon oben.«

Der Umhang ist aus schillerndem, navyblauem Samt und hängt, geschützt in seiner Staubhülle, in meinem Kleiderschrank. Dazu gehört noch ein dunkelblauer Hut mit goldener Quaste. Ich mag dieses riesige Monstrum nicht, das da jedes Mal auf mich herabschaut, wenn ich die Schranktür öffne. Aber zu wissen, dass es dort hängt und anzeigt, dass ich es tatsächlich geschafft habe und demnächst ein neues Kapitel aufschlagen kann, das fühlt sich gut an. Dafür lohnt es sich, die Tür zu öffnen. Ich habe zwar keine Lust, auf einer Bühne zu stehen, umgeben von einem Meer an Leuten, die mich nie wirklich gemocht haben und sich später kaum an mich erinnern werden. Aber ich tue es für Drew, der dafür bezahlt hat und der es gerne sieht, wenn ich schick herausgeputzt bin und er Fotos für den Schreibtisch machen kann.

»Und wie heißt noch die Uni, auf die du gehen wirst?«, hatte Dad gefragt.

Ich stöhnte kurz, weil er todsicher nicht vergessen hätte, auf welche Uni Robin geht. *Wenn* sie gehen würde.

»Georgia State«, sagte ich dann. »Liegt bloß eine halbe Stunde mit der Bahn entfernt. Ich kann also zu Hause wohnen bleiben.«

Zu Hause. Ich wusste, dass ihm das noch immer wehtat.

»Robin und Callum haben letzte Woche auch ihren Abschluss gemacht«, hatte Dad nach einer kurzen Pause erzählt.

»Ach ja, richtig.« Ich versuchte, irgendwie zugleich völliges Desinteresse und grenzenlose Wut durchklingen zu lassen.

»Möchtest du mal mit ihr reden? Ich kann sie runterrufen und …«

»Nein, schon gut. Ich muss jetzt los. Hab dich lieb.«

Morgen ist die Abschlussfeier, und ich habe mir gerade in einem Drugstore ein paar Straßen weiter einen neuen Lippenstift besorgt. Es ist gar nicht so einfach, eine Farbe zu finden, die zu diesem changierenden Navyton des Samtstoffs und zu der goldenen Quaste passt. Ich habe eine ganze Weile dafür gebraucht, dennoch war ich überrascht, bei meiner Rückkehr schon Drews Wagen in der Einfahrt stehen zu sehen.

Bereits im Flur kann ich Mums Stimme hören.

»Alles im Arsch! Und uns ziehst du gleich mit in den Dreck!«

Ich laufe hoch, um mich umzuziehen, und als ich wieder herunterkomme, herrscht Stille.

»Hey«, sage ich und trete in die Küche. Meine Mum hat mir den Rücken zugewandt. Ihre Hände krallen sich an den Rand des großen Spülbeckens, gefährlich nah am Abfallzerkleinerer. Sie trägt ihr Trainingsoutfit, ein Stirnband hält die Haare aus dem Gesicht. Normalerweise wäre sie um diese Zeit bereits hin, zurück, geduscht, angezogen und erneut fertig geschminkt.

»Hi, Sarah«, sagt sie, ohne sich umzudrehen.

»Alles okay?«, frage ich.

»Nein, Sarah. Ein Scheiß ist hier okay.« Mum flucht wie früher, vor der Zeit mit den Dinnerpartys.

Drew sitzt ganz in der Nähe mit aufgestützten Ellbogen am Tisch. Sein Hemd steht offen, die Krawatte liegt in einem kleinen Haufen vor ihm. Er sagt keinen Ton, hebt nur die Augenbrauen, um mich zu begrüßen, und senkt dann wieder den Blick auf die Tischplatte. Trotz der frühen Uhrzeit hat er sich bereits einen gewaltigen Whisky in einen Kristallschwenker gegossen. Seinen roten Augen nach zu urteilen dürfte es nicht der erste sein.

»Was ist denn …?«, will ich fragen, aber Mum fällt mir sofort ins Wort.

»Drew hat seinen Job verloren.«

»O nein«, sage ich und sehe meinen Stiefvater an. »Warum?«

»Ja, frag ihn das«, faucht meine Mutter sofort. Als ich nicht reagiere, fügt sie hinzu: »Frag ihn mal nach seinen ›Unüberlegtheiten‹.« Sie zeichnete mit den Fingern Anführungsstriche in die Luft.

Ich werfe Drew einen fragenden Blick zu. Er zuckt mit den Schultern, und ein Ellbogen rutscht von der Tischkante.

»Ein Missverständnis, sonst nichts«, seufzt er.

Meine Mutter schnaubt, als hätten seine Worte ihr gerade alle Luft aus dem Körper getrieben.

»Ich geh zum Sport«, erklärt sie und ist fort.

Ich setze mich neben ihn.

»Willst du einen Kaffee?«, frage ich.

»Lieb von dir, mein kleiner Engel«, sagt er und tätschelt meine Hand. »Aber heute ist eindeutig ein Tag für Scotch.«

»Was wird denn jetzt?«, frage ich. »Wo wirst du arbeiten?«

Er legt die Hand wieder in den Schoß und sieht langsam zu mir hoch.

»Keine Ahnung.« Seine Augen hängen schwer und traurig. »Hier bin ich jedenfalls durch. Ein komplettes Missverständnis, aber in dieser Stadt bin ich damit durch.«

Ich weiß nicht, was ich sagen soll, aber da er es gerne hat, wenn ich einfach nur zuhöre, versuche ich, einen interessierten Eindruck zu machen.

»Aber weißt du was? Mein kleiner Engel? Mein bezaubernder kleiner Engel?«

O Gott, er ist ja noch betrunkener, als ich gedacht habe.

»Was?«, erwidere ich folgsam.

»Auf *dich* bin ich ungeheuer stolz.« Sein Zeigefinger sticht gegen mein Brustbein. »Und weißt du noch was?

Wir haben uns hier super geschlagen, aber jetzt bist du mit der Schule fertig, und ich bin raus aus diesem elenden Drecksladen, und ich denke, wir sollten zurück nach Hause gehen. Was meinst du? Zurück nach England, wo man noch etwas Anständiges zu trinken bekommt und einen ordentlichen Sonntagsbraten. Klingt das nicht verlockend? He?«

Da ich nicht schnell genug zustimme, drückt er mir auffordernd das Knie. »Oder nicht?«

»Ja«, sage ich und lächle ihm zu. Vermutlich wäre es ganz nett. Zumindest meinen Dad würde ich wirklich gerne häufiger sehen. Alle Gedanken an Robin verdränge ich lieber sofort. Ich bin noch immer darüber sauer, wie spielend leicht sie ihren Frust einfach an mir auslässt.

»Aber wo sollen wir wohnen? Unser Haus haben wir doch vermietet.«

»Die schmeißen wir raus. Außerdem werden wir uns sowieso etwas Besseres leisten können, wenn wir den Bau hier verkaufen.«

Ich bemühe mich, glücklich auszusehen.

»Ja, das ist alles gut so«, erklärt er mit wachsender Begeisterung. »Der Zeitpunkt könnte gar nicht besser sein.«

Ich mache uns ein paar überbackene Käsesandwichs, und wir essen schweigend. Ich überlege, auf welche Uni ich in England gehen könnte. Vielleicht die in Reading. Nachdem ich mir meinen Neustart an der Georgia State mit so viel Mühe ausgemalt habe, fühle ich mich von der Vorstellung eines anderen Neubeginns wie gelähmt.

»Darf ich mal?«, frage ich und deute auf den Whisky.

Alkohol habe ich hin und wieder schon getrunken. Etwas Wein zu Hause oder warmes Bier aus roten Plastikbechern auf den wenigen Partys, zu denen ich eingeladen worden bin. Schnaps aber habe ich noch nie probiert. Bei einem Schock jedoch soll Schnaps angeblich genau das Richtige sein, und je länger ich hier sitze, desto geschockter komme ich mir vor.

Er nimmt noch einen Schwenker vom Tablett und schenkt mir einen großzügigen Schluck aus der Karaffe ein. Ich nippe daran, und ein Brennen schießt mir von der Nasenwurzel quer durch den Schädel.

»Steht dir gut, wie du das trinkst«, sagt Drew. »Richtig wildwestmäßig, wie ein echtes Cowgirl. *Cool*, wie ihr jungen Leute das wohl nennen würdet.«

Ich sage ganz bestimmt nicht, dass irgendwas cool ist, aber ich lasse ihn einfach weiterplappern. Im Grunde möchte ich keinen Whisky mehr trinken, aber ich will ihn auch nicht wegschütten, daher schlucke ich immer ganz wenig davon, solange noch Sandwichreste in meinem Mund sind, die den Geschmack ein wenig überdecken. Als wir klein waren, hat Mum Medizin immer in einem Teelöffel Marmelade versteckt, damit wir sie nicht schmeckten. Robin fing zwar gewöhnlich trotzdem zu würgen an, mir aber gefiel der scharfe Nachgeschmack, da er in meinen Augen bewies, dass ich mich vernünftig benommen hatte. Wie eine Erwachsene.

Wir haben noch ein wenig weitergetrunken. Irgendwann habe ich das Eingießen übernommen, um die Mengen besser kontrollieren zu können, dennoch fühle ich mich inzwischen berauscht und erhitzt. Schweiß steht mir auf der Stirn, und ich bin ein wenig unsicher auf den Beinen.

»Lass uns ins Wohnzimmer gehen«, sagt Drew. »Ich muss mich hinlegen.«

Wir lassen uns auf die Couch fallen. Ich ziehe die Beine unter mich und versuche, gegenüber einen Punkt zu fixieren, um das Geradeaussehen zu üben. Das Zimmer schlingert wie ein Schiff.

»Du erinnerst mich so sehr an deine Mutter«, wiederholt er einen seiner Lieblingssprüche. »Würdest du mir einen Gefallen tun? Etwas, das sie früher immer getan hat?«

»Was?«, frage ich unsicher.

»Würdest du mir einfach nur die Schultern massieren? Ich bin so verspannt nach dem Tag heute und würde das gerne loswerden. Ein wenig Ruhe finden.«

Lust darauf habe ich nicht unbedingt. Ich habe so etwas noch nie gemacht. Aber ich habe diese Schultern schon einmal umarmt, und da ich sie früher schon angefasst habe, dürfte das wohl okay sein, denke ich.

Nachdem ich eine Weile unbeholfen herummassiert und geknetet habe, stößt er einen langen Seufzer aus.

»Das machst du wunderbar, Sarah«, sagt er. Ich erstarre mit meinen Händen auf seinen Schultern. Der ganze Raum schwirrt und kippt so schief, als würde er gleich ins Meer rutschen.

Keine Ahnung mehr, wie lange ich so bewegungslos dagestanden habe. Lange genug jedenfalls, um Sachen zu denken wie: *Ich bin wie gelähmt. Und er weiß, dass ich wie gelähmt bin. Was mach ich bloß?* Schließlich will ich noch »Danke« sagen, bringe aber kein Wort heraus. Er hat inzwischen nach hinten gegriffen, wo ich am Sofa lehne, und reibt mir die Arme.

»Komm hier vor mich«, sagt er. »Jetzt bist du dran.«

»Nein, ist nicht nötig«, sage ich. »Trotzdem danke.«

Aber er klopft auf das Kissen neben ihm, und ich gehorche.

Steif setze ich mich mit durchgedrücktem Rücken auf die Couch. Meiner Ansicht nach sollte er das zwar nicht tun, aber er hat hier das Sagen, also ist es bestimmt okay. Er massiert mir den Kopf, aber eher wie man einen Hund krault, plump und tapsig. Nach und nach wandern seine Hände tiefer. Ich habe schon so lange keine Berührungen mehr auf meiner Haut gespürt, dass mein Körper mich selbst reinlegt. Am Ende meines Rückgrats beginnt es leicht zu kribbeln, und mir wird klar, dass nicht alles in mir sich wünscht, es solle aufhören. Ich meine, die Berührungen sollen nicht aufhören, es sollten bloß nicht seine Hände sein.

Er massiert weiter meinen Rücken, fährt zwischen dem Rand meines Slips und dem Verschluss meines BHs immer auf und ab, und dann fragt er, wie es denn bei mir mit Jungs sei. Als ich Drew erzähle, dass ich noch keinen festen Freund habe, scheint er zufrieden.

»Das ist gut«, sagt er. »Du wartest auf jemanden, der dich wirklich zu schätzen weiß. Der weiß, wie besonders du bist.«

Seine Hand gleitet wieder zurück in seinen eigenen Schoß, und ich höre sein schweres Schlucken. Meine Haut spürt das Fehlen seiner Finger.

»Und du bist wirklich etwas ganz Besonderes«, sagt er, als ich mich zu ihm umdrehe. Er streicht mir über die Wange, und ich schließe die Augen. Als ich sie wieder öffne, betrachtet er mich mit traurigem Blick. Mir ist schwindlig, mein Kopf benebelt, aber ich genieße auch die ungeheure Aufmerksamkeit, die er mir schenkt, wenn er nach den heutigen Ereignissen doch eigentlich ganz anderes zu tun hätte.

In diesem Moment sieht er mich an, als gäbe es nichts auf der Welt außer mir. Seine rechte Hand umfasst mein Kinn, dreht mich zu ihm, und ich halte ihn nicht auf.

Ich kenne seinen Geruch nur zu gut. Eine Mischung aus Sandelholz-Rasierwasser und Whisky schlägt mir entgegen.

Das Zimmer schwankt und überschlägt sich, und die Decke, auf die ich jetzt starre, scheint sich zu wellen. Ich spüre, wie Drews große Finger meinen Pferdeschwanz lösen und meine Haare auffächern. Ich warte auf die Frage: »Okay so?«, oder »Möchtest du, dass ich aufhöre?« Ich warte auf die Erlaubnis sagen zu dürfen: »Nein, nicht okay so«, oder »Ich möchte, dass du aufhörst«, aber da kommt nichts.

Die Couch sackt tiefer, als er sich auf mich legt, und ich gerate zunehmend in Panik. Ich will nicht so unter ihm liegen, und die Vorstellung, etwas über mich ergehen lassen zu müssen, was ich absolut nicht will, versetzt mich in Schockstarre. Und die Ahnung, nicht zu wissen, was ich im entscheidenden Moment tun soll, jagt mir zusätzlich Angst ein. Ich hab so etwas Ähnliches bislang nur mit einem anderen Jungen meines Alters gemacht, und damals hat unsere beiderseitige Unerfahrenheit den Ablauf bestimmt. Wird Drew lachen darüber, wie ich mich anstelle? Wird er enttäuscht aufhören, den Kopf schütteln und das Zimmer verlassen? Werde ich Ärger bekommen?

Ich spüre, wie er am Knopf meiner Jeans herumfummelt. Bislang wird offenbar nicht sonderlich viel von mir erwartet, außer hier einfach herumzuliegen mit diesem schlaffen, besoffenen Körper. Er streift mir die Jeans von den Beinen. Jede Bewegung kommt mir inzwischen wie eine irrsinnige Kraftanstrengung vor. Ich habe schon eine Weile nichts mehr getrunken, fühle mich aus irgendeinem Grund aber betrunkener denn je.

Er sinkt wieder auf mich, streicht mit der freien Hand meine Seite hinab und über meine Hüfte. Meine Beine werden gespreizt, und sein schweres Becken wühlt sich in mich. Ich ringe nach Luft. Wahrscheinlich verwechselt er mein verzweifeltes Keuchen mit Erregung, denn er dringt mit Macht ein und landet mit seinem ganzen Gewicht auf mir. Fast erdrückt unter all dem Fleisch, gelingt es mir nur noch, in flachen Zügen zu atmen. Er lutscht an meinem Ohrläppchen, was ich bis jetzt immer für ein Klischee gehalten habe, das es im wahren Leben gar nicht gibt. Da ich nicht weiß, welche Reaktion von mir erwartet wird, sage ich nichts und tu auch nichts. Außer das Gesicht zu verziehen. Ich kann das schleimige Klatschen hören und konzentriere mich darauf. Sein Körper liegt so schwer auf mir, dass jede Bewegung unmöglich ist. Aber irgendwie bin ich froh, in diesem sich irrsinnig drehenden Raum einen Halt zu haben. Sein Mund schwebt noch immer dicht über meinem Ohr, und ich spüre seinen heißen Atem in meinen Haaren. Es ist, als befände er sich in einer furchtbaren Trance. »O Gott«, murmelt er nur und stößt immer fester zu, bis er plötzlich mit krampfhaft angespanntem Körper innehält, ihn ein kurzes Beben durchläuft und er dann wieder zurücksinkt.

Ich liege in der sich drehenden Dunkelheit. Aus meinen Augenwinkeln rollen heiße Tränen, tropfen mit träger Wucht auf die Sofakissen unter mir. Die Dunkelheit im Zimmer lässt mich frösteln, als würde ich draußen mit der Haut auf nackter Erde liegen. Noch nie hat sich mein Körper so bleischwer angefühlt.

Ich liege weiter auf der Couch. Schon lange zuvor hat Drew sich von meinem Körper hochgedrückt, die Treppe hinaufgeschleppt und halb bekleidet auf das leere Bett geworfen, das er mit meiner Mum teilt.

Kapitel 31

Gegenwart

Sarah

Zurück in meinem cremefarbenen Zimmer studiere ich erneut den Stadtplan von Chorlton mit den vielen Markierungen. Jeder Strich bedeutet, dass ich hier die Fenster der Häuser genau betrachtet und mir dabei vorgestellt habe, meine Schwester würde zu mir heraussehen. Die sprichwörtliche Nadel im Heuhaufen.

Und bevor mir bewusst wird, was ich tue, fange ich an zu weinen und zu reißen und zu weinen und zu reißen, bis mir die Papierkanten die Finger aufschneiden und Chorlton zerfetzt auf dem Boden liegt.

In diesem Augenblick klingelt mein Handy. Nur eine einzige Person hat diese Nummer, dennoch melde ich mich ganz vorsichtig.

»Ja, bitte?« Ich kann noch immer nicht glauben, dass es geklingelt hat.

»Hallo?«, sagt der Anrufer.

»Wer ist denn da?«, frage ich, obwohl ich es weiß.

»Hier ist Ryan«, sagt er. »Aus dem Spice Room. Hören Sie, ich denke, ich weiß jetzt, wo Ihre Schwester wohnt.«

Offenbar hat Ryan jedem Mitarbeiter des indischen Restaurants und jedem Stammgast von mir und meinem Besuch erzählt.

»Sie haben mir einfach leidgetan«, meint er noch, und ich kann sein Achselzucken bei diesen Worten direkt vor mir sehen. »Ich hab auch Dev, einem unserer Auslieferer, davon erzählt und ihm das Foto gezeigt, das Sie dagelassen haben. Er glaubt, sie wiederzuerkennen.«

»Ehrlich?«, frage ich atemlos.

»Ja, glaubt er zumindest. Ich meine, nix garantiert oder so, aber …«

»Wo ist er ihr denn begegnet? Weiß er das noch? Wo sie wohnt?« Ich schnaufe heftig vor Aufregung, was ich nicht will, da ich fürchte, ihn damit zu verstören. Aber als er antwortet, klingt er selbst ganz aufgekratzt.

»Er hatte wohl ein wenig Stress mit ihr. Ich meine, er selbst stellt das natürlich wieder dar wie'n Megakrach, aber Dev übertreibt halt gerne, obwohl, Sie dürfen das jetzt nicht falsch verstehen, lügen tut er nicht. Er glaubt schon, dass er sie getroffen hat, aber bei ihm ist es schon ein Megakrach, wenn einer bloß ein wenig rumjammert.«

»Wo hat er sie denn gesehen?«

»Anscheinend sollte er die Lieferung ihrer Bestellung übernehmen. Ist schon eine Weile her, einige Monate ganz sicher. Bei ihr in der Gegend ist aber alles voller Einbahnstraßen, weil das direkt am Park liegt …«

Die Bemerkung fällt so beiläufig, dass sie mir fast entgeht. Sie wohnt in der Nähe des Parks. Ich kann meine Schwester in der Nähe des Parks finden.

»Und weil da alles voller Einbahnstraßen ist, konnte er nicht direkt vor dem Haus parken, also rief er die Nummer an, die er von der Bestellung hatte, und sagte ihr, er würde um die Ecke stehen und ob vielleicht jemand kommen und die Sachen holen kann, weil nämlich ein Polizist ihn bereits im Auge hat und nirgends ein richtiger Parkplatz frei ist.«

»Sie wohnt am Park?«, frage ich nach aus Angst, mich verhört zu haben.

»Ja, ja«, antwortet Ryan, als wäre dies eine Nebensächlichkeit, die von der eigentlichen Story nur ablenkt. »Und sie machte anscheinend sofort einen Riesenaufstand. Einen Teufel würde sie tun und selbst rausgehen, und sie verlange gefälligst ihr Geld zurück, wenn er es nicht bis zur Tür bringt, und all so was.«

»Echt? Und was ist passiert? Hat er sie getroffen?«

»Tja, hatte ja keine große Wahl. Er parkte also noch ein paar Querstraßen weiter und ging rüber. Dachte, sie würde vielleicht im Rollstuhl sitzen oder so was und könnte nicht selbst raus, aber als er dann ankam, öffnete sie selbst die Tür und machte einen kerngesunden Eindruck. Sie verpasste ihm noch einen Anpfiff, dann konnte er den ganzen Weg wieder zurückmarschieren.«

»Klingt ganz nach meiner Schwester«, sage ich.

»Keine Ahnung, hat Dev bloß alles so erzählt, aber er hat sie auf dem Foto wiedererkannt und gemeint, sie hätte ein echt freches Mundwerk. Na ja, egal, jedenfalls denk ich mal, wir haben sie für Sie gefunden.«

»Tausend Dank«, sage ich und kann noch immer nicht fassen, dass es wahr ist. »Ich bin Ihnen wirklich sehr dankbar.« Robin hin, Robin her, es berührt mich schon, dass er sich so gekümmert hat.

Ich will gerade auflegen, um zum Park zu laufen und

an jede Tür zu klopfen, da fragt er noch: »Wollen Sie denn nicht ihre Adresse erfahren?«

Robin

Die Frau von der Sicherheitsfirma hatte mit einer solchen Engelsgeduld in der Stimme geantwortet, dass Robin sich einen Moment zusammenreißen musste.

Sie hatte eine neue Alarmanlage bestellt, dazu Schlösser für die Fenster und Riegel für Vorder- und Hintereingang sowie das Gartentor. Man würde den Termin für den Einbau auf die Minute genau einhalten, war ihr versichert worden. In fünf Tagen.

»Ich klinge vermutlich komplett durchgeknallt«, hatte Robin gesagt, »aber es ist wirklich von größter Bedeutung, dass der Mann exakt zur vereinbarten Uhrzeit kommt.«

»Sie klingen kein bisschen durchgeknallt, meine Gute«, hatte die Frau in einem Tonfall erwidert, der keinen Zweifel daran ließ, dass sie bereits zahlreiche solcher Anrufe entgegengenommen hatte.

Robin wünschte sich, ihr Dad würde noch leben. Dann könnte sie ihn anrufen, und er würde alles klären. Er würde ihr neue Schlösser einsetzen und das Tor draußen absichern. Vielleicht würde er sie sogar mit nach Hause nehmen.

Schon das Fehlen von ein oder zwei Gliedern in der Kette kann genügen, und so eine Familie bricht völlig auseinander. Wann hatte Robin zum letzten Mal Sarah gesehen? War es wirklich bei der Beerdigung ihres Vaters gewesen? Robin machte sich Vorwürfe deshalb, gab sich zugleich aber auch nicht alleine die Schuld. Schließlich brauchte es stets zwei, um in Kontakt zu bleiben, es war also nicht allein ihre Verantwortung. Insgeheim jedoch wusste sie, dass sie selbst auf Abstand gegangen war, dass sie nichts dagegen unternommen hatte.

In der Nacht nach der Beerdigung hatte sie in ihrem alten Zimmer geschlafen. Sie war wie ausgetrocknet gewesen von den vielen Tränen, und der Jetlag hatte sie wachgehalten. Um fünf Uhr morgens hatte sie den Versuch zu schlafen aufgegeben. Erst war sie im Haus herumgelaufen, immer darauf bedacht, niemand zu wecken. Schließlich beschloss sie, zum Klubhaus am Cricketplatz hinüberzulaufen, wo Callum und sie sich früher immer getroffen hatten. Sie streifte die Jacke direkt über ihren Pyjama, schlüpfte mit nackten Füßen in ihre Turnschuhe und ging zur Haustür. In der Briefklappe steckte ein Umschlag, eine weitere Beileidskarte, nur dass diese hier ausdrücklich an sie adressiert war. Persönlich zugestellt, nur der Name.

Sie lehnte sich gegen das alte Telefontischchen, das mit den aktuellen Ausgaben der Gelben Seiten und des Telefonbuchs der BT einen merkwürdig beruhigenden Anblick bot, und öffnete den Brief.

Auf der Vorderseite der Karte war eine Blume abgebildet.

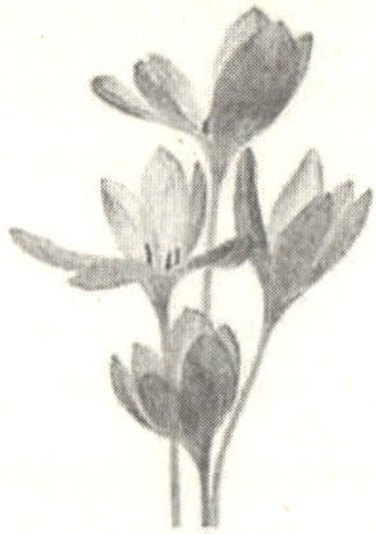

Aufrichtiges Beileid

Innen stand in sorgsamer Handschrift mit Kugelschreiber:

Und wem wirst du
diesmal die
Schuld geben?

Sie starrte auf die Karte und las den Satz erneut, als hätte ihr die eigene Fantasie womöglich einen Streich gespielt.

Dann ging sie in die Küche, wo sie die mehrfach gefaltete Karte tief unter die kalten Teebeutel in den Abfall schob. Sie stieg die Treppe hinauf, stopfte den Rest ihrer Sachen zurück in die Koffer und rief sich ein Taxi. Einen Zettel mit ein paar Abschiedsworten ließ sie auf dem Küchentisch zurück.

Später meldete sich Robin noch hin und wieder bei Hilary. Hier ein Anruf, da eine Mail, Ansichtskarten aus dem Ausland. Die Anrufe wurden immer kürzer und seltener. Jedes Gespräch war gekünstelt und eine traurige Pflichterfüllung.

Bei einem ihrer letzten Telefonate mit Hilary – vor drei oder vier Jahren? – hatte Robin von Sarahs Auszug erfahren. *Schön für sie*, war ihr durch den Kopf gegangen, sie hatte sich selbst dadurch aber noch einsamer gefühlt.

Heute war Robins Telefon ausgestöpselt, ihre Nummer aus dem Telefonbuch gestrichen. Ihre neue Handynummer stand in keiner Liste. Robin wurde klar, dass ihre Stiefmutter gar keine Möglichkeit besaß, sich mit ihr in Verbindung zu setzen. Einen kurzen Moment lang schwebte Robins Finger über der auf ihrem Handy unter »Zu Hause« gespeicherten Nummer, eine Zahlenfolge, die unverändert schon auf allen Vorgängergeräten gespeichert gewesen war.

Ihr Finger schwebte weiter. Sie würde Hilary gern beruhigen, würde sich gerne vergewissern, dass bei ihrer Stiefmutter alles in Ordnung war, dass sie gesund war und ein schönes, erfülltes Leben lebte. Dass sie noch lebte. Aber zweifellos würde Hilary sofort fragen: »Wie geht es dir?« Und der Gedanke, auf diese Frage eine Antwort geben zu müssen, ließ Robin das Handy rasch wieder in die Tasche stecken.

Wie's mir geht? Fuck, bloß das nicht. Von Ängsten geschüttelt, in Schweiß gebadet, unfähig zu schlafen, und alles tat weh. Und nirgends mehr ein Platz, an dem sie sich sicher fühlen konnte. Das Schlafzimmer, wo sie früher hocken und in Ruhe ihren Beobachtungen nachgehen konnte, war vergiftet. Wenn sie im Wohnzimmer das Kinderprogramm verfolgte, kam sie sich nur klein vor, nicht mehr wohlbehütet.

Jetzt sitzt sie mit dem Telefon in der Hand auf der obersten Treppenstufe und behält die Haustür im Auge. Gleich wird es kommen, ganz bestimmt wird es gleich kommen.

Bumm, bumm. Die Faust donnert sofort mit zornigem Nachdruck gegen das Holz. Wenn das tatsächlich derselbe ist wie gestern Nacht auf dem Dach, dann hat ihre lautstarke Konfrontation offenbar wenig Wirkung gezeigt. Die Tür springt und wackelt in den Angeln.

Fünf Tage noch, bis die Sicherheitsleute kommen. Vier Nächte, in denen sie gegen den Schlaf ankämpfen muss.

Das Hämmern wird schneller. Und dumpfer, als würde jemand mit einem schweren Stiefel zutreten. Ein Stiefel, wie er sich tief in ihre Erinnerung eingebrannt hat. Die Tür ächzt und stöhnt, hält jedoch stand, und endlich hört der Krach auf.

Kapitel 32

1998

Sarah

Ich kann mich nicht erinnern, wie ich ins Bett gekommen bin, aber ich wache gerade noch rechtzeitig auf, um ins Bad zu wanken, bevor ich mich übergebe. Ein bitterer Schwall Gallensaft schießt in mir hoch, und ich hänge und hänge über der Schüssel, bis alles draußen ist. In der Luft liegt ein süßlich herber Geruch, der mich anekelt.

Ich spritze mir kaltes Wasser ins Gesicht und versuche es mit Zähneputzen, aber sobald die Borsten versehentlich meine Zunge berühren, wird mir erneut schlecht.

Ausgelaugt und leer, mit schmerzendem Bauch und Kopf, schleiche ich kurz darauf die Treppe hinunter, um mir ein Glas Wasser und ein paar Tylenol-Tabletten zu holen. Ich treffe niemanden unten an. Der Uhr zufolge ist es zehn. Ich sehe das Licht des Anrufbeantworters blinken.

Die Abschlussfeier.

Doch kaum, dass mir bewusst wird, was ich verpasst habe, lässt die überwältigende Erinnerung an den gestrigen Abend alles andere zu Belanglosigkeiten schrumpfen. Ich öffne die Spülmaschine, um mir ein frisches Glas zu nehmen. Jemand muss sie gestern noch gefüllt und angestellt haben. Die beiden Schwenker stehen nebeneinander im obersten Korb.

Wann meine Mutter nach Hause gekommen ist, weiß ich nicht. Sie verbringt oft Stunden in irgendwelchen Kursen und lässt sich anschließend noch endlos im Jacuzzi umsprudeln. Ich habe also keine Ahnung, wer den Tisch mit den Getränken aufgeräumt hat, und kann nur hoffen, dass es Drew gewesen ist. Plötzlich sehe ich seine riesigen Hände wieder vor mir, muss würgen und erbreche mich ins Spülbecken. So schnell ich kann, wasche ich alles fort.

Eine ganze Weile stehe ich am Telefon und betrachte das blinkende Licht.

In Birch End ist jetzt drei Uhr nachmittags. Nach so vielen Jahren ist der Zeitunterschied keine Rechenaufgabe mehr, sondern verinnerlichtes Wissen. Ich stelle mir vor, wie ich das Telefon in die Hand nehme und anrufe. Dad dürfte gerade irgendwo bei der Arbeit selbstvergessen vor sich hin pfeifen. Wahrscheinlich wäre Hilary zu Hause. Würde sie es an meiner Stimme merken?

Ich stelle mir vor, es Robin zu erzählen und mit welchen Worten das möglich sein sollte. Ich stelle mir vor, wie Robins Entrüstung und Zorn zurück durch die Leitung dringen, wie sie mich beschwört, hier abzuhauen, nach Hause zu kommen, ihm einfach in die Eier zu treten. Ich stelle mir vor, wie sie mich in Schutz nimmt, mir ohne viel Worte zu verstehen gibt, dass sie mich liebt, dass es immer einen Ort gibt, zu dem ich flüchten kann.

Andererseits ... könnte die Sache auch einen ganz anderen Verlauf nehmen. Ihre Bereitschaft, von heute auf morgen alle Verbindungen zwischen uns zu kappen, hat sich bei der Verteidigung Callums gezeigt, die ihr auf einmal wichtiger zu sein scheint als der Gleichklang unserer Zwillingsherzen. Mittlerweile haben wir seit Wochen kein Wort mehr miteinander gewechselt, und sie hat nie einen Anlauf unternommen, sich für die ungerechte Art zu entschuldigen, mit der sie auf meine ehrlich gemeinte Besorgnis reagiert hat.

Die Übelkeit kehrt zurück, sobald ich mir vorstelle, wie sie sagt: »Vielleicht hast du es ja so haben wollen.« Genau wie sie immer, wenn sie wütend ist, über Amerika sagt: »Du liebst eben Amerika und glaubst, England ist nicht gut genug für dich.«

Ich höre weder den Anrufbeantworter ab, noch rufe ich an. Ich gehe hoch, lege mich aufs Bett, nippe am Wasser und durchleuchte das Geschehene aus allen Winkeln mit dem Ziel, es mir so zurechtzulegen, dass die Erinnerung daran klein genug wird, sie wegzuschließen.

Am Nachmittag ist der Brechreiz zu einem mulmigen Magengefühl abgeklungen und der stechende Kopfschmerz zu einem Dauerbrummen. Essen erscheint wieder möglich, also steige ich vorsichtig die Treppe hinunter. Drew und Mum sitzen am Küchentisch. Keiner macht eine Bemerkung über die verpasste Abschlussfeier. Offensichtlich haben die beiden sich versöhnt. Meine Mutter hat ihr Missfallen ganz auf die Art des Rauswurfs gelenkt und sich ansonsten der positiven Sichtweise angeschlossen, mit der Drew die Sache zu betrachten versucht.

»Du siehst blass aus«, sagt sie zu mir. Ich lehne mich an die Arbeitsplatte und meide jeden Blickkontakt mit Drew.

»Am besten, du legst dich wieder hin«, mahnt Drew in ernstem Ton.

»Bleib noch einen Moment«, sagt Mum. »Erst sollten wir ihr noch erzählen, wie's weitergeht.«

Interessiert mich nicht, interessiert mich nicht. Ich will einfach bloß den Kopf unters Kissen vergraben und die Augen fest zusammenpressen in der Hoffnung, danach vielleicht etwas anderes zu sehen. Ich möchte einfach nicht in einem Raum sein mit ihm, seinem Körper, seinen Händen, seinem Gesicht, seinem Geruch, seiner Gleichgültigkeit.

Sie hätten sich mit einem Makler getroffen, erklärt sie, und sie könnten das Haus problemlos verkaufen und dabei noch einen »echten Schnitt« machen. Wir würden nach Großbritannien zurückgehen, uns irgendeine »schmucke« Bleibe suchen und dort bleiben, bis dieses Haus verkauft ist und die Mieter in Birch End etwas Neues gefunden haben.

»Und du kannst dann dort zur Uni gehen, und wir sind wieder näher bei Robin.«

»Toll.«

Ich vermeide noch immer jeden direkten Blickkontakt, bringe aber ein schmales Lächeln zustande. Mein Magen fühlt sich leer wie nie an und gluckert vernehmlich. An Essen ist dennoch nicht zu denken.

»Ich muss mich hinlegen.«

Auf der Treppe höre ich, wie Mum fragt, was gestern Abend vorgefallen ist. Sie spricht die Gläser an und den Whisky. Sie weiß Bescheid. Sie weiß Bescheid und hat dieses Wissen kunstvoll wie ein Origamiwerk gefaltet und weggesteckt. Weggesteckt und sich stattdessen mit der Suche nach einer neuen »schmucken Bleibe« in England beschäftigt. Oder aber sie findet einfach nichts dabei, findet okay, was passiert ist. Und vielleicht sollte ich ja auch so darüber denken. Gibt es denn keine verfluchte Menschenseele mehr, die ich fragen könnte, was ich jetzt denken soll?

Robin

Es ist schon nach zehn, aber Robin hört die erregten Stimmen bereits, bevor sie die Haustür öffnet. Eigentlich ist sie noch völlig aufgedreht von den stundenlangen Proben mit der Band, doch ihre freudige Stimmung kippt beim Aufschließen abrupt in eine bedrückende Ahnung um.

»Du kannst nicht einfach gar nichts tun, Callum«, sagt ihr Dad gerade. »So funktioniert es nun mal nicht auf der Welt.«

»Ich hab doch eigene Ziele«, erwidert Callum mit seiner leisen Stimme. »Ihr tut so, als würde ich den Rest meines Lebens von Stütze leben wollen. Es macht für mich im Moment bloß keinen Sinn, an die Uni zu gehen.«

»Schon in Ordnung«, sagt Hilary. »Dagegen hat hier keiner Einwände. Aber *irgendwas* musst du eben tun.«

»Was tut Robin denn groß?«, schnaubt Callum.

»Sie hat die Band …«, erklärt ihr Dad, und sofort bricht Callum in sarkastisches Lachen aus.

»Das ist doch kein Job! Das ist ein Hobby. Ich spiele auch Gitarre, warum zählt das nicht?«

»Es ist eine Art Job«, sagt Hilary. »Die Band hat schon ein paar Konzerte gegeben und ihr erstes Geld verdient.«

»Bei Hochzeiten«, gibt Callum abschätzig zurück. »Und in Pubs.«

»Wo bist du denn aufgetreten?«, fragt Jack trotz hörbarer Beschwichtigungsversuche von Hilary.

»Tja, nirgends. Wie jeder weiß. Weil ich ja auch bloß ein Riesenversager bin.«

Stuhlbeine scharren, und Callum erscheint im Flur. Er will sich schon an Robin vorbeischieben, hält dann aber inne. Sie stehen nur Zentimeter voneinander getrennt.

Robin legt ihm eine Hand auf die Schulter und sagt: »Alles okay?«

Seit ihrem Krach wegen Rez sind sie einander nach Möglichkeit aus dem Weg gegangen. Sie vermieden Blickkontakt, wenn sie kamen oder gingen, nickten sich abends am Tisch nur kurz zu und brachten das Essen so schnell und beiläufig wie möglich hinter sich. In den meisten Fällen verschwand Callum kurz darauf. Draußen wartete dann schon Rez oder einer seiner abgefuckten Kumpel mit einem Wagen auf ihn.

»Reinkommen kann er ja wohl schlecht«, hatte Callum vor ein paar Tagen Hilary angeschnauzt. »Dass er hier nicht willkommen ist, hat Robin unmissverständlich klargemacht.«

Auch jetzt schnappt Callum erregt nach Luft, überlegt es sich aber noch einmal anders und atmet ruhig wieder aus. »Geht schon«, murmelt er, beißt sich in die Backe und lässt den Kopf auf ihre Schulter sinken. »Nur ein bisschen im Arsch.«

So viele Worte hatten sie seit Wochen nicht mehr gewechselt.

»Lust, Gitarre zu spielen?«, fragt Robin mit ernster, hoffnungsvoller Miene. »Ich könnte dir zeigen, woran ich gerade arbeite.«

Er zögert einen Moment. »Okay, lass mal hören.«

Sie marschieren gemeinsam hoch. Robin streift die Epiphone SG von den Schultern, lehnt sie gegen die Wand, nimmt ihre alte Akustikgitarre und setzt sich. Der hölzerne Körper ist abgeblättert und mit Stickern, aufgemalten Bandnamen und eingekratzten Zeichen übersät. Sie fährt mit den Fingern darüber, und verschwommene Erinnerungen werden wach an jene Sommertage, an denen sie gemeinsam mit viel Hingabe an den Verzierungen gearbeitet hatten.

»Also«, sagt sie, legt ihre schwieligen Finger auf die Saiten und schaut Callum an. »Das hier ist etwas, an dem ich schon seit einer Weile arbeite, aber die Bridge stimmt noch immer nicht. Lust zu helfen?«

»Klar«, antwortet er und legt sich bäuchlings auf den Boden. Ein paar Akkorde später ist er eingeschlafen.

Als Robin am nächsten Morgen aufwacht, trägt sie noch immer ihre Sachen, und der Arm tut ihr weh, weil er die ganze Nacht um den Gitarrenhals gelegen hatte. Ohne Callum zu wecken, geht sie nach unten und trifft in der Küche auf Hilary, die dort mit einer Kanne Tee und einem monströs dicken Taschenrechner vor ein paar ordentlichen Stapeln Rechnungen und Belegen sitzt.

»Hey«, sagt Robin.

»Hi.« Hilary schiebt sich ihre dicke Buchhalterinnenbrille von der Nase und wirft die Haare mit einem leichten Schwung nach hinten. »Einen Schluck Tee?«

»Ja, gerne.« Sie zögert noch eine Sekunde, muss es aber dann loswerden. »Ich mache mir wirklich Sorgen um Cal, Hilary. Petzen liegt mir nicht, aber ich habe das Gefühl, wenn ich nichts sage, wird mir das später leidtun.«

»Was ist denn los?«, fragt Hilary nachdenklich.

»Er ist einfach nicht er selbst, verstehst du? Er macht gar nichts mehr, außer mit Rez rumhängen, kiffen und saufen. Dabei ist er so ein brillanter Kopf. Aber er macht nichts aus seinen Fähigkeiten.«

»Ihr seid jetzt beide achtzehn, Robin. Selbst ich habe in dem Alter ab und zu gekifft. Ich möchte ihm gerne seine Freiheiten lassen und ihn nicht so kontrollieren, wie sein Vater das getan hat.«

»Aber er probiert nicht irgendwelche Dinge aus Neugier aus, er lässt sich bloß stumpfsinnig mittreiben. Und er verbringt seine Zeit lieber mit Rez als mit uns. So treibt er immer weiter fort von uns.«

Hilary atmet tief durch und schenkt ihnen beiden Tee ein.

»Vielleicht hast du ja recht. Mir gefällt die Sache auch nicht. Aber wenn ich jetzt anfange, Druck auszuüben, wird er sich nur bockig stellen.«

Sie denkt einen Moment nach. »Meiner Ansicht nach sollten wir Folgendes tun …«

Robin war von der Idee nicht begeistert, aber Hilary hatte Rez trotzdem für Sonntag zum Mittagessen eingeladen. Callum war einverstanden gewesen unter der Bedingung, dass ihn niemand einem »verschärften Verhör« unterziehen würde.

»Ich möchte nur den Menschen kennenlernen, mit dem du so viel Zeit verbringst, mein Schatz«, hatte Hilary erklärt. »Bedeutet er dir denn wirklich so viel?«

Callum hatte den Blick gesenkt und war von einem Bein aufs andere getreten. »Ja, das tut er.«

»Na, also dann«, hatte sie nur gesagt.

»Also dann«, hatte er wiederholt.

Rez stand am Sonntag um Punkt ein Uhr in der Tür. Er hatte ein paar Tankstellenblumen für Hilary dabei und eine Flasche Bell's Whisky für Jack.

»Wo hast du die denn geklaut?«, fragte Robin, und Rez' Miene verfinsterte sich.

»Robin!«, bellte Callum.

»War doch nur Spaß«, stöhnte sie und wurde rot, worüber sie sich sofort maßlos ärgerte.

Es war schon ein höchst sonderbarer Anblick, wie Rez da in Hemd und Stoffhose, die er sich von jemand deutlich Größerem geborgt haben musste, am Tisch saß. Callum warf ihm aufmunternde Seitenblicke zu, wenn er glaubte, dass niemand es bemerkte.

Seine fettigen Haare hatte Rez zu einem Pferdeschwanz gebunden, und er roch, als hätte er Rasierwasser benutzt. *Schlechtes Rasierwasser, das er vermutlich im Pub irgendeinem zwielichtigen Typ abgekauft oder gleich selbst gestohlen hatte*, ging es Robin durch den Kopf.

»Also schön«, hob Hilary an, während sie Erbsen auf die Teller verteilte. »Und Sie studieren, Rez?«

Callum hustete warnend.

»Nein, eigentlich arbeite ich, Mrs. Marshall.«

»Ah ja?«, mischte Jack sich ein. »Was arbeitest du denn, Rex?«

»Er heißt *Rez*, Dad«, soufflierte Robin, um Callum zu zeigen, dass sie auf seiner Seite war, aber der fixierte sie nur scharf.

»Und was machst du nun so, mein Junge?«, versuchte Jack es erneut.

»Ich bin Schweißer.«

»Oh«, erwiderte Jack angetan. »Das ist ein prima Beruf. Ich hab mal einen Typ gekannt, der wahnsinnig gut schweißen konnte. Hat das richtig gewerbsmäßig betrieben. George Wie-hieß-er-noch-gleich. Wato? Hieß er nicht so, Hilary?«

»Keine Ahnung, Jack.«

»George ... George Irgendwas. Ein Grieche. Kennst du den?«

»Nein.« Rez zuckte mit den Achseln und verzog den Mund zu einem leichten Lächeln. Kleine, spitze Zähne lugten hervor.

»Patenter Kerl, echt. Wenn dir mal ein Grieche namens George bei der Arbeit begegnet, richt ihm schöne Grüße von Jack dem Gärtner aus.«

»Mach ich«, sagte Rez und stopfte sich eine große Gabel Fleisch und Gemüse in den Mund. Als etwas Soße auf sein weites Hemd tropfte, tupfte Callum es sofort mit einer Serviette fort. Robin konnte sich ein Grinsen nicht verkneifen. Sie sah Callums Augen schmaler werden.

»Irgendwas zu sagen?«, fragte er.

»Ich?«, erwiderte Robin mit Unschuldsmiene.

»Ja, Robin, dich mein ich.«

»Aber nein, Callum, ich wüsste nicht, was ich hier groß zu sagen hätte. Oder doch?«

»Na gut, dafür habe ich aber etwas zu sagen«, fuhr er mit sanfterer Stimme fort und wandte sich seiner Mum zu. »Eigentlich eher wir beide.«

Rez sah auf seinen Teller und kaute weiter, während Callum verkündete: »Ich hab einen Job.«

»Oh, wie wunderbar«, sagte Hilary lächelnd und stupste Jack an.

»Wunderbar«, wiederholte Jack.

»Schichtdienst in einem Call Center in Reading. Vier Tage Dienst, vier Tage frei. Anrufe für einen Teleshopping-Kanal annehmen.«

»Teleshopping?« Hilary bemühte sich, ihre Enttäuschung zu überspielen.

»Ist bloß ein Anfang, Mum. Es reicht für die Miete, während ich mir überlege, was ich wirklich will.«

»Welche Miete?«, warf Jack leicht schnaubend dazwischen. »Du hast doch noch nie Miete gezahlt, mein Junge.«

»Wir wollen doch überhaupt kein Geld von dir, Cal«, fügte Hilary hinzu.

»Na, das ist so gedacht.« Er spreizte seine langen Finger auf dem Tisch, direkt neben dem abgelegten Besteck. »Der Job ist in Reading. Und Rez wohnt in Reading. Also dachten wir, es wäre nur logisch, weil Rez genug Platz hat …«

»O nein«, sagte Hilary.

Callum warf einen kurzen Blick zu Rez und sah dann

wieder zu seiner Mutter, die aufgestanden war und ihn von hinten umarmte. Er stand ebenfalls auf, schlang seine langen Arme um ihre schmalen Schultern und erwiderte die Umarmung.

»Es ist doch bloß um die Ecke, Mum. Und die meiste Zeit verbringe ich sowieso schon da.«

Robin war schlecht.

»Wie willst du denn Geld für die Miete aufbringen *und* dann noch für all den Scheiß, den du rauchst oder dir sonst so einpfeifst?«

»Ich werde dich auch vermissen, Robin«, erklärte er mit stockender Stimme und nahm ihr damit allen Wind aus den Segeln.

»Du willst wirklich gehen?«, fragte sie atemlos und kämpfte gegen die Tränen an.

»Ja«, antwortete er.

»Ich möchte aber nicht, dass du gehst«, krächzte sie.

»Ich weiß.«

Sobald das Essen vorbei war, verabschiedete sich Rez mit Handschlag von Jack und mit Wangenkuss von Hilary. Dann schob er sich wortlos an Robin vorbei und ging, um draußen im Wagen zu warten.

Robin und Callum schlossen einander fest in die Arme. Zum ersten Mal hielten sie sich eng umschlungen, ohne spitze Bemerkungen, ohne jeden Ton.

Am nächsten Tag kam er zurück, um seine Sachen zu holen.

Als der Wagen von Rez mit all den Sachen von Callum, seiner Kleidung, seinen Büchern und seiner Musik vollgeladen war und auf der Straße davonrumpelte, nahm Jack die weinende Hilary tröstend in den Arm. Verärgert über ihre eigenen Tränen stürmte Robin derweil die Treppe hinauf und trat wütend die Tür zu ihrem Zimmer auf. Auf dem Bett fand sie dort einen Schuhkarton mit Demokassetten und halbfertigen Songtexten und seine akustische Gitarre.

Kapitel 33

Gegenwart

Sarah

Für einen Rockstar ist die Nummer 68 in den George Mews nicht sonderlich imposant.

Die Fenster sind schmutzig, alle Vorhänge zugezogen. Mich überfällt die Ahnung, Robin könnte hier nur kurze Zeit gewohnt haben, bevor sie weitergezogen ist, ohne Hilary darüber zu informieren, dass sie die Stadt verlässt. Ich klopfe, aber niemand reagiert. Ich horche an der Tür, kann jedoch nichts hören. Selbst wenn da eine Bewegung wäre, wüsste ich nicht, ob sie von Robin stammt. Womöglich ist sie überhaupt nie hier gewesen.

Ich fühle mich beobachtet. Wahrscheinlich liegt es daran, dass ich selbst bereits erwarte, mein merkwürdiges Verhalten müsste jedem in der Nähe sofort auffallen. Aber als ich mich umsehe, kann ich keinen entdecken, der mir auch nur die geringste Beachtung schenkt. Ich drücke mich noch ein wenig vor der Haustüre herum und betrachte den gegenüberliegenden Park. Ein paar Leute, die ihren Hund ausführen, und ein paar Teenager, die auf dem Rasen sitzen und Cola trinken. Ich glaube, weiter weg zwischen den hohen Bäumen eine groß gewachsene Gestalt zu erkennen, bin mir aber durch das Schattenspiel der Bäume unsicher. Doch auch so lässt mich der Anblick erschaudern. Die Gestalt erinnert an ein längst vergessen geglaubtes Gespenst.

Viel wahrscheinlicher handelt es sich jedoch nur um irgendeinen Dealer oder jemand, der hier auf ein heimliches Treffen mit seiner verbotenen Liebe wartet. Wer weiß, vielleicht ist es ja auch einer der Typen aus dem Spice Room, der mich gerade auslacht.

Robin

Heute ist genauso ein Tag wie gestern oder vorgestern, oder wie es sie letzte Woche gegeben hat. Dennoch fühlt er sich anders an. Und er ist anders. Denn um Punkt acht Uhr dreißig wird ein Mann von der Sicherheitsfirma, der Kevin heißt, an ihrer Tür klopfen, hereingelassen werden und ihr Haus in ein Fort Knox verwandeln.

Dann wird sie zwar weiter hier in ihrem Bau festsitzen, aber dieser Bau wird bestens gesichert sein. Eine winzige unsichtbare Leitung wird sie mit Menschen verbinden, deren einzige Aufgabe darin besteht, für ihren Schutz zu sorgen. Alarmanlagen, deren Signale automatisch an das Sicherheitspersonal weitergeleitet werden. Notfallknöpfe, dazu Schlösser und Ketten in Armeequalität. Endlich würde sie nicht mehr allein und wehrlos demjenigen ausgeliefert sein, der es auf sie abgesehen hatte.

Sie war gegen sieben aufgewacht und unter dem Bett hervorgekrabbelt, wo sie zum hoffentlich letzten Mal geschlafen hatte. An die Küchentheke gelehnt, hatte sie eine Tasse Tee getrunken, sich anschließend eine zweite aufgesetzt, gefolgt von einem Protein-Smoothie, der ihr fast wieder hochgekommen wäre.

Sie blieb noch eine Weile in der Küche und scrollte auf dem Handy durch ihre Trainings-Apps. Sobald der Smoothie dauerhaft im Magen verschwunden war, ging sie ins Bad, um sich die Zähne zu putzen, und nahm dann ihr tägliches Schrittepensum in Angriff.

Sie hatte gerade mal drei Runden im Haus gedreht, da legte sie im Fitnessraum eine Pause ein und blickte zur Rückseite des Wohnblocks hinüber.

Die alte Frau spülte Geschirr und sah nicht in Robins Richtung. Der Neue stand unten in seiner Terrassentür, einen Becher in der einen Hand, eine Zigarette in der anderen. Er wippte leicht auf den Füßen, geriet aus dem Gleichgewicht und musste sich abfangen, sonst wäre er auf dem Hintern gelandet.

Robins Blick wanderte nach oben zu Henry Watkins. Er war nachts noch lange auf gewesen. Sie hatte Licht im Zimmer seines Sohnes gesehen, als sie aufs Klo musste, und seinen Schatten darin erkannt. Wie so oft. Sie hatte den Kopf geschüttelt und die Augen abgewandt.

Jetzt entdeckt sie ihn im Fenster seines Sohnes. Er schaut weg von ihrem Haus, und es macht den Eindruck, als würde er sitzen. Auf etwas ungewöhnlich Niedrigem hocken. Vermutlich auf dem Stühlchen neben dem kleinen Kindertisch. Beides hatten die Eltern vor nicht allzu langer Zeit für den Jungen gekauft, und Robin hatte ihn häufig an dem Tischchen malen oder mit Lego spielen sehen.

Henry sitzt im Profil zum Fenster. In seinen länger gewordenen Haaren zeichnet sich die graue Strähne noch markanter ab. Er wirkt zugleich ungebändigt wild und wie in einem Käfig gefangen.

Robin sieht ihn aufstehen, sich mitten im Zimmer bücken und an irgendetwas herumspielen. In diesem Moment klopft es an ihrer Haustür. Acht Uhr dreißig war ihr fest zugesagt worden, und es ist erst Viertel nach. Sie hatte unmissverständlich klargestellt, zu einer anderen Uhrzeit nicht zu öffnen. Aber … sie kann es auch kaum erwarten, dass die Arbeiten endlich erledigt sind, und wäre heilfroh, sollte das tatsächlich schon Kevin von der Sicherheitsfirma sein. Sie zögert, beobachtet dann jedoch lieber weiter.

Das Klopfen klingt ausgesprochen höflich. Zurückhaltend. Das muss Kevin sein, wer sonst? Allerdings hatte sie ausdrücklich auf die Einhaltung der exakten Uhrzeit bestanden.

Sie stellt sich oben an die Treppe und lauscht auf Hinweise, die es nicht gibt. Das Klopfen setzt wieder ein, ebenso leise und zurückhaltend wie zuvor.

Robin reagiert nicht. So, wie sie es der Frau am Telefon bei der Terminvereinbarung angekündigt hat. Der Ernst, mit dem sie damals auf ihren Wunsch einging, macht den Vertrauensbruch jetzt umso verletzender.

Verärgert und voller Unruhe wirft sie noch einen Blick zurück zur Wohnung der Elsters. *Zur Wohnung der Watkins*, korrigiert sie sich sofort. Henry hat das Kinderstühlchen in die Mitte des Zimmers geschoben und steigt jetzt mit einem Fuß darauf, als wollte er es testen. Er bricht den Versuch ab, stellt das Stühlchen wieder an seine alte Stelle und zieht stattdessen das Tischchen in die Mitte des Raumes. Das Legohaus nimmt er von der Platte und setzt es vorsichtig auf dem Boden ab.

Als er den Gürtel von seinem Bademantel zieht, wird Robin blitzartig klar, was sie da beobachtet. *Nicht das. Bitte, alles, nur nicht das.*

Wieder klopft es an der Tür, aber Robin registriert es kaum. Schwer atmend, fixiert sie all ihre Aufmerksamkeit auf Henry Watkins, der den Gürtel jetzt langsam zu einer Schlinge bindet. In seiner Konzentration runzelt er angestrengt die Stirn, genau wie er es tat, wenn er ein neues Spielzeug für seinen Sohn zusammenbaute oder als er das Handy seiner Frau aus ihrer Handtasche nahm, die Einträge kontrollierte und dabei alle zehn Sekunden den Kopf hob aus Angst, sie könnte zurückkommen.

Er zieht ruckartig am Gürtel und prüft, ob der Knoten so sitzt, wie er sich das vorstellt. Er probiert es auch über dem Kopf aus, mit der Schlinge um den Hals.

Robin kann keinen klaren Gedanken fassen, ist unfähig sich zu bewegen. Hilflos beobachtet sie, wie er den Knoten, mit dem er unzufrieden ist, immer wieder auflöst. Unten klopft es erneut an der Tür. *Kevin vom Sicherheitsdienst. Bitte, lass es Kevin vom Sicherheitsdienst sein. Der kann rübergehen und Henry Watkins stoppen.*

Robin rennt die Stufen hinunter. Ihr zittern die Knie. Sie fühlt sich wacklig und unsicher auf den Beinen, wie ein Rehkitz. Noch einmal tief durchgeatmet, dann öffnet sie die Tür, so weit es die Sicherheitskette erlaubt. Sie blinzelt mit einem Auge in den Spalt aus Tageslicht und schreckt überrascht zurück.

Es ist nicht der Mann vom Sicherheitsdienst.

Kapitel 34

1998

Sarah

Meine Mutter weiß Bescheid, da bin ich mir sicher. Sie weiß, was geschehen ist und was ich getan habe. Sie geht mir seitdem aus dem Weg oder beobachtet mich aufmerksam, wenn ich mit ihr in einem Raum bin.

»Ist es dir recht, dass wir nach England zurückziehen?«, fragt sie mich. »Oder möchtest du lieber in Atlanta bleiben? Allein. Und deinen Platz an der Uni in Anspruch nehmen. Ich denke schon, dass wir uns das nach dem Verkauf des Hauses finanziell leisten könnten.«

Sie sieht fort und beginnt, Sofakissen auszurichten. Mir ist schon klar, weshalb sie mich loswerden möchte.

»Du weißt, Drew würde alles für dich tun.«

Ich wende mich zum Gehen. Keine Ahnung, worauf genau sie abzielt und was sie damit sagen will. Ich will es auch gar nicht hören.

»Ihr beide habt euch ja immer schon sehr gut verstanden, stimmt's?« Es klingt keineswegs wie eine Frage, eher wie eine Schlussfolgerung.

»Ich will zurück nach England«, erkläre ich. »Und ich bin froh, dass wir zurückgehen, weil ich nämlich bei meinem Dad wohnen möchte.«

»Bist du dir da sicher?«, fragt sie mit erstaunter Miene.

»Todsicher. Und versuch bloß nicht, es mir auszureden.«

Ich lasse sie einfach dort sitzen, mit offenem Mund, das Sofakissen noch in der Hand, und gehe hoch in mein Zimmer, um weiter zu packen.

Als ich am späten Nachmittag wieder herunterkomme, höre ich Mum mit meinem Dad telefonieren.

»Den schadenfrohen Unterton kannst du dir ruhig sparen, Jack.« Nach einer kurzen Pause fügt sie hinzu: »Doch, das tust du, Jack.«

Ich sage, dass ich mir selbst etwas zu essen mache, so wie es in den letzten Wochen zur Regel geworden ist. Ich kann mich einfach nicht überwinden, gemeinsam mit ihnen am Tisch zu sitzen, wo sie sich dann ihr großartiges englisches Abenteuer ausmalen und Drew ständig Mutter übers Bein streicht oder ihr in den Po zwickt, wenn sie aufsteht. Man könnte fast denken, er hätte alle Erinnerungen aus seinem Gedächtnis gelöscht, wäre da nicht die Tatsache, dass er mir seit dieser Nacht kaum noch in die Augen schaut. Ich kann meine Erinnerung nicht auslöschen. Vergessen ist unmöglich.

Endlose Stunden hocke ich in meinem Zimmer vor dem Fernseher.

Das Telefon klingelt, und wie immer kümmere ich mich nicht darum.

»Es ist für dich«, ruft meine Mum von unten.

»Ich bin nicht da«, sage ich, wie immer seit der Abschlussfeier.

»Und ob du das bist. Es ist deine Schwester.«

Wir haben seit dem Krach damals nicht mehr miteinander gesprochen. Keiner erwähnt diesen Punkt. Dass ich wieder zurückziehe, ist viel bedeutsamer und der Streit damit abgehakt.

Dennoch klingt Robin ein wenig verhalten. Sie betont zwar, wie sehr sie sich auf meine Rückkehr freut, stellt aber gleichzeitig so viele Fragen über meine weiteren Pläne und wo ich denn genau schlafen will, dass sich mir der Eindruck aufdrängt, als wäre sie alles andere als erfreut.

Von hinten höre ich Dad, der sie ermahnt, langsam Schluss zu machen, da fragt sie mich noch: »Alles okay bei dir?«

Ob alles okay ist bei mir? *Nein,* hätte ich am liebsten geschrien. *Okay ist bei mir so ziemlich gar nichts*. Meine Mutter überlässt mich seelenruhig meinem Schicksal, meine Schwester will mich zu Hause nicht haben, und ich weiß nicht, ob ich zum Studieren nach England gehen soll, ein Land, an das ich mich kaum noch erinnere, oder ob ich besser hier allein zurückbleibe oder ob ich mir irgendeinen Job suchen soll, ohne allerdings die geringste Ahnung zu haben, was ich gerne machen würde, beziehungsweise wozu ich überhaupt etwas tauge. Aber all diese Fragen sind nichts, verglichen mit dem gewaltigsten Brocken. Über den ich in diesem Moment unmöglich sprechen kann. Nicht hier. Nicht am Telefon. Nicht mit meiner Schwester.

Ich bin schwanger.

Letzte Woche kam Callum zum Abendessen nach Hause, und Robin und er ließen sich zum ersten Mal seit langer Zeit wieder gemeinsam volllaufen. Rez musste angeblich arbeiten, obwohl Robin äußerst skeptisch war, welche Art von Arbeit ein Schweißer mitten in der Nacht zu erledigen haben sollte.

Alles begann mit einer angespannten Essensrunde, und sobald Hilary und Jack nach oben verschwunden waren, leerten sie erst gemeinsam eine Flasche Rotwein und gingen dann zur Plünderung der Schnapsvorräte über.

Sie legten sich aufs Sofa, jeder zu einem Ende hin, und versuchten, es sich gemütlich zu machen, während der Fernseher im Hintergrund stumm vor sich hin flimmerte.

»Soll ich dir mal was erzählen?«, fragte Callum.

»Klar.«

»Bevor ich den Job beim Call Center bekam, hatte ich ein Vorstellungsgespräch in der Süßigkeitenfabrik, für die Dad mal gearbeitet hat, damals als er noch Schokolade und so'n Zeug verkaufte.«

»Und? Haben sie dir was angeboten?« Robin hörte mit geschlossenen Augen zu.

»Nein, ich war echt am Arsch an dem Tag, hab das Interview voll in den Sand gesetzt. Nicht mal das Einpacken von Süßigkeiten trauten die mir noch zu. Mann, was'n Scheiß!« Er lachte kurz auf. Robin nicht.

»Hab ich dir jemals von dem Familientag erzählt, den es da gab, als ich noch klein war?«

Hatte er, aber sie ließ ihn trotzdem weiterreden. Er schien es zu brauchen. Vor Drews Wechsel in die Cola-Branche waren Hilary und der damals fünfjährige Callum zum Familientag aufs Firmengelände beordert worden. Zu dieser Zeit reiste Drew noch als Handelsvertreter für einen Süßwarenhersteller durch den Süden, den Wagen voller Kartons mit Schokolade und Bonbons, die er kleinen Einzelhändlern aufschwätzte. Sein schärfster Konkurrent auf der Verkäuferrangliste hatte ebenfalls seinen Sohn zum Familientag mitgebracht. Der Junge war etwa im gleichen Alter wie Callum und besaß – zumindest dessen Beschreibung nach – die Ausmaße eines Muldenkippers.

Die Jungs mussten beim Apfelschnappen gegeneinander antreten. Dem anderen gelang es, in zügiger Reihenfolge drei Äpfel mit den Zähnen aus dem Wasser zu holen. Anschließend verfolgte er tropfend, wie Callum erst zwei und dann noch einen herausangelte. Als er nach dem vierten, dem Gewinnerapfel tauchte, packte der Junge Callums Kopf und hielt ihn unter Wasser. Statt nun einzugreifen und zu helfen, begannen die beiden Väter damit, sich gegenseitig anzupöbeln, und als der Muldenkipper-Junge ihn endlich losließ, weinte Callum, sein T-Shirt war pitschnass vom Wasser und seine Hose auch, weil er vor Angst hineingepinkelt hatte.

In dieser Nacht musste Callum draußen im Garten schlafen. Sein Vater sah darin eine Methode, ihn abzuhärten. Nach Mitternacht, als Drew tief und fest schlief, war Hilary hinausgeschlichen, hatte sich zu ihrem Sohn gelegt, ihn in den Arm genommen und die Picknickdecke über sie beide gezogen.

Solange Callum bei seinem Vater wohnte, bekam er immer wieder zu hören, dass vor allem die Hänseleien der Kollegen über sein »Weichei-Söhnchen« Drew dazu gezwungen hätten, die Firma zu verlassen. Erst nach der Trennung klärte Hilary in einem erregten Moment Callum dann darüber auf, dass Drew gar nichts anderes übriggeblieben war, als zu kündigen, weil er nämlich versucht hatte, sich an die junge Frau des Chefs heranzumachen.

Robin fragte sich, ob Drew auch heute noch so war und die Finger nicht von jüngeren Frauen lassen konnte und ihre Mutter währenddessen so tat, als würde sie nichts bemerken. Ob er auch heute noch bereit war, dafür eine Familie zu zerstören. Robin stand noch deutlich vor Augen, wie er damals ihre Mum angesehen hatte, wie er sie in der Küche berührt und sich die Lippen geleckt hatte, wenn sie sprach. Und wie sie dazu kicherte.

Seinerzeit hatte Robin das verwirrt, hatte sie das beschäftigt. Irgendwas daran war falsch, das hatte sie gewusst, aber ihr fehlte die Erklärung, die Ursache. Im Rückblick widerte es sie an. Sie verabscheute jede der Entscheidungen, die ihre Mutter getroffen hatte, aber immerhin ein Hoffnungsschimmer blieb: Trotz all der feindseligen Stimmung der vergangenen Monate, trotz dieses grauenhaften Freundes, den er sich ausgesucht hatte, und dieser entsetzlichen Talentvergeudung, sie liebte ihren Bruder von ganzem Herzen. Fast mehr als alles andere.

Kapitel 35

Gegenwart

Sarah

Endlich öffnet sich Robins Haustür. Wenn auch nur einen Spalt. Ich höre, wie meine Schwester erschrocken nach Luft schnappt. Selbst ohne Worte ist ihre Stimme unverkennbar.

Sie fingert an etwas Metallischem herum, die Tür fällt noch einmal ins Schloss und schwingt zu guter Letzt ganz auf. Jetzt kann ich sie sehen. Mein Gott, ich habe sie gefunden.

»Sarah!« Sie starrt mich an, als wäre ich ein Geist.

»Robin, ich freu mich ja so«, sage ich.

Über ihr Aussehen freue ich mich allerdings überhaupt nicht. Sie wirkt so beängstigend klein, dass ich mir daneben riesig vorkomme.

Froh scheint sie nicht darüber zu sein, mich zu sehen, bloß schockiert und verärgert.

»Tut mir leid, hier so unangekündigt hereinzuplatzen«, sage ich und spüre, wie mir die Tränen in die Augen steigen. Ihre Reaktion fühlt sich derart beschämend und beleidigend an, am liebsten hätte ich sie mit einem heftigen Stoß aus meinem Blickfeld katapultiert, wäre weggerannt und hätte die ganze Idee begraben.

»Nein«, antwortet sie, schaut erst mich an und dann

hinter sich auf irgendwas. »Nein, das isses nicht.« Keuchend schüttelt sie den Kopf und redet in rasendem Tempo: »Ich bin völlig geplättet, aber ich freu mich wirklich, dich zu sehen. Bloß passiert da hinter mir gerade etwas ganz Furchtbares, und ich muss unbedingt eingreifen.«

»In deinem Haus?«, frage ich und schiele an ihr vorbei ins Innere.

»Nein, in einer der Wohnungen auf der Rückseite. Ich …« Scheinbar überrascht bemerkt sie das Handy in ihrer Hand und sagt: »Warte mal 'ne Sekunde, entschuldige.«

Sie gibt drei Ziffern ein, hebt das Telefon ans Ohr und fängt fast sofort an zu reden. Sie fordert einen Krankenwagen an und ergänzt, dass vielleicht auch die Feuerwehr nützlich wäre, wegen der Drehleiter. Sie gibt eine Adresse an, die nicht ihre ist, und sagt: »Beeilen Sie sich«, und die ganze Zeit stehe ich da, starre meine Schwester an und versuche zu begreifen, was ich da sehe.

»Der Krankenwagen wird zu lange brauchen«, erklärt Robin und betrachtet forschend mein Gesicht, als würde sie etwas abwägen.

»Krankenwagen für wen?«

»Kannst du mitkommen?«, fragt sie zurück. »Kannst du mir bei etwas helfen?«

»Ja, natürlich«, sage ich, obwohl ich noch immer keine Ahnung habe, worum es überhaupt geht. Wir haben März, und sie trägt nur Shorts und Unterhemd, dennoch schlüpft sie lediglich mit ihren nackten Füßen in ein Paar Turnschuhe, die im Flur stehen. Sie packt ihre Schlüssel, braucht dann aber nach all der anfänglichen Hektik eine gefühlte Ewigkeit, auf den Bürgersteig hinunterzusteigen. Dabei greift sie nach meiner Hand, um das Gleichgewicht nicht zu verlieren.

Sie hat so gar keine Ähnlichkeit mehr mit der Robin unserer letzten Begegnung, und ich zwinge mich, unverwandt geradeaus zu blicken, damit sie nicht den Eindruck bekommt, ich würde sie anstarren. Sie ist spindeldürr, krumm und buckelig, mit hängenden Schultern, hat aber an den Beinen so kleine Muskelbeulen. Ihre Haut ist so blass, wie ich es noch nie im Leben bei einem Erwachsenen gesehen habe, und sie ist kreuz und quer mit Kratzern übersät.

Sie gleicht einem Wesen, das nach ewigen Zeiten seinem unterirdischen Bau entsteigt, keinem richtigen Menschen. Wie eine Retterin in der Not sieht sie ganz sicher nicht aus. Eher wie jemand, der selbst Rettung nötig hat.

Robin

Robin hat jetzt keine Zeit, darüber nachzudenken, warum ihre Zwillingsschwester Sarah plötzlich in der Tür steht, weil Henry Watkins in diesem Augenblick mit einer Schlinge um den Hals auf dem Kindertischchen balanciert und fest entschlossen scheint, gleich einen Schritt zu tun und sich umzubringen. Robin darf das auf gar keinen Fall geschehen lassen.

Robins Haustür klafft sperrangelweit auf. Gleich kommt der Krankenwagen. Noch nie haben die Schuhe an Robins Füßen dieses Pflaster berührt. Robin greift nach dem Arm ihrer Schwester. Die Schwere der Außenwelt, in die sie tritt, zerquetscht sie schier. So grell hat die Sonne seit Wochen nicht mehr gestrahlt. Ungefilterte Sonnenstrahlen auf ihren nackten Armen und Beinen. Sie blinzelt ins Gesicht ihrer Schwester, das sie weniger schmal und weniger rosig in Erinnerung hat, erkennt ihre besorgt blickenden Augen, die spitze Nase. Sarah. Sie wird helfen müssen. Sie sind doch eins.

Robins Körper ist an all das nicht gewöhnt. Der ständig wechselnde Lufthauch, die Sonne, der Lärm überall um sie herum. Menschen, so viele Menschen, auf Fahrrädern oder zu Fuß, wie sie sich mit Buggys abmühen oder Kinder hinter sich herzerren. Menschen, die einen Schritt zurückweichen, ohne sich umzudrehen. Menschen, die so mit der sie umgebenden Welt verwoben sind, dass sie nicht extra aufpassen müssen.

Während die Schwestern die George Mews hinunterlaufen, wird Robins Haltung entschlossener. Sie muss sich darauf konzentrieren, diese Wohnung zu erreichen. Sie kann jetzt nicht die große Grünanlage auf der anderen Seite betrachten, darf nicht auf den Kampf zwischen Auspuffabgasen und frühlingsfrischem Rasenduft achten. Nicht auf das Klimpern der neuen Flaschenlieferung am Pub oder auf das ferne Motorenbrummen und Hupen, das als Geräuschteppich die ganze Stadt überzieht. Sie muss sich allein darauf konzentrieren, bis zu dieser Wohnung zu kommen und nicht vorher zusammenzuklappen und sich zu einem kleinen, festen Ball einzukugeln.

Mit jedem Schritt gewöhnen sich ihre Beine etwas mehr an den Bürgersteig. Ihre Augen passen sich dem

Licht an, die Tränen versiegen, und Robin nimmt die warme Hand auf ihrem Arm wahr, erkennt, dass ihre Schwester sie nicht nur stützt, sondern sich auch an sie klammert.

»Der Mann im Haus hinter mir will sich gerade erhängen«, erklärt Robin.

»Ach du Scheiße«, sagt Sarah, die früher nie geflucht hat. »Kennst du ihn?«

Robin zögert. Nein, tut sie nicht. Dennoch.

»Nein, ich hab's bloß von meinem Fenster aus gesehen. Und wenn er von dem Tischchen springt, glaube ich nicht, dass der Krankenwagen rechtzeitig da sein kann.«

Sie gehen ein wenig schneller, steif und ungelenk wie beim Dreibeinlauf. Gänsehaut bedeckt Robins Arme und Beine, doch das spürt sie in diesem Moment nicht. Die Schwestern biegen in die Jewel Street, die hinter der George Mews verläuft.

Von vorne hat Robin das Haus noch nie gesehen, aber sie weiß genau, welche Wohnung Henry Watkins gehört. Zudem kennt sie die Adresse von dem Geschenk, das sie seiner Frau schicken ließ und mit dem all der Ärger erst richtig anfing. Beim Gedanken daran und an die Dinge, die sich damit zugleich wieder in den Kopf drängen, wird ihr ganz schlecht.

Kapitel 36

1998

Sarah

Nach meiner Rückkehr lag ich den ersten Monat bloß in meinem alten Zimmer auf meinem neuen Bett und versuchte, mich darüber zu freuen, wieder zu Hause zu sein. Robin bewegte sich wie auf Zehenspitzen um mich herum. Eine Entschuldigung kam ihr zwar nicht über die Lippen, sie schien jedoch zu wissen, dass sie eigentlich angebracht wäre.

Callum war fort, und Hilary offenbar fest entschlossen, seine Abwesenheit zu verdrängen, indem sie unablässig kochte und mich fürsorglich umschwirrte. Ich wollte mich einfach bloß verstecken. Und schlafen.

Aus Dankbarkeit und Pflichtgefühl nahm ich nach Möglichkeit an den Familienessen teil, die Hilary mit so viel Mühe zubereitete, obwohl mir von nachmittags bis zum Schlafengehen meist reichlich flau war. Viele Stunden lag ich still da und rechnete einfach damit, dass meine Schwangerschaft gleich enden würde. Irgendwo glaubte ich etwas über den hohen Prozentsatz von Abgängen bei frühen Erstschwangerschaften gehört zu haben, oftmals ohne dass die Frau davon überhaupt etwas merkte. Ich versuchte, mir das herbeizuwünschen, versuchte, es zu erzwingen. Wenn eine Schwangerschaft es verdiente fehlzuschlagen, dann doch weiß Gott eine, die einem solch schrecklichen Moment entsprang, solch schrecklichen Momenten.

Doch was mir den Atem stocken ließ, weswegen mir die Tränen aufs Kissen liefen, das war der Schmerz, den ich zugleich bei der Vorstellung empfand, es könnte ein vorzeitiges Ende nehmen. Ein ungewolltes Kind, noch dazu von einem Mann, der mich nicht einmal so hätte ansehen dürfen, das in einem Körper heranwuchs, den er nie hätte berühren dürfen. Ich selbst ohne Einkommen, ohne Plan, ohne Freund. Und trotzdem. Die Vorstellung, vor dieser Katastrophe durch die kalte statistische Wahrscheinlichkeit eines Verlusts »gerettet« zu werden, durchbohrte mein Herz wie ein Dolch.

Das war mein Baby. Seit über drei Monaten schon.

Den ersten Monat störte sich niemand an meiner Zurückgezogenheit. So ähnlich hatte man es wohl erwartet. Ich war müde vom Flug, außerdem überwältigt vom Umzug, und dann machte mir noch die begrenzte Auswahl an Studienplätzen Kopfzerbrechen, die das zentrale Vergabebüro mir angeboten hatte. Alle betrachteten mich mit großem Mitgefühl, mit Ausnahme von Robin, die mich gar nicht betrachtete, weil sie ständig unterwegs war.

Fünf Jahre der Trennung hatten die Unterschiede zwischen uns schärfer ausgeprägt. Ich war Einzelkind geworden, sie Geschwisterkind geblieben. Callum war verschwunden, geflüchtet in ein leichteres Leben, ohne viele Fragen, ohne Erwartungen. Aber statt dafür jetzt der Zwillingshälfte vor ihrer Nase Beachtung zu schenken, zog sich Robin ebenfalls immer weiter zurück. Nächtelang blieb sie aus, und wenn sie zu Hause war, vergrub sie sich in ihrem Zimmer.

Hätte ich nicht selbst so viel Zeit damit verbracht, von Schwindel und Übelkeit geplagt auf der Seite im Bett zu liegen und mir den Bauch zu halten, meine Verärgerung über sie wäre gewiss größer gewesen. Wahrscheinlich hätte ich einen Streit vom Zaun gebrochen und für Klarheit gesorgt.

Inzwischen näherte ich mich immer mehr der Dreimonatsmarke, die mir die Entscheidung abnehmen sollte, und nach und nach wurde aus der Schwangerschaft mein »Baby«. Langsam musste ich mir überlegen, wie ich die Sache erklären sollte. Wem gegenüber ich sie erklären sollte. Und ich begann, mir Sorgen über die praktische Umsetzung zu machen. Ich war arbeitslos, wohnte in einem kleinen Zimmer im Haus meines Dads und erfand ständig neue Ausreden, um meine Mutter nicht treffen zu müssen. Wie passte ein Baby in diese Situation? Ich konnte mich vage daran erinnern, früher mal Bemerkungen über Sozialwohnungen für Alleinerziehende und Unterstützungsleistungen aufgeschnappt zu haben. Die Bemerkungen fielen in den Gesprächen der Erwachsenen, und sie hatten nicht besonders erfreulich geklungen. Mit dieser Welt hatte ich mich bislang nie beschäftigen müssen, besonders nicht, als ich in Atlanta wohnte und mein Badezimmer schon größer war als mein jetziges Zimmer.

Doch dann sah ich hinaus auf den kleinen Garten, auf den Hilary und mein Dad so stolz waren, und ich stellte mir vor, wie dort ein kleines Mädchen oder ein Junge spielte. Grübchen im Gesicht und Matsch an den Knien. Wenn ich die neuen Küchenmöbel sah, stellte ich mir einen kleinen Hochstuhl vor, der dicht am Tisch zwischen die Stühle gezwängt stand. Ich betrachtete meinen Bauch und stellte ihn mir voll angeschwollen vor. Ich legte meine Hand darauf und konnte es kaum erwarten, ihn so zu sehen. In diesem Moment wurde mir klar, dass ich es jemandem erzählen musste.

Ich fragte Hilary und Dad, ob ich mit ihnen sprechen könne, und sie amüsierten sich über meinen formalen Ton. »Na, wenn's so ernst ist!«

Nach unserer Rückkehr aus Atlanta war ich bei meinem ersten Besuch im alten Haus erstaunt, wie sehr Dad gealtert war. Sein lockiges Haar wies nun mehr graue als braune Strähnen auf, und seine Gesichtszüge waren wettergegerbt. Er bewegte sich bedächtiger, als ich es in Erinnerung hatte, besaß aber immer noch diese spitzbübische Begeisterungsfähigkeit, von der Robin an einem unserer raren gemeinsamen Abende meinte, dass sie durch meine Rückkehr neuen Schwung erhalten habe.

»Sag nichts davon, sonst ist es ihm bloß peinlich, aber seit ihm Mum erzählt hat, du würdest gerne wieder hier einziehen, ist er aufgekratzt wie ein Kind vor der Bescherung.«

Wir setzten uns an den neuen Esstisch. Sie waren so stolz auf diese Anschaffung, dass wir inzwischen zu fast jedem Anlass hier Platz nahmen. Und jetzt würde ich ihn besudeln. Ich schluckte hart.

»Ich muss euch etwas mitteilen.«

Natürlich wollte mein Dad wissen, von wem das Kind war. Ich hatte mir bereits eine Geschichte zurechtgelegt von einem Jungen auf einer Party in Atlanta. Seinen Namen würde ich nicht kennen. Ich glaube nicht, dass Hilary mir das Ganze abnahm, aber Dad schon. Ich konnte es seinem Gesicht ablesen, das länger und länger wurde.

»Weiß deine Mutter davon?«, fragte Hilary und legte die Finger leicht auf meine Hand.

»Nein, und bitte, erzählt es ihr nicht.«

»Sie wird das schon verstehen, mein Schatz, sie war ja damals kaum älter, als …« Mein Dad ließ den Satz unvollendet.

»Im wievielten Monat bist du denn?« Bei diesen Worten legte Hilary ihre Hand auf Dads, der in seinen Tee starrte und aussah wie ein Greis.

»Schon im vierten«, sagte ich. »Also von dem Datum an gerechnet, an dem … na, ihr wisst schon.«

»Ja, verstehe«, sagte sie.

»Daher ist es auch zu spät«, fügte ich hinzu. »Ich kann jetzt nichts mehr daran ändern.«

Vielleicht war mir das zu früh herausgerutscht, aber sie bohrten nicht weiter nach.

Seit er davon erfahren hat, weiß Dad nicht mehr, wie er sich in meiner Gegenwart verhalten soll. Ohne das Baby je direkt zu erwähnen, bietet er mir etwas Warmes zu trinken an oder macht mir Sandwichs. Auf Hilarys Vorschlag hin hat er mir Kräutertee besorgt, verliert aber nie ein Wort über den Grund, weshalb ich auf Koffein verzichte. Ein paar Mal hat Hilary sich nach Müdigkeit und Übelkeit erkundigt, aber ich kann ihr ansehen, dass diese Themen bei ihr Erinnerungen an die eigene Schwangerschaft mit Callum wecken, und mit seinem Namen verdüstert sich derzeit sofort die Stimmung. Seit meiner Rückkehr ist er nicht mehr zu Besuch gekommen. Von seinem Neffen oder seiner Nichte weiß er noch gar nichts. Und auf keinen Fall soll er jemals erfahren, dass in dieser Wölbung unter meinem weiten Sweatshirt in Wahrheit sein Halbbruder oder seine Halbschwester heranwächst.

Es ist schon spät, aber ich kann Robin unten in der Küche rumoren hören und gehe hinunter. Sie gießt sich gerade einen heißen Fruchtsirup ein und grillt Toast. Geschmolzener Käse zieht sich in langen Fäden vom Sandwichtoaster zur Arbeitsfläche. Sie ist betrunken.

»Aus gewesen?«, frage ich.

»Bandprobe, is' alles«, erklärt sie leicht lallend. »Und 'n paar Bierchen. Sorry, hätte dir Bescheid geben können. Dass du nachkommst.«

»Schon gut.« Fast wäre ich in Lachen ausgebrochen. Na, das hätte eingeschlagen.

Ein schiefes Grinsen liegt auf ihrem Gesicht, aber ich habe nicht das Gefühl, dass es mir gilt. Irgendwas ist sonderbar daran, wie sie an ihrer Kleidung zupft und sich durch die verwuschelten Haare fährt.

»Bist du mit jemandem zusammen?«, frage ich.

Das Grinsen wird noch schiefer. »Nicht so richtig, bloß so'n Typ, der im Purple Turtle hinterm Tresen arbeitet. Wir …«, sie verdreht die Augen und lacht so gickelnd, wie ich es schon lange nicht mehr gehört habe, »… hab'n was laufen, irgendwie.«

Sie teilt das getoastete Sandwich in zwei Hälften und hüpft dabei wild herum, weil es ihr die Finger verbrennt. Rasch nehme ich ihr den Becher mit dem heißen Sirupaufguss ab, bevor sie sich noch Verbrennungen dritten Grades zuzieht.

Wir gehen ins Wohnzimmer und schalten den Fernseher ein. Das Gerät ist ein anderes als bei meinem letzten Besuch.

Wir zappen uns zu *The Word* durch. Ich strecke mich vorsichtig aus und seufze tief auf, als ich eine bequeme Position finde. Sie schaut mich an und legt den Kopf zur Seite.

»Was'n los mit dir? Ist dir nicht gut?«

Ich zucke beiläufig mit den Schultern und sage es einfach: »Ich bin schwanger.«

Einfach so.

Die Kinnlade klappt ihr herunter wie einer Cartoonfigur, und sie wiederholt die Neuigkeit, als bräuchte sie noch einen Moment, sie zu verarbeiten. »Du bist … schwanger?«

»Genau«, sage ich und reibe mir wie zur Bestätigung den Bauch.

»Äh, was? Ehrlich jetzt?«

»Ja, ehrlich.«

»Hast du da gerade *gelächelt*, Sarah? Bist du etwa *glücklich* darüber?«

»Na ja.« Ich zögere kurz. Das hat mich noch keiner gefragt. Dann sage ich mit einem unmissverständlich breiten Lächeln: »Ja, ich denke schon. Wahrscheinlich sollte ich es nicht sein, ich meine, es war nicht geplant oder so, aber ich bin's.«

Sie lacht schallend auf. »Is' nicht wahr!«

Ich erzähle ihr, wie weit ich schon bin, und antworte im Folgenden nur auf die Fragen, die sie stellt. Wie es sich anfühlt. Was Dad dazu gesagt hat, und Mum. Als Robin erfährt, dass Mum gar nichts davon weiß, sagt sie, ich solle es ihr mit stolz erhobenem Haupt erzählen und einen Scheiß auf ihre Meinung geben, weil sie sowieso bloß ein blödes Miststück sei.

Es gehe dabei nicht nur um sie, gestehe ich, sondern vor allem um Drew, der auf keinen Fall davon erfahren solle. Und Callum genauso wenig.

»Warum? Wen kümmert schon der Schwachsinn, den Drew denkt?«

»Ich will bloß … ich weiß auch nicht. Noch nicht jetzt jedenfalls, okay?«

»Dein Ding«, erwidert sie achselzuckend. »Aber ich kapier noch immer nicht, was dich die Meinung der anderen schert?«

Damit hatte sie natürlich recht. Verdient hatte Drew meine Rücksichtnahme bestimmt am wenigsten, aber so einfach war die Sache eben nicht. Wenn Drew von meiner Schwangerschaft wüsste, wüsste er auch, dass es seins ist. Und meine mit Abstand größte Angst bestand darin, dass er das Baby für sich beanspruchte. Oder noch schlimmer – das Baby und mich. Nie im Leben brächte ich die Kraft auf, nein zu sagen, das war mir klar. Dafür hatte ich lange genug erlebt, wie willenlos meine Mum in den Kraftfeldern dieses Mannes gefangen war.

»Ich will nur«, stammele ich. »Ich will mir nur das Gezeter ersparen.«

Eine gute Minute lang bleibt Robin stumm, während im Hintergrund das Fiepsstimmchen von Terry Christian plappert, dann sagt sie: »Dass ich dir das nicht abnehme, weißt du ja wohl, oder? Aber wenn du nicht willst, dass ich ihnen was sage, dann ist das deine Entscheidung.«

Sie stellt mir keine einzige Frage mehr und schläft ein. Toastkrümel kleben rund um ihren Mund.

Kapitel 37

Gegenwart

Sarah

Robin klingelt an der Tür des Mannes, der sich umbringen will, aber er reagiert nicht. Ihre linke Hand liegt noch immer in meiner, und die Handflächen werden in der Hitze ganz klebrig vom Schweiß. Sie lockert ihren Griff nicht.

»Er wird wohl kaum runtersteigen, um uns aufzumachen, was?«, sagt Robin mehr zu sich selbst als zu mir.

Sie beginnt auf alle Klingelknöpfe zu drücken. Das könnte Ärger geben, fürchte ich. Es irritiert mich, auch wenn das Leben eines Menschen auf dem Spiel zu stehen scheint.

Endlich meldet sich eine Männerstimme. »Ja?«

Wir wissen zwar nicht, zu welcher Klingel sie gehört, aber Robin beugt sich einfach zum Mikrofon und fleht ihn an, uns hereinzulassen. »Einer Ihrer Nachbarn versucht gerade sich umzubringen«, sagt sie.

»Wie bitte?« Die Stimme klingt eher skeptisch als alarmiert.

»Im Ernst, bitte. Wir haben bereits den Krankenwagen gerufen, aber der braucht bestimmt zu lang.«

Bzzzz. Die Tür springt einen Spalt auf, und wir drücken uns durch. Auch drinnen halten wir uns noch an den Händen, wenn auch lockerer. Wir wollen schon die Treppe hinauflaufen, da öffnet sich an einer der Parterrewohnungen die Tür, und ein elegant gekleideter junger Mann kommt heraus. Sein Gesicht ist aschfahl.

»Ich habe Sie hereingelassen«, sagt er. »Kann ich helfen?«

Wir poltern bereits die Stufen hinauf, aber Robin winkt ihm, uns zu folgen. Er ist außer Form und schnauft bei jedem Schritt, hat uns jedoch schnell eingeholt.

Robin hält vor einer Tür, an der eine große borstige »Welcome«-Fußmatte von zwei Topfpflanzen eingerahmt wird. Dass hinter einem solch fröhlichen Eingang jemand mit einer Schlinge um den Hals sein soll, scheint kaum vorstellbar, dennoch lässt Robin meine Hand los und beginnt, gegen die Tür zu hämmern.

»Henry!«, schreit sie. »Henry, es tut mir leid! Bitte tun Sie das nicht!«

Meine Schwester hat behauptet, den Mann nicht zu kennen, aber das glaube ich ihr nicht. Für einen wildfremden Menschen fühlt sie sich doch etwas arg verantwortlich. Ich denke da eher an jemanden, mit dem sie sich überworfen hat, vielleicht ein abservierter Freund oder so was. Einstweilen sage ich lieber nichts, lege nur die Hand auf meinen Bauch und überlege, was man tun kann.

Aus irgendeinem Grund kommen der Nachbar und ich plötzlich auf dieselbe Idee, und wir greifen beide nach dem Türknauf. Ich ziehe meine Hand wieder zurück und lasse ihn es probieren. Er dreht nach rechts – nichts.

Dreht nach links, die Tür geht auf. In jeder anderen Situation hätte unsere Dummheit, nicht zuerst das Naheliegendste zu versuchen, lustig gewirkt. Nicht heute. Wir stürmen hinein.

Robin scheint zu wissen wohin, was meinen Verdacht bestärkt, dass sie bereits hier gewesen sein muss. Sie schlängelt sich den Flur hinunter. Rechts geht ein großer durchgehender Raum ab, der offenbar Wohnzimmer, Esszimmer und Küche zugleich ist. Ich trete kurz hinein, um den Nachbarn vorbeizulassen. Alles ist blitzblank sauber. Selbst das Kochfeld weist keinen einzigen dieser kleinen Fettspritzer oder Flecken auf, die normalerweise einfach nicht weggehen wollen. Auch der Boden ist bis zu den Sockelleisten der Küchenschränke hin makellos sauber. Ich spüre, wie sich mir angesichts so viel steriler Perfektion bereits die Nackenhaare sträuben.

Anzeichen für ein Kind finden sich an allen Ecken und Enden. Arthur. Sein Name prangt überall, steht in Magnetbuchstaben auf dem Kühlschrank. Ich trete zurück in den Flur und sehe Kinderschuhe, die ihren Platz ganz prominent auf der obersten Sprosse des Schuhregals haben. Der Größe nach zu urteilen dürfte er etwa im gleichen Alter sein wie Violet. Ich schnappe nach Luft und wende den Blick ab.

Wie kann dieser Mann sich umbringen wollen, wenn er ein geliebtes Kind im Alter von Violet hat? Es sei denn, dem Kind ist etwas passiert. Vielleicht irgendein schrecklicher Unfall, den ich mir gar nicht weiter ausmalen möchte, weil ich nicht weiß, wie das Kind aussieht, und ich mir deshalb dabei Violets Gesicht vorstelle, und ich ertrage schon so den Gedanken an sie nicht, obwohl es ihr ja bei ihrem Dad und den Großeltern gut geht. Gut gehen dürfte, denke ich mal. Nein. Halt! Bloß nicht in diese Spirale geraten. Ich rüttel mich wieder wach.

Links kommen zwei geschlossene Türen, an denen wir vorbeigehen bis zur letzten am Ende des Flurs. Robin hält kurz inne, um allen Mut zu sammeln, und greift dann nach der Klinke. In diesem Moment hören wir draußen das Heulen der Krankenwagensirene.

»Ich geh schon«, sage ich, bevor mich jemand aufhalten kann. Mir wäre es am liebsten, überhaupt nie nachsehen zu müssen, was hinter dieser Tür ist.

Ich laufe wieder aus der Wohnung und die Treppe hinunter. Als ich an der Eingangstür bin und die Sanitäter hereinlassen will, bemerke ich eine alte Frau, die in der Tür von einer der Erdgeschosswohnungen steht. Sie trägt einen Kittel und dreht einen Staubwedel in den Händen.

»Alles in Ordnung?«, fragt sie in starkem Manchesterdialekt.

»Ja«, sage ich rasch, auch wenn es nicht stimmt.

Ich öffne den uniformierten Sanitätern die Tür und zeige die Treppe hinauf. Die alte Frau steht jetzt direkt neben mir und berührt meinen Arm.

»Immer langsam, meine Gute«, sagt sie. »In Ihrem Zustand sollten Sie nicht mehr so herumrasen.«

Ich lege die Hand auf meinen Bauch, folge dem instinktiven Wunsch zu berühren, zu beschützen und mich zu vergewissern, dass es noch da ist.

»Ach, das ist schon in Ordnung«, antworte ich lächelnd. »Ich passe auf.«

»Wie weit sind Sie denn?«, fragt sie und fährt mit dem Wedel über das Treppengeländer, während sie mir die ersten Stufen nachsteigt.

»Noch ganz früh. Etwa sechzehnte Woche.«

»Na, dann wünsche ich Ihnen alles Gute. Meine sind mittlerweile alle schon erwachsen. Ich vermisse die Zeiten, in denen sie klein waren, aber sie im Bauch zu haben vermisse ich nicht. Mir war ständig hundeübel.«

»Da habe ich bislang Glück«, sage ich.

»Den Eindruck machen Sie auch. Sie sehen blendend aus.« Zum ersten Mal lächelt sie.

»Danke schön.« Ich lächle zurück. Doch dann fällt mir wieder ein, wie finster die Situation oben ist, und ich verabschiede mich rasch.

Auf dem Rückweg steige ich etwas langsamer die Stufen hinauf. Ich spüre den besorgten Blick der alten Frau in meinem Rücken und lege eine Hand auf die Bandscheiben, die andere auf meinen Bauch. Der Adrenalinschub vom Morgen ist verbraucht und eine lähmend zähe Masse an seine Stelle getreten. Mühsam schleppe ich mich nach oben, und als ich die Wohnung betrete, kann ich Robins erregte Stimme hören.

»Was soll der Scheiß?«, schreit sie. »Wie können Sie auch nur daran denken, Ihrem Kind so was anzutun?«

Er lebt also noch.

Ich höre einen der Sanitäter, der sie auffordert, das Zimmer zu verlassen und sich zu beruhigen. Robin beginnt zu streiten. Ich stehe hilflos im Flur einer Wohnung, in die ich nicht gehöre. Der Typ aus der Parterrewohnung tritt durch die hintere Tür. Sein Gesicht ist bleich und schweißbedeckt. Da sein Hals etwas zu dick für den Kragen ist, wirkt es, als würde sein Kopf auf einem Sockel sitzen.

»Ich denke, eine Tasse Tee dürfte jetzt das Richtige sein«, sagt er. Ich folge ihm in die Küche. Keiner von uns weiß, wo irgendwas steht, und wir zerstören die perfekte Ordnung durch unser Suchen. Wir öffnen Schränke, schütteln Teebeutel aus Packungen und verkleckern Milch.

»Geben Sie bei ihm Zucker dazu«, sage ich. »Das hilft bei Schock.«

»Ja, ich glaube, den kann ich auch brauchen.«

Seine Hände zittern so stark, dass er überall Zucker verstreut. Ich übernehme die Sache.

»Danke«, sagt er, und dann streckt er die Hand aus. »Wir haben uns noch gar nicht richtig bekanntgemacht. Mein Name ist Sam. Ich wohne unten.«

»Ich bin Sarah«, erwidere ich und schüttele seine feuchtkalte Hand. »Die Schwester von Robin.«

Robin

Robin betrachtet Henry Watkins, der auf dem kleinen Bett zusammengesackt ist. Er hat noch immer seinen Bademantel an, der ohne Gürtel weit offen steht. Darunter trägt er die Hose eines Flanellpyjamas und ein altes Unterhemd, dessen Anblick ihr nur zu vertraut ist. Sein Haar ist länger denn je, und der weiße Elsterstreifen breit wie eine Faust. Er wirkt ausgelaugt, die Augen tief eingefallen hinter einem Gewirr aus Falten, die Haut aschfahl, aber längst nicht so blass wie ihre, das weiß sie selbst.

Er sitzt im Zimmer seines Sohnes, umgeben von wildfremden Menschen, und es scheint ihm alles egal. Apathisch starrt er ins Leere.

Die Sanitäter haben ihn kurz untersucht. Er hat diesen letzten Schritt nicht gemacht, ist einfach nur auf dem Tischchen stehen geblieben, die Schlinge um den Hals. Worauf auch immer er gewartet hat, es kam nicht. Dafür kamen sie: Robin und Sam.

Sie war voran ins Zimmer gestürmt, und ihre Augen hatte sich sofort fest in seine gebohrt. Die Schlinge baumelte ihm lose um den Hals, der offene Bademantel hing ihm schlenkernd von den Schultern. Seine nackten Zehen hatte er bereits über die Kante geschoben, und als die Tür aufflog und Robin und Sam hereinplatzten, geriet das Tischchen leicht ins Wanken.

»Scheiße«, rief Sam aus.

Robin bremste behutsam ab, bis sie zum Stehen kam. Sie zog Sam hinter ihren Rücken und hob ihre Hände so, dass Henry die offenen Handflächen sehen konnte.

»Ich werde nichts machen«, erklärte sie, »aber Sie wissen selbst, dass dies keine Lösung ist, also lassen Sie sich von uns herunterhelfen.«

Er senkte den Kopf, zog die kleine Stoffmaus aus seiner Tasche und drückte sie an seine Wange.

»Ich will doch nur meinen Jungen«, sagte er. »Ohne ihn kann ich nicht leben.«

»Ich weiß«, sagte Robin. »Aber er kann auch nicht ohne Sie leben, nicht gut jedenfalls.«

Sie streckte ihm die Hände entgegen, und er ergriff sie, bewegte sich ansonsten aber erst einmal keinen Zentimeter. Wie ein Standbild verharrte er, ihre Hände haltend, die Schlinge weiter um den Hals. Durch das Fenster hinter ihm konnte Robin ihr eigenes Haus erkennen, das jetzt sie anstarrte.

»Bitte«, sagte sie zu Henry. »Bitte, nehmen Sie den Gürtel ab, und dann können wir uns ein wenig unterhalten.«

Das winzige Zimmerchen war für all das nicht gedacht. Nicht für so viele Menschen, nicht für so viel Traurigkeit. Nachdem die Sanitäter ihn untersucht hatten und zur Überzeugung gekommen waren, dass er seinen Plan nicht weiterverfolgen würde, erklärten sie sich bereit, ihn nicht mitzunehmen, wenn er einen nahen Verwandten fand, bei dem er eine Weile unterkommen konnte. Also rief Henry seine Mutter an. Es war ein kurzes Gespräch, ohne die Erwähnung von Einzelheiten.

»Sie kommt und holt mich ab«, berichtete er.

»Dann warten wir noch, bis sie da ist«, sagte Sam.

»Das müssen Sie aber nicht«, antwortete Henry, ohne sie anzusehen.

Stille trat ein. Mit drei herumstehenden Erwachsenen und einem, dessen Gewicht die Kindermatratze schwer niederdrückte, wirkte das Zimmer noch winziger. Plötzlich hob Henry den Kopf, stand auf und fragte: »Wie haben Sie das überhaupt gewusst?«

»Ich hab Sie gesehen.« Robin trat einen Schritt vor. »Von meinem Fenster aus hab ich Sie gesehen. Aber das wissen Sie doch. Sie haben mich ja ebenfalls bemerkt.«

Er runzelte die Stirn und setzte sich wieder hin, ohne allerdings den Blick von ihr zu wenden. Dunkelbraune Augen mit sehr wenig Weiß.

»Ich habe Sie noch nie in meinem Leben gesehen«, sagte er.

»Ich wollte das eigentlich nicht erwähnen, aber da Sie selbst danach fragen: Ich hab gesehen, wie Sie mich vor ein paar Tagen bemerkten.« Robin reckt sich ein wenig größer. »Und zwar kurz nachdem Sie Ihre Frau geschlagen haben.«

Sarah und Sam wechseln fragende Blicke, sagen aber nichts.

»Meine Frau geschlagen?« Henry verzieht das Gesicht, als hätte er etwas Bitteres geschluckt. »Ich habe meine Frau noch nie geschlagen. Was reden Sie da für einen Mist?«

Sarah schaut ihre Schwester nervös an, und Sam hebt schon seine freie Hand, als wollte er Henry und Robin voneinander trennen, lässt sie dann aber wieder sinken.

»Schon gut, schon gut«, sagt er nur und nippt anschließend an seinem Tee, da ihm nichts Besseres einzufallen scheint.

»Nein«, widerspricht Henry ruhig. »Das möchte ich jetzt doch erfahren. Sie glauben also, ich hätte meine Frau geschlagen?«

»Ich hab Sie gesehen«, erwidert Robin und weicht seinem Blick nicht aus. »Ich hab gesehen, wie Sie eine Faust geballt und wie Sie zugeschlagen haben. Und den anschließenden Streit hab ich auch gesehen, sogar wie sich

Ihr kleiner Junge die Ohren zugehalten hat. Ich hab zwar nicht gesehen, was genau Sie getan haben, aber …«

»Und Sie glauben also wirklich, gesehen zu haben, wie ich meine Frau schlage?«, fragt Henry kopfschüttelnd. Wütend klingt er dabei nicht, dafür spricht er die Worte zu langsam aus. Eher als würde er etwas zusammenrechnen.

»Sie sind das gewesen, hab ich recht?«, fragt er schließlich. »Sie haben damals die Polizei gerufen.«

Robin steht jetzt breitbeinig vor ihm und atmet schnaubend wie ein Stier, der sich auf den Angriff vorbereitet.

»Ja, das hab ich. Und das war auch genau richtig so.«

Außer Sarah bemerkt niemand, wie heftig Robins Knie zittern.

Henry starrt sie mit leicht geöffnetem Mund an, erhebt sich und geht langsam auf Robin zu, während Sam rasch einwirft: »Hört mal, das ist jetzt wirklich nicht der passende Moment, denke ich.«

Robin bleibt reglos stehen, Füße fest auf dem Boden, Hände in die Hüften gestemmt. Henry sieht auf sie herab, schlingt beide Arme um sie und bricht in Tränen aus. Sie wirft den anderen einen erschrockenen Blick zu, tätschelt dann aber seinen Bademantel, bevor sie ihn schließlich ebenfalls umarmt und festhält.

Da Sam zur Arbeit muss, bleiben Sarah und Robin allein bei Henry zurück. Am Küchentisch warten sie auf die Ankunft seiner Mutter.

»Ich hab gedacht, Karen hätte die Polizei gerufen und

ihnen Fantasiegeschichten erzählt. Ich war echt dermaßen wütend, ich kann es Ihnen gar nicht beschreiben. Ich dachte, sie würde mich anschwärzen, damit sie mir dann den Jungen wegnehmen kann.«

»Wenn Sie Ihre Frau geschlagen haben, dürften die Ihnen den Jungen tatsächlich nicht lassen«, bemerkt Sarah. Es ist das erste Mal, dass sie ihn direkt anspricht.

»Aber ich habe meine Frau nicht geschlagen. Ich habe meine Frau nie geschlagen. Ich habe noch nie irgendjemanden geschlagen. Ich weiß, von welchem Tag Sie reden, Robin. Zugeschlagen habe ich tatsächlich, genau hier.« Er deutet auf einen Riss in einer der Schranktüren. »Ich hab es sofort bedauert. Aber meine Frau hab ich nicht geschlagen, das würde ich nie. Sie hat mich betrogen und mich verlassen, und ich dachte, sie würde versuchen, mir den Jungen ganz wegzunehmen, aber deshalb würde ich doch trotzdem nie eine Frau schlagen. Wir sind ein paar Mal heftig aneinandergeraten, und es nervt mich, dass Art das mitanhören musste. Das werde ich mir nie verzeihen, aber niemals hätte ich Karen wehgetan. Nicht so.«

Henry hatte offenbar gehofft, die Wohnung verkaufen und etwas Preiswerteres finden zu können, damit er nur noch halbtags arbeiten musste und ausreichend Zeit hätte, sich das Sorgerecht für seinen Sohn Arthur mit seiner Frau zu teilen.

»Ich weiß, sie hat mich reingelegt, aber ich wollte, dass wir den Kontakt halten und das Ganze anständig regeln. Ich wollte ihm trotzdem ein guter Vater sein, auch wenn ich ihn nur zeitweise bei mir haben würde.

Aber dann mischte sich plötzlich die Polizei ein, und der Schlag traf mich völlig unerwartet. Ich meine, selbst nach all den Täuschungen und dem Fremdgehen habe ich ihr das, was sie über Arthur sagte, einfach abgenommen. Dass sie mit der Teilung des Sorgerechts einverstanden ist und mir keine Knüppel zwischen die Beine werfen würde. Und als ich dann dachte, sie versucht, mir bei der Polizei was anzuhängen, um dafür zu sorgen, dass sie allein das Sorgerecht …« Er bricht ab und spielt mit der Stoffmaus in seinen Händen.

Noch blieb ihm die Möglichkeit, die Sache wieder in Ordnung zu bringen. Nicht Arthurs Mutter hatte sich gegen ihn gewandt und ihn aller Chancen beraubt, mit seinem Sohn zusammen zu sein. Das war beinahe Robins Einmischung gelungen. Doch ebendieses Einmischen hatte jetzt auch Mr. Elster das Leben gerettet.

Kapitel 38

1998

Sarah

»Verschieden wie Tag und Nacht«, hat unser Dad immer gesagt. Und daran hat sich nichts geändert. Derzeit ist meine Schwester jedoch ausnehmend nett zu mir.

Vielleicht liegt es an der unsanften Art, mit der ich von meinem hohen Ross gestoßen worden bin. Vielleicht liegt es auch daran, dass Callum weg ist und sie eine Ablenkung braucht. Jedenfalls hat Robin mir in den letzten Wochen sehr dabei geholfen, wieder neuen Schwung zu finden. Sie behandelt mich nicht wie einen Problemfall, der am besten totgeschwiegen wird. Sie redet von dem Baby wie von einem richtigen lebendigen Wesen, das wächst und wächst und das bald schon einen Namen bekommen, kleine Klamotten tragen und mit ihrer oder seiner Tante auf dem Spielplatz herumtoben wird.

Sie lässt es nicht zu, dass ich mich dafür schäme, ein solches Wesen auf die Welt zu bringen, egal wie peinlich es mir selbst auch weiterhin sein mag. Eigentlich sollte ich wie ein normales Mädchen aufs College gehen, mir einen netten, sicheren Job suchen, einen netten Mann kennenlernen, heiraten und zwei geplante Kinder bekommen. Mir ist es peinlich, daran geglaubt zu haben, und ich schäme mich dafür, es vermasselt zu haben.

Vor allem aber albert meine Schwester ständig mit mir herum, was hilft, alles so normal wie möglich zu halten. Außerdem ist mir aufgefallen, dass sie inzwischen mehr Zeit zu Hause verbringt, wo sie dann wie ein Wachhund neben mir auf dem Sofa sitzt und meinem Dad sofort drohende Blicke zuwirft, wenn der etwas sagt, was mich in ihren Ohren womöglich verletzen könnte.

Heute begleitete mich Robin zur Hebamme. Mein erster Termin in der örtlichen Praxis. Wir waren kaum drin, da wollte Robin von der Hebamme wissen, ob sie auch eine eingehende internistische Untersuchung bei mir durchführen würde, und fügte dann hinzu: »Es ist nämlich so, dass sie seit etwa vier Monaten brav wie 'ne Klosterschülerin gewesen ist.«

»Junge Dame, ich hoffe doch sehr, Sie machen uns hier keine Scherereien«, hatte die Hebamme sie ermahnt.

»Ich werde mich nach Kräften bemühen«, hatte Robin mit weit aufgerissenen Augen erwidert.

»Also.« Die Hebamme klatschte in die Hände. »Wie ich sehe, sind Sie schon ein wenig weiter, als wir es für einen ersten Termin gewöhnt sind.«

Ich nannte der Frau das Datum, an dem ich schwanger geworden bin.

»Sind Sie sich absolut sicher mit dem Tag?«, fragte sie und machte sich auf einer Karteikarte Notizen.

»Es war ein einmaliger Ausrutscher«, sagte ich und sah, wie Robin nachdenklich die Brauen zusammenzog.

»Verstehe. Demnach war das hier eine Überraschung, richtig?«

»Und ob«, flüsterte ich. »Eine Riesenüberraschung.«

»Tja«, sagte die Hebamme leise, »sollen wir mal prüfen, ob wir den Herzschlag Ihrer kleinen Riesenüberraschung schon hören können?«

Ich sah zu Robin. Damit hatte ich nicht gerechnet. Sie nickte aufmunternd.

Ich streckte mich rücklings auf der Papierbahn aus, die über einer Liege ausgebreitet war, und streifte auf ihre Geste hin mein Top hoch. Die Hebamme zog meine Jogginghose so weit herunter, dass der Gummibund unter der leichten Wölbung lag, die mein Bauch in den letzten Wochen angenommen hatte. Fast hätte ich instinktiv ihre Hand fortgeschlagen. Sie schmierte etwas Kaltes auf meinen Bauch, hielt dann ein Gerät, das sie Fetal-Doppler nannte, an meine Haut und fuhr damit energisch hin und her, bis ein Pulsschlag laut und vernehmlich durch den Raum pochte. Es existierte wirklich. Es lebte. Es war meins.

Robin stand von ihrem Stuhl auf, kam zu mir herüber und schob ihre Hand in meine.

Anschließend wurde mein Bauch mit einem kratzigen Papiertuch saubergewischt und mein Blutdruck gemessen. Danach zapfte die Hebamme mir mehrere Röhrchen Blut ab, während Robin weiter meine Hand hielt, und dann bekam ich einen schmalen Becher, in den ich pinkeln sollte.

Als ich ins Zimmer zurückkehrte, hörte ich Robin sagen: »Das sollten Sie meine Schwester fragen, nicht mich.«

Was auch immer es war, die Hebamme fragte nicht. Stattdessen klärte sie mich darüber auf, dass ich bereits den obligatorischen Ultraschall in der dreizehnten Woche verpasst hätte und demnächst schon der nächste anstehen würde.

»Kann sie dann auch erfahren, ob es ein Mädchen oder ein Junge ist?«, wollte Robin wissen.

»Wenn sie das möchte«, sagte die Hebamme.

Ich saß wie betäubt daneben und hörte die beiden alles Weitere besprechen: Dass ich einen Brief mit Tag und Uhrzeit erhalten würde, dass ich mit voller Blase kommen solle und dass mich jemand – etwa Robin – begleiten könne, wenn ich das wollte, dass aber nur eine Person bei der Untersuchung mit im Raum sein dürfe.

»Sie können also Ihre Mutter mitbringen und den Vater des Kindes oder …«

»Ich komme mit«, hatte Robin sie unterbrochen.

Schweigend machten wir uns auf den Rückweg. Robin war die Lust zum Witzeln vergangen. Sie wirkte abwesend, fast ein wenig ängstlich. Als wir in unsere Straße bogen, drehte sie sich zu mir und fragte: »Wer ist der Vater, Sarah?«

Ich stellte mich blöd. Aber die Frage war berechtigt.

»Der Junge bei der Party«, antwortete ich, und es klang selbst in meinen Ohren konstruiert.

»Okay«, erklärte sie nach einem Moment. »Du musst es mir nicht sagen.«

Ich bin wach. Draußen ist es noch stockdunkel, und mein Herz rast vor Schreck über das unvermittelte Wachsein. Ich werfe einen Blick auf den Wecker. Erst kurz nach zwei. Ich verstehe gar nicht, warum ich aufgewacht bin, bis ich unten Stimmen höre. Ich stehe auf, schlinge den großen Bademantel um mich und trete vorsichtig auf den Treppenabsatz. Robin läuft gerade die Stufen hinunter. Hilary und Dad sind bereits unten und reden leise miteinander und mit noch jemandem.

Callum. Anscheinend hat Rez' Cousin ihn am Haus abgesetzt. Schon von oben kann ich sehen, dass er noch dünner geworden ist. Groß wie sein Vater, doch mit der spindeldürren Figur eines Heranwachsenden. Ich trete ein paar Schritte vor und merke, dass der säuerliche Gestank, der nach oben dringt, von ihm ausgeht.

Im trüben Flurlicht hat seine Haut einen fahlen, gelbstichigen Ton. Er ist an der Tür heruntergerutscht und hockt jetzt auf dem Boden, den Rücken angelehnt. Seine Augen kullern in ihren Höhlen herum wie lose Murmeln, und sobald sein Blick sich doch einmal auf jemanden konzentriert, rümpft er die Nase und beginnt, denjenigen anzufauchen. Ich habe ihn noch nie so gesehen. In einem solchen Zustand habe ich noch nie irgendjemand gesehen.

Dad bemerkt mich, und in einem gebieterischen Ton, den ich von ihm zuletzt als kleines Kind gehört hatte, fordert er mich auf, in mein Zimmer zu gehen. Ich widerspreche nicht und wende mich um. Kurz vor der Tür höre ich, wie Callum fragt, in wessen Zimmer ich denn wohne.

»In ihrem Zimmer«, erklärt Dad scharf. »Das hier ist ihr Zuhause.«

Zu Callums unverständlichen Protesten schließe ich die Tür.

Zwei Tage hat er schwitzend und tobend in Robins Bett verbracht. Da in meinem Bett kein Platz ist, schläft sie auf dem Sofa. Als er wieder aus der Versenkung auftaucht, ist Callum wie verwandelt. Er geht jedem Blickkontakt aus dem Weg, entschuldigt sich ständig, wirkt verlegen.

»Es tut mir wirklich leid, wenn ich dich irgendwie beleidigt haben sollte«, sagt er zu mir, während er sich löslichen Kaffee aufschüttet und mir Tee anbietet. »Ich hatte was genommen. So wie Mum das erzählt, wusste Rez nicht, was er mit mir machen sollte, also hat er mich vorbeigebracht. Keine Ahnung. Es tut mir jedenfalls leid.«

»Du hast mich überhaupt nicht beleidigt«, antworte ich nicht unbedingt wahrheitsgemäß.

Er macht einen erleichterten Eindruck und steht ein wenig aufrechter.

»Wie geht's dir?«, fragt er leise und rührt dabei Zucker in seinen Becher.

»Ganz gut.«

Ich schlinge die Strickjacke enger um mich und verschränke die Arme, um von meinem kleinen Bauch abzulenken.

»Wie kommt's, dass du hier wohnst?«, erkundigt er sich, ohne von seiner Arbeit mit dem Löffel aufzusehen. »Die Schnauze voll gehabt von meinem Dad?«

»Von beiden«, sage ich.

Er brummt zustimmend.

Ich würde ihn gern so viele Dinge fragen. Ich würde ihm gern so viele Fragen stellen, auf die ich die Antworten in Wahrheit gar nicht unbedingt kennen möchte. Stattdessen sitzen wir nur in stummem Einvernehmen zusammen am Tisch.

Er blieb noch zwei Tage, meldete sich krank bei seinem Call-Center-Job und führte aufgebrachte Telefonate mit seinem Freund, von denen er glaubte, dass wir sie nicht hören könnten. Immer häufiger steckten Robin und er jetzt kichernd die Köpfe zusammen. Sie spielten einander Songs vor, auf die sie in der Zwischenzeit gestoßen waren, fielen zurück in alte Albernheiten, und bekamen beide langsam wieder Farbe im Gesicht.

Um mich kümmerte sich Robin nun weniger, nicht zuletzt weil ich sie verpflichtet hatte, Stillschweigen über das Baby zu bewahren und ihr Hauptinteresse damit tabu war. Sie behandelte mich aber keineswegs unfreundlich, und manchmal kamen mir vor Dankbarkeit die Tränen.

Als heute Nachmittag Callums schmuddliger Freund Rez auftauchte und draußen mit einem Joint in der Hand im Vauxhall Corsa eines Kumpels darauf wartete, dass Callum fertig wurde und wieder mitkam, war Robin schwer getroffen.

»Jedes Mal wenn Callum sich ein wenig berappelt, zieht ihn dieses Arschloch wieder in den Dreck zurück. Keine Ahnung, was zum Teufel er an dem rattengesichtigen Ekel findet. Der Kerl ist nicht mal lustig, und sein Musikgeschmack ist grottenschlecht. Er ist ’ne absolute Null.«

Keiner in dieser Familie spricht die Dinge offen aus, darin besteht in Robins Augen das Hauptproblem. Keiner von ihnen hat den Mund aufgemacht, als Callum sich selbst aufzugeben begann und immer tiefer in die Scheiße abrutschte.

Keiner hat Sarah ernsthaft über diese unerwartete Schwangerschaft ausgefragt, und keiner denkt daran, wie es weitergehen soll. Nur Robin hat einen Plan. Nur Robin ist fest entschlossen, hier herauszukommen.

Sie hat zwar nicht unbedingt damit gerechnet, selbst diejenige zu sein, die Scheiße baut und schwanger wird, aber Sarah? Das ist doch zu schräg.

Und jetzt liegt ihre Schwester bloß die ganze Zeit herum oder listet auf, was sie alles für die nächsten Wochen braucht, und keiner fragt danach, woher sie das Geld dafür nehmen will. Wo soll das Baby schlafen? Wie will Sarah an Geld kommen? Warum erzählt Sarah ihrer Mutter nichts davon und bittet sie und diesen Scheißkerl um finanzielle Unterstützung? Sie haben doch mehr als genug.

Robin gefällt die Vorstellung, Tante zu werden, gefällt die Vorstellung von neuem, unverdorbenem Leben im Haus. Die Trägheit der Erwachsenen allerdings macht sie kirre.

Was muss geschehen, damit sie mal irgendwas *tun*?

Robins Band kommt immer besser in die Gänge, wächst zusammen und hat bereits die ersten Fans. Schon gibt es ein paar Gesichter, die auf jedem Konzert auftauchen und zu den Songs, die sie wiedererkennen, begeistert herumhüpfen.

Zum Geldverdienen tritt *Working Wife* auch bei Hochzeiten auf, was Robin aber hasst, weil sie dann anständige Klamotten anziehen und Mainstream-Rock von alten Knackern nachspielen müssen. Ihre eigenen Sachen probieren sie eher im Purple Turtle oder in anderen dreckigen, verrauchten Pubs aus.

Wenn beim Aufbauen stinkender alter Rauch vom Vorabend in der Luft liegt, wenn das Halbdunkel von winzigen rot glühenden Zigarettenenden gepunktet wird, die alle auf sie gerichtet sind, wenn ihre Turnschuhe auf den Holzbohlen der Bühne im Takt klopfen, das sind die Momente, für die Robin lebt. Das ist, was ihren Körper durchströmt und eine unglaubliche Energie bei ihr freisetzt.

Und wenn sie anschließend nach Haus zurückkehrt, noch aufgedreht und besoffen vom Adrenalin (und von dem, was ihnen die Wirte den Abend über so ausgegeben haben), dann kracht sie dort gegen diese Betonmauer aus Trägheit.

So viele Fragen, die nicht gestellt werden.

In fünf Jahren kann sich viel ändern, aber in ihrem Wesen ändern sich die Menschen nicht. Callum mag sich aufführen wie ein willenloser Schwachkopf, aber er bleibt doch Callum. Hinter diesem ganzen Getue und den blutunterlaufenen Augen liebt er weiterhin Bücher, liebt die Musik, die ihn stets so glücklich gemacht hat, ist er noch immer lustig, nett und hilfsbereit.

Sarah ist noch immer ein braves Mädchen, das es gern

allen recht machen möchte. Abends beeilt sie sich, den Tisch zu decken. Sie spült, ohne dazu aufgefordert werden zu müssen, und schmilzt dahin, wenn sie für solch schlichte Dienste gelobt wird. Die Vorstellung, dass das brave Mädchen Sarah eine Party besucht und sich dort von einem wildfremden Jungen flachlegen lässt, passt nicht. Es passt einfach nicht. Aber keiner stellt die richtigen Fragen, und keiner von ihnen wird es jemals tun, davon ist Robin überzeugt. Und genau deshalb würde sie am liebsten dauernd aus Leibeskräften schreien.

Sarah

Wir sahen uns heute die Wiederholung einer Komödie an, aber keiner von uns war in der Stimmung zu lachen. Robin war müde und ein wenig brummig. Sie hatte diese schwere Grüblerstirn, die sie immer bekommt, wenn Dinge sie beschäftigen, die sie gerne loswerden würde. Ich hoffte bloß, dass sie mich nicht schon wieder nach dem Vater des Babys fragen würde.

Jeden Morgen nehme ich mir vor, mich über das Baby zu freuen und die Erinnerung an seine Entstehung mit fetter, schwarzer Farbe zu übermalen. Nur so lässt sich weitermachen, nur so bleibt mein Baby unbefleckt.

Robin verbringt jetzt viel Zeit mit ihrer Band. Sie proben in kleinen Zimmern, Garagen und manchmal sogar in Gemeindesälen, für deren Benutzung ihnen vermutlich jede Genehmigung fehlt. An manchen Wochenenden spielen sie bei Hochzeiten, dann kommt sie mit den

Taschen voll kleiner Scheine und bergeweise Kuchen nach Hause.

Heute Abend ist sie irgendwann fest eingenickt und hat leise mit offenem Mund geschnarcht.

Dad und Hilary sind ausgegangen. Ein Stammkunde von Dad, dessen Haus und Garten groß genug sind, um regelmäßiger professioneller Pflege zu bedürfen, hat sie zum Essen eingeladen.

Robin und ich sind dann beide früh ins Bett. Oben auf dem Treppenabsatz trennten sich unsere Wege, und wir stapften in unsere jeweiligen Zimmer. Ich fühlte mich warm und prall, mein Blut floss dick und schwer, und meine Schädeldecke pulste im Takt der Zentralheizung. Robin schleppte sich müde auf ihr Zimmer. Ich konnte hören, wie sie Musik auflegte. Ich glaube, es war Jimi Hendrix, bin mir aber nicht sicher, ich kenn mich da nicht so aus.

Ob sie inzwischen eingeschlafen ist, weiß ich nicht. Ich bin es jedenfalls nicht. Die Augen wollen zwar zufallen, aber mein Hirn arbeitet noch fieberhaft. Viel zu viele Dinge versuchen, sich unter der fetten schwarzen Farbe hervorzuschlängeln.

Plötzlich schlägt unten die Haustür auf. Für Dad und Hilary ist es noch zu früh. Schwere Schritte poltern die Stufen hoch. Ich setze mich auf und klemme mir instinktiv ein Kissen vor den Bauch.

Oben auf dem Treppenabsatz ist hektisches Füßetrappeln zu hören. Ganz in der Nähe stößt jemand eine Zimmertür auf, und sofort ertönt Robins Stimme in Sturmstärke: »Hey, was zum Teufel habt ihr denn hier zu suchen?«

Eine Männerstimme faucht: »Falsche Tür, du Idiot!«

Der Sprungfederrahmen von Robins Bett quietscht aufgeregt. Ich weiß weder, was ich tun soll, noch wer das ist. In diesem Moment höre ich sie schreien: »Verfluchte Scheiße, was soll denn das werden, Cal?«

Unverständliches Stimmengewirr, Ächzen, Fluchen. Rumpelnde Schritte, die eilig den Flur zum Schlafzimmer von Hilary und Dad hinunterlaufen. Türen fliegen krachend auf, männliche Stimmen zischen sich leise kurze Sätze zu. Robin schreit jetzt aus voller Kehle: »Was soll der Scheiß hier, Cal?«

»Verschwinde wieder in deiner Kiste, Kleine«, sagt eine fremde Stimme. Ich kann nur vermuten, dass es Rez ist.

Meine Knie zittern. Ich spüre ein Schlingern im Bauch, von dem ich denke, dass es das Baby sein könnte, ganz eventuell. Aber ich möchte nicht, dass die ersten Zuckungen meines Babys aus Angst geschehen, daher verdränge ich den Gedanken rasch. Das verschieben wir auf einen anderen Tag, das wird ebenfalls mit fetter schwarzer Farbe übermalt.

»Wie redest du Arsch denn mit mir?«, keift Robin. »Ihr beiden Saftsäcke platzt in mein Haus und wollt mir befehlen, was ich zu tun hab? Verpisst euch, und zwar sofort!«

Erst klingt sie vor allem genervt, aber dann ändert sich ihr verächtlicher Ton abrupt, und sie schreit: »Nimm deine dreckigen Pfoten weg!«

Zum ersten Mal höre ich klar und deutlich Callums Stimme. Er wirkt vergleichsweise ruhig. »Lass das, Rez. Wir holen uns bloß den Kram und verschwinden wieder, Robin.«

Soll ich mich mit meinem Babybauch lieber im Zimmer verkriechen oder meiner Schwester zu Hilfe kommen? Ich bin unschlüssig, aber nichts zu tun fühlt sich schlimmer an, als zu handeln, daher stehe ich auf und trete leise in den Flur. Am Treppenabsatz ein paar Schritte entfernt ringen Rez und Robin im dämmrigen Licht. Da er viel größer ist als sie, krümmt sich seine Gestalt wie Schilfrohr. Callum bemüht sich genervt, die beiden zu trennen.

»Gib das Zeug zurück!«, schreit Robin und greift nach Callums Taschen, während der ihre Finger immer wieder aufbiegt. Rez macht einen panischen Eindruck.

»Wie kannst du nur, Callum?«, brüllt Robin.

»Das sind sie ihm schuldig«, erklärt Rez mit leiser, eisiger Stimme.

Robin reißt sich los, tritt wild auf ihn ein und erwischt ihn fast zwischen den Beinen. »Dir aber nicht.«

Rez und Callum greifen jetzt beide nach Robin. Ich weiß nicht, was sie vorhaben, aber, ohne weiter nachzudenken, renne ich auf sie zu und stoße Rez fort.

Ich höre noch, wie Robin mich anfleht, es nicht zu tun, und Callum schreit, ich solle das bleiben lassen. Er ist offenbar wieder betrunken, vielleicht auch stoned. Ich spüre Hände, die mich beiseiteschieben, Finger auf meinen Fingern, und merke, dass es irgendwie nicht reicht. Plötzlich ist da die oberste Stufenkante, über deren Teppichflor meine nackte Fußsohle rutscht, und Übelkeit schießt in mir hoch.

Ich öffne die Augen am Fuß der Treppe und schließe sie wieder.

Als ich sie das nächste Mal öffne, blicke ich in das gleißende Deckenlicht eines Krankenwagens.

Ich sehe, wie Robin weint. Ich sehe ihre rasende Wut, und der Zwillingszorn geht auch auf mich über und brennt so heiß, strahlt so grell, dass ich davon erneut ohnmächtig werde.

»Ich sollte noch gar nicht ins Krankenhaus«, krächze ich. Um mich herum nervöse Blicke aus großen Augen.

Mein nächster Termin ist erst in ein paar Tagen. Meine Ultraschalluntersuchung. Dafür sind wir eindeutig zu früh.

»Zu früh«, höre ich mich dumpf und schleppend sagen. Die Worte dringen zäh aus einem Mund, der nicht mir zu gehören scheint.

Das Meer an Gesichtern um mein Bett herum nickt nur. Rot unterlaufene Augen, Hände, die auf meinen Armen liegen. Dad, Hilary, Robin.

Ich versuche, mich aufzusetzen, aber es tut so weh, dass ich nur noch tiefer als zuvor unter die Decken und Laken rutsche. Und auf einmal hängt Robin auf mir, schlingt ihre dürren Arme um mich, klebt an mir, drückt ihre Lippen auf mein Gesicht, küsst mich und legt ihre Stirn auf meine.

»Es tut mir so leid, Sarah«, haucht sie mir zu. »Es tut mir ja so leid.«

Dad zieht sie fort und redet leise auf sie ein.

»Sie hat noch zu große Schmerzen, du musst vorsichtiger mit ihr sein.«

Ich versuche erneut, mich aufzusetzen, und scheitere wieder.

»Und das Baby?«, höre ich mich selbst fragen. Ich habe gar nicht gewusst, dass ich so leise sprechen kann. Das minimale Kopfschütteln von Hilary und Robins mächtiger Zorn treffen mich mit der Wucht eines Vorschlaghammers.

In zwei Tagen wäre ich zum Ultraschall gegangen und hätte auf herkömmliche Art erfahren, dass ich ein Mädchen erwartete. Mir wäre dann bewusst geworden, wie sehr ich sie ungeachtet der Umstände ihrer Zeugung würde lieben können. Doch stattdessen erkannte ich das viel zu schnell und schon zu spät, als ich die Treppe hinunterstürzte.

Sie – *mein Gott, ein Mädchen* – war achtzehn Wochen. »Fehlgeburt« sagte man zu ihr und legte sie in eine spezielle Box. Aber sie war mein Baby. *War.* Das schlimmste Wort im Wörterbuch.

Sobald ich im Rollstuhl sitzen konnte, wurde ich in die Kapelle hinuntergebracht, wo wir alle stumpfsinnig einen Priester anglotzten, der mich überhaupt nicht kannte, der Worte vortrug, die ich nicht ausgesucht hatte, und der über einen Himmel sprach, an den ich nicht glaubte. Und ganz allmählich, mit jedem Wort, verflüchtigte sich ein Stück des Mädchens, das ich einst gewesen war, bis am Ende nicht das Geringste mehr davon übrig war.

Anstelle dieses Mädchens schob meine Familie eine

leere Hülle zurück. Sie legten die Hülle vorsichtig auf das Krankenhausbett, küssten sie zum Abschied und schalteten das Licht aus. Und ich lag da, diese Hülle, die ich von nun an sein würde, und versuchte zu begreifen, wie es dazu hatte kommen können.

Callum und Rez waren in dieser Nacht oben an der Treppe gewesen, so viel wusste ich noch. Sie hatten sich Hilarys Schmuck genommen, ihn zusammengerafft und in ihre Taschen gestopft. All dieses goldglänzende Zeug aus den Tagen mit Drew, das vielleicht etwas wert war, bei dem es sich aber viel wahrscheinlicher nur um vergoldeten Modeschmuck handelte.

Wie Robin mir später erzählte, haben sie den Schmuck letzten Endes nicht einmal mitgenommen, sondern noch rasch weggeworfen, bevor sie aus dem Haus flüchteten.

»Für mich ist er gestorben«, hatte sie gesagt. »Mausetot ist er für mich.«

Inzwischen bin ich zu Hause. Die blauen Flecken und Schürfwunden sind schon ein wenig verheilt, und meinem Bauch ist nichts mehr anzusehen. Mit Ausnahme von Robin wirkt jeder entweder erleichtert oder tut, als wäre nichts gewesen.

Dad kann jetzt vergessen, dass seine Tochter sich jemals eine solche Peinlichkeit geleistet hat. Mit einem fiktiven Jungen auf einer Party, die wahrscheinlich nie stattgefunden hat. Hilary kann wieder dazu übergehen, nichts zu dem Weg zu sagen, den ihr Sohn eingeschlagen hat, und auch nichts dagegen zu unternehmen. Und Mum und Drew können weiter in Unwissenheit vor sich hindämmern.

Aber ich? Ich werde niemals vergessen. Und Robin wird niemals vergeben.

Ein kleines Mädchen. Mein kleines Mädchen. Das mir geraubt wurde.

Robin

Robin zeigte ihre Wut nur offen, wenn sie allein war. Hatte sie zuvor noch als Einzige ein positives Interesse demonstriert und Sarahs Bauch gestreichelt, über die Größe ihrer anschwellenden Brüste gelacht und sich Kosenamen wie »Little Bean« für ihre Nichte oder ihren Neffen ausgedacht, so ging sie ihrer Zwillingsschwester nun aus dem Weg. Während der wenigen kurzen Gespräche starrte Robin beharrlich auf ihre Füße. Sobald sie nach Hause kam, schloss sie sich in ihrem Zimmer ein und hielt alle mit einer Wand aus dröhnender Musik auf Distanz.

Nach drei schlaflosen Nächten in Folge machte die eigene Unschlüssigkeit sie halb wahnsinnig, und Robin verständigte die Polizei, obwohl sie Hilary versprochen hatte, es nicht zu tun.

Sie gab ihnen die Namen von Callum und Rez und erzählte, dass die beiden Rauschgift verkauften, dass zumindest Rez auch Ladendiebstähle beging, dass sie gemeinsam ins Elternhaus eingedrungen waren, um Sachen zu stehlen, und dabei ihre Schwester die Treppe hinuntergestoßen hatten. Sie forderte die Polizisten dazu auf, im Krankenhaus nachzufragen und sich dort die Angaben bestätigen zu lassen.

Keiner sonst hatte die Polizei in die Sache hineinziehen wollen. Nicht einmal Sarah, die einfach nur vergessen wollte, indem sie Wut und Trauer auf ihre ganz eigene Art kanalisierte.

Nun aber hatte Sarah sich eine Aussage abringen müssen gegenüber zwei uniformierten Beamten, die erschienen, auf dem Sofa Platz nahmen und höflich ihren Tee tranken. Robin blieb an ihrer Seite. Sie hatte schon lange nicht mehr so dicht neben ihr gesessen, dennoch brachte Sarah kaum einen zusammenhängenden Satz heraus.

Während der Polizist Sarahs Gestammel zu Protokoll nahm, musterte seine Kollegin die beiden Schwestern besorgt. Robin hielt sich den Bauch, als wäre sie diejenige, deren Innerem man etwas entrissen hatte. Als hätten sie es ihr angetan.

Die Polizei fuhr zur Adresse von Rez und Callum, traf aber keinen der beiden dort an. Da sie sich die Wohnung mit allerlei Mitgliedern von Rez' weitläufiger Sippe und seinem Netzwerk an Ladendieben und rattengesichtigen Drogendealern teilten, stießen die Beamten dort auf eine üppig gefüllte Schatzkammer der Kleinkriminalität. Allerdings ging die Ganovenehre unter den Anwesenden immerhin so weit, dass keiner der Polizei verraten wollte, wo Rez und Callum sich gerade aufhielten.

Offenbar ist es der Polizei bis jetzt nicht gelungen, sie ausfindig zu machen, denn soeben sind Callum und Rez am Haus der Marshalls vorgefahren. Mit einer knallenden Fehlzündung haben sie ihr Erscheinen angekündigt und den Wagen anschließend halb im Vorgarten abgestellt.

Robin rast die Treppe hinunter und reißt die Haustür auf, obwohl ihr Dad ihr hinterherruft zu warten. Sie stürmt so erbost auf Callum und Rez zu, dass beide einen Schritt auf den Rasen zurückweichen, und blafft: »Was soll der Scheiß? Was wollt ihr hier?«

Inzwischen sind Jack und Hilary ihr nach draußen gefolgt. Hilary wirkt klein und ausgezehrt. Ihre Strickjacke hat sie fest wie eine Rettungsdecke um sich gewickelt.

»Du hast die Polizei angerufen, Robin«, erklärt Callum leise und sieht zu Rez. »Ist dir klar, was du damit angerichtet hast?«

»Callum, bitte, ihr müsst sofort weg hier«, sagt Hilary und legt einen Arm um seine Taille, um ihn zum Wagen zurückzuführen, aber er windet sich nur los und weigert sich zu gehen.

»Verdammt noch mal, Callum, es sind schon genug deinetwegen zu Schaden gekommen, hau gefälligst ab!«, mischt Jack sich ein.

Derart laut hat Robin ihn seit Jahren nicht werden hören. *Hättest du doch bloß vor Jahren so mutig den Mund aufgemacht*, denkt sie durch den roten Nebel, der ihren Kopf ausfüllt.

»Bitte, Jack, nicht hier und jetzt …«, versucht Hilary, ihn zu bremsen.

»Es reicht, Hilary!«, bellt Jack. »Hör endlich auf, ihn auch noch in Schutz zu nehmen.«

Hilary sackt noch mehr in sich zusammen.

Robin steht barfuß in Shorts und T-Shirt auf dem Rasen und bringt kein einziges Wort heraus. Sie kann einfach nicht klar denken. Verknäuelt zu einer wirren

Kugel, schleudern die Gedanken in ihrem Kopf herum. Robin ist so zornig, so aufgewühlt, dass ihr ganzer Körper in Flammen zu stehen scheint. Lichterloh brennend, steht sie dort mit heftig pumpenden Lungen auf dem Rasen.

Rez versucht, Callum wegzuziehen, aber der schüttelt auch ihn ab.

»Robin«, sagt Callum schwach. Jede Streitsucht ist aus seiner Stimme gewichen. Seine Schultern erschlaffen unter den wütend blitzenden Augen von Jack und Robin, dem beschämten Blick von Hilary.

Robin wendet sich ab und schaut zu Sarahs Fenster hinauf, wo sie die Silhouette ihrer Zwillingsschwester erkennt. Die Flammen lodern noch wilder auf. Sie bleibt stumm und fixiert durch das Feuer hindurch ihren geliebten Bruder.

»Die Sache neulich nachts tut mir ungeheuer leid.« Callums Stimme hat jetzt einen flehentlichen Ton angenommen. Er kämpft hörbar mit den Tränen. Rez legt ihm die Hand auf die Schulter. »Ich hab doch schon gesagt, wie scheiß leid mir das alles tut, aber deshalb hättest du doch nicht zur Polizei gehen müssen, Robin. Du hast unser Leben ruiniert!«

»Euer Leben ruiniert, Callum«, schreit Robin. »*Euer* Leben? Ihr habt meine Schwester doch die bescheuerte Treppe runtergestoßen.«

Rez schüttelt den Kopf und öffnet schon den Mund, um zu widersprechen, aber Callum kommt ihm zuvor: »Ich hab doch schon gesagt, wie leid es mir tut. Schließlich ist ihr ja nichts passiert, hab ich recht? Ihr geht's gut, sie hat's überlebt. Und am Ende haben wir nicht mal was genommen.«

»Jetzt langt's!«, mischt Jack sich wieder ein. »Hier einfach so vorbeizukommen nach allem, was du angerichtet hast, ist wirklich eine bodenlose Unverschämtheit. Nach all dem Schmerz, den du meiner Tochter zugefügt hast.«

Er will seinen Stiefsohn gewaltsam aus dem Vorgarten drängen. Abwechselnd zieht er mal am linken, mal am rechten Arm, stößt ihn in den Rücken und versucht, ihn und Rez in den alten Schrotthaufen zu zwingen, mit dem sie gekommen sind.

»Alles hast du ihr genommen!«, schreit Robin und beginnt, auf Callums Brust einzuschlagen. »Sie war schwanger. Und ihr zwei habt ihr Baby umgebracht!«

Callum schnappt nach Luft und gerät ins Wanken. Er sieht auf Robin herab, die noch immer auf seine Brust eintrommelt.

»Sie ist schwanger?«

»Sie war!«, sagt Robin, tritt einen Schritt zurück und beugt sich keuchend vor. »War«, wiederholt sie.

»Es tut …« Er bricht ab und sieht zu Rez, dessen Gesicht ebenfalls alle Farbe verloren hat.

»Scheiße«, sagt Rez. »Hör mal, mir tut es doch auch leid …«

»Ihr beide verschwindet jetzt auf der Stelle von diesem Grundstück«, sagt Robin. »Auf eure Entschuldigungen scheißen wir. Eure Entschuldigungen bringen den kleinen Wurm nicht zurück, sie machen Sarah nicht wieder heil, und sie können nicht dafür sorgen, dass ich dich jemals wieder lieben werde, Callum. Ich hasse dich, hasse dich mit jeder Scheißfaser meines Körpers, von meiner Schädeldecke bis zu den Fußsohlen. *Und jetzt, verpisst euch gefälligst!*« Ihre Stimme brüllt animalisch, überschlägt sich, ist lauter Kanonendonner.

Callum blickt zu seiner Mum, die mit versteinerter Miene nickt. Rez wendet sich ab und zieht an Callums Ärmel, bis der ihm benommen folgt. Sie steigen in den Wagen, starren einander einen Moment lang stumm an und fahren dann langsam die Straße hinunter.

Nur wenige Stunden ist es her, da stand Robin in ihren Shorts draußen auf dem Bilderbuchrasen und brüllte ihrem Bruder Dinge ins Gesicht, von denen sie hoffte, dass sie ihn vernichten würden. *Sie wollte ihn damit vernichten.* Was aus ihm geworden war, wollte sie ausmerzen. Wollte all die Zuneigung zerstören, die sie für ihn empfunden hatte, wollte sie zermalmen zu Staub und vom Wind davontragen lassen.

Das alles hatte sie sich gewünscht. Aber im Verlauf des Abends war sie ruhiger geworden. Sie hatte es sogar geschafft, in einen seichten, oberflächlichen Schlaf zu sinken, bis das schrille Klingeln des alten Festnetztelefons die Stille abrupt zerreißt.

Beim dritten oder vierten Klingeln ist Hilary am Apparat und meldet sich. Robin dreht die kalte Seite des Kopfkissens nach oben und vergräbt ihr Gesicht darin. Wartet. Bestimmt geht es um Callum. Mittlerweile wird er besoffen sein oder high, jedenfalls in irgendeinem hochdramatischen Zustand. Rez wird die Schnauze voll von ihm haben, wird es leid sein, seinen schlaffen Knochenhaufen vom Pflaster auflesen zu müssen, damit ihm nichts passiert. *Soll er bleiben, wo er ist. Soll er leiden.*

Robin stemmt sich seufzend vom Bett hoch und schlurft ins Bad. Sie lässt sich heftiger als beabsichtigt auf die Klobrille fallen, die ständig bricht, und lauscht beim Pinkeln nach Hilarys Stimme. Das Wort »Krankenwagen« fällt. Magen auspumpen vielleicht? Reichlich im Arsch ist Callum zwar schon öfter mal gewesen, aber die letzten zwei Wochen und ihr Streit könnten ihn dazu verleitet haben, es zu übertreiben. Vielleicht hat er zu viel geschluckt, es mit dem falschen Zeug runtergespült. Sie will schon »Gut so!« sagen, wie sie es vor ein paar Stunden noch getan hätte, bringt es aber nicht über die Lippen. Es hat in letzter Zeit einfach zu viele Krankenwagen gegeben.

Im Zimmer neben dem Bad kann sie Sarah hören. Das Bett quietscht, als sie sich zur Kante wälzt, gefolgt von zwei dumpfen Tritten, als sie aus dem Bett steigt.

Robin wischt sich ab und spült. Normalerweise würde sie das nachts nicht tun, aber jetzt sind sowieso alle wach. Sie kann hören, wie Dad und Hilary unten wild durcheinanderreden. Robin spritzt sich versehentlich nass, als sie nach der Seife greifen will. Fluchend trocknet sie sich die Hände. Ihr T-Shirt tropft.

Sarah steht bereits auf dem Treppenabsatz, als Robin aus dem Bad kommt.

»Was ist denn los?«, fragt Robin. Sarah, die den Oberkörper über das Geländer gelehnt hat und lauscht, schnellt herum. Sie packt Robin bei den Schultern.

»Ich denke, wir sollten in dein Zimmer gehen«, sagt sie.

»Warum? Was hat er jetzt schon wieder angestellt? Was hat er eingeschmissen?«

Robin möchte sich nur ungern an ihrer Schwester vorbeischieben, vor allem hier oben an dieser Treppe, aber die Haustür ist bereits offen, und ihr Vater und Hilary gehen hinaus. Seit dem Anruf sind höchstens ein, zwei Minuten vergangen, und die beiden haben nur Jacken über ihre Nachtkleidung gestreift.

»Dad!«, ruft Robin, aber er beachtet sie nicht und schließt die Tür.

»Sarah, lass mich durch.«

»Du solltest besser nicht gehen, tu dir …«

»Lass mich sofort durch!« Es ist ein drohendes Knurren. Sarah senkt den Kopf, legt die Hand auf den Bauch und tritt zur Seite.

Robin donnert die Stufen hinunter, packt ihre Jacke im Hinausstürmen und nimmt barfuß die Verfolgung der Wagenrücklichter auf.

Als sie Robin bemerken, müssen sie natürlich anhalten und sie mitnehmen. Keine Zeit für lange Diskussionen. Robin schnallt sich an und spürt dabei die eisige Stille, die ihr im Wagen entgegenschlägt. Betroffen wagt sie kaum zu atmen, bis sie registriert, dass Hilary den Kopf in den Händen vergraben hat und weint.

»Schneller, Jack«, fleht sie durch die Finger. Der Wagen schießt nach vorn und biegt auf die Hauptstraße in Richtung der Bundesstraße, die nach Reading führt.

»Was ist passiert?«, erkundigt sich Robin leise.

»Wärst du doch bloß nicht mitgekommen, Robin!«, schreit Hilary. »Du hast uns Zeit gekostet.«

Robin kann sich nicht erinnern, wann Hilary schon einmal geschrien hätte. Ihr Dad bleibt stumm und konzentriert sich auf das Steuern des stark vibrierenden Wagens, der mit über hundert Meilen die Außenspur der A33 entlangbraust. Das Gewirr an Ampeln vor dem Fußballstadion springt von Gelb auf Rot, aber Jack wirft nur einen raschen Seitenblick nach links und fährt weiter, ohne vom Gas zu gehen.

Vor einem kleinen Wohnblock hält er an und lässt den Wagen quer über zwei Parkbuchten stehen. Hilary und Jack lösen ihre Gurte, drücken die Türen auf und laufen zur Eingangstür. Während sie mehrmals klingeln, ergreift Jack die Hand von Hilary und presst sie gegen seine Brust. Robin ist ebenfalls ausgestiegen und ihnen nachgerannt. Ihre nackten Füße schmerzen von dem Sprint über die Straße wenige Minuten zuvor. Ein Gefühl, das sie nicht zu benennen weiß, brennt in ihrer Brust. Hilary und ihr Dad sind schon drin.

Sie kann Schreie und Weinen hören. Rez kommt zur Haustür herausgestürmt und rempelt sich an ihr vorbei zum Parkplatz. Er steigt in sein verbeultes Auto, startet den Motor und bedeckt dann beide Augen mit den Händen. Robin betritt das Gebäude und beginnt, das Treppenhaus hinaufzusteigen. Hinter sich hört sie das markante Knattern von Rez' altem Schrotthaufen, der sich in Bewegung setzt und davonfährt.

Vor allem aber hört sie Hilary. Hilary weint nicht, sie schreit nicht. Hilary kreischt. Nie zuvor und nie danach hat Robin jemals wieder ein solches Geräusch gehört. Nachbarn schließen klappernd ihre Wohnungstüren auf und stecken die Köpfe heraus. Robin holt tief Luft und steigt die letzten Stufen bis zum obersten Stockwerk hoch.

Die Tür steht offen. Sie selbst ist nicht oft hier gewesen, aber bei den wenigen Gelegenheiten hat sie die Wohnung stets voller Menschen, Gelächter und Rauch erlebt. Heute Nacht liegt alles reglos und schwarz.

Robin geht hinein und folgt Hilarys Schreien. Als sie das Wohnzimmer erreicht, hört sie draußen den Krankenwagen vorfahren. Es riecht nach Männerhaushalt. Schweiß, dreckige Klamotten, Bier und mieses Essen. Und obwohl auch ihr Stiefbruder schon lange nicht mehr so gepflegt und wählerisch auftritt, wie es im Grunde seine Art ist, liegt eine gewisse Kopfnote über allem. Ein Hauch von Duschgel und dem Rasierwasser, das der glattwangige Callum eigentlich überhaupt nicht nötig hat.

Während im Treppenhaus die Stiefel der Sanitäter die Stufen hinaufpoltern und im Hintergrund das dumpfe Geraune der Nachbarn zu hören ist, geht Robin weiter ins Schlafzimmer.

Zuerst kann sie das wirklich Wichtige gar nicht ausmachen und nimmt vor allem die über den ganzen Boden verstreuten Kleidungsstücke wahr. Eine Gitarre mit nur drei Saiten lehnt an dem abgeblätterten Fensterrahmen. Dazu Hilary, die auf dem ungemachten Bett hockt. Sie sitzt da wie erstarrt, ballt die Laken fest in ihren verkrampften Fingern. Plötzlich fangen ihre schmalen Schultern unter Jacke und Nachthemd an zu beben. Sie zieht die zerknitterten Laken an ihr Gesicht und kreischt von Neuem in sie hinein.

Robin steht wie angewurzelt im Raum und hält im schummrigen Licht einer einzelnen baumelnden Glühbirne Ausschau nach ihrem Vater. Sie bemerkt, dass er sich mitten in den Berg an Kleidungsstücken gestürzt hat, der aus dem Schrank quillt. Zuerst macht es den Eindruck, als würde er nur die nächste Welle Klamotten zurückhalten wollen, aber das ist es nicht.

»O Gott, nein.« Mit den Füßen auf bretthartten Socken und verschwitzten T-Shirts ausrutschend, stolpert Robin voran. Alles zu spät.

Ihr Vater steht halb im Kleiderschrank. Er schwankt leicht und keucht vor Anstrengung. Seine zitternden Arme halten Callums Körper in die Höhe, recken dessen Kopf näher an die Querstange.

Callums lange Arme und Beine baumeln schlaff herab. Seine Augen sind geschlossen. Die Zehen schwingen kurz über dem Boden, deuten von einem Kleidungsstück zum nächsten. Wann immer das Gewicht seinen Armen zu entgleiten droht, wuchtet der verzweifelte Jack ihn wieder hoch. Immer wieder und wieder, mit zitternden Armen. Alles umsonst.

Die Sanitäter stürzen ins Zimmer und übernehmen die Initiative. Jack protestiert.

»Ich muss ihn doch hochhalten«, krächzt er und stemmt sich immer fester in den Boden. Behutsam, aber entschlossen lösen sie Jacks Hände von der reglosen Gestalt, legen Callum auf ausrangierte Pullis und alte, mit

Brandlöchern übersäte Jeans und führen Jack zum Bett. Alles geschieht in einer routinierten Bewegung, fließend und ohne Worte, fast anmutig. Wie ein Ballett.

Jack rutscht näher zu Hilary. Jetzt, da er Callum losgelassen hat, erkennt er seine nächste Aufgabe. Sofort schlingt er die Arme um seine Partnerin, bis ihre Körper ineinander verschmelzen und gemeinsam beben.

Robin bleibt stumm. Ihre Knie wackeln, ihre Hände fühlen sich eiskalt an, aber sie bewegt sich nicht von der Stelle. Kann sich nicht bewegen. Die hereinstürzenden Sanitäter haben sie zur Seite geschoben, ihre schleifenden Füße einen kurzen Bogen in das Meer aus Kleidungsstücken gezogen, aber sie regt sich nicht.

Das Licht ist trüb. Doch als die Sanitäter das Seil abnehmen und Callum untersuchen – ein weiterer ebenso anmutiger wie nutzloser Tanz –, da blitzt auf einmal alles, was an Licht draußen vorhanden ist, durch die schiefen Lamellen der Jalousie und erfasst seine Gestalt.

Robin starrt noch immer ungläubig diesen schlanken, glatten Körper an. Er trägt lediglich Boxershorts. Goldene Härchen überziehen ganz fein die langen Arme und Beine, die straff und überraschend muskulös sind. Ein fast erwachsener Mann.

Aus ihrem Blickwinkel ist das Tattoo, das sie beide haben, gerade noch sichtbar. »It's only forever, not long at all.« Die Songzeile aus der *Reise ins Labyrinth.* Für immer. Gar nicht so lang.

Das ist das letzte Mal, dass ich seine Haut sehe, denkt sie und schlägt sich die Hand vor den Mund aus Angst, dieser Gedanke würde ihr laut herausrutschen. Trotz seiner Größe und der unverkennbaren Formen eines bald erwachsenen Mannes kann man genau erkennen, wie er als Kind ausgesehen hat, kann man sich anhand dieser Bilder leicht vorstellen, wie er als Baby gewesen ist.

Und ein Baby hat wohl auch Hilary gesehen, als sie ins Zimmer gestürzt kam und erkennen musste, dass es zu spät war. Ihr Leben und alles, was sie daraus gemacht hatte, war für immer fort. Ihr Junge war für immer fort.

»Es tut mir leid, Mrs. Marshall«, sagt die Sanitäterin, nachdem sie Callum einen fleckigen Bettbezug bis über den Kopf gezogen hat. »Da kam leider jede Hilfe zu spät.«

Auf den sperrmüllreifen Möbeln stehen überquellende Aschenbecher und halbvolle Gläser mit verdünntem Fruchtsirup. Überall liegen Bücher herum. Das erinnert in diesem Zimmer am stärksten an Callum. Er starb umgeben von Büchern. Na ja, wirklich wichtig ist das auch nicht, denn seinen Tod hatte es nicht verhindert. Nichts ist wichtig genug gewesen, seinen Tod zu verhindern. Und nichts, was jetzt noch gesagt oder getan werden kann, würde daran etwas ändern.

Alles ist jetzt kalt und zäh. Hilary löst sich aus Jacks Umarmung, wischt sich mit dem Jackenärmel über Augen und Nase und geht unsicher zu der Stelle, an der ihr Sohn liegt. Sie kniet sich neben ihn und zieht den Bettbezug fort, sodass sein Gesicht nicht länger bedeckt ist. Ihre Finger fahren über seine Wange, streichen ihm die Haare aus den Augen. Sie wischt sich erneut mit dem Ärmel über das Gesicht, aber die Tränen strömen viel schneller, als sie sich auffangen ließen.

Hilary streckt sich neben ihrem Sohn auf den Kleidungshaufen aus. Callum wirkt riesig neben ihr, wie gedehnt im Tod.

Jack erwacht aus seinem entrückten Zustand und bemerkt erst jetzt, dass Robin die ganze Zeit da gewesen ist.

»Oh, mein Schatz«, sagt er. Stolpernd fällt sie ihm entgegen. Tränen schießen ihr in die Augen. Aber sie scheinen ihr lächerlich klein, völlig unangemessen, und so beginnt sie, sich mit den Fäusten gegen den eigenen Kopf zu schlagen. Doch auch das bleibt ungenügend.

»Ist er tot?«, murmelt sie vor sich hin, ohne eine Antwort zu erwarten. Sie weiß es. Sie alle wissen es. Rez wusste es schon, als er wegrannte, und alle anderen, die hier waren, bestimmt auch.

»Verzeih mir, Kleines«, sagt Jack mit stockender Stimme. »Ich hätte nicht zulassen sollen, dass du heute Nacht mit herkommst.«

»*Er* hätte heute Nacht nicht hier sein sollen. *Ich* hätte hier für ihn da sein sollen, Dad. Vor langer Zeit schon. Scheiße.«

Er widerspricht ihr nicht, versucht nicht, sie mit Worten zu trösten. Er hält sie nur fest, bis sie wieder alleine stehen kann.

Formalitäten müssen erledigt, Papiere unterschrieben, Anrufe gemacht werden. Robin nimmt all die besonnenen Sprüche der Menschen in blitzenden Uniformen gar nicht richtig wahr. Als einer der Sanitäter Jack ins Esszimmer führt, verzieht sich Robin in die Küche, um einen Schluck Wasser zu trinken, sich das Gesicht nass zu spritzen und ganz allein der neuen Leere in ihr nachzuspüren.

Dort entdeckt sie ihn. Den Zettel.

Es ist das Einzige im Raum, das sauber ist. Ansonsten stapeln sich auf jeder Ablagemöglichkeit schmutzige Teller, Müslischalen und Einweggeschirr aus irgendwelchen Imbissläden oder Restaurants, und neben den vollen Aschenbechern türmen sich weitere Kippenreste. Geschrieben ist die Nachricht auf dem gleichen linierten Notizblockpapier, auf dem sie früher gemeinsam an ihren Songtexten gearbeitet haben. Sie klemmt unter einer halbvollen Tasse schwarzen Kaffees, der noch ein wenig warm ist. Seine Tasse. Die letzte Sache, die sein Mund berührt hat. Robin fährt mit dem Finger den Rand entlang, sammelt seine Spuren ein.

Sie überfliegt den Text rasch, ohne den Zettel in die Hand zu nehmen.

Sie liest ihn erneut. Und noch einmal. Noch einmal. Ihre Augen zucken wild von oben nach unten, springen wieder zurück an den Anfang.

Jetzt ist er ihrem Gedächtnis unlöschbar anvertraut, ist ihr eingebrannt wie einem Tier das Brandzeichen.

Die Worte verlieren sich in endloser Wiederholung, aber sie klammert sich weiter an sie, an ihren Rhythmus. Sie denkt darüber nach, was aus ihm geworden ist und wer die Schuld daran trägt. Sie denkt an Hilary, die drüben auf stinkigen T-Shirts neben ihrem einzigen Kind liegt und zum letzten Mal seine Haut berührt. Sie denkt daran, wie viel schlimmer dieser Zettel das alles noch machen könnte.

Ganz vorsichtig, als wäre er vergiftet, zieht Robin ihn unter der Tasse heraus, faltet ihn und steckt ihn in die Tasche. Sie geht ins Bad, verriegelt die Tür und setzt sich auf den schmuddligen Toilettendeckel. Die Worte klingen noch immer in ihr.

Es tut mir entsetzlich leid, hatte dort in seiner schönen, nur ganz fein geschwungenen Handschrift gestanden.

Ich wusste nicht, dass Sarah schwanger war, und ich werde mir nie verzeihen können, was ich getan habe. Ich habe in den letzten Jahren zwar auch viele andere Fehler gemacht, aber mit diesem kann ich nicht fertigwerden. Meine größte Angst bestand immer darin, irgendwann wie mein Vater zu werden, aber was ich Sarah angetan habe, ist viel schlimmer als alles, was er jemals getan hat.

Ich liebe euch alle, aber ich verdiene euch nicht. Rez trifft keine Schuld. Es war meine Idee, die Sachen zu klauen, und ich bin es wohl auch gewesen, der Sarah gestoßen hat. Mich allein trifft also die Schuld. An allem. Es tut mir entsetzlich leid.

Am Ende ist für immer also doch zu lang.
In ewiger Liebe.

Inzwischen ist es drei Uhr morgens. Zurück in ihrem Zimmer, breitet Robin den Zettel vor sich auf dem Bett aus, während Hilary heulend mit dem Staubsauger wie eine Verrückte durch jeden Winkel des Hauses zieht und Robins Dad im Wohnzimmer herumtigert, wo er sich vor all den Frauen versteckt, denen er nicht zu helfen vermag.

Kapitel 39

Gegenwart

Sarah

Da wären wir also wieder, zurück an Robins Haustür. Zwei Stunden nachdem wir hier fort sind.

Meine Zwillingsschwester ist platt. Mit den Kräften völlig am Ende vom Trommeln gegen Türen und vom hitzigen Debattieren mit einem selbstmordgefährdeten Mann, von dem sie glaubt, dass er seine Frau schlägt. Das ist einfach typisch Robin.

Kaum sind wir im Haus, bückt sich meine Schwester, um eine Karte aufzuheben, die auf dem Teppich hinter der Eingangstür liegt. Zum Lesen lehnt sie sich vor Erschöpfung an die Wand, während ich die Tür hinter uns zuziehe.

Das Haus ist ein stinknormales Einfamilienhaus. Nichts Besonderes, nichts Edles. Bloß solide, neutral und ein wenig altmodisch. Absolut gesichtslos.

»Verflucht, ich hab sie verpasst«, sagt Robin und setzt sich wieder in Bewegung. »'tschuldige«, fügt sie hinzu. »Komm rein, wir machen uns 'ne Tasse Tee oder so was.«

Wir gehen in die Küche, wo sie Wasser aufsetzt und zwei klobige pastellfarbene Becher vom Regal nimmt. Die Küche ist ein schlichtes Holzmodell und derart fad, dass es mich schon traurig macht.

Sie schiebt mir die Karte über den Küchentisch zu.

»Die ist von der Sicherheitsfirma, die ich bestellt habe. Als du geklopft hast, dachte ich schon, die sind's …« Sie bricht ab. »Jetzt hab ich sie verpasst.«

»Oh«, sage ich und öffne, ohne nachzudenken, den Kühlschrank, um Milch herauszuholen. Der Anblick verschlägt mir die Sprache. Alles darin ist in Frischhaltedosen verstaut und in verschiedenfarbige Bereiche geordnet. Robin hat sich eindeutig verändert. Tatsächlich steht das makellos saubere Innere des Hauses in krassem Kontrast zu der verdreckten Fassade.

»Wozu brauchst du denn mehr Sicherheit?«, erkundige ich mich leise. Vielleicht hat sie ja Ärger mit Fans, einem Stalker womöglich. Aber ein wenig übertrieben scheint es schon.

Sie antwortet nicht, wirbelt bloß unvermittelt herum und schließt mich in die Arme. Fast hätte sie mich umgeworfen.

»Ich bin so froh, dich zu sehen«, sagt Robin und sieht mir dabei in die Augen, wie mich seit Wochen keiner mehr angesehen hat. »Du musst entschuldigen, dass ich nicht schon früher an die Tür gegangen bin, aber mit dir hätte ich niemals gerechnet.«

Sie lacht. Und ich freue mich aus irgendeinem unerfindlichen Grund so darüber, endlich wieder mit ihr zusammen zu sein, dass ich sie noch einmal an mich drücke. Als wir uns voneinander lösen, lacht sie erneut.

»Und du bist schwanger!«

»Stimmt«, sage ich lächelnd und spreche zum ersten Mal in normaler Lautstärke. »Ich bin schwanger. Mein zweites.«

»Soll das heißen, du hast schon ein Kind?«, fragt sie.

Ich schlucke den Kloß im Hals weg und antworte: »Ja, sorry, dass ich es dir nicht früher erzählt habe. Ich habe ein kleines Mädchen.«

»Ein Mädchen«, wiederholt sie nickend. »Das ist… Das ist wirklich schön. Ein kleines Mädchen, das hast du verdient. Ich freu mich ja so für dich. Ach du meine Güte, mit anderen Worten, ich bin Tante!«

Sie strahlt, und ich habe ein schlechtes Gewissen. Denn wie kannst du Tante von einem Kind sein, das gar nicht weiß, dass es dich gibt?

»Genau, du bist Tante. Violet ist inzwischen fast vier, und sie erinnert mich sehr an dich.«

Das tut sie tatsächlich. Vor allem diese ernst blickenden Augen. Und das gleiche kleine Kraftbündel. Natürlich habe ich das Violet nie gesagt. Niemandem hab ich das gesagt. Mich nur im Stillen daran erfreut.

»Wie weit bist du denn?«

Sie deutet auf meinen Bauch. Er ist lediglich so auffällig, weil ich so dünn bin. Wahrscheinlich dünner, als ich sein sollte, aber derzeit beschränkt sich meine Ernährung eben auf Toast zum Frühstück und ab und zu einen Schokoriegel. Ich mach mir viel zu viel Sorgen, fühle mich viel zu flau und bin zu nervös, um zu essen. Und mein Geld wird auch nicht ewig reichen.

Jetzt dürfte so ungefähr der Zeitpunkt erreicht sein, an dem ich es Jim hätte erzählen müssen. Ich hatte mir vorgenommen, diesen Punkt so lange herauszuzögern, bis er keine überstürzten Forderungen mehr stellen konnte. Ich wusste, dass er uns nicht für bereit dazu hielt. Viel länger hätte ich es allerdings nicht geheim halten können. Aber dem Problem hatte er ja nun ein Ende bereitet.

Robin stürzt einen Tee nach dem anderen hinunter und stellt Fragen um Fragen. Sie ist so glücklich, mich zu sehen, dass es mich fast aus den Socken haut. Sie glaubt tatsächlich, dies wäre ein ungezwungener Besuch ohne Hintergedanken. Meine Schuldgefühle wachsen mit jeder Minute und lasten immer schwerer auf meinen Schultern.

Der Adrenalinschub ist verpufft. Robin hat sich aufs Sofa fallen lassen und hält mit beiden Händen ihren Tee umschlossen. Auch der dritte Becher ist inzwischen fast leer. Die Fragen kommen jetzt langsamer, und ihre Augenlider hängen schwer. Sie hat so viele Dinge über Violet wissen wollen, dass sie die Kleine vermutlich aus Ton nachbauen könnte, und sie ist die Erste, die sich eingehend nach meinem Bauch erkundigt.

»Weiß du denn, was es wird?«

»Dafür ist es noch zu früh, aber ich denke, ein Junge.«

Sie fällt ein paar Minuten lang in Schweigen.

»Wie lange wohnst du schon hier?«, frage ich.

»Ein paar Jahre.«

Mich hätte interessiert, warum. Warum Manchester? Warum Chorlton? Warum dieses öde Einfamilienhaus, das so gar nicht zu Robin passt? Aber ich sage nur: »Wirklich hübsch.«

»Wo bist du abgestiegen?«, fragt sie.

»Ein B&B in Sale. Das liegt ungefähr …« Ich muss über mich selbst lachen. »Jetzt wollte ich dir schon erklären, wie weit Sale entfernt liegt, als ob du das nicht wüsstest.«

Robin lächelt, ohne von ihrem Becher aufzusehen. Ihr Kinn sinkt immer tiefer Richtung Tischplatte. Es macht den Eindruck, als würde sie jeden Augenblick einschlafen, dabei ist noch nicht einmal Mittag.

»Also dann«, sage ich so fröhlich und aufmunternd, wie es mir kurz nach dem Auffinden meiner Schwester und der jähen Verwicklung in eine dramatische Rettungsaktion überhaupt möglich ist. »Wie wär's denn, wenn du mir deine Stadt ein wenig zeigst? Ich habe mir noch nicht viel ansehen können, und du bist doch hier zu Hause und kennst dich aus.«

Robin schaut auf. »Ja, klar, bloß nicht heute. Ich bin wahnsinnig müde. Ist das okay?«

»Natürlich.«

Ich habe gar kein Interesse, mir Manchester anzusehen. Ich möchte mich nur weiter in ihr Leben mischen, möchte mit gemeinsamen Aktionen Zeit gewinnen, um loszuwerden, was ich zu sagen habe, um zu tun, was ich tun muss.

»Wie lange bist du denn schon hier?«, fragt sie.

»Ach, nicht lang, erst ein paar Tage«, versuche ich herunterzuspielen, wie hartnäckig ich nach ihr gesucht habe.

Sie runzelt die Stirn. »Erst ein paar Tage?«

»Na ja, ein wenig länger schon.« Sie schaut mich noch immer fragend an. »Ich meine, eingetroffen bin ich hier vor zwei Wochen.«

»Erst zwei Wochen?«, erwidert sie ungläubig.

»Ja, warum?«

»Ach, nichts Wichtiges. Irgendjemand versucht bloß seit einer Weile, an mich heranzukommen. Wohlgemerkt mit allen Mitteln. Und einen Moment lang hab ich gehofft, du wärst derjenige gewesen. Ist auch egal.«

Tock, tock. Ein kurzes Klopfen an der Haustür lässt sie zusammenschrecken. Die Sache ist vollkommen banal, und ich warte nur darauf, dass Robin etwas sagt oder aufsteht, um zu öffnen, aber sie starrt mich nur mit weit aufgerissenen Augen an.

Dann flüstert sie: »Ich muss nach oben.«

»Aber da ist jemand an der Tür.«

»Ich muss etwas aus der Küche holen, bleib einfach hier, okay?« Sie schleicht gebückt in die Küche, wo sie auf allen vieren unter den Küchentisch krabbelt. Ich folge ihr und weiß nicht, ob ich lachen soll oder nicht.

Tock, tock.

»Bleib einfach ganz still«, flüstert sie.

»Wer ist das?«, frage ich. Mir ist nicht ganz klar, ob ich hier vielleicht nur vor Müdigkeit irgendeinen besonders cleveren Witz nicht begreife. »Ist das die Person, die an dich heranzukommen versucht?«

Tock, tock, tock. Das Klopfen wird lauter.

»Keine Ahnung«, zischelt sie zurück. »Einfach hierbleiben und still sein, in Ordnung?«

Sie klingt weder wütend noch amüsiert, sondern vor allem aufgeregt.

»Versteckst du dich vor jemandem?«, frage ich. »Hast du Geldschulden?«

»Nein, alles bestens. Einfach pssst!«

Das ist doch lächerlich. Diese ganze Sache ist lächerlich. Ich kann nicht anders, drehe mich abrupt um und gehe zur Haustür.

Robin eilt gebückt hinter mir her.

»Das ist viel zu unsicher«, warnt sie eindringlich. »Noch dazu in deinem Zustand.«

Ich habe zwar keine Idee, was sie damit meint, aber schließlich ist es ihr Haus, also soll sie eben vorangehen. Ich schiebe sie an den Schultern vor und bleibe dicht hinter ihr, während sie zögernd an die Tür tritt.

»Nun komm schon«, versuche ich, sie anzutreiben. »Das ist doch albern. Wir sind zu zweit, und es ist helllichter Tag!«

Sie erstarrt, als das Hämmern an der Tür noch ungeduldiger wird.

Wer ist das?

Ich ergreife von hinten Robins Hand und führe sie zum Türschloss. Sie zittert, aber nun nimmt sie die Bewegung auf. Sie schiebt den Riegel zurück und dreht den Schlüssel, während ich die Kette aus der Schiene löse.

Robin

»O mein Gott«, keucht Sarah, legt eine Hand auf ihren Bauch und steigt rückwärts die Treppe hinauf, bis sie nach etwa der Hälfte schwer atmend auf die Stufen sinkt.

Robin holt tief Luft, richtet sich zu ihren vollen eins dreiundfünfzig auf und brüllt: »Was zum Teufel hast du hier vor meinem Haus verloren, Rez?«

Er starrt sie nur an. Sein dünnes, schon leicht ergrautes Haar ist zu einem kurzen, wurmähnlichen Zopf zusammengebunden, seine dunklen Augen mustern angestrengt ihre Gesichtszüge.

Robin hält das Türblatt gepackt, um das Gleichgewicht nicht zu verlieren, und nun zittert die Tür in ihrer Hand.

Rez schnauft ebenso erregt wie sie. Er mustert sie unverwandt, benutzt sein Schweigen als Waffe. Robin ist überrascht von seiner Größe. In ihrer Erinnerung hat sie ihn über die Jahre auf Rattengröße geschrumpft. Auf der Anklagebank hatte er viel kleiner gewirkt, kindhafter. Nicht dass sie sich deshalb irgendeinen Anflug von Mitgefühl erlaubt hätte.

Er sagt nichts. Sie sagt nichts. Zähe Sekunden verrinnen. Einer muss etwas tun.

»Soll ich Sam von drüben holen?«, fragt Sarah hinter Robins Rücken.

Etwas mehr der alten Robin wird wieder lebendig.

»Vergiss den Scheiß, Sarah. Ich brauch keinen Helden. Was ist jetzt los, Rez, he?« Sie legt all ihren Atem in die Worte, um sie hinauszuzwingen. »Seit Wochen versuchst du, diese Tür aufzubekommen, und jetzt starrst du mich nur blöd an.«

Er schaut auf seine Füße herab, zieht kurz und heftig die Nase hoch und steht plötzlich in einer wieselflinken Bewegung direkt vor Robin und blickt ihr in die Augen.

»Ich hab so verflucht lang auf diesen Moment gewartet, Robin«, sagt er. Selbst wütend klingt seine Stimme sanfter, als sie es in Erinnerung hat. Eher wie die von Callum, aber diesen Gedanken verdrängt sie sofort.

»Ach ja?« Robin ballt ihre zitternden Finger zu Fäusten.

»Ja. Verflucht lange. Da ist so viel, was ich dir unbedingt sagen wollte. Ich bin es wieder und wieder in meinem Kopf durchgegangen, aber jetzt, wo ich hier bin und dich vor mir hab, fällt mir nichts mehr davon ein.«

»Tja, wie schade, dann verpiss dich doch einfach wieder, Rez. Nichts, was wir einander sagen könnten, wird irgendwas nützen. Du weißt, was du getan hast. Ich weiß, was ich getan hab. Und ich kann gut leben mit dem, was ich getan hab.«

Rez stößt ein kurzes, bissiges Lachen aus. Sein Atem stinkt nach Selbstgedrehten und billigem Likörwein.

»Glaubst du wirklich, du lebst gut damit? Ich hab dich doch beobachtet. Hab dein trauriges, armseliges Leben beobachtet, Robin Marshall. Der Floh mit Löwenherz. Der große Rockstar. Die treusorgende Schwester. Ein Witz bist du, sonst nichts. Vielleicht fehlen mir ja deshalb auch die Worte. Wie soll man auf so eine bedauerliche Jammergestalt eine Riesenwut empfinden?«

»Ich, eine bedauerliche Jammergestalt? Du bist es doch, der ständig diese lächerlichen anonymen Schmähbriefe schickt.«

»Briefe? Was für Briefe? Keine Ahnung, wovon du quatschst.«

Robin überhört seine Reaktion und schreit ihn weiter an: »Du bist es doch, der versucht hat, in mein Haus einzubrechen! Und beim ersten Mal hast du dich von einem alten Mann verscheuchen lassen. Nicht einmal eine geöffnete Tür hast du aufdrücken können. Da kannst du von Floh mit Löwenherz und all dem Scheiß faseln, so viel du willst, *du* bist jedenfalls nicht an diesem Floh vorbeigekommen. Und jetzt hast du es nach all dem Aufwand bis in meine Tür geschafft, und wofür, Rez? Was willst du überhaupt hier? Mir irgendeinen Vortrag halten? Na los, bitte schön.«

Sie schwenkt den Arm, als würde sie ihn hereinbitten. Ernst gemeint ist die Geste nicht. Sie soll bloß das Gesagte unterstreichen, aber Rez geht dennoch darauf ein. Er drängt sich an ihr vorbei ins Haus, packt die Tür und knallt sie hinter sich ins Schloss.

Sarah hockt noch immer auf der Treppe. Sie zieht die Beine an und macht sich ganz klein, ohne die Hand von ihrem Bauch zu nehmen. Rez steckt den Kopf ins Wohnzimmer, zögert kurz, geht dann hinein und setzt sich auf das kleinere der beiden Sofas. Robin folgt ihm und nimmt ihren Stammplatz auf der anderen Couch ein. Sie hat Rez keine Sekunde lang aus den Augen gelassen, hat ihn wie eine unberechenbare Schlange fest im Blick behalten. Am Ende wagt sich auch Sarah bis in die Wohnzimmertür, um Rez weiter aufmerksam beobachten zu können.

»Alles hast du mir geraubt«, sagt er schließlich und sieht dabei auf seine Hände herab.

Robin lacht. »Ich dir? *Du* bildest dir ein, alles verloren zu haben?«

Er wartet, bis sie ausgeredet hat, dann wiederholt er seine Worte: »Alles hast du mir geraubt. Du hast Lügen über mich erzählt. Du hast Lügen erzählt und dabei genau gewusst, dass mir sowieso kein Mensch abnehmen würde, was ich sage. Ihr habt euch doch alle immer aufgespielt, als wärt ihr Scheißblaublütler im Vergleich zu mir, obwohl ihr nicht die geringste Ahnung von mir hattet.«

»Hältst du dich etwa wirklich für unschuldig? Glaubst du echt, man hätte dich dafür nicht zur Verantwortung ziehen dürfen?«

Robin hat ihre Augenbrauen so hoch gezogen, dass sie schon in den Stirnfalten verschwinden.

»Ich hab nie behauptet, unschuldig zu sein. Ich hab 'ne Menge Scheiß gebaut. Vorher und nachher gibt es massenweise Dinge, die ich nur zu gerne ungeschehen machen würde. Aber von dem, was du mir alles angehängt hast, hab ich nicht mal die Hälfte gemacht, und in einer Sache lagst du vollkommen daneben. Ich habe diesen Jungen geliebt.« Er holt tief Luft und fährt fort: »Ich hab ihn geliebt. Und ich hab vorher noch nie jemanden so geliebt, und ganz sicher nicht mehr seitdem. Und du, du hast in ihm einen Engel gesehen. Was blieb da für mich? Ich wurde zum Teufel, was sonst. Der leibhaftige Teufel.«

Robins Augen füllen sich mit Tränen, die sie mit einer ärgerlichen Handbewegung fortwischt. »Hör auf, so über ihn zu reden. Dazu hast du kein Recht.«

»Warum? Weil dir alle Rechte an Callum gehören? Auch ich habe ihn geliebt, und er hat mich geliebt. Alle anderen haben mich immer bloß so angesehen, wie ihr mich jetzt gerade anseht, nur er nicht. Groß angeben ließ sich mit mir damals bestimmt nicht, aber ich kam zurecht. Ich war jung und verbittert. Ich hab ein paar

Sachen geklaut und einige schwachsinnige Entscheidungen getroffen. Aber es hätte alles okay werden können. Ich könnte heute ganz gut dastehen, könnte jetzt genauso hier sitzen wie ihr beide. Hübsches Haus, bisschen Knete. Aber als Vorbestrafter: keine Chance.«

Robin will etwas sagen, will ihm widersprechen, aber er schüttelt den Kopf und redet weiter: »Hast du gewusst, dass meine Mum gestorben ist, als ich sechzehn war, und ich von der Schule abgehen musste, um meine Brüder zu versorgen? Hast du das gewusst? Nein, keinen verfluchten Schimmer hast du, was sonst. Ich wollte immer irgendwas mit Tieren machen. Schon als kleiner Junge habe ich davon geträumt. Aber stattdessen musste ich uns alle mit Betteln, Schnorren und Klauen irgendwie über Wasser halten. Meine Cousins haben geholfen, haben uns unterstützt. Irgendwie kamen wir da durch. Wir hatten zu essen, wir haben überlebt. Meine Brüder mögen es in der Schule nicht so weit gebracht haben wie ihr, aber es ging ihnen nicht schlecht. Und dann trat Callum in meine Welt, in meine kleine, dreckige Welt, und er hat das alles gar nicht so gesehen. Er hat's kapiert. Er hat mich verstanden. Und ich hab ihn verstanden. Weil ich nämlich auch allein war. Genau wie er.«

»Er war nicht allein, er hatte mich«, faucht Robin und wischt sich erneut die Tränen der Wut fort.

»Er hatte dich unendlich gern, du dämliche Kuh, aber er konnte mit dir nicht so offen sprechen wie mit mir, konnte sich auf dich nicht so verlassen. Du warst ein kleines Mädchen. Du mochtest ihn, solange er dieselben Dinge mochte wie du. Du mochtest ihn, solange er amüsant war. Weißt du noch, wie du ihm gesagt hast, er soll seinem Dad doch sagen, dass er schwul ist? Weißt du noch? Wenn du begriffen hättest, was dieser Kerl ihm bereits alles angetan hatte, du hättest ihn niemals auch nur in seine Nähe kommen lassen.«

»Und was ist mit meiner Schwester? Gab dir die Tatsache, dass Callum dich geliebt hat, etwa das Recht, ihr das Baby zu rauben? Etwas so Winziges und Kostbares zu töten?«

Sarah senkt den Kopf. Tränen fallen auf ihr Oberteil und bleiben an dem kleinen Bauch hängen.

»Dieses Märchen hast du schon so oft erzählt, dass du es inzwischen selbst tatsächlich glaubst, was?« Rez blickt Robin fragend an, aber sie presst bloß die Lippen zusammen und funkelt ihn aus leuchtenden Augen an.

»Sie ist einfach die Treppe heruntergefallen, und das weißt du auch genau. Ich habe sie nicht gestoßen. Und *er* hat sie auch nicht gestoßen. Er hat sich das eingebildet, weil er vollkommen von der Rolle war und dir einfach all deine Behauptungen abgenommen hat. Als du ihm das gesagt hast, in diesem Moment hast du ihm die Schlinge um den Hals gelegt. Und das weißt du auch. Deshalb hast du dich hier in dieser Höhle vergraben, leckst deine Wunden und beißt nach allem wie ein in die Ecke getriebenes Tier. Woran liegt's? Wurden die Schuldgefühle plötzlich zu groß?«

»Das ist nicht wahr«, sagt Robin leise.

»Sie ist gefallen«, sagt Rez, ohne den Blick von ihr abzuwenden. »Ich habe es ihm immer und immer wieder gesagt, den ganzen Abend lang, dass es nicht seine

Schuld ist. Aber dein Wort war natürlich unantastbar. Er wurde damit nicht fertig. Ich bin was trinken gegangen, weil ich einfach nicht mehr wusste, was ich tun sollte. Als ich zurückkam, war es zu spät.«

Robin schüttelt unablässig den Kopf. »Nein, nein, nein.«

»Doch, Robin, *doch*. Er sah in dir stets nur das Beste und in sich selbst das Schlechteste. Es war zu viel für ihn. Dafür war er zu empfindsam, zu *gut*. Ja, ja, es stimmt schon, wären wir an diesem Abend nicht oben auf dem Absatz gewesen, hätte all dies gar nicht geschehen können. Die Schuld daran werde ich bis an mein Lebensende mit mir herumtragen. Aber du hast mich richtig reingeritten. Alles hast du mir allein in die Schuhe geschoben. Und ich konnte mich nicht wehren, ich war durch den Verlust von Cal sowieso schon völlig am Boden. Und zugehört hätte mir eh keiner. Warum sollten sie?«

»Nein«, sagt Robin, diesmal ruhiger. »So ist es nicht gewesen.«

»Und dann seid ihr alle einfach wieder zur Tagesordnung übergegangen. Er war fort, ich war im Arsch. Ich hatte nicht die Hälfte von dem getan, was du mir unterstellt hast. Es fällt mir ehrlich nicht leicht, das zu sagen, aber, ob's dir nun passt oder nicht, es war Callum, der dieses Zeug holen wollte. Er war es, der bei seiner Mutter in Erfahrung brachte, wann sie aus dem Haus sind. Euch wollte er damit keins auswischen, auch nicht seiner Mum, es waren alles Sachen, die sein Vater ihr gekauft hatte. Ihm wollte er es heimzahlen. Aber du hast ja trotzdem die Kurve bekommen, bist reich und berühmt geworden, was? Und du …« Er zeigt mit dem Finger auf Sarah, die instinktiv zurückweicht. »Na ja, ich weiß, dass du deine Schwierigkeiten hattest, aber jetzt scheint ja auch bei dir wieder alles in Ordnung.«

Sarah presst sich weiter gegen den Türrahmen und schüttelt nur den Kopf.

Robin atmet erregt und durchbohrt ihr Gegenüber mit Blicken, sagt aber kein Wort. Sie hat die Geschichte ganz anders in Erinnerung, als Rez sie erzählt. Vollkommen anders. Doch in diesem Punkt Eingeständnisse zu machen würde bedeuten, mühevoll aufgerollte Seile loszuschneiden, die sie beim Abwickeln dann leicht mit fortreißen könnten. Daher schüttelt sie nur verächtlich den Kopf und steht auf, wie um ihn zum Gehen aufzufordern. Da Rez keine Anstalten macht, sich vom Platz zu rühren, setzt sie sich wieder hin.

»Aber wisst ihr, wen ich am meisten von euch allen gehasst habe?«

Robin bleibt stumm.

»Euren Vater.«

»Mein Dad hat keinem was getan!«, schießt Robin sofort zurück.

»Und ob er das hat. Du warst ja auch nicht jeden Tag beim Prozess. Du hast deinen Auftritt abgeliefert und dich anschließend verpisst. Deshalb hast du auch nicht mitbekommen, was er gesagt hat. Über Callum, über mich. Und Callums Mutter stand die ganze Zeit daneben und hat bloß zugeschaut. Genau wie sie bloß untätig zugeschaut hat, wenn Drew ihn nach Strich und Faden vermöbelt hat, als er klein war. Kein Wort kam über ihre

Lippen. Nie hat sie was gesagt. Nicht vor Gericht. Nicht vorher oder nachher. Und gemeinsam habt ihr dafür gesorgt, dass ich im Knast lande.«

Er wischt sich kurz über die Augen und fragt nach einem Räuspern: »Kann ich ein Glas Wasser haben?«

»Nein«, sagt Robin.

»Ich war noch nie im Knast. Ihr habt ja keinen Schimmer, wie es da drin zugeht. In euren Augen ist Drew Granger der größte Schwulenhasser. Na, dann verbringt mal ein paar Monate als Zellengast Ihrer Königlichen Majestät. Ich bin häufiger auf der Krankenstation gelandet, als ihr warm gegessen habt.«

»Wer so viel Schiss davor hat, im Knast zu landen, sollte vielleicht nicht so blöd sein, ständig hier bei mir einbrechen zu wollen«, giftet Robin.

»Ich wollte doch gar nichts weiter«, erwidert er nur achselzuckend.

Robin lacht auf, aber ihre Augen funkeln wütend. »Schwachsinn.«

»Ganz ehrlich. Ich wollte bloß sichergehen, dass ich das richtige Haus erwischt habe, die richtige Person. Einfach mal einen Blick reinwerfen, dacht' ich mir, nichts weiter. Einfach kurz reinplatzen, und wenn du's nicht bist, na dann wär ich halt, keine Ahnung, wieder getürmt oder so. Aber ansonsten hätten wir endlich diese ganze Scheiße klären können, die ich jetzt seit ewigen Zeiten mit mir herumschleppe.«

»Aber sicher doch«, ätzt Robin.

»Je öfter ich umsonst geklopft hab, desto mehr hab ich befürchtet, hier bloß meine Zeit zu verschwenden, dass die Adresse einfach nicht stimmt, die sie mir gegeben hat.«

»Sie?« Robin sieht kurz zu Sarah und wieder zu Rez zurück. »Wen meinst du mit ›sie‹?«

»Callums Mutter.«

»Warum hat sie dir die Adresse gegeben?«, fragt Sarah jetzt laut und vernehmlich. »Mir hat sie bloß was von Manchester erzählt. Den Rest wüsste sie nicht mehr. Warum dir und mir nicht?«

»Weiß ich nicht«, erwidert Rez gleichgültig, ohne den Blick von Robin zu wenden. »Ich wusste, dass du hier oben warst, hatte die Proben deiner Band gesehen. Ich erzählte ihr, ich wollte dir schreiben und die Sache aus der Welt schaffen. Sie hat sie mir sofort gegeben …«

»Also, was willst du hier, Rez?«, unterbricht Robin ihn. »Willst du Geld? Ich hab weniger, als du glaubst.«

»Dein Geld will ich nicht. Was würde Geld mir schon groß helfen? Das ist mir doch scheißegal. Ich arbeite hier oben. Im Apollo. Glücklicher Zufall, wie? Jedenfalls langt's für Kippen und 'ne Portion Hühnchencurry. Ich brauch nicht viel. Geld hätte ich gebraucht, als die Jungs noch kleiner waren. Inzwischen sind sie alle erwachsen. Sie haben lernen müssen, auf eigenen Beinen zu stehen, als ich im Knast war. Mit anderen Worten: Nein, dein Scheißgeld will ich nicht.«

»Was willst du dann?«, fragt Sarah, jetzt wieder mit leiser Stimme.

»Ich will, dass Robin offen zugibt, wie es wirklich gewesen ist. Sie soll gefälligst eingestehen, dass auch Callum kein Heiliger gewesen ist und ich nicht der Oberbösewicht. Dich hier zu treffen, Sarah, damit hatte ich gar nicht gerechnet.« In freundlicherem Ton fügt er an: »Ich hab dich wirklich nicht die Treppe heruntergestoßen. Das würde ich nie tun. Mein Alter hat meine Mutter ständig rumgeschubst und schikaniert. Ich würde einer Frau so etwas nie antun. Ich würde das keinem jemals antun.«

»Ich hab nicht gelogen«, sagt Robin. »Ich meine, nicht richtig, es war doch kein ...« Sie bricht unvermittelt ab und schluckt schwer. »Vielleicht hab ich etwas dick aufgetragen und unnötig Stimmung gemacht, aber hättest du an meiner Stelle nicht genauso gehandelt?«

Rez öffnet seufzend den Mund, um zu antworten, doch Robin redet schon weiter: »Und eingebuchtet hätten sie dich auch so früher oder später, ganz ohne meine Hilfe. Das ganze Zeug in deiner Bude bot doch Anlass genug. Das hab ich dir doch nicht untergeschoben.«

»Schon möglich, mag sein. Aber was alles vielleicht passiert wäre, werden wir nie erfahren. Wir wissen bloß, was passiert ist. Die Menschen, die sich auf mich verließen, standen allein da. Und ich hab den einzigen Menschen verloren, auf den ich mich verlassen konnte. Hast du eine Ahnung, wie sich das anfühlt?«

»Ja«, sagt Robin leise, »ich weiß, wie sich das anfühlt. Aber Sarah, ihr Baby, schon für sie musste ich das tun. Ihnen sollte wenigstens ein wenig Gerechtigkeit geschehen.«

»Ich hab nie gewollt, dass du zur Polizei gehst, Robin«, wirft Sarah ein. »Ich meine, ich finde es toll von dir, dass du mich immer zu schützen suchst und dich für mich rächst – oder wie immer du das nennen willst –, aber das alles hab ich nicht gewollt.«

»Du warst doch von den ganzen Erlebnissen viel zu mitgenommen, um zu wissen, was du willst«, erklärt Robin und wendet sich ihrer Schwester zu.

»Du musst aufhören damit, diese Art von Entscheidung für andere zu fällen, Robin. Callum hat nie gewollt, dass du dich in seine Beziehung zu seinem Dad einmischst, aber du musstest in Atlanta die Sache unbedingt aufwühlen. Und ich hab nie gewollt, dass du irgendwas hiervon in meinem Namen tust. Versteh mich richtig, ich weiß, du hast nur getan, was du für richtig gehalten hast, aber Callum hat Rez geliebt, *zweifellos*, selbst ich konnte das sehen, und ich hab sie kaum zusammen erlebt. Du hast mir doch selbst erzählt, dass er ihn sogar in seinem Abschiedsbrief erwähnt hat, so groß waren seine Empfindungen für Rez.«

»Sarah«, sagt Robin und sieht ihre Schwester flehentlich an.

»Was meinst du damit, Sarah?«, fragt Rez sofort. »Robin, was soll das heißen?«

»Nichts. Du hast deinen Standpunkt klargemacht, ich hab's kapiert. Es tut mir leid, okay?«

»Was hast du damit gemeint, Sarah?«, fragt Rez erneut.

»Der Abschiedsbrief«, sagt Sarah. »Von Callum. Hast du ihn nicht gesehen?«

»Er hat einen Brief hinterlassen? In dieser Nacht?« Rez starrt mit weit aufgerissenen Augen ungläubig von einer Schwester zur anderen. »Was stand darin?«

Robin lässt seufzend die Schultern sinken und flüstert dann: »Also gut, warte hier.«

Vor dem Esszimmer hält sie einen Moment inne. Seit Monaten hat sie diese Tür nicht mehr geöffnet, seit Jahren die Dinge darin nicht mehr angefasst. Sie dreht den Knauf, zwingt sich einzutreten und ist erstaunt, wie hell der Raum ist. Wo der betreffende Karton steht, weiß sie genau. »Aktenschrank« steht darauf in fremder Handschrift. Die Möbelpacker hatten die Sachen einfach in Kartons gestopft, ohne eine Vorstellung davon zu haben, mit welch heiklen Dingen sie hier hantierten.

Der Brief liegt ziemlich weit unten zwischen anderen Papieren, alten Mietverträgen und Garantieerklärungen. Sie nimmt ihn in die Hand. Das linierte Papier ist abgenutzt und weich wie altes Tuch. Es ist noch genauso gefaltet wie in der Nacht, als sie es einsteckte und mit nach Hause nahm. Lesen muss sie es nicht. Die Worte haben sich ihr eingebrannt.

»Hier«, sagt sie zu Rez, als sie langsam das Wohnzimmer durchquert.

»Ist das, was ich denke, was es ist?«, fragt er, und seine Atmung beschleunigt sich wieder.

»Ja«, sagt Robin. »Tut mir leid. Entschuldige, okay?«

Behutsam faltet er es nur mit den Fingerspitzen auseinander und lehnt sich erschrocken zurück.

»Wie lange ich seine Handschrift schon nicht mehr gesehen habe«, sagt er mehr zu sich selbst.

Robin holt tief Luft und sieht zu Sarah, während Rez den Brief in seinen Händen anstarrt.

»Er schreibt, es war nicht meine Schuld«, sagt Rez,

»und trotzdem hast du … Er schreibt, es wäre seine Idee gewesen, das Zeug zu klauen, aber das stimmt nicht. Als er das erste Mal den Schmuck seiner Mutter erwähnte, begann ich schon in diese Richtung zu denken. Wir waren immer klamm, und der Kram lag da einfach rum. Ich weiß nicht mehr, wer es schließlich vorschlug, aber seine Idee allein war es bestimmt nicht.« Rez hält den Brief mit der linken Hand fest und wischt sich mit der rechten über die Augen.

»Hier steht, er hätte Sarah geschubst.« Verwirrt schaut Rez auf. »Aber das hat er nicht. Keiner hat das, sie ist gefallen. Du bist doch gefallen, richtig?« Er sieht fragend zu Sarah.

»Ich weiß es bis heute nicht«, erklärt Sarah ruhig und mit Nachdruck.

»Mein armer Cal«, sagt Rez. »Und den Brief hast du schon die ganze Zeit gehabt?«

Robin lässt den Kopf hängen. »Ja. Vielleicht solltest du ihn jetzt bekommen. Es tut mir leid. Ich wollte bloß, dass ihm Gerechtigkeit widerfährt.«

»Du magst das nicht glauben, Robin, aber etwas anderes wollte ich auch nie.«

Er hielt den Brief wie ein Neugeborenes im Arm, als er ging. Nach all der wochenlangen Anspannung und Angst, nach der jahrelangen gegenseitigen Abscheu blieb ein seltsam leeres Gefühl zurück.

Robin war klar, wie einäugig sie alles betrachtet hatte, mit welcher Unbarmherzigkeit sie alles Rez in die Schuhe geschoben hatte. Gerecht war es nicht gewesen, aber es hatte sich gerecht angefühlt. Und dass ihr Vater das Gleiche tat, hatte sie nicht gewusst.

Sie glaubte Rez. Glaubte daran, dass er nicht zurückkommen würde. All seine aufgestaute Wut und Trauer hatten sich in dem wilden Hämmern gegen die Tür und den verzweifelten Einbruchsversuchen ausgetobt. Gewiss hatte er befürchtet, sie wäre einfach nicht zu fassen, und dann hatte der Frust ihn durchdrehen lassen.

Die Haustür fiel mit einem leichten Klicken ins Schloss, und die beiden Schwestern umarmten sich stumm. Viel zu viele Worte waren bereits gesagt worden. Sie alle aufzusammeln und einzusortieren, dafür fehlte ihnen jetzt einfach die Kraft. Also ließen sie es bleiben.

Kapitel 40

1998

Sarah

Niemand sonst hat den Brief je zu Gesicht bekommen. Nur Robin. Auch ich darf ihn nicht lesen. Sie hat mir bloß eine vage Zusammenfassung gegeben, die ich für nicht besonders glaubhaft halte. Und außer mir weiß keiner überhaupt von seiner Existenz. Nicht Hilary, nicht Dad und nicht die Polizei. Robin trägt ihn ständig bei sich und lässt ihn selbst nachts nicht los, wenn sie still weinend in ihrem Bett liegt. Ich beobachte sie immer durch einen Spalt in der Tür und schleiche mich dann davon, weil mir meine eigene Trauer die Worte raubt.

Robin beabsichtigt, bei der gerichtlichen Untersuchung, die wohl erfolgen wird, eine Aussage zu machen. Sie hat vor, diesem Gremium aus völlig Fremden zu erzählen, dass ihr Stiefbruder von Rez auf die schiefe Bahn gebracht worden ist und dass dieser dabei leichtes Spiel hatte, weil Callum von seinem Vater, Drew Granger, ständig Ablehnung und körperliche Misshandlungen erfahren hatte.

Einen Tag nach Callums Selbstmord kamen Drew und Mum bei uns vorbei. Stumm hockten sie auf der Kante des Sofas, ihnen gegenüber Hilary, der man offensichtlich etwas gegeben hatte, und Dad, der noch immer kaum ein Wort herausbrachte und unter Schock vor sich hin zitterte.

Keiner wusste, was er sagen sollte, und jeder fühlte sich verantwortlich. Wirklich Grund dazu hatten nur ein paar von ihnen, aber so läuft das nun einmal nicht.

Robin hatte sich geweigert, ihr Zimmer zu verlassen, solange sie im Haus waren, und so schickte Mum Drew schon einmal zum Auto und stieg nach oben, um mit meiner Schwester zu sprechen. Ich rechnete eigentlich damit, dass sie sofort wieder auftauchen würde, aber Mum blieb eine ganze Weile drin. Vielleicht suchte Robin ja Trost bei ihr. Dabei begriff Mum noch immer nicht, dass ich diejenige war, die Trost brauchte, weil sie etwas innig Geliebtes verloren hatte, und die diesen Trost unmöglich bei ihr suchen konnte. Sie muss gewusst haben, was in dieser Nacht in Atlanta geschehen ist, und hat es einfach mir überlassen, die Sache zu vertuschen und mit den Folgen ganz allein fertigzuwerden. Hätte sie geahnt, wie das Ganze ausgehen würde, sie wäre wahrscheinlich in erster Linie erleichtert gewesen. Nach außen hin hat das Bild keinen Schaden erlitten. Und ist das am Ende nicht alles, was zählt?

Robin

Sie alle gingen auf unterschiedliche Weise mit ihrem Schmerz um. Hilary war aus dem Dämmer der Beruhigungsmittel erwacht und schlurfte wie ein Geist durch das Haus. Manchmal ging sie in die Garage und saß inmitten von Spinnen und Staub an einen der Müllsäcke gelehnt, in denen Callums Sachen verstaut waren. Die Säcke zu öffnen und hineinzufassen war ihr unmöglich.

Viele Stunden verbrachte sie im Garten, wo sie ohne jeden Grund Löcher grub und sie anschließend wieder zuschüttete. Jack beobachtete das alles vom Fenster und machte ihr Tee, der dann kalt wurde, während sie draußen ihre Schaufel tiefer und tiefer in den Boden trieb und das Kopftuch ihr unbeachtet von den Haaren rutschte.

Alles, was Callum jemals angefasst hatte, wurde zum kultischen Erinnerungsstück. Eine alte Zahnbürste wurde in Küchenpapier gewickelt und aufbewahrt. Ein Sack enthielt frische Wäsche, die er nie abgeholt hatte. Sein Geruch sorgsam herausgewaschen. Manchmal nahm Hilary ein paar Sachen heraus, um sie an sich zu pressen und den Duft einzusaugen. Doch sie rochen nur nach Waschmittel, und so schleuderte sie T-Shirts und Pullover wütend von sich, nur um sie wenig später erschrocken wieder einzusammeln und Entschuldigungen in sie hineinzumurmeln.

Robin vergrub sich. Sie vergrub sich in Stille, weil jede Musik für sie derzeit vermintes Gebiet bedeutete und sie noch nichts Unbelastetes gefunden hatte. Wo auch immer sie in ihrer Platten- und CD-Sammlung hinsah, überall sprang ihr Callum entgegen. Da gab es Bands, mit denen er sie bekannt gemacht hatte, Musik, die sie beide geliebt hatten, Alben, über die sie gestritten hatten, so viele Akkorde, die sie sich früher auf der Gitarre gezeigt hatten. Hier irgendwo einen Anfang zu finden war schwierig, weil jede Note ihr einen Stich ins Herz versetzen konnte, also riskierte sie es lieber erst gar nicht.

Stattdessen lag sie einfach auf dem Bett, sah aus dem Fenster und beobachtete, wie die Wolken sich übereinanderwälzten wie verspielte Tiere. Oder sie betrachtete die weißen Streifen, die all die Flugzeuge, die von und nach Heathrow unterwegs waren, ins tiefe Blau zeichneten.

Wenn Robin schlief, träumte sie von Callum. Träume voll eindringlich krasser Farben, Formen und Gerüche. Träume so real, dass sie sich wachzuhalten versuchte, um dieser höhnischen Vorspiegelung zu entgehen. Nachts hielt sie die akustische Eastman-Gitarre im Arm, die er bei ihr zurückgelassen hatte. Es war das einzige Erinnerungsstück, das sie in ihrer Nähe ertrug.

Sie wusste, dass ihre Mutter und Drew vorbeikommen wollten. Gewiss würde Drew als Trauernder ein Anrecht an Callum beanspruchen, das er im wirklichen Leben längst verspielt hatte. Am liebsten hätte sie das ganze Haus verbarrikadiert, um ihn auszusperren, aber so blieb ihr nur, sich auf ihrem Zimmer zu verstecken.

Als ihre Mutter vorsichtig an der Tür klopfte und »Robin, ich bin's, deine Mum« sagte, hatte Robin eigentlich damit gerechnet, dass sie ihr antworten würde, sie solle verschwinden.

»Kann ich reinkommen?«

»Okay«, sagte Robin und stockte bei der Antwort selbst vor Überraschung.

Angela trat ein und setzte sich zögernd auf die unterste Ecke des Betts. Robin sah nicht zu ihr hin. Sie blieb sitzen, lehnte sich nur gegen die Wand und strich mit ihren Fingerspitzen leicht über die Saiten der Gitarre.

»Es tut mir schrecklich leid, mein Schatz«, sagte ihre

Mutter. Unvermittelt verzerrten sich Robins Züge qualvoll, und Tränen schossen so abrupt hervor, dass Gesicht, Hände und Unterarme innerhalb von Sekunden glühten und feucht glänzten.

Ebenso rasch versiegte der Ausbruch wieder. Robin wischte sich mit dem Ärmel das Gesicht trocken und hob den Kopf. Ihre Augen waren blutunterlaufen und geschwollen.

»Ich weiß nicht, was ich tun soll, Mum«, sagte sie. Im selben Moment setzten erneut heiße Tränenschübe ein, deren Gewalt ihren schmächtigen Oberkörper schüttelte. Als sie aufschaute, sah sie, dass ihrer Mutter die Tränen herabliefen, und ihr eigenes Weinen schlug um in Wut.

»Er allein ist schuld, das weißt du. An allem.«

»Wer ist schuld?«, fragte ihre Mutter.

»Du weißt wer. Der Mann, den du geheiratet hast. Ich hab ihn eben erst unten gehört, all seine hohlen Worte bei seiner Ankunft. Was für eine ungeheure Dreistigkeit, hierherzukommen und den Betroffenen zu spielen.«

»Natürlich ist er betroffen! Wir beide sind tief erschüttert, wir alle sind es. Herrgott, Robin, wie kannst du so etwas sagen?«

»Er hat Callum gehasst.«

»Er hat ihn nicht …«

»Er *hat* ihn gehasst. Er konnte es nicht ausstehen, dass er einfühlsam, sanftmütig und freundlich war. Dass er Hilary ähnelte. Und dass Cal … Dass er … nicht so ein kerniger Schürzenjäger-Macho war wie er. Und mein Bruder wusste es. Er wusste, was sein Vater ihm gegenüber empfand, und es hat ihn schon als kleinen Jungen kaputtgemacht. Selbst in der Zeit, in der er hier, wo ihn alle liebten, glücklich und akzeptiert war, hat er das immer mit sich herumgeschleppt.«

»Er mag ihm nicht der beste Vater gewesen sein …«, begann Angela.

»Er war ein grauenhafter Vater!«

»Er war in seiner Art eher traditionell, und er war nicht der Geduldigste, das stimmt. Und es kann schon sein, dass er im ersten Anlauf ein mieser Vater gewesen ist, aber er ist dennoch Callums Dad, und sein Verlust trifft ihn genauso wie jeden von euch. Vielleicht sogar mehr, da er so niemals die Chance haben wird, es zu korrigieren.«

»Genau wie ich«, flüsterte Robin.

»Wie meinst du das?« Angela senkte ihre Stimme und versuchte, Robin über den Kopf zu streichen, die aber wich zurück. »Er hat doch gewusst, wie sehr du ihn liebst. Wie Pech und Schwefel habt ihr beide immer zusammengehalten.«

»Ist auch egal«, sagte Robin, ohne den Blick von ihren Knien zu heben.

»Robin, was ist?«

»Egal, sag ich, und jetzt lass mich gefälligst in Ruhe.«

»Robin«, sagte Angela noch immer mit leiser, sanfter Stimme.

»Du hast dich für Drew entschieden. Du hast ihn gewollt, und das hast du nun davon. Aber verlang nie von mir, auch noch Mitgefühl mit dem Scheißkerl zu haben.«

»Jetzt mach aber mal halblang, junges Fräulein«, erklärte Angela in schärferem Ton und erwiderte eine Weile Robins hitzigen Bick, bevor sie wegsah. »Du solltest rasch einen Gang runterschalten, weil du gar nicht begreifst, was du in deiner Wut alles anrichtest. Du musst verdammt noch mal lernen im Umgang mit anderen, die auch einen schweren Verlust betrauern, von deinem hohen Ross runterzukommen. Du besitzt nicht das Alleinrecht auf Trauer. Hast du mich verstanden? Wenn du nicht lernst, dich zu beherrschen, wirst du es eines Tages bedauern.«

»Geh einfach, Angela.«

»Tu bitte nichts Unüberlegtes«, sagte ihre Mutter, nun wieder freundlicher.

»Verschwinde endlich. Hau ab!«

Erst nach seiner Verhaftung erfuhr die Familie das tatsächliche Alter von Rez. Er war bereits dreiundzwanzig. Die beiden zusammen zu sehen war schon schlimm genug gewesen, als alle noch dachten, sie wären Kids, aber zum Zeitpunkt ihres Kennenlernens war nur Callum siebzehn, Rez dagegen zweiundzwanzig. Ein Mann. Ein schlaksiger, unreifer, rattengesichtiger Mann zwar, aber nichtsdestotrotz ein Mann. Und dominierend, ungeachtet der jämmerlichen Gestalt, die er abgab, davon waren sie alle überzeugt.

Diesem Mann trat Robin Aug in Aug gegenüber, und sie ließ ihn nicht davonkommen. Sie starrte offen in sein Rattengesicht, während sie im Prozess die Anklage wegen Diebstahls, Drogenbesitzes und Körperverletzung mit ihrer Aussage stützte. Ja, sie regte sich sogar darüber auf, dass er nicht wegen schwerer Körperverletzung angeklagt wurde, und gab unmissverständlich zu Protokoll: »Er stieß meine Schwester, und er sagte: ›Ich hoffe, du stirbst.‹ Er wollte ihr eindeutig körperlichen Schaden zufügen.«

Von der ursprünglichen Aussage, die sie noch vor Callums Tod abgegeben hatte, wichen diese Angaben ab. Sie machte dafür die erste Erregung verantwortlich, die ihre Erinnerung getrübt hätte. Nun behauptete sie, gehört zu haben, wie Callum versuchte, Rez aufzuhalten. Behauptete, Rez habe den Schmuck eingesteckt, das Kommando geführt und den sanftmütigen Callum einfach mitgerissen. Sie sagte die Unwahrheit, vorsätzlich und mit aller Konsequenz.

Sarah betrat nicht den Zeugenstand. Stattdessen verlas Robin ihre schriftliche Aussage. Sie knurrte die Worte zornig in den Gerichtssaal, geriet beim Lesen immer wieder erschüttert ins Stocken.

Eine große Rolle spielte das alles nicht. Was sie in der Wohnung gefunden hatten, genügte schon, um Rez wegen einer Kombination aus allerlei Kleindelikten für achtzehn Monate wegzuschließen.

Keiner fühlte sich vom Urteil bestätigt. *Für immer* dehnt sich so weit in die Zukunft, da sind jene, die zurückbleiben, bereits vom Wind verweht.

Kapitel 41

Gegenwart

Robin

»Was hebst du denn sonst noch alles da auf?«, fragte Sarah und schielte neugierig an der Esszimmertür vorbei.

Robin seufzte schnaufend und schüttelte den Kopf. »So genau weiß ich das selbst nicht. Zumindest nicht alles. Ich schleife das Zeug schon eine Weile von einer Wohnung zur nächsten mit. Demobänder, alte Notizblöcke, Gitarren, mein erster Verstärker. Der kleine Park von Marshall, erinnerst du dich?«

Sarah sah sie verständnislos an. »Den hast du bestimmt bekommen, als ich in Atlanta war«, sagte sie, und Robin versuchte, den verbitterten Ton zu ignorieren.

Sarah zog die Tür weiter auf, presste dabei die andere Hand in den Rücken und streckte sich.

»Alles okay?«, fragte Robin. »Ist es das Baby?«

Sarah lächelte. »Das kann ich noch nicht spüren. Ich bin bloß verspannt. Und ein wenig müde.«

Sie trat vorsichtig in den Raum und winkte Robin, ihr zu folgen.

»Ich weiß nicht«, sagte Robin. »Der Tag war schon so beschissen genug. Ich glaube nicht, dass ich mir das heute auch noch antun will. Entschuldige.«

»Na gut, wie wär's, wenn wir's uns dann morgen ansehen? Gemeinsam?«

»Mal schauen«, sagte Robin. »Wie sehen überhaupt deine Pläne so aus? Ich meine, für morgen und danach.«

»Die Frage ist gar nicht so einfach zu beantworten«, sagte Sarah und legte ihre Hand unbewusst auf das kleine Bäuchlein unter ihrem weiten Top.

Robin wartete auf eine ausführlichere Erklärung, aber die kam nicht.

»Was dagegen, wenn ich mich hinlege?«, fragte Sarah schließlich und schlüpfte wieder aus dem Zimmer.

Robin beeilte sich, die Tür fest zu schließen, bevor womöglich irgendwelche lose herumirrenden Erinnerungen sie einholten.

Kapitel 42

Gegenwart

Sarah

Auf Robins Drängen hin schlafen wir zum ersten Mal seit Jahren im selben Zimmer. Kopf an Fuß. Zwanzig Jahre sind vergangen, und wir liegen wieder nebeneinander wie bei einer Kinderübernachtung. Alles, was jetzt noch fehlt, ist Callum.

Robin schiebt mir ihre kleinen Stinkefüße unter die Nase, und uns beiden gehen Tausende verrückter Geschichten durch den Kopf. Ich werde eine weitere hinzufügen müssen. Sie hat sich nach meinen Plänen erkundigt, und ich kenne doch meine Schwester, alle fehlenden Teilchen wird sie sich selbst zusammenreimen.

Also hole ich tief Luft und erzähle ihr, was mir mit Jim passiert ist und von seiner Liste. Angesichts ihrer verwunderten Miene versichere ich ihr unzählige Male, dass ich niemals einem Kind wehtun würde, dass er alles bloß missverstanden und falsch interpretiert hat und dass auch mein ungeschicktes Verhalten der Sache nicht dienlich gewesen ist. Alles sei eine Verkettung unglücklicher Umstände, nicht mehr. Ich erzähle ihr, dass ich jetzt einen Ort brauche, wo ich eine Weile bleiben kann.

»Wenn Jim das mit dem Baby zu früh rausbekommt, besteht nicht viel Hoffnung. Aber wenn Jim es im richtigen Moment erfährt, wird er anders dazu stehen. Dann wird er sich auch meinen Standpunkt anhören müssen, weil ihm dann nichts anderes übrig bleibt. Er darf es bloß erst erfahren, wenn es zu spät ist, verstehst du? Wenn ich schon zu weit bin und nichts mehr zu ändern ist. Und dann muss er mich auch wieder Violet sehen lassen, weil Geschwisterkinder ja nicht voneinander getrennt sein sollen. So weit dürfen wir es um Gottes willen nicht noch einmal kommen lassen. Vielleicht erlaubt er sogar, dass ich sie hierher nach Manchester hole. Und dann …«

Ich zügele meine Fantasie. Ich möchte jetzt nichts übereilen. Robin sagt kein Wort.

»Ich muss nur wieder ein wenig Boden unter die Füße bekommen, bevor ich versuche, mir Violet zurückzuholen. Du hast Geld. Ich weiß, ich weiß, das klingt jetzt nicht schön, aber ich bin lieber ehrlich und bitte dich geradeheraus …«

Robin hebt eine Hand, um mich zu bremsen. Sie hat sich inzwischen aufgesetzt und dreht an ihren dunklen Locken.

»Was du an Geld brauchst, kannst du haben, Sarah. Aber die ganze Sache hört sich absolut wirr an.«

»Schon klar.«

»Ich meine, ich versteh nicht ganz, was du von mir erwartest. Wir haben seit Jahren nicht miteinander gesprochen und nicht die geringste Ahnung, was im Leben der anderen alles passiert ist. Wie stellst du dir das jetzt vor? Worauf willst du überhaupt hinaus? Möchtest du hier bei mir einziehen? Möchtest du, dass ich dir einen

Scheck ausstelle? Oder möchtest du, dass ich dir die Sache wieder ausrede?«

Wenn sie das hier nicht begreift, wie soll sie dann den nächsten Teil des Plans begreifen können?

»Ich brauch bloß Hilfe, um mein Leben wieder so weit neu zu ordnen, dass Violet zu mir zurückkommen kann. Und ich brauch ein wenig Rückendeckung. Und du bist der einzige Mensch, der mir jemals echten Rückhalt gegeben hat.« Meine Stimme stockt. »Du bist so viel stärker und durchsetzungsfähiger als ich, das warst du schon immer. Du weißt, warum ich so bin, wie ich bin. Du weißt, ich würde nie einem Kind etwas zuleide tun, und auch sonst niemandem. Jim wird mir das bestimmt nicht so leicht glauben, aber allein schaffe ich es nicht einmal, dass er mich ausreden lässt.«

»Du möchtest also gern bei mir bleiben, um wieder ins Reine zu kommen mit allem?«

»Ja, ich meine, das wäre wunderbar.« Mein Herz macht einen Sprung. Meine Schwester. Ich habe doch gewusst, dass sie helfen würde.

»Nein, so habe ich das nicht gemeint«, hebt Robin an, und ihr alarmierter Ton versetzt mir einen eisigen Schauer. »Mir scheint, du würdest dich gerne hier oben verstecken, solange du schwanger bist, um Jim anschließend damit zu überraschen, dass du noch ein Kind von ihm hast. Und auf diese Weise willst du versuchen, das Sorgerecht für die Tochter zu bekommen, von der er glaubt, du hättest sie vernachlässigt. Ist das so richtig?«

»Klingt reichlich verrückt, so wie du es zusammenfasst, aber …« Mein Lächeln ist wieder verschwunden.

»Es ist absolut verrückt, Sarah. Wegen solch durchgeknallter Aktionen nimmt man den Leuten ihre Kinder weg. Offizielles Sorgerecht erhältst du so garantiert nicht, aber ich hab das Gefühl, von offiziellen Wegen redest du hier auch gar nicht. Eins ist klar: Ich werde dir nicht helfen, deine Tochter zu entführen.«

»Was würdest du denn sonst vorschlagen, Robin? Was würdest du an meiner Stelle tun?«

Robin schwingt sich aus dem Bett und setzt sich an mein Ende. Sie hebt eins ihrer dünnen Ärmchen und legt es um meine Schulter. Es fühlt sich gut an. Meine Schwester. Meine Zwillingshälfte.

»Was ich tun würde, wäre wahrscheinlich noch viel verrückter«, sagt sie. »Deshalb stelle ich mir lieber erst gar nicht vor, was ich tun würde. Ich denke vielmehr daran, was *du* tun solltest. Deiner Tochter hast du zwar nichts getan, aber du hast Jim so viel Schwachsinn aufgetischt, dass er dich ja reif für die Klapse halten muss. Und du trägst sein Baby im Bauch, von dem er noch nicht einmal etwas weiß. Und dann türmst du auch noch nach Manchester, um deine nicht weniger bekloppte Schwester zu treffen. Mit anderen Worten, Sarah, so wird aus dem ganzen Mist nie was. Du musst dem Durcheinander ein Ende bereiten. Du musst einfach damit aufhören und endlich die Wahrheit erzählen. Wir müssen die Wahrheit erzählen, über *alles*.«

Robin setzt sich im Schneidersitz aufs Bett und lehnt sich gegen die Wand. Es ist, als wären wir wieder sechs.

»Also los, auf geht's«, sagt sie. »Jetzt erzähl ich dir mal alles ganz wahrheitsgetreu.«

Robin gibt offen zu, das Haus seit Jahren nicht mehr verlassen zu haben. Nicht ein paar Monate lang, sondern *Jahre*. Und die ganze Zeit über hat sie keine Aufnahmen mit ihrer Band gemacht, hat sie nicht einmal getroffen. Weder schreibt sie neue Songs, noch arbeitet sie irgendwas anderes. Ihre Tage verbringt sie damit, Runden im Haus zu drehen, dabei ihre Schritte zu zählen, und viel zu viel Krafttraining in ihrem Fitnessraum zu machen. Ansonsten beobachtet sie ihre Nachbarn und wird von Tag zu Tag nur noch verrückter und paranoider.

Sie erzählt, sie habe zwar nicht gewusst, dass es Rez ist, aber an der Tür habe schon seit Wochen ständig jemand geklopft. Und einmal wäre sie nachts aufgewacht, als ein älterer Nachbar Rez anbrüllte, der gerade einzubrechen versuchte. Ein andermal hätte er sich mit Gewalt durch die Haustür schieben wollen, als sie mit einem Lieferanten rechnete, und zuletzt wäre er nachts sogar aufs Dach geklettert und hätte zu ihrem Schlafzimmerfenster hereingeschaut. Trotz all dieser Vorkommnisse hätte sie keine Anzeige erstattet, weil sie das Haus nicht verlassen wollte. Deshalb hatte sie auch neue Schlösser und Alarmvorrichtungen installieren lassen wollen, aber die Firma war gekommen, als wir drüben in dem Wohnblock waren, und so hatte sie den Termin verpasst.

»Aber du bist doch stark, Robin. Du hast dich Rez gestellt. Du bist ihm heute unerschrocken gegenübergetreten und hast die Dinge geregelt.«

»Nur weil du hier warst. Allein wäre ich völlig aufgeschmissen gewesen.«

»Das ist nicht wahr. Ich hab doch bloß in der Tür gelehnt und versucht, nicht in Ohnmacht zu fallen. Du hast die Sache geregelt. Genau wie du immer alles geregelt hast.«

Sie hatte ihm die Stirn geboten, weil sie stark ist und tough und auch ein wenig durchgeknallt, eben die Robin, wie ich sie von Kindesbeinen an kenne. Sie scheint das allerdings vergessen zu haben. Ich frage sie, was sie jetzt vorhat.

»Na ja, Violet würde ich natürlich gern kennenlernen. Und ich möchte dir bei allem helfen, aber ich schaffe es nicht einmal durch die Haustür, solange es nicht um Leben oder Tod geht. In den meisten Nächten schaffe ich es nicht einmal, im Bett zu schlafen. Gewöhnlich lege ich mich darunter. Ich brauch also auch Hilfe. Ich komm mir so wahnsinnig bescheuert vor, Sarah.«

Ich frage sie, wie es dazu gekommen ist, warum sie sich in diese winzige Muschel zurückgezogen hat, so weit weg von zu Hause. Sie sagt, sie weiß es nicht. Und ohne dass es nötig gewesen wäre, den Gedankensprung zu erklären, fügt sie an: »Ich habe ihn wirklich geliebt, Sarah, aber ich hab ihn für das gehasst, was dir passiert ist, und dann, bevor wir alle eine Chance hatten, es noch einmal zu versuchen und irgendwie wieder zusammenzufinden, war er fort.«

Noch immer verbietet sie sich, seinen Namen auszusprechen. Callum. Genau wie unmittelbar nach seinem Tod.

»Ich gab ihm die Schuld an dem, was dir passiert ist, und, um ehrlich zu sein, auch an dem, was aus ihm geworden war. Rez war in meinen Augen schuld daran, ihn auf die schiefe Bahn gebracht zu haben, Hilary schuld daran, ihm nicht rechtzeitig in den Arsch getreten zu haben, und sogar dir gab ich eine Mitschuld, weil du mich damals von ihm abgelenkt hast …«

Ich blicke auf die leichte Wölbung unter meiner geborgten Pyjamajacke hinab.

Robin drückt mir leicht die Hand, ohne mich in dem dämmrigen Licht direkt anzuschauen. »Ich möchte nur ganz ehrlich sein. Die meiste Schuld aber gab ich mir selbst, Sarah. Denn mehr oder weniger war ich es, die diese Schlinge geknüpft hat. Wäre ich Jahre zuvor für ihn da gewesen, dann hätte er später so jemanden wie Rez überhaupt nicht mehr gebraucht.«

Sie spricht jetzt leiser und wählt ihre Worte viel sorgfältiger, als ich es von ihr kenne.

»Callum war allein und anders als die anderen, stimmt's? Aber ich hatte gerade meine Zwillingsschwester verloren, meine andere Hälfte, und anders als die anderen fühlte ich mich auch. Zusammen waren wir dann nicht mehr so allein. Nicht dass ich dich deshalb nicht vermisst hätte, aber ihn dazuhaben, erleichterte es mir, und wir passten gut zusammen. Und weißt du, was das Schlimmste ist? Ich glaube inzwischen, den ersten Keil zwischen Callum und mich habe ich selbst getrieben, als ich so eifersüchtig auf seinen Freund reagiert habe. »

»Auf Rez?«

»Nein, nicht Rez. John. Ein Junge aus der Schule, der ihm noch vor Rez das Herz gebrochen hat. John war sein erster fester Freund. Callum war völlig vernarrt in ihn. Und als Johns Eltern und die Schulleitung die beiden trennten, hab ich wohl vor lauter Begeisterung, ihn endlich wieder für mich allein zu haben, das Loch nicht gesehen, das dieser Verlust in sein Leben riss. Und danach war er nie wieder derselbe, Sarah.«

Sie presst schnaufend alle Luft aus ihren Lungen und lässt sich auf die Seite kippen. »Das meinte ich damit. Ich hätte die ganze Sache verhindern können, wenn ich ihm eine bessere Freundin, eine bessere Schwester gewesen wäre. Aber ich war es nicht. Und wenn ich ihm damals geholfen hätte, dann wäre es auch nicht zu dem gekommen, was mit dir passiert ist, weil er dann nämlich erst gar nicht mit diesem Scheißkerl bei uns aufgelaufen wäre, um den Schmuck seiner Mutter zu klauen. Und weißt du was: Vielleicht ist Rez gar nicht mal so ein Scheißkerl. Vielleicht konnte …«, sie schluckt, »vielleicht konnte Callum auch selbst ein bisschen ein Scheißkerl sein.«

Ich weiß nicht, was ich sagen soll. Viele Jahre im Leben meiner Schwester kenne ich bloß aus sporadischen Häppchen auf Postkarten. Ich habe ihr nie erzählt, was in meinem Leben in Atlanta hinter der Fassade so ablief, und sie hat mir nie erzählt, was in Berkshire tatsächlich passierte. Ein Haufen Karten und Briefe mit hohlen Phrasen.

Wie Robin mir jetzt anvertraut, erhält sie auch an diese Adresse immer wieder irgendwelche persönliche Briefe. Da es ihr so schwerfällt, mit unerwarteten Störungen umzugehen, hefte sie Rechnungen prinzipiell ungeöffnet ab und werfe Werbebriefe sofort in den Papiermüll. Allerdings gäbe es da noch regelmäßig diese strahlend weißen Kuverts, die ihr keine Ruhe ließen. Sie hätte immer gedacht, sie würden mit dem Klopfen an der Tür in Verbindung stehen.

»Aber wenn das der Fall wäre, hätte Rez doch zugegeben, dass sie von ihm stammen, oder? Außerdem sind sie irgendwo im Süden abgestempelt, und er hat doch gesagt, er würde jetzt hier wohnen.«

»Im Süden?«

»Ja. Klingt bestimmt bescheuert, aber was mich am meisten an ihnen irritiert, ist dieses strahlende Weiß. Irgendjemand schreibt meine Anschrift fein säuberlich mit der Maschine drauf und benutzt richtige Briefmarken, nicht eine von diesen Frankiermaschinen auf der Post. Als wäre da eine konkrete Person, die mir einen nach dem anderen zuschicken würde. Es ist einfach ... sonderbar. Richtig unheimlich.«

Unheimlich kommt dir so einiges vor, hätte ich am liebsten gesagt. Dabei ist sie früher immer so mutig gewesen. Als Kinder haben wir beide *Der weiße Hai* gesehen. Anschließend konnte ich nur bei Mum und Dad im Bett schlafen, während sie in der Schule mit den Jungs Haispielchen im Pool organisierte, bis die Gemeinde wenig später das Becken schließen ließ, weil es undicht und zu verschlammt war.

»Geh doch mal die Briefe holen«, sage ich. »Dann mach ich sie für dich auf, und wir regeln das gemeinsam.«

Ich möchte auch einmal für sie stark sein. Was soll schon schwer daran sein? Bloß ein paar Briefe öffnen. Aber irgendwie ist es doch wie der Moment, wenn man als Kind im Kleiderschrank nachsehen will, ob sich Gespenster darin verstecken, und die Tür einen ersten Spalt weit aufzieht. Plötzlich schlägt das Herz selbst heute noch ein klein wenig schneller.

Robin steigt langsam vom Bett und stapft die Treppe hinunter in das freie Zimmer, das sie als Büro benutzt. Mit einem kleinen ordentlichen Stapel Briefe kehrt sie zurück. Vorsichtig schlitze ich den obersten mit einem Finger auf und ziehe das einseitige Schreiben heraus. Rasch überfliege ich im Halbdunkel den Inhalt. Der Brief macht einen offiziellen Eindruck und warnt Robin vor jemandem, der womöglich eine Gefahr für sie darstellen könnte. Darin steht, diese Person hätte vor einigen Jahren ein anderes Mitglied der Familie angegriffen, wäre in Behandlung gewesen und hätte regelmäßig Auskunft über ihren Aufenthaltsort geben müssen. Dieser Auflage würde die Person aber nicht mehr nachkommen.

Das Schreiben empfahl, ruhig zu bleiben und die Augen offen zu halten. Bei Fragen solle sie anrufen. Sie wurde gebeten, den Erhalt dieses Briefs zu bestätigen. Und den der vorangegangenen.

»Bloß Werbung für ein Modemagazin, das du abonnieren sollst«, sage ich, um stark für sie zu sein. »Merkwürdig, dass sie sich die Mühe machen, so etwas extra in einen Umschlag zu stecken.«

»Im Ernst?«, fragt sie, ohne nach dem Brief zu greifen. Und so lege ich sie rasch alle auf den Boden, bevor sie es sich noch anders überlegt.

»Ja«, sage ich und springe aus dem Bett. »Muss nur mal aufs Klo.«

Sie lacht. Wirft den Kopf in den Nacken und lacht. Im Hinausgehen sehe ich, wie meine Schwester sich rücklings aufs Bett fallen lässt und tief durchatmet. Sie sieht genauso aus wie früher. Ein winziges Etwas im Gammellook, das ständig gewaltige Gesten macht.

Ohne dass sie es merkt, habe ich die Briefe mit nach draußen genommen. Ich gehe nach unten in die Küche, finde den Schlüssel an einem Haken und schließe vorsichtig wie ein Safeknacker die Hintertür auf. Barfuß trete ich nach draußen. Der Boden im Hof ist rau und kalt. Es tut gut aus dem stickigen Haus zu kommen. Ich kippe den Deckel der rollbaren Mülltonne auf, stopfe die Briefe so tief wie möglich hinein und ziehe den Deckel leise zu. Nachdem die Hintertür wieder verschlossen ist und der Schlüssel an seinem Platz hängt, laufe ich noch schnell aufs Klo und schlüpfe dann zurück ins Bett.

»Alles okay?«, erkundigt sich Robin. »Ich dachte, ich hätte die Tür gehört.«

»Stimmt«, sage ich und versuche, Atmung und Stimme unter Kontrolle zu bekommen. »Hab nur kurz frische Luft geschnappt und einen Schluck Wasser getrunken.«

»Hast du auch wieder gut abgeschlossen?«, fragt sie beiläufig, aber ich weiß, dass sie es nicht beiläufig meint.

»Klar, keine Bange. Es gibt wirklich nichts, wovor du Angst haben müsstest, Robin. Ehrlich.«

Eine Pause tritt ein. »Ich bin echt wahnsinnig erleichtert«, sagt Robin schließlich.

»Prima«, erkläre ich ein wenig triumphierend. »Und ich bin dir wirklich sehr dankbar dafür, dass ich hierbleiben darf. Wenn du nichts dagegen hast, hol ich dann morgen früh rasch den Rest meiner Sachen.«

Sie setzt sich erneut auf und greift nach meiner Hand.

»Natürlich hab ich nichts dagegen. Du bist doch meine Schwester.«

Händchenhaltend schlafen wir ein, und während ich langsam davontreibe und so tief sinke wie seit Wochen nicht mehr, wage ich mir vorzustellen, meine Schwester und ich, und vielleicht auch Violet, könnten es womöglich doch schaffen. Selbst nach allem, was geschehen ist.

Robin

Sarah schläft inzwischen tief und fest. Ihr gleichmäßiges Ein- und Ausatmen versetzt Robin zurück in die Kindheit, zu den zahlreichen Nächten, die sie aus diesem oder jenem Grund zusammengezwängt in einem Raum verbrachten. Robins Erleichterung ist mittlerweile zweiflerischem Grübeln gewichen. Noch immer tut Robin sich nicht leicht damit, auf dem Bett statt unter ihm zu liegen. Sarahs Hand hält ihre Finger weiter umschlossen. Vorsichtig zieht sie einen nach dem anderen heraus. Sarah brummt etwas und dreht sich auf die Seite.

Den Blick auf die Decke gerichtet, versucht Robin zu begreifen, was heute alles geschehen ist. So viele Wege, die sich in ihrem Leben an einem einzigen Tag kreuzten. Henry. Rez. Sarah.

Wirklich gelöst hat sich damit aber noch nichts. Henry würde eine Weile bei seiner Mutter wohnen, was hoffentlich funktionierte. Rez war wieder auf Normalgröße geschrumpft. Unter der zornigen Fassade waren Schwermut und Verletzlichkeit zum Vorschein gekommen, zwei

Gemütszustände, die sie selbst mit aller Macht zu meiden suchte. Und dann Sarah, ihre arme Schwester, die immer bloß ein braves Mädchen sein und das Richtige tun wollte, und deren Leben durch ewiges Lügen zerstört worden war. Dabei verdiente sie, dieses Leben zu leben, verdiente es, dieses Leben zurückzubekommen.

All das Lügen hatte bereits genug Schaden angerichtet. Die Dinge nicht klarzustellen und sich hier oben zu verkriechen würde Sarah nicht helfen. Nur die Wahrheit bot noch einen Rest Hoffnung für Sarah. Und für sie.

An Schlaf ist nicht zu denken, also steigt Robin im Schein des Displays von Sarahs Handy, das sie mitgenommen hat, leise die Treppe hinunter. Sie schleicht zum Wohnzimmer, schaltet das Licht ein und lässt erst einmal den Blick durch den Raum wandern, ohne ihren sicheren Platz in der Tür aufzugeben. Alles ist so, wie sie es verlassen hat. Hübsch aufgeräumt, sauber und warm. Sacht schließt sie hinter sich die Tür und nimmt auf dem kleineren Sofa Platz.

Auf dem Handy sind nur wenige Nummern gespeichert. Vier Stück, um genau zu sein. Ein indisches Restaurant, ein Laden namens Cornell Lodge, Jims Mutter und Jim.

Jims Nummer gehört ebenfalls zu einem Handy. Es ist zwar sehr spät, aber es ist wichtig. Morgen früh im hellen Sonnenlicht könnte es um Robins Entschlossenheit rasch wieder geschehen sein. Und sie schuldet es ihrer Schwester.

Sie drückt »Anruf«. Eine schreckliche Stille tritt ein, dann wird der Kontakt hergestellt, und es beginnt zu klingeln. Nach dem achten Klingeln will sie schon halb erleichtert auflegen, da meldet sich eine Männerstimme.

»Hallo?« Er klingt verschlafen, aber sie entschuldigt sich nicht dafür, ihn geweckt zu haben. Es stehen wichtigere Dinge auf dem Spiel. *Also leg jetzt einfach los.*

»Hi, Jim«, stößt sie schnaufend hervor. »Du kennst mich nicht, aber ich bin die Schwester von Sarah. Ich rufe an, weil es da ein paar Sachen gibt, die ich unbedingt klären muss. Über meine Schwester.«

Robin hört, wie der Atem am anderen Ende der Leitung auf Touren kommt.

»Sie hat dich nicht aus reiner Gemeinheit angelogen, Jim. Sie hat auch nicht all das getan, was du glaubst, dass sie es hätte. Sie liebt Violet wirklich über alles, und sie hat bloß viele der Dinge verheimlichen wollen, die in ihrer – in unserer – Vergangenheit geschehen sind, und auf diese Weise ist sie dann immer tiefer hineingeschlittert.«

Jim sagt eine ganze Weile gar nichts. Schließlich fragt er: »Wie heißen Sie?«

»Ich bin Robin. Robin Marshall. Die Schwester von Sarah. Sie ist zurzeit bei mir in Manchester, weil sie nicht wusste, wo sie hin sollte, und weil sie Angst hatte und nicht alles nur noch schlimmer machen wollte.«

Vom Adrenalin angetrieben, gerät Robin ins Schwafeln, aber sie muss jetzt einfach weiterreden, sonst wird sie den Mut verlieren und auflegen.

Jim bleibt stumm.

»Aber ich verspreche dir, dass der Eindruck, den du von ihr hast, vollkommen falsch ist. Sie hat noch nie einem Kind wehgetan. Bitte, Jim, bitte gib ihr die Chance, dir das alles zu erklären. Sie vermisst dich, und sie vermisst Violet, und sie will alles richtigstellen und in Ordnung bringen. Und ich verspreche dir, sie hat diese Chance zur Klärung definitiv verdient.«

Eine lange Pause tritt ein.

»Sarah«, sagt er. »Sie sind die Schwester von *Sarah*?«

»Ja.«

»Mir hat sie gesagt, sie hätte keine Familie.«

»Dafür hatte sie ihre Gründe, aber es waren andere, als du das glauben magst.«

»Mir egal. Ich musste ihr unbedingt vertrauen können. Immerhin war sie verantwortlich für das Wichtigste, was wir besitzen, das ich besitze. Und sie hat mich auf die verabscheuungswürdigste Weise belogen und betrogen. Hat die verabscheuungswürdigsten Dinge getan.«

»Nein«, sagt Robin und merkt sofort, dass sie damit nur alles verschlimmert. »Nein, sie würde nie einem anderen Menschen etwas zuleide tun. Das muss ein furchtbares Missverständnis sein. Sie liebt dich noch immer …«

»Von ihr wurde aber nie erwartet, dass sie mich liebt!«, erklärt er nun deutlich lauter. »Von ihr wurde lediglich erwartet, dass sie sich aufmerksam und zuverlässig um Violet kümmert.«

Nun kann Robin ihr Temperament nicht länger zügeln. Wut kocht in ihr auf.

»Das finde ich aber schon entsetzlich, eine solche Haltung gegenüber der eigenen Frau zu haben«, sagt sie. »Hat sie nicht auch ein Anrecht auf ein liebevolles Verhältnis?«

»Meine Frau ist tot«, erklärt er mit gepresster Stimme. »Sarah war bloß unser Kindermädchen.«

Robin schweigt. Das Herz hüpft ihr wild in der Brust herum. Sie versteht nur Bruchstücke von dem, was Jim erzählt, aber sie ist bemüht, alles in den richtigen Zusammenhang zu bringen. Doch die Teile passen einfach nicht, es ergibt keinen Sinn.

»Ich meine, als Elaine starb, *war* Sarah ein Geschenk des Himmels, und Violet liebte sie auch abgöttisch, aber sie überschritt viel zu oft viel zu viele Grenzen und das nicht erst in letzter Zeit …« Er bricht ab.

Sarah ist nicht Violets Mutter. Sie ist nicht Jims Frau. Sie sucht nicht verzweifelt nach Hilfe, die eigene Familie zurückzugewinnen. In Wahrheit hat Robin vielmehr überhaupt keine Ahnung, was oder wer ihre Schwester tatsächlich ist. Ein eisiger Luftzug fährt ihr die Beine hinauf und hinunter, hinauf und hinunter. Sie hat ihre Schwester seit Jahren nicht gesehen. Dennoch wäre sie nie auf die Idee gekommen, irgendetwas von dem, was sie berichtet, in Zweifel zu ziehen. Wer war die Frau, die da oben lag?

»Sind Sie noch da?« Seine Stimme klingt ungehalten und verwirrt.

»Ja, ja«, japst Robin. »Ich habe … Das ist mir bloß alles neu. Ich versteh nicht ganz. Du … Sie sind also gar nicht mit meiner Schwester verheiratet?«

»Nein. Ganz sicher nicht. Sie wohnte als Kindermädchen bei uns im Haus.«

»Bloß als Kindermädchen«, wiederholt Robin und versucht, sich an das Wort in Verbindung mit ihrer Schwester zu gewöhnen.

»Sie müssen wissen, zu Anfang war sie wirklich toll, aber dann nahm ihre Anhänglichkeit völlig übertriebene Züge an, und ihr Verhalten wurde immer sonderbarer. Ich habe ihr damals nicht sofort gekündigt, weil mir viel an Kontinuität lag und weil ich, offen gesagt, selbst noch eine ganze Menge um die Ohren hatte, aber dann überschritt sie eine Grenze. Mehr als eine. Eine Menge Grenzen. Meine Tochter ist mir das absolut Wichtigste.«

»Und Violet? Sie ist Ihre Tochter. Aber nicht …«

»Sie ist *meine* Tochter, und Sarah ist ganz sicher *nicht* ihre Mutter. Auch wenn sie das anderen Leuten immer gerne weismachen wollte, wie sich später herausstellte.«

»Und Ihre Frau, die ist …« Robin spürt, wie ihre Wangen sich röten, bringt das Wort aber nicht über die Lippen.

»Meine Frau ist tot«, bestätigt er knapp.

Robin sagt nichts, und Jim sagt nichts.

»Wir mussten Sarah rauswerfen«, fügt er schließlich an. »Ich hatte es schon viel zu lange laufen lassen, wofür Violet dann den Preis zahlte. Meine Eltern wollten, dass ich sofort zur Polizei gehe, aber das wollte ich Violet nicht antun. Aussagen bei der Polizei, später vor Gericht. Auf gar keinen Fall. Die Kleine hat schon genug durchmachen müssen.«

Robin glaubt, einen Blick im Rücken zu spüren, aber als sie sich umdreht, ist niemand da und die Wohnzimmertür ist weiter geschlossen.

Sie entschuldigt sich bei Jim, legt auf und öffnet die Tür. Vorsichtig tritt sie in den Flur und bleibt lauschend am Fuß der Treppe stehen. Alles ist still. Sie tappt weiter in die Küche, nimmt sich ein Bier aus dem Kühlschrank und lehnt sich gegen die Arbeitsplatte.

Während Robin trinkt, geht sie im Kopf noch einmal Sarahs Geschichte durch und versucht, sie zu glauben. Aber Jims Worte drängen sich dazwischen und gewinnen die Oberhand. Er hatte keinen Grund, sie zu belügen, schon gar nicht mit einer solch absurden Geschichte. Sarah schon. Wenn sie Robins Hilfe brauchte, um dieses geheimnisvolle Baby behalten zu können, womöglich sogar, um zu versuchen, sich Violet und Wer-weiß-was-noch zu krallen, dann würde sie ihr notfalls jeden Unsinn erzählen. Robins Blick fällt auf die Hintertür.

Warum ging Sarah nach unten in die Küche und öffnete diese Tür, wenn sie eigentlich aufs Klo wollte?

Robin lauscht noch einmal an der Treppe, ohne etwas zu hören. Sie schlüpft in die Turnschuhe und kehrt in die dunkle Küche zurück. Im Licht von Sarahs Handydisplay findet sie den Schlüssel und öffnet die Hintertür so leise wie möglich. Um den Schritt nach draußen zu wagen, redet sie sich ein, es wäre Mülltag. Mitunter gelingt es ihr im Schutz der Dunkelheit, den Müll in die Tonne zu bringen. So könnte es funktionieren.

Mülltag. Briefe. Mülltag. Briefe.

Das Herz wummert in ihrer Brust, als sie auf zitternden Beinen nach draußen tritt. Zwei Schritte, drei. Zur Tonne ist es nicht weit, aber der Nachthimmel über dem Garten ist riesig und grau wie der Tod.

Leise klappt sie den Deckel hoch und leuchtet mit dem Bildschirmlicht hinein. Zwei ordentlich zugeschnürte schwarze Müllbeutel aus der letzten Woche liegen obenauf, aber neben einem von ihnen strahlt etwas Weißes im Licht. Etwas sehr Weißes, das den Schein regelrecht reflektiert. Robin sieht zu den Wohnungen des Nachbargebäudes auf, wo sich niemand für sie interessiert, beugt sich hinein und greift danach.

Rasch schließt sie die Tonne, springt mit einem Satz zurück in die Küche und verriegelt die Hintertür. Sie zieht den Brief aus dem geöffneten Kuvert, der jetzt noch eindringlicher als in den Monaten, die er auf dem Stapel gelegen hatte, wie eine tickende Zeitbombe auf sie wirkt.

Sie liest ihn.

Ein Familienmitglied war von Sarah Granger, ihrer Schwester, angegriffen worden. Dem Schreiben zufolge, sollte Sarah die Verbindung halten und regelmäßig Auskunft über ihren Aufenthaltsort geben, ist aber dann verschwunden. Weiter heißt es, dass die Frau, die gerade oben in Robins Bett liegt, eine mögliche Gefahr für andere Familienangehörige darstellt. Eine Nummer ist angegeben, bei der man sich melden kann, allerdings nur während der Bürozeiten.

Dass Sarah vor ihrem endgültigen Wegzug aus Birch End in irgendwelchen Schwierigkeiten steckte, hatte Robin gewusst. So viel hatte Hilary vage angedeutet in den steifen Telefongesprächen, denen Robin schon seit Monaten oder Jahren aus dem Weg ging. Aber Gewalttätigkeiten? Sarah war nie ein gewalttätiger Mensch, nie eine Gefahr für irgendjemanden gewesen. *Selbstgefährdet*, das schon eher.

Robin fragt sich, ob überhaupt etwas stimmt von dem, was Sarah ihr seit ihrer Ankunft heute erzählt hat. Der

Drang, vor diesem ganzen Mist einfach wegzulaufen, ist stark, aber im Haus dürfte sie nirgends sicherer sein als hier unten in der Küche, auch wenn ihre einzige Waffe aus einem Handy besteht, das nicht einmal ihres ist.

So rasch wie möglich so viele Lücken wie möglich zu füllen, um zumindest eine Ahnung davon zu bekommen, womit sie es zu tun hat, das ist ihre einzige Chance, aus dieser Nacht noch irgendwie schlau zu werden. Weiter kann sie jetzt nicht denken. Robin wählt die Nummer, die ihr selbst nach all den Jahren noch fest eingebrannt ist. Sie wird bestimmt rangehen, trotz der späten Uhrzeit. Diese Generation geht bei nächtlichen Anrufen immer ran.

Ein Klicken am anderen Ende. »Hallo?«

Robin schmerzt der Hals. Sie hat heute mehr gesprochen als in den vergangenen zwei Jahren zusammen. Heiser krächzt sie: »Hilary?«

Eine Pause. »Ja?«

Sie räuspert sich, kommt aber kaum über ein Flüstern hinaus: »Hier ist Robin. Entschuldige die späte Störung.«

»Robin!« Hilarys Stimme klingt zerbrechlicher denn je. »Wie geht es dir, mein Schatz? Ist etwas passiert?«

»Hilary«, sagt Robin noch einmal und spürt dabei, wie ihr plötzlich Tränen die Wangen hinabströmen. Einen Moment lang schluchzt sie nur. Diese Laute sind ihr schon lange nicht mehr entfahren. Ihre Stiefmutter hört schweigend zu und wartet geduldig, genau wie sie es immer getan hat.

»Entschuldige«, stottert Robin.

»Schh, schh. Was ist denn los?«

»Sarah ist hier, Hilary. Sie war heute auf einmal einfach da, und ich weiß nicht, was ich machen soll.«

»Sarah ist bei dir? Oben in Manchester?«

»Ja, wie aus heiterem Himmel stand sie heute Morgen vor der Tür …«

»Ach, Robin.« Hilary stockt. »Daran bin ich schuld. Ich hab versucht, sie abzuwimmeln, und ihr gesagt, du wärst in Manchester, ohne ihr aber deine genaue Adresse zu geben. Die muss sie allein herausgefunden haben. Entschuldige, das wollte ich nicht.«

»Aber ich möchte meine Schwester doch treffen. Ich bin bloß … da gibt es …«

»Bist du allein mit ihr?«

»Ja, warum?«

»Sei einfach nur vorsichtig, lass ihr genügend Raum, okay? Sie hat sich ein wenig verändert, seit du sie … wann habt ihr euch eigentlich das letzte Mal gesehen?«

»Bei Dads Beerdigung«, flüstert Robin.

»Mmm«, sagt Hilary und hält kurz inne, wie sie es immer tut, wenn Jacks Name fällt. Sekunden ticken vorbei. »Na ja, zwischen damals und ihrem Wegzug aus Birch End hatte sie hier ja gewisse Probleme, wie du bestimmt weißt. Und sie hat sehr hart daran gearbeitet, sie zu überwinden, daher geh einfach ein wenig behutsam mit ihr um. Nur damit sie nicht wieder abrutscht. Außerdem möchte ich auch nicht …« Wieder ticken die Sekunden. »Sei einfach ein bisschen vorsichtig, okay? Sie kann ein wenig unberechenbar sein.«

»Hat sie dich angegriffen?«

»Mich? Nein, nie. Wie kommst du darauf?«

»Ich habe einen Brief bekommen. Darin steht, dass Sarah ein Familienmitglied angegriffen hat und ständig Auskunft über ihren Aufenthaltsort zu geben hat oder so. Wen hat sie denn angegriffen? Hatte sie Ärger mit der Polizei?«

Tick, tick, tick.

»Nein«, sagt Hilary schließlich. Länger und dünner konnte man das Wort nicht dehnen. »Nicht wirklich. Nur ganz am Rande. Sie geriet eben in eine Krise, konnte viele der Dinge nicht richtig verarbeiten, die geschehen waren, darunter womöglich auch Dinge, auf die sie anspielte, von denen wir gar nichts wussten, und sie … nun, sie rastete aus, sagt man wohl dazu. Aber sie ließ sich behandeln, und es wurde besser.«

»Warum hast du mir das nicht erzählt?«

»Tja, wir wollten dich nicht beunruhigen. Und ihr beide habt euch ja auch eine Zeitlang nicht so nahegestanden, da schien es uns einfach wichtiger, die größte Gefahr erst einmal einzudämmen und ihr Hilfe zu besorgen.«

»Wer ist ›uns‹?«

Erneut eine dieser tödlichen Pausen. »Deine Mutter und ich.«

»Wen hat sie angegriffen?«

»Robin, da solltest du vielleicht besser deine Mutter anrufen. Sie kann dir weiterhelfen.«

»Wann hätte meine Mutter mir jemals geholfen?«

Nichts von alldem ergibt für Robin irgendeinen Sinn. Nachdem sie sich von Hilary mit dem Versprechen verabschiedet hat, sie am nächsten Tag über die neuesten Entwicklungen zu informieren, wählt sie, bevor sie es sich anders überlegen kann. Zu ihrer Überraschung weiß sie die Nummer so viele Jahre nach dem letzten Anruf noch auswendig.

Es klingelt und klingelt, und die Zeit genügt, um Robin in Panik zu versetzen. Sie will nicht in diesem Haus anrufen. Sie will keine der Stimmen hören, die sich melden könnten. Endlich sagt eine Frau in leicht ängstlichem Ton: »Ja, bitte?«

»Angela?«

»Ja. Bist du das …?«

Sie räuspert sich. »Ja, ich bin's. Robin.«

»Oh, Robin.« Eine Pause tritt ein. »Ich freu mich ja so, deine Stimme zu hören. Ist alles in Ordnung?«

Seit sieben Jahren haben wir dem anderen nicht mehr direkt in die Augen gesehen. »Ist alles in Ordnung«?

»Ich muss etwas wissen.«

»Okay.« Ihre Mutter klingt wachsam, aber keineswegs überrascht.

»War es Drew, den Sarah angegriffen hat? Hat sie sich für all das Leid rächen wollen, das er über die Familie gebracht hat? Und hast du es gemeinsam mit Hilary vor mir verheimlichen wollen?«

Erneut entsteht eine Pause. Robin füllt sie mit finsteren Gedanken.

»Nein, Robin«, sagt Angela schließlich. »Nein, das hat sie nicht.«

Robin wippt nervös hin und her und massiert sich mit einer Hand die Schläfe.

»Lüg mich nicht an, Angela. Ich weiß, dass sie jemanden aus unserer Familie angegriffen hat, und ich weiß, dass du und Hilary die Sache damals ›in die Hand genommen‹ habt. Ich hab einen entsprechenden Brief bekommen. Also, wer war's?«

Angela holt tief Luft. »Ein paar Jahre nach dem Tod ihres Vaters bat Sarah darum, uns besuchen zu dürfen.«

»Ehrlich? Warum?«

Angela ignoriert die Frage. »Ich wunderte mich auch darüber, aber vor allem freute ich mich. Drew war nicht sonderlich begeistert, doch darum scherte ich mich diesmal nicht. Ich hatte es schon viel zu oft ihm überlassen, ob meine Kinder zu Besuch kommen konnten.«

Sie gibt Robin die Chance, etwas anzumerken, aber die lässt das Angebot verstreichen.

»Egal, sie kam jedenfalls her, und wir aßen gemeinsam zu Abend. Da sie über Nacht blieb, tranken wir alle ein paar Gläser Wein dazu und gingen bereits recht früh schlafen. Das Nächste, woran ich mich erinnere …« Angela bricht ab. »Bist du sicher, dass du das überhaupt hören willst? Inzwischen liegt das schon einige Jahre zurück.«

»Ja«, erklärt Robin in entschiedenem Ton. »Und ich hätte es schon damals hören sollen.«

Angela atmet tief durch.

»Also gut. Wir dürften etwa eine Stunde geschlafen haben, da erwachte ich, weil Sarah auf mir saß und auf mich einschlug. Sie drehte vollkommen durch, wie eine wilde Bestie. Ich habe noch nie solche Angst gehabt. Sie fing an, mir regelrecht die Augen auszukratzen.«

»Was?«

»Ich schätze, sie hätte mich umgebracht, wenn Drew

nicht rechtzeitig aus dem Badezimmer zurückgekommen wäre.«

»Na, so ein Held aber auch«, giftet Robin.

»Das wohl kaum«, sagt Angela.

Nichts von alldem ergab irgendeinen Sinn für Robin, aber das hatte das Gespräch mit Jim genauso wenig.

»Sie hatte es mindestens so sehr auf ihn abgesehen, vielleicht sogar noch stärker. Wahrscheinlich hätte sie ihn umgebracht, wenn er derjenige im Bett gewesen wäre.«

»Warum?«, fragt Robin und bemüht sich dabei, weiter hart zu klingen.

»Weil sie glaubte, dass ich wusste, was er getan hat, Robin. Und ich schwöre dir, ich hatte keine Ahnung. Sie hat es mir nicht geglaubt, und vermutlich wirst du es auch nicht tun, aber ich habe es nicht gewusst.«

Angela atmet inzwischen erregt ein und aus.

Was er getan hat? Was hatte er getan?

»Erst als sie nach ihrer Verhaftung wieder freigelassen wurde, um bei Hilary zu wohnen, habe ich sie sprechen können. Drew bat mich, nicht hinzugehen. Das verstand ich überhaupt nicht. Er flehte mich richtig an. Normalerweise wäre er allenfalls wütend gewesen, aber er hatte offensichtlich Angst. Also bin ich zu unserem alten Haus und habe mich mit Sarah und Hilary zusammengesetzt.« Angelas Stimme gerät ins Schwanken. »Und da hat uns deine Schwester alles erzählt.«

»Was meinst du damit?«, fragt Robin lauter als gewollt. »Was alles?«

»Dass er sie *verführt* hat – so hat sie selbst es ausgedrückt, ich hätte das anders genannt – wie er sie …« Ihre Stimme versagt. Sie unternimmt einen zweiten Anlauf: »Wie er sie geschwängert hat.« Die Worte bleiben ihr fast im Hals stecken.

»Das war sein Baby?«, keucht Robin. Eine achtzehn Jahre alte Frage wird endlich auf die denkbar schrecklichste Weise beantwortet.

»Mein armes Mädchen«, sagt ihre Mutter. »Sie hat mich angeschaut, als wäre ich schwachsinnig, überhaupt nachzufragen. Als ob ich es doch sowieso schon gewusst hätte. Aber ich habe es wirklich nicht gewusst. Mir war kotzübel. Hilary war natürlich nicht ganz so geschockt, nach allem, was er ihr und Callum angetan hatte.«

Robin zuckt zusammen. Sie vermeidet seit Jahren, Callums Namen auch nur in den Mund zu nehmen, und heute warfen alle ohne Zögern damit herum. Jede Erwähnung schmerzte.

»Ich habe mich noch nie so schuldig und so wütend gefühlt«, fährt Angela fort. »Geglaubt hat Sarah es mir dennoch nicht.«

»Und trotzdem bist du bei ihm geblieben?«, fragt Robin leise. Nie war die Achtung für ihre Mutter geringer gewesen.

»Herrgott! Denkst du etwa so über mich? Ich hab Drew noch am selben Abend rausgeworfen. Ihn warf ich raus, und Sarah bat ich, der Polizei zu erzählen, was damals in Atlanta geschehen ist, aber sie weigerte sich. Sie meinte, sie wäre zu diesem Zeitpunkt bereits achtzehn gewesen. Er hätte sie ganz durcheinandergebracht, sie keinen klaren Gedanken fassen lassen, und sie wollte das

Ganze auf keinen Fall noch einmal durchleben. Es war ihre Entscheidung. Am Ende musste ich nachgeben und ihr schwören, es nicht weiterzuerzählen.«

»Und was ist anschließend mit Sarah passiert? Du wirst sie doch wohl nicht wegen des Angriffs angezeigt haben, oder?«

»Ich habe darum gebeten, die Anklage fallenzulassen. Hilary und ich haben beide darum gebeten. Aber ich hatte meine Aussage bereits zu Protokoll gegeben, bevor ich irgendwas von diesen Hintergründen wusste. Sie sagten, zurückziehen ließe sich das nicht, weil alles schon aktenkundig wäre. Sie sagten, wenn es zu einem Prozess käme, könnte sie auch die nötige psychologische Hilfe erhalten. Deshalb sei dieser Weg auch für sie das Beste. Ganz ehrlich, Robin, ich schwöre, ich wusste nicht, was damals geschehen war. Sarah glaubt mir bis heute nicht, und ich kann das auch nachvollziehen, aber ich hatte wirklich keine Ahnung. Ich hätte doch niemals zugelassen, dass meinem Kind so etwas angetan wird.«

»Und wo steckt Drew jetzt?«

Robin ist nicht bereit, ihrer Mutter wegen eines einzigen Telefongesprächs plötzlich einfach so zu glauben.

»Weiß ich nicht, und interessiert mich auch nicht. Zuletzt habe ich gehört, er wäre irgendwo in Schottland, wo er sich von Job zu Job hangelt, und wahrscheinlich von einer naiven Frau zur nächsten. Ich hab ihn seit dem Abend, an dem ich ihn rausgeworfen hab, nicht mehr gesehen.«

»Die gerechte Strafe für alles, was er angerichtet hat, ist das wohl kaum.«

»Was soll ich dazu sagen, Robin? Gewünscht hätte ich mir das auch anders. Immerhin kommt in seinen Augen alles, was unter einem glänzenden Ruf, einem Posten mit eindrucksvollem Titel und einer Frau mit Wespentaille liegt, einem persönlichen Versagen gleich. Ich bin fest davon überzeugt, dass er sich als gescheitert betrachtet.«

Robin schüttelt den Kopf, sagt aber nichts.

»Versteh doch, das Wichtigste war Sarah«, erklärt Angela. »Auch wenn sie in mir weiter ihre Feindin sah, Hilary und ich mussten dafür sorgen, dass sie die richtige Hilfe erhielt und ihr Zustand sich besserte. Später hat Hilary ihr dann geholfen, ganz woanders einen neuen Job zu finden. Ein kompletter Neustart. Und da ist sie heute noch. Sie arbeitet als Kindermädchen bei einer Familie in Surrey.«

»Nein, tut sie nicht«, zischt Robin. »Sie ist hier oben bei mir, und ich kann nicht begreifen, warum du mir nicht schon früher davon erzählt hast. Ich sollte das nicht erst jetzt erfahren, wo meine Schwester oben in meinem Bett liegt und schläft.«

»Was hätte es denn für einen Unterschied gemacht, wenn ich es dir erzählt hätte? Gehasst hast du mich doch sowieso. Außerdem sollte allein Sarah entscheiden, wer davon erfährt.«

Robin sagt nichts. Ihre Mutter hatte recht.

Kapitel 43

2013

Sarah

Sie ist einfach perfekt. Violet. Haargenau das kleine Mädchen, das ich mir immer erträumt habe. Kinder habe ich schon immer haben wollen, solange ich zurückdenken kann. Zwei Kinder, erst ein Mädchen und dann einen Jungen.

Jim, mein Chef, ist zwar ganz freundlich, hat aber derzeit so viel um die Ohren, dass es Tage gibt, an denen er seine kleine Tochter allenfalls einmal flüchtig auf die Stirn küsst. Ich küsse sie ständig, halte sie fest an mich gedrückt. Ihr soll es an nichts fehlen, bloß weil seine verstorbene Frau keine gute Mutter gewesen ist. Jim wird sich wieder fangen, da bin ich mir sicher, er ist ein guter Vater. Aber im Augenblick gehört sie allein mir, ist meine große Verantwortung und meine große Freude.

Nach meinem Umzug habe ich mich anfangs noch einmal die Woche telefonisch bei Hilary gemeldet. Ich muss mich auch bei anderen Leuten regelmäßig melden. Denen erzähle ich, dass ich in einer Steuerkanzlei arbeite und Briefe tippe. Von Violet erzähle ich denen nichts. Meine Mutter hält das Ganze für keine sonderlich gute Idee. Aber Hilary weiß, dass ich so etwas gut kann, und sie hat recht damit.

Ich meine, mir gelingt natürlich nicht immer alles direkt beim ersten Mal. Ein paar Fehler sind mir im Laufe der Zeit schon unterlaufen, aber meine Selbstsicherheit wächst mit jedem Tag, genau wie mein inniges Verhältnis zu Violet. Und das braucht sie momentan auch mehr als alles andere. Jemanden, der nichts auf dieser Welt so sehr liebt wie sie. Das ist ein Job, den ich bis ans Ende meiner Tage machen kann.

Kapitel 44

Gegenwart

Robin

Robin öffnet noch eine Flasche Bier und drückt sich das kalte Glas an die Stirn, um klarer denken zu können. Es ist einfach zu viel gewesen heute. Zu viele schockierende Neuigkeiten, um noch einen klaren Gedanken fassen zu können. Sie lauscht in den Flur hinaus. Nichts. Sarah schläft tief und fest. Schwangere Frauen sind eben sehr schlafbedürftig, geht es Robin durch den Kopf. Müde ist Robin auch, aber ein paar Fragen lassen sie einfach nicht in Ruhe, und sie muss Antworten bekommen, bevor sie entscheiden kann, was als Nächstes zu tun ist.

Robin ruft die kürzlich gewählten Nummern in Sarahs Handy auf und tippt Jims Namen an. Drei Klingelzeichen genügen.

»Was denn noch?«, sagt er zur Begrüßung.

»Entschuldigen Sie«, erwidert Robin, »aber eine Sache muss ich unbedingt noch wissen. Dann haben Sie Ruhe vor mir, versprochen.«

»Also los«, sagt er, und seine Stimme klingt todmüde.

Robin nimmt allen Mut zusammen. »Wie ist Ihre Frau gestorben, Jim?«

»Das geht Sie einen Scheißdreck an. Ich kenne Sie doch überhaupt nicht.«

»Ich weiß, aber bitte«, flüstert Robin. »Es ist wirklich wichtig.«

Sie kann fast hören, wie es in seinem Kopf arbeitet, und er überlegt, ob er über diesen persönlichen Schicksalsschlag tatsächlich mitten in der Nacht mit einem wildfremden Anrufer sprechen will.

Er atmet schwer, dann sagt er leise: »Sie stürzte die Treppe hinunter, als sie allein mit Violet im Haus war. Violet war erst wenige Monate alt und lag in diesem Moment schlafend in ihrem Bettchen. Wie man sich leicht denken kann, spreche ich nicht gern darüber.«

»Das tut mir furchtbar leid«, sagt Robin, und eine lähmende Traurigkeit legt sich auf ihre Schultern.

»Das hilft mir auch nichts«, antwortet er. »Ich muss jetzt Schluss machen. Sorgen Sie einfach dafür, dass Ihre Schwester meine Familie in Ruhe lässt, dann gehe ich nicht zur Polizei.«

»Dafür werde ich sorgen, das verspreche ich. Aber eine letzte Sache noch. Haben Sie mit Sarah geschlafen?«

Jim reagiert nicht, wird nicht einmal wütend. Das ist ihr Antwort genug. Robin fährt fort: »Es muss vor zwei, drei Monaten gewesen sein. Vielleicht ein wenig mehr. Kommt das hin?«

»Ach, du Scheiße.«

»Ach, du Scheiße trifft's.«

»Es war nur einmal. Wir hatten zu viel Wein getrunken, und es geriet außer Kontrolle. Aber es war nur ein einziges Mal, ein Fehler, für den ich mich ausgiebig entschuldigt habe.«

»Mehr braucht es nicht.«

»Was meinen Sie damit? Wollen Sie andeuten, sie wäre *schwanger*?«

»Sicher, was dachten Sie, was ich damit andeuten will?«

»Dass ich die Dinge damit nur noch verkompliziert habe. Was ich zugeben würde.« Jim stockt kurz. »Aber schwanger kann sie nicht sein.«

»Warum?«

»Weil ich keine Kinder mehr bekommen kann.«

»Wie das?« Die Worte sind Robin herausgerutscht, bevor sie sich bremsen kann. »Ich meine, entschuldigen Sie die Nachfrage, aber sind Sie sich da sicher? Hundert Prozent?«

»Ja, da bin ich mir absolut sicher. Ich hatte mir immer zwei Kinder gewünscht, aber ich hätte keine weiteren mehr bekommen können. Schon bei Violets Zeugung musste beträchtlich nachgeholfen werden.«

»Weiß Sarah das?«

»Natürlich nicht, warum sollte sie? Ich rede doch mit meinem Kindermädchen nicht über derart private Dinge. Behauptet sie im Ernst, mit einem Kind von mir schwanger zu sein?«

»Ja«, erklärt Robin. »Genau das behauptet sie.«

»Tja, mir egal, was sie Ihnen erzählt, das ist jedenfalls physisch unmöglich. Sollte sie also tatsächlich schwanger sein, hat das sicher nichts mit mir zu tun.«

Robin fährt sich mit der Hand durch die Haare, zieht an ihren Locken und presst die Stirn gegen die Wand. Wenn Jim nicht der Vater ist, wer dann? Wie viele Leute hielten denn noch Geheimnisse über Robins Schwester zurück? Und wie viele Geheimnisse hielt Sarah selbst zurück?

»Was wollen Sie jetzt unternehmen?«, fragt Jim, und Robin kann nicht ausmachen, ob sich hinter der Nachfrage schlicht Neugier verbirgt oder aufrichtige Sorge oder nur der Wunsch, versichert zu bekommen, dass jemand ernsthaft bemüht sein wird, Sarah von seiner Familie fernzuhalten.

»Das kann ich Ihnen ehrlich nicht sagen. Aber sie braucht Hilfe, besonders wenn sie ein Kind erwartet. Und ich glaube wirklich nicht, dass sie jemals einem Kind etwas antun würde.«

»Glauben Sie, was Sie wollen, aber wenn sie noch einmal in der Nähe von Violet auftaucht …«

»Ich weiß, es tut mir leid.«

Robin beendet das Gespräch, beugt sich über die Spüle und spritzt sich Wasser ins Gesicht.

So lange getrennt, und die ganze Zeit über hatte sie gedacht, selbst diejenige zu sein, die am tiefsten im Schlamassel steckte. Ihre Schwester, ihre arme, völlig kaputte Schwester. Liegt da oben und in ihrem Bauch wächst das Kind von Wer-weiß-wem heran. Aber ein Kind, das sie erfolgreich auf die Welt bringen und mit der nötigen Hilfe auch aufziehen könnte. Ein Kind, bei dem sie endlich die verdiente Chance erhielte, sich als Mutter zu beweisen.

Robin hat keine Ahnung, ob ihre Schwester überhaupt noch merkt, wenn sie lügt. Das ist das Problem. Und dann dieses Arschloch Drew Granger natürlich, dieses perverse Schwein. Es war alles noch viel schlimmer, als Robin jemals gedacht hatte.

Robin lässt ihr Bier stehen, schleicht zurück in den Flur und streift die Turnschuhe ab. Sie beginnt, die Stufen hinaufzusteigen. Es ist tiefdunkel inzwischen, weit nach Mitternacht. Sie würde unter das andere Bett kriechen und versuchen, wenigstens ein bisschen klärenden Schlaf zu finden. Sie erreicht den ersten Treppenabsatz. In ihrer rechten Hand steckt noch immer Sarahs Telefon. Vorsichtig tasten ihre Füße auf dem Teppichboden nach den nächsten Stufen, da spürt sie den Atem ihrer Schwester im Nacken.

»Du hast Jim angerufen«, sagt Sarah.

Sarah

Ich stehe im Dunkeln, Schulter an Kopf mit meiner Schwester. Meiner Einmischer-Schwester.

»Ich wollte, dass du mir hilfst«, sage ich.

»Genau das hab ich versucht«, erwidert sie. Von ihrem großspurigen Auftreten ist nichts mehr übrig. »Ich hab versucht, dir in deiner Situation weiterzuhelfen.«

»Du hast alles nur noch schlimmer gemacht. Aber so bist du ja immer schon gewesen. Ich versteh gar nicht, wie ich mir einbilden konnte, du würdest mir helfen.«

Ich kann sie nicht richtig ausmachen. Es ist so dunkel, und ich weiß nicht, wo der Lichtschalter ist. Oben am Rand von Treppen zu stehen bereitet mir schon seit vielen Jahren Schwierigkeiten, aber im Dunkeln in einem fremden Haus ist dies für mich so ziemlich der schrecklichste Ort, den man sich vorstellen kann. Mir wird schlecht.

»Sarah.« Robins Stimme klingt ähnlich schwach und krächzend wie bei meiner Ankunft heute Morgen. »Du bist schwanger. Du musst dich beruhigen und von den Treppenstufen hier wegkommen. Ich mach mir wirklich Sorgen um dich.«

»Ach, stimmt ja«, erwidere ich spitz, bevor ich es mir verkneifen kann. »Fast hätte ich vergessen, dass man schwanger sein muss, um etwas Aufmerksamkeit von dir zu erhalten.«

»Das ist nicht fair. Ich hab mich auch für dich interessiert, bevor …« Sie stockt. »Vor und nach deiner Schwangerschaft, meine ich. Ich hab bloß nicht genau gewusst, wie ich damit umgehen soll. Ich war erst achtzehn.«

Ich trete einen Schritt von den Stufen zurück. »Ich war auch erst achtzehn, Robin. Und ich hab damals alles verloren. Einschließlich dich.«

Sie streckt die Hand aus. Ich kann ihre Fingerspitzen fühlen und erkenne langsam die Umrisse ihrer Gestalt.

»Warum hast du gelogen, Sarah?«, fragt Robin.

»Wir lügen doch alle, Robin. Jeder lügt. Ich wollte nur endlich das, was mir zusteht, was mir geraubt worden ist. Ich wollte die Möglichkeit bekommen, Mutter zu sein. Und dafür entschuldige ich mich auch nicht.«

»Hast du diesem kleinen Mädchen etwas getan, Sarah?«

Zorn schießt in mir hoch. Wie kann sie so etwas auch nur fragen? Ich habe Violet geliebt. Vom ersten Augenblick an, als sie erst ein paar Wochen alt war und in meinen Armen lag, habe ich sie geliebt. Ich habe sie geliebt und mich Tag und Nacht um sie gekümmert, während diese Frau nur herumlag und darüber redete, wie müde und elend sie sich fühlte. Ich habe Violet gefüttert, bei Tag und bei Nacht, und hab ihr gegeben, was immer sie brauchte. Und an diesem einen Abend, an dem ich dieses Online-Date hatte, vor dem mir so graute, da flehte Elaine mich an, nicht zu gehen. Jim war geschäftlich unterwegs wegen irgendwas, und diese Frau ließ mir keine Ruhe mit ihrem Bitten und Betteln. Violet schlief glücklich und zufrieden in ihrem Baby-Körbchen, nachdem ich sie in den Schlaf gewiegt hatte.

Elaine hielt mich mit beiden Händen an den Schultern gepackt, sah mir in die Augen und sagte: »Ich kann das nicht. Es war ein Fehler, ich bin für so etwas einfach nicht geschaffen. Bitte.«

Meine Schuld war nicht, was dann geschah. Ich hatte es nicht gewollt, aber als es geschah und sie ihren Halt verlor, überkam mich eine grenzenlose Ruhe. Hier eröffnete sich ohne mein Zutun die Möglichkeit, für meine neue Familie da zu sein in einer Form, wie ich es mir immer gewünscht hatte.

»Ich würde Violet nie etwas tun«, sage ich zu Robin. »Ich liebe sie. Du kannst dir wahrscheinlich gar nicht vorstellen, wie es ist, jemanden so zu lieben.«

»Ihr Vater ist aber der Meinung, du hättest ihr etwas getan.«

»Jim hat doch keine Ahnung. Er ist ein mickriger Schwächling, der von nichts eine Ahnung hat.«

»Er weiß, dass er dich nicht in Violets Nähe sehen will.«

»Er kann sie mir nicht wegnehmen!«, schreie ich. Es ist das erste Mal seit sehr langer Zeit, dass ich schreie, und mein Hals weitet sich mit jedem Wort. Ich wachse regelrecht mit ihnen. Der neu entdeckte Zorn lässt mich taumeln.

»Komm nach unten«, sagt Robin. Sie spricht in diesem besänftigenden Ton, den man benutzt, um ein nervöses Tier zu locken. »Lass uns unten weiterreden. Ich möchte doch nur, dass dir und dem Baby nichts passiert.«

»Nein«, sage ich.

Ich will nicht darüber reden. Ich will das nicht wieder ausgraben. Ich will Violet, und ich will einen kleinen Bruder für sie, und ich will, was schon von Anfang an mir hätte gehören sollen, was die anderen mir aber fortgenommen haben.

»Nein!«, sage ich erneut, und ich strecke den Arm aus, um Robin einen Stoß zu versetzen, aber sie läuft bereits die Treppe hinab.

Unten angelangt, schaltet sie das Licht ein, und ich sehe, wie sie erst zu mir hinaufschaut und sich dann nervös zur Haustür umdreht. Sie steckt in der Falle, und sie weiß es. Nach draußen gehen wird sie nicht, solange es keine Frage von Leben oder Tod ist, das hat sie mir selbst gesagt. Ich möchte nicht, dass es für sie um Leben oder Tod geht. Aber was für ein Leben ist das überhaupt? Sie ist eine Einsiedlerin, abgeschottet von allem. Sie wohnt in einem Haus, das für eine ganze Familie gedacht ist. Wem würde es schon auffallen, wenn sie nicht da wäre?

Wem würde es schon auffallen, wenn stattdessen eine Familie hier wohnte? Violet und ich. Wir könnten hier glücklich sein. Eigentlich dachte ich, wir könnten hier zusammen mit Robin glücklich sein. Ich dachte, sie würde mir helfen, mein Mädchen zurückzubekommen, und dann käme noch mein kleiner Junge dazu, und ich könnte ihnen ein gemeinsames Leben bieten. Aber da hatte ich mich geirrt. Trotz all ihrer rebellischen Sprüche ist Robin in Wahrheit die mieseste Verräterin von allen.

»Warum hast du Mum angegriffen?«, fragt Robin und sieht zu mir hoch.

Sie glaubt offenbar, ich merke nicht, wie sie in der dunklen Flurecke die Füße in ihre Turnschuhe steckt. Mir entgeht nichts. Genau wie Mum früher.

»Warum wohl?«, frage ich zurück.

Also ehrlich mal? Was gibt es da noch zu erklären?

»Weil du dachtest, sie hätte das alles zugelassen?«

»Ich dachte, ihr wäre alles klar gewesen. Sie muss doch bemerkt haben, wie er mich ansah, wie er das alles langsam vorbereitete. Sie behauptet zwar, das stimmt nicht, aber ich weiß noch immer nicht, ob ich ihr das abnehmen soll. Er hat ihr doch dasselbe angetan, was er mir angetan hat. Wie sollte ihr so etwas entgehen können? Nur Hilary war danach wirklich für mich da. Sie hat mir Hilfe vermittelt, kam mich sogar besuchen. Sie hat mich abgeholt, als ich entlassen wurde, und half mir, in Surrey ein neues Leben zu beginnen. Ihr verdanke ich den Job als Kindermädchen.«

»Du hast versucht, Mutter die *Augen* auszukratzen«, sagt Robin.

Das ist zwar eine gewaltige Übertreibung, aber wenn ich sehe, wie sie dabei das Gesicht verzieht, ist mir schon klar, dass sie nie begreifen wird, was ich in dieser Nacht empfunden habe oder in all den vorangegangenen Jahren.

»Ich bin nicht hier, um darüber zu sprechen. Das ist längst Geschichte. Ich bin hier, um dich zu bitten, mir dabei zu helfen, Violet zurückzuholen.«

»Du musst Violet vergessen«, sagt Robin leise. »Konzentrier dich lieber auf das Baby, das wirklich *deins* ist. Ich verstehe, warum du wegen Violet gelogen hast, das hab ich jetzt kapiert. Du warst noch immer wütend über den Verlust deines Babys. Und ich verstehe auch, warum sie dir so ans Herz gewachsen ist, aber jetzt bekommst du bald selbst ein Kind. Bei *diesem* Baby kann ich dir helfen. Dafür ist es nicht zu spät.«

Ihre Stimme hat einen flehentlichen Ton angenommen. So zaghaft habe ich Robin noch nie sprechen hören. Aber sie kapiert es nicht. Rein gar nichts kapiert sie. Dass die Sache mit dem Baby nur Jim bewegen sollte, mich zurückkommen zu lassen, und ein für alle Mal Klarheit zu schaffen. Hätte er mich erst einmal wiederaufgenommen, wäre ihm schon bewusst geworden, dass es das Beste für Violet und das Beste für uns alle ist, wenn ich Violets Mutter bin. So, wie ich es die letzten drei Jahre schon gewesen bin. Und dann hätte es auch keine Rolle mehr gespielt, wie das alles zustande gekommen ist, denn es wäre jede Lüge, jede Täuschung, einfach alles wert gewesen.

Vorsichtig beginne ich, die Stufen hinunterzusteigen.

Die Baby-Sache ist jetzt allerdings überflüssig. Ich hebe die Pyjamajacke und das Unterhemd an, ziehe das Tape ab und werfe das Stoffbäuchlein auf den Boden. Dieser Plan ist jetzt ruiniert. Ich brauche einen neuen.

»Nicht einmal schwanger bist du?«, ruft Robin, aber ich ignoriere sie. »Was soll dieser ganze Scheiß eigentlich, Sarah?«

Ich antworte nicht.

Kapitel 45

Gegenwart

Sarah

Robin ist viel zu besessen von dieser Sache mit dem falschen Baby. Sie sieht immer bloß Puzzlesteinchen, nie das Gesamtbild. Ich balle die Fäuste. Ihr wird das nie begreiflich zu machen sein, und ich darf den Frust darüber nicht mein Denken vernebeln lassen. Ich brauche einen neuen Plan. Ich muss alles sorgsam vorbereiten für Violet. Ich muss sie zurückbekommen, muss einen Ort finden, an dem wir wohnen können. Ursprünglich sollte das hier sein, aber Robin wird mir nicht helfen, so viel ist klar.

Ich muss schnell denken, muss mir rasch einen neuen Plan einfallen lassen, aber Robin hält einfach nicht den Mund, und so kann doch kein Mensch denken.

»Was ist los, Sarah? Seit du hier bist, hast du mich ständig nur angelogen. Warum hast du mir nicht die Wahrheit erzählt? Ich hätte helfen können. Aber jetzt frage ich mich natürlich, was du mir noch alles verheimlichst. Was willst du von mir?«

Sie weicht den Flur entlang zurück und geht in die Küche.

»Du und helfen? Du warst doch nur an mir interessiert, als Callum nichts mehr von dir wissen wollte und du ein neues Projekt brauchtest. Mich selbst wolltest du doch eigentlich gar nicht. Deine Schwester wolltest du nicht zurück. Ich hatte dich all die Jahre so vermisst, während du einfach den nächstbesten Ersatz genommen hast.«

»Entschuldige, aber das stimmt so nicht«, widerspricht sie.

»Und jetzt hast du mich erneut hintergangen«, sage ich. »Aber zu spät ist es nicht. Noch kannst du mir helfen.«

»Wie?«, fragt sie.

In ihrer Stimme schwingt weiterhin diese ungewohnte Nervosität mit.

Inzwischen sind wir beide in der Küche. Sie greift nach dem Schlüssel für die Hintertür und ich nach dem Messer nur für alle Fälle. Ich will ihr nicht wehtun, ich muss bloß sicherstellen, dass sie hierbleibt, bis ich mir einen neuen Plan ausgedacht habe und alles geklärt ist. Ich hab noch nie jemandem wehtun wollen, aber im Moment hab ich einfach gar nichts. Ich glaubte, eine Schwester zu haben, aber sie wird mir bloß im Weg stehen. Leise singe ich vor mich hin: »Ich will dir nicht wehtun, ich will dir nicht wehtun, ich will dir nicht wehtun.«

Sie sieht das Messer an, dann mich. Sie begreift nicht, dass ich bloß Zeit zum Nachdenken brauche.

»Robin, bitte. Ich frage dich jetzt zum letzten Mal: Wirst du mir helfen, Violet zurückzubekommen? Ich brauche unbedingt einen neuen Plan. Wirst du mir helfen?«

Ich hebe das Messer in der offenen Handfläche, um ihr

zu zeigen, dass ich ihr nichts tun möchte, aber sie schüttelt nur den Kopf.

»Nein, Sarah. Du hast Mum angegriffen, und du hast über einige verdammt ernste Dinge gelogen. Du brauchst keinen Plan, um Violet zurückzubekommen. Was du brauchst, ist Hilfe.«

Während sie redet und redet, merke ich zu spät, dass sie gleichzeitig an der Hintertür herumgefummelt hat. Jetzt reißt sie die Tür auf und taumelt rückwärts hinaus. Nein! Ich brauche Zeit, um mir einen neuen Plan zu überlegen. Das läuft hier alles falsch. Ich springe ihr hinterher.

Robin

Robin stürzt in die kalte Luft hinaus und stolpert über ihre eigenen Füße. Ihre Schwester ist größer, aber Robin ist kräftiger und resoluter. Trotz der zitternden Beine gelingt es Robin, wieder aufzustehen. Sie will nur weg. Heftiges Schnaufen dringt an ihr Ohr, und es dauert einen Moment, bis ihr klar wird, dass das Geräusch von ihnen beiden kommt.

»Bitte«, sagt Sarah, aber sie schwingt dabei wild mit dem Messer. Robin duckt sich ab und rennt in Richtung Hof.

Wenn Robin einmal träumt, was selten genug der Fall ist, dann träumt sie davon, ins Freie zu laufen. Sie wirft die Tür auf, stürmt hinaus und saust wie ein Pfeil durch die Luft, nicht länger schwerfällig am Boden verhaftet, sondern leicht und schnell. Aus solchen Träumen erwacht sie dann schweißgebadet, und ihr ist schlecht. Aber jetzt hat Robin tatsächlich das Gefühl, schnell dahinzurasen. Dennoch kann sie unmittelbar hinter sich die Schritte ihrer Schwester unregelmäßig über das holprige Pflaster stapfen hören. Sarah läuft barfuß, verliert jedoch kaum an Boden. Sie wird getrieben von der Panik, ihre letzte Chance zu vergeben.

Robin sprintet, so schnell sie kann, in das Schwarz des Gässchens und knallt frontal in etwas. Eine andere Person.

»Nicht!«, schreit sie, aber der Schatten schiebt sich an ihr vorbei und packt Sarahs Unterarme. Als ein Lichtschein auf die Gestalt fällt, erkennt Robin, dass es Sam aus dem Nachbarhaus ist. Er drängt Sarah gegen die Mauer, und Robin nutzt die Gelegenheit, ihr das Messer aus der Hand zu schlagen und es irgendwo in die Büsche zu kicken.

»Scheiße!«, ruft Sam. »Was ist denn hier los?«

Robin und Sarah sagen nichts. Das Gartentor zum Nachbarhaus öffnet sich, und Mrs. Pfau steckt den Kopf hindurch. Sie hält eine Taschenlampe in der Hand.

»Rufen Sie die Polizei«, sagt Sam. Seine Stimme zittert, als würde er sie gerade zum ersten Mal ausprobieren. Die alte Dame verschwindet im Garten.

Sarah hat bislang schlaff an der Mauer gelehnt, doch nun fängt sie an, schreiend um sich zu schlagen. Robin eilt zu ihr und hält einen ihrer Arme fest. Selbst im schwachen Licht des Monds sieht sie, wie entstellt Sarahs Gesichtszüge vor lauter Verzweiflung und Panik sind.

»Danke«, sagt Robin zu Sam, der einen noch verstörteren Eindruck macht als am Morgen.

»Was zum Teufel ist denn hier los? Ich dachte, sie ist schwanger?«

»Von wegen«, knurrt Robin nur.

Sarah sackt weinend in sich zusammen und beginnt, niedergeschlagen etwas vor sich hinzumurmeln von einem Plan, den sie braucht, und davon, dass niemand ihr helfen will. Robin und Sam halten ihre Arme fest gepackt und harren in dieser verkrampften Anspannung bei dem erschöpften Körper aus, bis die Polizei endlich eintrifft. Die Scheinwerfer des schräg geparkten Streifenwagens erleuchten den Fußweg, auf dem drei uniformierte Beamte im Laufschritt heraneilen.

»Du wirst wieder, Sarah«, beschwört Robin ihre Schwester, als die Handschellen zuschnappen. »Das geschieht nur zu deinem Besten. Es wird alles gut, das versprech ich dir.«

»Und seit wann werden in unserer Familie Versprechen gehalten?«, erwidert Sarah, bevor die Beamten sie abführen. Barfuß trottet sie über das grobe Pflaster davon.

Kapitel 46

2017

Ich führe meine Schwester durch die Flügeltüren in den Rosengarten hinaus und weiter bis zum Parkplatz. Sie ist nervös. An die Welt draußen ist sie nicht gewohnt. Ein Windstoß bläst uns entgegen und lässt sie zusammenschrecken. Viele Monate lang hat sie keinen Fuß aus diesem Gelände gesetzt, aber heute ist es endlich so weit. Sie hat sich, so gut sie konnte, darauf vorbereitet. Der Rest liegt nun an uns.

Ich rutsche neben sie auf die Rückbank. Die beiden Frauen auf den Vordersitzen wenden sich kurz um und mustern uns unsicher, fragen aber dann nur: »Hast du ihr gesagt, wohin wir fahren?«

Ich nicke. »Hab ich. Sie weiß bereits von dem neuen Haus und freut sich schon darauf. Stimmt's?«

»Ja.« Sie lächelt ein wenig verlegen.

Ich bin mir nicht sicher, ob sie sich wirklich darauf freut. Es scheint mir eher ein Hinnehmen zu sein, ein Befolgen des nächsten Schritts im Plan. Aber einstweilen genügt mir das völlig.

Der Motor springt an, und wir rumpeln die Einfahrt hinunter und durch das Tor. Ich sehe, wie ihre schmalen Finger sich in ihre Jeans krallen, wie ihr Kiefer sich spannt, während draußen die Hecken und Bäume immer schneller vorbeijagen, bis sie zu grünen Streifen verschwimmen.

Sie hat Pillen und andere Hilfsmittel, die ihr den Übergang erleichtern sollen. Sie hat Unterstützung und einen sicheren Ort zum Wohnen, der auf sie wartet. Aber das alles ist neu, und sie ist noch immer leicht verwundbar. Die Welt da draußen ist gigantisch groß für sie, genauso wie sie es für mich gewesen ist.

»Hast du Sarah von dem neuen Album erzählt?«, fragt Hilary und durchbricht damit die Stille.

»Nein«, sage ich leise, da mir das Thema peinlich ist. Ich senke den Blick und kratze an einem kleinen Fleck auf meiner Jeans. Wandfarbe. Küche, würde ich sagen. Seit wir die Schlüssel für das Haus haben, mussten wir uns mächtig beeilen, um alles rechtzeitig fertig zu bekommen.

»Du kannst ruhig stolz darauf sein«, sagt unsere Mutter, während sie abbremst, um in unsere neue Straße einzubiegen. Sie spricht noch immer merkwürdig abgehackt, was zeigt, wie nervös sie in unserer Gesellschaft weiterhin ist und wie stark darauf bedacht, nur ja nichts falsch zu machen.

»Robin veröffentlicht ein neues Album.« Hilary lehnt sich nach hinten und sucht den Blickkontakt mit Sarah.

»Bist du wieder mit der Band zusammen?«, fragt Sarah und wendet sich einen Moment vom Fenster ab, um mich anzusehen. »Das ist schön.« Sie lächelt matt.

»Nein, nicht mit der Band«, sage ich. »Das ist … etwas anderes. Ich erzähl es dir später.«

Wir erreichen das Haus und parken. Es ist ein Einfamilienhaus in Maplesden, einem Dorf einige Meilen entfernt von Birch End. Sarah bleibt noch kurz im Wagen sitzen, während der Rest von uns aussteigt. Ich sehe, wie ihre Brust sich hebt und senkt, wie sie sich aufmerksam umschaut, um all das Neue zu verarbeiten.

Hilary und meine Mutter stecken die Köpfe zusammen und unterhalten sich, während sie zum Haus gehen. Ich höre ihre anerkennenden Worte über den Vorgarten und wie sie sich darüber amüsieren, was wohl Dad von den hochgewachsenen Büschen gehalten hätte. Sie nicken einmütig und lächeln beide. Ich frage mich, wie es tatsächlich aussieht, wenn sie alleine unter sich sind. So viele Fehler sind über die Jahre gemacht worden, so viele Dinge gesagt. So viel Leid und Verlust. Falls Hilary meiner Mutter die Schuld daran gibt, verbirgt sie es geschickt unter dicken Lagen liebenswürdiger Worte, ihrer sanften Kaffeewerbestimme und ihrer fahrigen Nervosität.

Als ich ihnen das erste Mal davon erzählte, dass ich nach Berkshire zurückkommen würde und endlich den Mut aufgebracht hätte, mir die Hilfe zu holen, die ich brauchte, da haben sie beide mich sofort voll unterstützt. Meine Mutter fuhr mich sogar mit dem Wagen von Manchester nach Berkshire. Für eine unsichere Fahrerin, wie sie es ist, eine verdammt lange Tour, aber sie hat sich mit keinem Wort beschwert. Ich war im Grunde froh darüber, mit achtzig Stundenkilometern über die Autobahn zu kriechen, und hielt mein Gesicht in den fünf oder sechs Stunden die meiste Zeit in den Händen vergraben. Sie brachte mich zu Hilary in das Haus, in dem ich aufgewachsen bin, und kam anschließend jeden Tag zu Besuch. Dann unterhielt sie sich in gedämpftem Ton mit ihrer einstigen Freundin, die beiden warfen mir kurze

Seitenblicke zu und legten einander in stillem Einvernehmen die Hand auf den Unterarm.

Womöglich brauchten sie beide eine Aufgabe, während sich andere um Sarah kümmerten. Womöglich war ich diese Aufgabe. Häufig brachten sie mich gemeinsam zu meinen Terminen. Ich saß mit geschlossenen Augen schwer schnaufend im Wagen und murmelte mantramäßig bloß »Scheiße, Scheiße, Scheiße« vor mich hin.

Mums Vorschlag war es gewesen, Musiktherapie auszuprobieren.

Und Hilarys Vorschlag war es gewesen, die Songs, die daraus entstanden, meiner alten Plattenfirma zu schicken.

Geheilt bin ich längst noch nicht. Ich habe weiterhin Schwierigkeiten mit Städten, Einkaufszentren, Supermärkten. Die Liste ließe sich endlos fortsetzen. In größeren Menschenansammlungen habe ich das Gefühl zu ertrinken, draußen an der frischen Luft glaube ich bisweilen zu ersticken. Mich befallen weiterhin Panikattacken, in denen ich plötzlich überzeugt bin, sterben zu müssen, wenn ich nicht vor Einbruch der Dunkelheit exakt zehntausend Schritte gehe. Aber diese Anfälle kommen inzwischen in immer größeren Abständen. Ich bin so weit, wieder die Starke zu sein.

»Da wären wir«, sage ich und hole Sarahs Tasche aus dem Kofferraum. Seite an Seite schlendern wir den Weg entlang. »Unser neues Haus.«

Sarah bleibt stehen und betrachtet die Eingangstür.

»Nur wir beide«, sage ich.

»Nur wir beide«, stimmt meine Schwester zu und greift vorsichtig nach meiner Hand.

Covertext zu *Only Forever*

von Robin Marshall und Callum Granger

Ich war es nicht, der diese Texte erdachte, der diese Musik erträumte. Im Kern stammt dieses Album von dem besten Freund, den ich je besaß, und dem einzigen Bruder, den ich je hatte.

Jahrelang schreckte ich davor zurück, mir die Demotapes anzuhören, die er mir hinterließ, und die Texte zu lesen, die er so sorgfältig notiert hatte. Anhören und lesen bedeutete, sich dem Loch zu stellen, das sein Weggang hinterlassen hatte. Ein Loch, in dessen bodenlosen Tiefen ich ganz und gar versunken war.

Erst meiner Schwester, die meine Hand hielt und mir den Arm auf den Rücken drehte, gelang es mit sanftem Nachdruck, mich dahin zu bringen, diese Erinnerungen endlich anzunehmen.

Natürlich hoffe ich, dass den Menschen gefällt, was mein Bruder geschaffen hat und was von mir zu Ende gebracht wurde. Aber ich hoffe auch, jeder hat dafür Verständnis, dass dies für mich in diesem Fall letztlich unerheblich ist.

Für immer ist viel zu lange, um sich dem Erinnern entziehen zu wollen, seien die Erinnerungen nun gut oder schlecht. Hier also sind unsere: ihre, seine und meine.

Für meinen Bruder und meine Schwester, für immer.

Danksagung

Bevor ich den vielen, vielen Menschen danke, denen ich zu danken habe, gibt es noch etwas, das ich den Leser unbedingt wissen lassen möchte.

Close Your Eyes enthält einige sehr heikle, schwierige Szenen und Figurenerlebnisse. Seien Sie bitte versichert, dass ich über jede dieser Passagen lange gegrübelt habe und nach bestem Vermögen darum bemüht war, einfühlsam und rücksichtsvoll gegenüber jenen zu sein, die in ihrem persönlichen Umfeld von Suizid, Familientrennung, sexueller Gewalt, Kindsverlust während der Schwangerschaft oder psychischen Gesundheitsproblemen betroffen sind.

An dieser Stelle möchte ich auch gerne eine Hilfsorganisation erwähnen: *CALM – Campaign Against Living Miserably*. Die Organisation leistet wichtige Arbeit bei der Erforschung, warum 76 % aller Suizide von Männern begangen werden, womit dies in Großbritannien die häufigste Todesursache für Männer unter 45 ist. Sie richtet all ihre Anstrengungen darauf, diese Zahlen zu senken. Wenn Sie mehr über deren Arbeit erfahren möchten, besuchen Sie doch www.thecalmzone.net.

Nun aber zum Kreis der Menschen, denen ich zu danken habe und der mit jedem Buch größer wird.

Danke dem unglaublichen Team bei Corvus – vor allem meiner wundervollen Lektorin Sara O'Keeffe, deren Anregungen für das Buch von unschätzbarem Wert waren. Einen ganz besonderen Dank an Francesca Riccardi, die eine echte Perle ist, an Louise Cullen (die alle vermissen werden), Alison Davies, Lucy Howkins und Nikky Ward. Aber im Grunde ist wirklich jeder dort einfach klasse. Für die Realisierung dieses Romans hätte ich mir keine großartigere Bande von Bücherverrückten wünschen können.

Danke an alle bei Ballantine in den Vereinigten Staaten. Und einen dicken Extradank an meine reizende neue Lektorin Julia Maguire, deren Engagement und deren Anmerkungen ich diverse Überstunden und viele, viele Verbesserungen verdanke.

Vielen Dank auch an die anderen Verleger weltweit, die Übersetzungen von *Close Your Eyes* veröffentlichen.

Wie immer gilt mein größter Dank meiner unerschütterlichen, inspirierenden und fantastischen Agentin Nicola Barr. Das ganze Team bei Greene and Heaton ist spitze. Kleiner Sondergruß an Kate Rizzo.

Danke an meine Eltern und meine Familie, einschließlich meiner Schwester – die, das schwöre ich, keiner der Marshall-Schwestern als Vorbild diente –, und natürlich auch meinem Schwager Mark und meiner süßen, engelsgleichen Nichte Eva.

Meinen eigenen entzückenden Kindern: danke und Entschuldigung. Ich liebe euch über alles. Danke dafür, dass ihr meinen abwesenden Ausdruck ertragen habt, wenn ich zwar körperlich bei euch war, aber mit dem Kopf noch im Berkshire der Neunziger steckte.

Gewidmet ist dieses Buch meinen Freunden. Ich darf mich ungeheuer glücklich schätzen, was Freunde betrifft, und ich liebe sie alle von Herzen, auch wenn ich viel zu britisch bin, um das einem von ihnen offen ins Gesicht zu sagen. Mir kommt mit der Zeit immer stärker zu Bewusstsein, wie sehr Freundschaft und deren Bedeutung alles durchzieht, was ich schreibe. Und unvergessen werden jene Freunde bleiben, die nicht mehr unter uns sind.

Gewidmet ist es natürlich auch dem besten Freund von allen. Meinem Champ, meinem Leinwandidol, meinem Buddy, so perfekt wie Franco Columbu für Arnold Schwarzenegger, meinem geliebten Ehemann James. *Love you, mate.* Danke für alles.